LES CHEVEUX DE BÉRÉNICE

Dans le ciel d'Alexandrie, entre la Vierge et le Lion, une nouvelle constellation vient de naître, les Cheveux de Bérénice. Pour que, des lointains champs de bataille, son époux Ptolémée Evergète revienne vivant, la reine Bérénice sacrifie sa chevelure à la déesse Isis. L'Egypte, IIIe siècle avant notre ère, rayonne de tous ses feux : le Phare, la Grande Bibliothèque, le Mouséion.

« Combien grande est la Terre ? » demande Évergète à Eratosthène, géographe, cartographe, mathématicien et directeur de la Grande Bibliothèque.

Commence alors la marche de Béton, le *bématiste* chargé de mesurer le Nil « pas à pas » depuis Alexandrie jusqu'à la première cataracte. Tandis qu'à la cour, débauche et assassinats gangrènent le pouvoir des Ptolémées, les nouveaux pharaons grecs. Témoin de cette aventure, le nain Obole, véritable carte humaine, qui porte le Nil tatoué sur son dos.

Denis Guedj est mathématicien et professeur d'histoire et d'épistémologie des sciences à l'Université Paris VIII. Il est auteur de romans, La Méridienne *(Robert Laffont, 1988, rééd. 1997),* Le Théorème du perroquet *(Seuil, 1998),* Génis ou le Bambou parapluie *(Seuil, 1999),* La Bela *(Seuil, 2001) et d'essais,* La Révolution des savants *(Gallimard, 1988),* L'Empire des nombres *(Gallimard, 1996),* La Gratuité ne vaut plus rien *(Seuil, 1997),* Le Mètre du monde *(Seuil, 2000).*

DU MÊME AUTEUR

La Méridienne / La Mesure du monde
Robert Laffont, 1988, rééd. 1997
« Pocket », n° 11517

La Révolution des savants
Gallimard, « Découvertes », n° 48, 1988

L'Empire des nombres
Gallimard, « Découvertes », n° 300, 1996

La Gratuité ne vaut plus rien
et autres chroniques mathématiciennes
Seuil, 1997
et « Points », n° P 783

Le Théorème du Perroquet
Seuil, 1998
et « Points », n° P 785

Génis ou le Bambou parapluie
Seuil, 1999
et « Points », n° P 867

Le Mètre du monde
Seuil, 2000
et « Points », n° P 1059

One zéro show :
spectacle arithmétique en 0 acte et 1 tableau... blanc
Suivi de Du point à la ligne :
spectacle géométrique en ligne... et en surface
Seuil, 2001

La Bela : autobiographie d'une caravelle
(illustrations : Joëlle Jolivet)
Seuil, 2001

Denis Guedj

LES CHEVEUX DE BÉRÉNICE

ROMAN

Éditions du Seuil

TEXTE INTÉGRAL

ISBN 2-02-066392-9
(ISBN 2-02-049392-6, 1re publication)

www.seuil.com

pour Brigitte

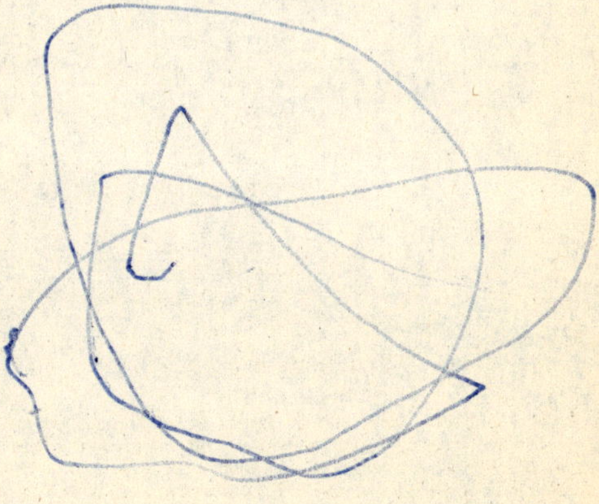

Ankh, Oudja, Seneb

Vie, Force, Santé

Chapitre 1

« MA PLANTE, ma plante, ma plante ! J'ai la plante des pieds dure comme du granit.

– Et le haut du crâne, flasque comme du mou de vache, hurla une matrone ébouriffée, juchée sur le plus haut tabouret de la taverne.

– Respectez l'artiste ! » se fâcha Obole, en une horrible fureur. Tremblant de colère : « Encore une insulte et je retourne chez feu ma mère.

– Vas-y ! Vas-y, chez ta mère ! »

Il fit mine de quitter la salle, puis, comme pris d'un regret, il interpella la foule :

« À notre vieil Euclide qui professait au Mouséion avant que je sois né, un étudiant demanda, la bouche en cul-de-poule : "À quoi servent les mathématiques que tu viens de m'enseigner ?" Euclide appela un serviteur : "Donne-lui donc trois oboles puisqu'il lui faut retirer un bénéfice de ce qu'il vient d'apprendre." De moi, c'est tout le contraire, aucun profit à attendre. Donnez vos oboles à Obole ! »

Sur la table débarrassée des restes du repas, un long glaive, glissé dans des fentes ouvertes sur le col de deux lourdes et hautes cruches, était bloqué, tranchant vers le ciel. Pieds nus sur le fil de la lame, le bouffon se tortillait. C'était un très petit homme, disons un grand nain. Pour tête : une lune, béate, zébrée par un sourire amer. Bras puissants, des bûches, jambes grêles, des aiguilles.

Pieds d'enfant, tête d'éléphant. Cône renversé, il avait poussé dans le mauvais sens.

Chacun de ses mouvements soulevait des cris. On l'encourageait, on aurait tant voulu qu'il s'écrase sur la table. Contorsions et légèreté. Parfaitement à l'aise sur le fil tranchant, danseuse aérienne sous des dehors grotesques, il sautillait, s'immobilisa, se pencha sur un versant du glaive. Juste ce qu'il fallait pour faire mentir la verticale. Il continua à se pencher. À un moment, les lois régissant les centres de gravité récemment établies par Archimède de Syracuse auraient dû le contraindre à chuter. Il les défia, poursuivant son inclinaison. Son corps rigide avait presque atteint l'horizontale. Sans effort, du même mouvement lent et continu, il revint à sa position initiale ; sans marquer d'arrêt, il s'inclina symétriquement sur l'autre versant du glaive, tel un balancier. S'il n'est pas tombé de ce côté-ci, parions qu'il tombera de ce côté-là. Il ne tomba pas.

Comme si ses pieds étaient collés au métal auquel ils adhéraient par une succion des plis de la peau de sa plante ventouse. Ayant effectué une fois l'aller-retour, il le refit de plus en plus rapidement. Ce n'étaient que des « Ah ! » d'espoir quand il s'inclinait et des « Oh ! » de déception quand il se redressait.

« Radins minables, rapiats infâmes, vous en redemandez ! » Il désignait l'atroce chose tapie au-dessous de la lame : dix dagues fichées dans un cerceau de bois, gâteau d'anniversaire illuminé de bougies fatales, qui attendaient sa chute. « Si vous donnez plus, je me jette dessus !

– Des promesses, toujours des promesses ! beugla l'assistance. Tu promets chaque fois et tu ne le fais jamais !

– Parce que vous ne donnez jamais assez, jamais assez d'oboles à Obole. »

Il pleura.

À chaudes larmes.

La patronne, une belle plante, déjà plus une toute jeune femme, interrompit son service, surprise. Des buveurs professionnels parvinrent à être émus. Même le chien, somnolant au milieu du passage entre la salle et la cuisine, souleva le museau, gronda. La patronne lui jeta un regard, auquel il répondit par une sorte de sourire. Les pleurs ne faisaient pas partie du numéro.

Le visage d'Obole se transforma avec une rapidité inouïe ; ses larmes instantanément asséchées, il dévisagea l'assistance, pointant un regard assassin sur ceux qui, impatients, le pressaient d'aller plus loin. « Vous y tenez, hein ! sanguinaires immondes, vivisecteurs voluptueux. » Ses traits se figèrent, son visage éternisé dans un masque mortuaire, hormis une unique larme qui lui était revenue à l'œil. D'une voix plaintive, chargée d'émotion, une phrase s'échappa de sa bouche aux lèvres de cire : « Adieu Obole ! Adieu mon ami ! » Dans un silence de chambre funéraire, quelque chose gicla. Obole ! Tous le virent se projeter dans les airs, au plafond, puis se débrouiller pour effectuer, durant la descente, un triple saut et retomber sur le glaive ! Un cri embrasa l'assistance. En un éclair il avait décroché la lame juste avant qu'elle ne le hache menu. La chute n'était pas terminée, il n'en avait accompli que la moitié. Dressées au-dessous, il y avait encore les dix dagues. Impossible, cette fois, d'y échapper ! Personne ne sut comment ses pieds joints parvinrent à se glisser entre elles. Crépitement des gobelets sur la table. Hurlements. L'assistance était déchaînée. Vin et bière coulaient. Les visages s'empourpraient.

Droit comme un iota, Obole, tenant le glaive tendu comme une hampe, accueillit l'ovation sans que le moindre mouvement ne dégèle son visage. Masque éternel des statues souveraines. Il advint alors quelque chose d'inouï. Avec la fureur d'un dément, avec la rapidité des foudres de Zeus, il retira les dagues du cerceau et, en proie à la folle *hybris*, il se les planta dans le ventre et dans le creux des reins. Les dix ! Acte fou, qu'un cri d'effroi accueillit. Chacun, il pourrait le jurer, vit des flots de sang jaillir du ventre transpercé. Obole aurait dû s'écrouler. Il souriait. Pas la moindre goutte de sang, pas de tripes à l'air. Son ventre palpitait paisiblement comme celui d'un bébé laid. Obole souriait, du sourire des simplets que son rire obscène fit voler en éclats, débordant du dédain des héros pour l'effroi des poltrons. Avec une précision stupéfiante, il avait glissé les dagues entre sa peau et une fine bandelette couleur chair qui lui ceignait la taille, invisible aux yeux des spectateurs.

Jamais Obole n'avait osé pareil numéro. Une première ! Le public – des connaisseurs, habitués des tavernes du port – hurlait de joie.

Avec un air faussement malheureux pour compatir à la déception de ceux qui avaient espéré un instant que tous ces coups lui auraient troué la panse, il s'excusa : « Pardonnez si je suis encore intact, il faut bien vivre ! »

Comment oser un mouvement sans que les lames ne le blessent ? Bas du corps d'une immobilité de marbre, il se mit à se trémousser de la tête au plexus : « Ulysse, mon bel Ulysse, ne suis-je pas l'une de tes Sirènes ? » Il connaissait son Homère sur le bout des pognes. Du fond des ouvrages du poète, elles le hélèrent d'une voix à perdre sa liberté ; Obole tendit les mains vers elles. Oh ! il s'était envolé. Papillon du soir, ses bras battirent l'air, il se posa doucement sur la fleur rugueuse du sol de la taverne.

« Aïe ! » Un cri de douleur lui avait échappé. Minuscule sur le sol, à présent qu'il n'était plus juché sur la table. Les gens se levèrent. Certains aperçurent une belle goutte de sang perler au milieu de sa cuisse. Il se mit à geindre, prêt à défaillir.

« Blessé, atrocement blessé. Je me vide. Qui veut…

sucer ? Sucer ce sang ?… Alors, qui ? implora le nain, sérieux comme un prêtre d'Osiris. Qui suce ? Qui suce ? »

L'assistance, écœurée, détourna la tête, les grimaces de dégoût en disaient long sur la répugnance qu'Obole leur inspirait. « Sang de nain, sang malin », prévint la matrone écarlate, plus ébouriffée que jamais. Elle jouissait.

« Alors ? Personne ? Une fois, deux fois !

– Bois-le, toi ! Moi, je préfère le vin.

– Misérables mortels, vous ne savez pas ce qui est bon. Deux fois ! Tr…

– Moi ! »

Obole regarda dans la direction d'où venait le cri. Pour une fois, il ne joua pas. Il était réellement surpris. Assis autour d'une table un peu à l'écart, trois personnages détonnaient dans cette taverne populaire. Habits luxueux, bijoux somptueux. Deux hommes, une femme. C'est la femme qui avait crié.

Obole retira prestement les dagues de la bandelette, rejoignit le trio et bondit sur leur table.

« Madame, à vous l'honneur ! s'offrit Obole avec une politesse exquise, présentant sa peau, jambon tacheté de sang.

– Saute ! » ordonna-t-elle, indiquant ses cuisses. Obole sauta, retombant le plus lourdement possible sur les cuisses offertes. Elle ne cilla pas. Le sexe d'Obole se trouvait à hauteur des yeux de la femme, le haut de ses cuisses à portée de sa bouche. Elle regarda de biais ses deux compagnons. Le plus âgé lui fit signe de s'arrêter là, le plus jeune, d'un regard de défi, la poussa à poursuivre.

D'un geste vif, elle plaqua ses lèvres pleines sur la peau moite du nain. L'assistance, écœurée, et admirative, retint son souffle. Quand la femme retira ses lèvres, le sang avait disparu. Elle triomphait. Un vieillard murmura, en prenant garde qu'on ne l'entende : « Elle adore le sang ! »

Peau de lait, cheveux de jais. Splendide, des traits impeccables, le nez et la bouche ciselés. Du nard incrusté autour des yeux au fond d'orbites immenses, deux oiseaux dans une nasse. Deux oiseaux de proie. Au milieu de ces lacs de beauté, on pouvait voir par moments luire un éclair, l'aileron du requin qui fend la mer placide.

Le jeune homme lui tendit son gobelet, elle le vida d'un trait. Ils n'étaient pas jumeaux, c'était pire, ils étaient identiques. Et pourtant, ils ne se ressemblaient pas ! Les mêmes, dans deux formes différentes. Ils avaient en commun la minceur du corps, la finesse des traits, et ce qui, chez elle, était poitrine saillante, était, chez lui, torse vigoureux. Elle, pas vingt-cinq ans, lui les avait juste passés.

Ils faisaient à eux deux à peine l'âge du troisième. Un tout autre style, massif, front large, tête épaisse, cheveux courts, mains travaillées. Un pur Grec, lui. Il était resté impassible durant l'exhibition d'Obole, affichant une totale distance envers le comportement des deux jeunes gens qui l'accompagnaient. Ses mouvements étaient mesurés, son regard perçant. On décelait une terrible volonté.

Saisissant l'une des cruches sur laquelle le glaive avait été fixé, Obole la tendit à la jeune femme. Elle se leva, pencha son corps avec sensualité, le haut de son habit s'entrouvrit, laissant voir deux seins aussi durs que le grès. Obole leva la cruche au-dessus de sa tête : « Lancez vos pièces dans la cruche ! Je n'admets que des oboles ! Jetez votre obole à Obole ! » Une pluie de pièces s'abattit. Du vin jaillissait chaque fois qu'une pièce tombait dans la cruche, exploit salué par des clameurs.

Quand tout le monde eut jeté la sienne, Obole saisit le récipient et l'agita frénétiquement afin que tous entendent le cliquetis des pièces s'entrechoquant dans la panse de la cruche. Portant la cruche à ses lèvres, il la vida d'un trait, s'essuya les lèvres. Agita le récipient : aucun bruit. Le renversa : rien ne s'en échappa. Ni vin, ni pièces. Il avait tout avalé. Ce nain est un démon, pensèrent les spectateurs. C'est alors que les pièces giclèrent de sa bouche, retombant dans la cruche en un jet continu. Comment ne pas penser à l'obole que l'on dépose dans la bouche des morts afin qu'ils payent à Charon le prix du passage du Styx ?

Quand Obole eut vomi son trésor, il se mit à déclamer :

Il y a le boire et le manger,
Le bon vin et l'ivraie.
Dans la bouche d'Obole tout est mêlé.
Impossible d'avoir le bon sans gober le mauvais.

Avec un sourire terrible, le jeune homme glissa à l'oreille de la jeune femme : « Impossible d'avoir le mauvais… sans le bon. » Elle gloussa.

À un vieil Égyptien assis derrière lui, un marin étranger demanda qui étaient ces gens.

« L'homme, c'est Sosibios. Impassible comme une pierre, redoutable comme un crocodile. Les deux autres, vois comme ils se ressemblent, le frère et la sœur, Agathoclès et Agathocléia, des démons ! Ils sont beaux, hein ? Je donnerais cher pour avoir l'un ou l'autre dans mon lit. Ils hantent les tavernes pour racoler des jongleurs, des danseurs et toutes sortes de gens pour les fêtes du prince Lagos. »

Chapitre 2

AU MÊME moment à quelques centaines de stades au nord, l'*Argo* voguait vers Alexandrie.

Adossé à la rambarde, tête renversée vers le ciel, le passager ne quittait pas la constellation des yeux.

« Que regardes-tu avec tant d'insistance, homme de Samos ? Y aurait-il de nouvelles étoiles accrochées au firmament ? »

Le capitaine Coutousis s'était approché de cet étrange passager aux cheveux flamboyants qui, au lieu de jouer bruyamment aux dés avec les autres voyageurs, s'était isolé à l'arrière du bâtiment.

Depuis qu'Alexandre avait occupé les rives de l'Égypte, la Méditerranée orientale était devenue une mer hellène ; l'art de la navigation, cependant, restait inchangé. La plupart des capitaines se rendant de Grèce en Égypte, effrayés de perdre la terre de vue, continuaient à louvoyer, longeant les côtes d'Asie Mineure, de Syrie et de Palestine.

Le capitaine Coutousis était un intrépide.

Sitôt sorti du port de Rhodes, il avait gagné la haute mer, décidé à joindre Alexandrie d'une traite. Qu'est-ce qui autorisait une telle audace ? Les deux villes se trouvaient sur le même méridien. Autant dire que l'*Argo* n'avait qu'à filer plein sud en maintenant son cap. Poussé par les vents étésiens du nord-ouest, alliés fidèles en cette période de l'année, l'*Argo* ne manquerait pas d'atteindre la cité égyptienne en un voyage d'une réjouissante célérité.

Sans cesser de fixer le ciel, Théo murmura : « Il est si pur cette nuit. » Puis, se décidant à répondre : « Cette constellation, là-bas, je ne l'avais jamais vue aussi bien !

– Laquelle ? » demanda Coutousis, se rapprochant.

Théo montra le ciel. Évidemment, le capitaine ne put déterminer la constellation indiquée, tant le geste était imprécis. Volontairement imprécis.

« Il y a autant d'étoiles que de vagues dans la mer ! jeta le capitaine, impatienté.

– Là ! te dis-je.

– Où exactement ? »

Sourire imperceptible de Théo, le capitaine était « ferré ».

« Tu vois la Vierge ? »

À si peu de jours du solstice d'automne, alors que le Soleil entrait dans le sixième signe du Zodiaque, elle était on ne peut plus visible.

« Tu vois le Lion ? » Le capitaine acquiesça. « Tu y es presque. Entre la tête de la Vierge et la queue du Lion, tu vois ces trois étoiles ? Elles dessinent deux petits traits qui se coupent à la hauteur d'Arctouros. »

Arctouros, l'une des étoiles les plus brillantes, tous les marins la connaissaient.

« Pour la trouver, il n'y a qu'à prolonger la queue de la Grande Ourse, n'est-ce pas ? *Arctos*, ourse, *oura*, queue ; elle est la gardienne de l'Ourse, celle qui l'empêche de se coucher.

– Je les vois !

– Bon. Au bout du deuxième trait, plus près du Lion, cette petite grappe d'étoiles, tu la vois ? »

Il la vit.

Il lui sembla ne jamais l'avoir vue auparavant.

Sept étoiles.

« Pourtant, pour nous, marins, le ciel est aussi familier

que la mer, s'étonna-t-il, surpris de ne pas avoir auparavant prêté attention à cette constellation. À présent je ne vois qu'elle. C'est comme un jour de grand départ, quand ton navire est à quai et que tu regardes la foule. D'abord, tu ne distingues personne en particulier, ça grouille. Et puis, au milieu de cette cohue, tu commences à apercevoir un visage ; moi, c'est toujours celui d'une femme, une belle femme. Et après, tu ne vois plus que lui, tous les autres semblent avoir disparu. Dans chaque port, il y a une belle femme, et moi, capitaine Coutousis, je sais la découvrir au milieu de la foule. Alors, ta constellation… » Il regarda son interlocuteur d'un air soupçonneux : « Es-tu bien sûr qu'elle y était hier ?

– Hier, oui ! Mais…

– Mais quoi ? Dirais-tu que le ciel se peuple ?

– Qu'il se peuple et qu'il se dépeuple. Des étoiles naissent, des étoiles meurent, comme nous les humains.

– Donc, cette constellation…

– Enfin, c'est ce qu'on raconte. Les événements sont si récents qu'elle n'est encore mentionnée sur aucune carte du ciel. Aratos lui-même n'en parle pas. Dix ans, pas plus.

– Serais-tu dans la confidence des dieux ?

– Écoute… » La voix de Théo se fit plus douce, plus tendre : « On dit que le roi Ptolémée d'Égypte s'en était allé faire la guerre en Syrie. Il était parti depuis trois années. La reine, la belle Bérénice de Cyrène, était tourmentée par un pressentiment. Ses craintes croissaient à mesure que le temps passait. Un jour vint où elle eut la certitude que son époux ne reviendrait pas vivant.

La scène que je vais te raconter, capitaine, s'est passée dans le palais des Ptolémées à Alexandrie, tout au bout du cap Lochias. On me l'a tant contée…

Bérénice était assise dans un fauteuil confortable de la chambre royale. Sur une table, le message que, depuis le champ de bataille, le roi venait de lui faire parvenir.

“Digne descendant d’Alexandre, je ne saurais être de retour dans la cité portant son nom que vainqueur, auréolé d’une victoire totale, ou mort”, lui écrivait-il. Les combats faisaient rage, les cadavres se comptaient par milliers.

Dans le miroir ovale d’une pureté troublante, Bérénice se regarda longuement. Visage ceint d’une étonnante chevelure blonde, des yeux de bitume dominés par un large front poli. Elle affichait un calme inquiétant.

Sa décision était prise.

D’un geste sec, elle tira sur la fine lanière de cuir cachée au creux de sa nuque. Le nœud défait libéra la masse des cheveux qui déferla sur ses épaules avec la vigueur des eaux de la grande cataracte. La chevelure forma un dais d’or qui alla reposer sur ses épaules nues.

Un éclair brilla dans sa main.

Une lame !

D’un geste brusque, presque brutal, elle plongea la lame dans la masse de ses cheveux. La première boucle se détacha.

La lame œuvra à nouveau, une deuxième boucle tomba, une troisième encore. Puis ce fut la moisson. Ces cheveux qu’aucun tranchant n’avait jusqu’alors profanés, ces cheveux qu’on pourrait dire d’origine, se détachaient d’elle. Cela dura une éternité. Un orage doré.

Quand elle eut fini, la célèbre chevelure que tous, toujours, lui avaient enviée – hier, enfant, à Cyrène, femme, aujourd’hui, à Alexandrie – formait sur le sol une éminence.

Dans le miroir quelque chose bougea.

Au fond de la pièce, un enfant regardait et pleurait silencieusement. Il n’avait pas sept ans. Debout derrière lui, un homme d’une quarantaine d’années, vêtu d’une longue toge, ne quittait pas la reine des yeux. Ses mains soignées étaient posées sur les épaules de l’enfant. Non pas posées, mais appuyant, en fait, avec force. Par ce geste tenu, dans lequel passait une profonde affection, l'homme empêchait l'enfant de s'élancer vers sa mère. Il le retenait et l'apaisait. Et l'enfant, rouge de colère et de peine, ne se débattait pas, mais tentait avec obstination, mouflon têtu, de se jeter sur sa mère. L'homme se nommait Ératosthène de Cyrène, l'ami d'enfance de la reine, mais aussi le précepteur de son fils. Son émotion était intense, mais sa charge, qu'on devinait d'importance, ainsi qu'une longue habitude de la retenue, l'empêchaient de se laisser aller. Et de se précipiter, lui aussi, vers la reine.

Un signe de Bérénice fit se mouvoir un géant noir figé en la plus parfaite immobilité dans l'entrée de la porte, qu'il gardait. Un long coutelas pendait à sa ceinture. Il s'avança d'un pas lent et s'immobilisa devant la reine. Il hésita à saisir le rasoir de cuivre qu'elle lui tendait. Elle le regarda durement, c'était un ordre. Il se plaça derrière elle.

“Non, mère !”

Le cri avait jailli, fissurant le calme impressionnant et terrible dans lequel baignait la pièce. Malgré la pression d'Ératosthène qui lui meurtrissait les épaules, l'enfant n'avait pu retenir son hurlement. Bérénice frissonna. On aurait voulu qu'elle se retourne. Esthie, le géant noir, marqua un temps d'arrêt. Il hésita. Un regard de la reine lui intima l'ordre de poursuivre. “Ce n'est rien, Lagos”, murmura Ératosthène à l'oreille de l'enfant qui tremblait.

Esthie posa la lame sur le crâne de Bérénice. Et se mit au travail.

L'enfant, le regard figé, d'une fixité inquiétante, sanglotait sans retenue. Cette reine chauve, naissant sous ses yeux, lui était étrangère. Où à présent se réfugier quand ses chagrins le terrasseraient, où enfouir son visage pour apaiser ses peines et s'oublier ?

Bientôt, il ne resta plus trace des touffes inégales que

les coups de lame de Bérénice avaient taillées dans sa chevelure.

La reine n'eut pas un regard pour l'enfant, pas un regard non plus pour Ératosthène. Mais, à plusieurs reprises, elle fixa une statue de marbre, le buste de son mari posé sur un socle de granit rose, le prenant à témoin. Insensible à ce qui se passait dans le fond de la pièce, toute son attention se portait sur ses propres mains, qui s'activaient. Tandis que, parachevant la moisson malhabile de sa maîtresse, Esthie lui faisait le crâne lisse, Bérénice manipulait ses mèches qu'elle liait en de longues tresses de feu.

Éclaboussé des dernières lueurs du jour qui lui offraient une auréole de lumière, son crâne à la courbe parfaite luisait : la sueur de l'émotion qu'elle n'avait su retenir. Elle était terrible et belle. Ses mains à présent calmées serraient une longue crinière posée sur ses genoux. Et ses lèvres inlassablement murmuraient une prière.

Un bruissement. Sirius, le chien de Ptolémée Évergète, tapi sous la couche royale, traversa la pièce et vint se coucher aux pieds de la statue de son maître. »

Théo ouvrit une petite gourde de peau fixée à sa ceinture, renversa la tête. D'une pression il fit gicler un filet d'eau dans sa bouche asséchée par le long récit. Il tendit la gourde au capitaine Coutousis qui la saisit machinalement et, renversant la tête à son tour, but en silence, charmé. On sentait qu'il brûlait de demander : « Et alors, quel rapport avec cette constellation ? » Ce passager roux, par la pureté de sa voix, et malgré sa jeunesse, vingt-cinq ans, pas plus, l'impressionnait. Il referma la gourde, la rendit à Théo, attendant impatiemment la suite du récit. Théo reprit :

« À la nuit tombée, Bérénice quitta le palais. Béton, son fidèle garde du corps, un athlète aux jambes puissantes, l'accompagnait. D'un pas assuré, elle se dirigea vers le rivage. À l'extrémité du cap s'élevait, s'élève encore, dit-on, le temple d'Isis. Elle alla droit à l'autel, ouvrit le sac qu'elle portait en bandoulière, déplia un linge, saisit sa chevelure, la lissa du revers de la main. "Isis, déesse de l'amour, ma déesse, ma sœur, si je t'implore, toi et nulle autre, c'est parce que tu sais ce qu'est souffrir de l'absence de l'être aimé. Mais surtout, c'est parce que tu as su redonner vie à ton époux, en offrant aux dieux une boucle de tes cheveux afin que du royaume des morts revienne Osiris, ton époux. Je te fais don de ma chevelure, ce que j'ai de plus beau ! Déesse, accepte cette offrande de Bérénice, ta sœur. Préserve la vie de mon époux, mon roi." Sur l'autel de pierre nue, elle déposa l'offrande et s'éloigna sans se retourner. »

Machinalement, le capitaine Coutousis jeta un regard vers les voiles tendues par le vent soutenu qui, à travers la Méditerranée apaisée, portait son navire vers Alexandrie. L'*Argo* filait, tenant le cap. Rassuré, il ne put se retenir : « Quel rapport avec cette constellation ? » Une moue espiègle sur les lèvres, Théo l'avertit : « Ne cherche pas à aller plus vite que le vent te pousse, capitaine ! »

Coutousis voulut répondre mais déjà la voix de son passager poursuivait :

« Quelques jours plus tard, Bérénice marchait dans le jardin royal lorsque Béton la rattrapa : "Reine, ta chevelure..." Bérénice se retourna, elle avait la tête recouverte d'une petite capuche pourpre. Bouleversé, Béton ne put ajouter un mot. "Parle, Béton ! – Ta chevelure... sur l'autel..." Bérénice porta sa main à son front et se mit à courir. En de grandes enjambées, Béton la suivait. Lorsqu'elle arriva au temple d'Isis, l'autel était vide ! Sa chevelure avait disparu.

La déesse avait refusé son don. Le sacrifice avait été vain. »

« Disparue ! » Les yeux du capitaine Coutousis brillaient d'excitation. « Le vent l'avait emportée ? Quelqu'un l'avait dérobée ? À moins que... Réponds !

– Pas plus vite que le vent te pousse, capitaine !

– Pas plus vite, pas plus vite ! Tu commences à singulièrement m'irriter, tu me mets l'eau à la bouche et tu…

– Bois donc ! » s'exclama Théo.

Vexé, le capitaine Coutousis haussa les épaules et, fixant faussement le mât, il fit mine de se désintéresser de la suite du récit. Théo, lui, but une longue rasade.

« Par le refus de l'offrande, Isis signifiait à Bérénice que le roi ne reviendrait pas vivant ! Bérénice s'apprêta pour le deuil.

Elle s'enferma dans sa chambre, interdisant qu'on vînt la déranger. Au milieu de la nuit, Béton, forçant les ordres, frappa à la porte. La reine ne dormait pas, elle se dressa dans ce lit que son époux avait délaissé depuis des années, et dans lequel jamais plus auprès d'elle il ne reposerait. Béton était accompagné d'un vieil homme dont l'exaltation détonnait avec l'âge avancé et l'allure digne. Conon, le célèbre astronome, l'ami d'Archimède, se tenait dans l'entrée. Bérénice le connaissait bien, il était l'un des plus illustres pensionnaires du Mouséion. Sans attendre l'autorisation de la reine, il s'avança – c'était inconvenant, mais ce qu'il avait à dire lui avait fait oublier le protocole : "Reine, ta chevelure… – Quoi, ma chevelure ! – Je l'ai retrouvée !" La reine resta interdite. Conon, osant la prendre par le bras, l'entraîna sur le balcon dominant le cap Lochias. Le ciel était d'une pureté inhabituelle, plus pur encore que maintenant, précisa Théo. Une nuit d'exception. "Regarde, Reine, la voilà, accrochée à la voûte céleste !" » Théo pointa le doigt comme l'avait fait Conon, désignant à nouveau cette parcelle du ciel entre la Vierge, le Lion, la Grande Ourse et Arctouros.

« Touchant aux feux de la Vierge et du Lion féroce, voisine de Callisto, la fille de Lycaon, j'incline vers le couchant, guidant le Bouvier paresseux, qui plonge lentement dans les profondeurs de l'Océan », récita-t-il, son doigt suivant consciencieusement la description qu'en avait donnée Callimaque dans son poème consacré aux boucles d'or de la reine et par lequel Théo avait découvert l'histoire de Bérénice.

« Dans le silence de la mi-nuit, Bérénice regarda, accrochée au firmament, scintiller sa chevelure, offerte pour la nuit des temps aux regards des hommes à venir, pour leur contentement et sa propre gloire. Avec ferveur, elle remercia Isis, la déesse d'amour, sa sœur. »

Le capitaine Coutousis n'eut alors aucun mal à repérer la petite grappe d'étoiles qui, depuis cette nuit d'Alexandrie, par la « vision » de Conon, s'appelle « la Chevelure de Bérénice ». Il protesta cependant :

« N'est-ce pas nous, les marins, qui habituellement nommons les étoiles ?

– Pas cette fois. Là, incontestablement, les astronomes vous ont devancés.

– Tant pis, j'adore les belles histoires, ce sont les seules dont je me souvienne. Je te remercie, voyageur. Dis-moi ton nom…

– Théophraste Excelsior. »

Le capitaine sourit : « Plus vite que le vent, hein ! Avec ton histoire, tu as… tu as raccourci mon voyage. Il me semble que l'*Argo* n'a jamais navigué aussi vite vers Alexandrie.

– Pas plus vite que le vent te pousse, capitaine ! »

Leurs rires mêlés rebondirent sur les vagues.

Le capitaine s'éloigna. Regagnant l'avant, il murmura, un peu triste : « Ce n'est pas à moi que cela arriverait. Jamais une femme ne s'est coupé un seul cheveu pour que je revienne. » Il se retourna vers Théo : « Cette constellation… » Son visage devint grave. « Dis-moi, voyageur, dois-je te croire ? Dois-je croire à cette histoire ?

– À ta guise, capitaine, répondit Théo. Que préfères-tu, qu'elle soit vraie ou que je l'aie inventée ?

– Qu'elle soit vraie ! » s'écria le capitaine avec une attachante sincérité.

Théo sentit le pont vibrer sous ses pieds. Sans que rien ne l'ait annoncé, la mer se mit à frémir. Tout bascula. Dans une inconcevable soudaineté, une tempête s'était levée. Pas un nuage, pas une goutte de pluie ne l'avait annoncée. Les voiles furent affalées en hâte. Les marins ordonnèrent aux passagers de descendre dans les cales. Théo décida de rester sur le pont.

Un roulement terrible, comme du tonnerre, ébranla la nuit. Théo aperçut une masse énorme, une montagne d'eau, devinant plus qu'il ne la vit la vague monstrueuse foncer vers lui. L'*Argo* fut soulevé, hissé sur le faîte de la vague. Si haut qu'il sembla se rapprocher des cieux ! Un cri de terreur s'échappa de la cale. Les articulations du navire gémirent dans un chœur d'épouvante. Plaintes déchirantes du bois que l'on tourmente.

Convaincu que la charpente était en train de se disloquer, Théo s'accrocha au mât, se félicitant de n'être pas dans la cale. Mieux vaut mourir à l'air libre, face au ciel, qu'être englouti dans l'obscurité mortelle des entrailles du navire. Il serra son baluchon qu'il plaça contre son ventre tout en le palpant pour s'assurer que les rouleaux s'y trouvaient toujours. Rien ne les séparerait. Ils s'en sortiraient ensemble ou couleraient ensemble. Dans les rafales, il entendit la voix de Coutousis hurler les ordres. Brave capitaine !

Il leva la tête. Si loin au-dessus de l'esquif accablé, étrangère à ce qui se passait, la voûte céleste brillait de ses plus beaux feux, sereine. Un ciel paisible, une mer folle.

Une interminable seconde.

« Pharos ! Pharos ! »

Un petit vent de nord-est les poussait vers la côte. Effacée la vague immense, oubliée la mer aliénée qui avait failli les engloutir. Elle s'en était allée aussi soudainement qu'elle les avait assaillis. Théo avait fini par s'endormir sur le pont.

Des années qu'il attendait ce moment ! Saisissant son baluchon, son unique bagage, il se dirigea vers la proue, vers le sud. Droit devant brillait une lueur solitaire dans l'infini de la nuit finissante. « Pharos ! » annonça la vigie.

« Voyageurs ! Encore en pleine mer, sur votre navire, dans l'obscurité de la nuit, vous qui voguez vers nous, cette lumière venant jusqu'à vous pour vous guider est chargée de vous annoncer mille feux. Ceux de la ville et ceux de la pensée. Alexandrie ! » Tel est le message adressé à ceux qui avaient choisi d'aborder la cité par la mer.

Au milieu des passagers réveillés par le cri de la vigie, Théo était fasciné. Papillons de nuit attirés par cette flamme, combien y avaient perdu leurs ailes ? Il se promit de ne pas être de ceux-là. Lui revinrent en mémoire ces vers de l'*Odyssée* :

On peut voir là une île, dans la houle de la mer,
Face aux bouches du fleuve ; on la nomme Pharos.
Là se trouve un bon port d'où l'on relance en haute mer
Les vaisseaux balancés qui puisent à la sombre aiguade.

Comme l'on voit à l'horizon naître le navire du haut du mât jusqu'à la ligne de flottaison à mesure qu'il se rapproche, Théo vit se construire le Phare, du sommet déjà dans l'aurore, à la base encore dans la nuit. De la voûte où brûlait le feu à l'assise posée à fleur d'eau, il vit la tour descendre peu à peu vers les flots, qu'elle atteignit deux heures après le lever du jour. Lien de pierre, bâti par des humains d'exception, entre le ciel de Zeus et la mer d'Ouranos, à qui le Phare était dédié. Le feu s'était éteint au moment où le Soleil avait chassé l'obscurité pour une nouvelle journée, la première de Théo en terre d'Afrique. Il avait longuement préparé son voyage. Déjà, par cette arrivée de rêve, il était payé de retour.

Au milieu de la matinée, l'*Argo* passa à l'est du Phare tout proche. Peut-être d'ailleurs ne passa-t-il pas si près ; l'affolante dimension de l'édifice réduisait toutes les distances. Combien pouvait-il mesurer ? La réponse lui vint d'un groupe de passagers. « Trente étages ! » s'exclama l'un, tandis qu'un deuxième, ébahi par ce qu'un troisième venait de lui révéler, répétait bêtement : « Plus haut que la moitié de la longueur de la piste du stade d'Olympie ! » À l'écart, un quatrième ne cessait de répéter : « Soixante hommes juchés l'un sur l'autre ! » Les uns choisissant l'horizontal familier, les autres le vertical commun, pour prendre la mesure de l'exceptionnel. Ils parlaient avec d'autant plus de chaleur qu'ils avaient cru ne jamais terminer ce voyage, la vague était encore dans toutes les mémoires.

Pharos, minuscule îlot placé en avant-poste de la cité. À l'extrémité orientale de l'îlot, un rocher. Sur le rocher, le Phare : trois cylindres de pierre blanche posés l'un sur l'autre. D'une blancheur insolente. En fait, il ne s'agissait pas de trois cylindres. Mais d'un seul, composant la partie supérieure, qui reposait sur une tour à huit côtés, qui elle-même s'appuyait sur une tour au pourtour carré, plus large encore. Bref, de la pure géométrie… dans l'espace. Un parallélépipède massif surmonté d'un prisme octogonal puissant, coiffé d'un cylindre élancé. Voilà ce que découvrait Théo, accoudé au bastingage de l'*Argo*.

Au bas du Phare, face à la mer, léchées par les vagues, deux statues colossales les accueillaient. Et protégeaient l'édifice.

Ni Athènes ni Rome ne possèdent de ports propres, Syracuse et Alexandrie en ont deux. Aux navires qui veulent aborder, Alexandrie offre deux possibilités, un port ouvert vers l'est, un autre vers l'ouest. Suivant la direction d'où souffle le vent, malgré les hauts-fonds et les récifs, tous peuvent accoster en sécurité.

Le vent soufflant d'ouest, le navire se dirigea vers le port oriental, le Grand Port. Il obliqua, passant entre le cap Lochias et le Phare. Tout au bout du cap, Théo aperçut une petite construction. Le temple où Bérénice avait naguère déposé sa chevelure.

Voilure affalée, l'*Argo* avançait doucement au milieu d'un invraisemblable trafic, mené d'une main sûre par le capitaine Coutousis.

Les accidents étaient fréquents. Beaucoup de navires de guerre, la flotte entière des Ptolémées, l'une des plus considérables jamais armées, avec ses galères énormes et fortes de dizaines de rangées de rames !

À tribord, à l'écart du reste de la ville, le Basiléia, le quartier royal. Théo eut tout le temps d'admirer les gigantesques palais et leurs mille appartements. Dépassant les autres en magnificence, le palais royal, celui du roi Ptolémée et de la reine Bérénice.

L'*Argo* dépassa une petite île abritant le port royal, l'île d'Antirhodos, considérée comme la petite Rhodes. Arrimé à un large quai, un bateau d'une grandeur défiant l'imagination. Puis il longea le grand temple consacré à Poséidon et, un plus loin, le célèbre Théâtre. Diminuant encore sa vitesse, l'*Argo* passa comme en revue les Trésors d'Alexandrie, gigantesques entrepôts auxquels la ville devait sa richesse, il faudrait plutôt dire la richesse de ses souverains. Sur chaque production du pays, verre ou bière, lin ou raisin, poteries ou brasseries, céréales ou parfums, les Ptolémées prélevaient leur part. En quelques décennies, Alexandrie était devenue le « comptoir du monde ».

Le message lancé par le Phare n'était pas trompeur ; déjà tant de merveilles sans avoir accosté !

Chapitre 3

DEUX axes, charpentant le Monde, faisaient la carte. Ils la tendaient et lui offraient toute son envergure. Six coudées égyptiennes de long, trois de large !

Bien que le présentoir ait été placé non loin du fauteuil royal, le roi Ptolémée Évergète – revenu vivant et vainqueur de Syrie peu de temps après que Conon eut « retrouvé » les « Cheveux de Bérénice » parmi les constellations – s'était levé : « Quand j'étais jeune, de ma place j'aurais distingué jusqu'au plus fin détail. Ah, Ératosthène, que ta vue jamais ne faiblisse ! » Ératosthène frissonna, cette idée qu'un jour sa vue baisse au point de ne plus pouvoir lire un mot, l'épouvanta. Il se hâta de la chasser.

Évergète gardait le silence, immobile, humble, devant le présentoir dressé dans une pièce fraîche du Mouséion. Ératosthène ne put s'empêcher de remarquer à quel point il avait vieilli, grossi aussi. Le roi d'Égypte était devenu un vieil homme.

Évergète attendait cet instant depuis des mois. Tant de fois il avait manqué se précipiter au Mouséion pour assister au remplissage progressif de la carte, mais il avait su résister à la tentation afin d'éprouver un bonheur plus grand encore lorsqu'elle serait terminée : la découvrir en une fois. De l'Orient au Couchant.

Le premier axe, horizontal, débutait aux colonnes d'Héraclès qui, à l'extrême ouest, verrouillaient la

Méditerranée, la séparant de l'océan. Passant par Messine, Athènes, Rhodes, avant de pénétrer, par les portes Caspiennes, dans l'immense Asie, il se terminait au Taurus oriental, gigantesque chaîne de montagnes nouvellement reconnue par Alexandre. Le *Diaphragme*. Ératosthène lui avait donné ce nom, car, semblable au muscle qui, dans le corps de l'homme, sépare le haut du bas, l'axe scindait la carte en son mitan.

Le second, vertical, étirant le Monde de Thulé la gelée, isolée dans l'extrême nord, à Méroé de sable, dans la désertique Nubie, au-delà, peut-être, des sources du Nil interminable, passait par Byzance, Rhodes, Alexandrie et Syène. Tout naturellement, Ératosthène l'avait nommé la *Perpendiculaire*.

C'est dans l'île de Rhodes, au cœur de la ville, à l'intérieur même du Colosse, que les deux axes se coupaient. Ératosthène avait fixé là le centre du monde habité.

D'aucuns furent portés à croire qu'en situant l'origine des terres dans l'Apollon de métal, on avait placé le dieu au centre du monde. C'était oublier que, construite par le génie des hommes, la statue avait forme humaine et qu'alors c'était bien l'homme qui, déléguant sa forme aux dieux, occupait le foyer de la Terre.

Que disait la carte ? Que la Terre était une ! Continent unique cerné par un océan unique.

« Voilà l'*œkoumène*, Seigneur, le monde habité ! »

Appréhender le monde d'un seul regard ! Cela devenait possible. Cette prise de possession de l'espace entier lui procura un sentiment d'ivresse encore jamais ressenti. Même lorsque, à la tête de ses armées, il s'était emparé de provinces entières. Il éprouva le besoin de toucher la carte, effleurant le papyrus, comme si ce contact l'assurait de la réalité.

« Tout y est ? demanda-t-il, soudain pris de doute.

– Rien ne manque », le rassura Ératosthène d'une voix tranquille.

Évergète laissa éclater son excitation : « Le monde habité dans sa totalité ! Le voir d'un seul coup d'œil ! Est-ce vraiment la première fois ? »

Ératosthène, surpris : « Quoi donc, Seigneur ?

– Qu'on le représente ainsi ?

– Oui, la première fois, répondit Ératosthène avec assurance. Vous connaissez mon attachement à la science géométrique comme à l'exactitude qu'elle implique. »

Dessinée sur une feuille de papyrus d'une pureté admirable, étayée au dos par deux fines lamelles de bois croisées en diagonales, la carte se présentait sous la forme d'un rectangle parfait, deux fois plus long que large. En longueur, la longitude ; en largeur, la latitude. Une grille de parallèles et de méridiens permettait de localiser chaque lieu.

Précise, simple, pure. Évergète rayonnait ; il était fier de « son » savant. N'était-ce pas lui qui, voilà des années, l'avait fait venir d'Athènes, pour le faire régner sur Alexandrie la savante ?

Évergète se rassit. « Alexandre voulait faire le tour de l'œkoumène, ta carte lui aurait été d'une grande utilité. C'eût été alors une autre *Odyssée*, qu'un nouvel Homère nous aurait contée.

– Une *Odyssée* qui cette fois aurait eu de solides bases », affirma Ératosthène sur un ton acide.

Pour pointer la différence entre son travail et celui du poète, envers lequel il ne cachait pas certaines réserves, il précisa que sa carte allait être accompagnée d'un traité nommé *Geographika*, dont il terminait la rédaction. Détachant la première syllabe, Évergète répéta lentement : « *Geo... graphika*.

– Un mot nouveau pour une science nouvelle que je viens de créer. Et qui relèvera plus de la mathématique et de l'astronomie que de la littérature et de la poésie, précisa Ératosthène.

– Elle fera de toi le premier *geographikos*, le premier

“dessinateur de la Terre” ! Moi, vois-tu, l’Égypte me suffit », lui confia Évergète, arrêtant son regard sur la terre où, après trente dynasties de pharaons, régnait sa propre lignée, les Ptolémées de Macédoine. Dynastie d’importation qui, au fil des décennies, s’était enracinée dans le vieux pays. Larges rubans de sable des déserts de Libye et d’Arabie, admirablement séparés par le long fleuve. Baignant les illustres cités millénaires bâties sur ses rives, suivant une ligne presque droite, le Nil s’écoulait du sud vers le nord, de Syène, tout en bas, juste au-dessus de la grande cataracte, en passant par Thèbes aux Cent Portes et Memphis, la vieille cité mère, pour, quand s’évase le fleuve en forme de delta entre la mer et le lac Maréotis, finir à Alexandrie, la Cité d’Or.

Du regard, Évergète fit le tour de l’œkoumène :

« De tous côtés, il n’y aurait que de l’eau ?

– Oui, passé les colonnes d’Héraclès vers l’ouest et le Taurus vers l’est, que de l’eau ! C’est pourquoi je suis convaincu qu’en partant de l’Ibérie et en voguant toujours vers l’ouest, il serait possible d’atteindre le Taurus par la mer.

– Partir vers l’ouest et revenir par l’est ! Tu oses te moquer de ton roi, gronda Évergète, mimant la colère.

– Rien ne nous en empêcherait, insista Ératosthène.

– Si. La peur.

– Je veux dire en théorie, sur la carte.

– La théorie n’ôte pas la peur.

– Un peu, tout de même, Seigneur.

– Et la carte n’est pas le monde.

– Un peu, tout de même. En tout cas, je m’y emploie. »

Évergète s’approcha de la carte. Posant son index sur le Diaphragme, il le fit glisser du couchant au levant, égrenant les noms des pays : Celtique, Libye, Italie, Grèce, Macédoine, Thrace. Quand il eut atteint la Perpendiculaire, il s'interrompit. Il venait de traverser la moitié du Monde. Impatient de poursuivre ce voyage virtuel, il continua : Éthiopie, Nubie, Arabie, Médie, Perse, Carmanie, Bactriane, Inde, Cédrosie, Taprobane. Parvenu à l'océan qui mettait un terme aux terres habitées du Levant, son doigt resta en suspens. Lentement, d'un geste large, désignant l'en dehors de la carte :

« Et le reste ? Le reste du monde, est-ce beaucoup, est-ce peu en regard de ce que nous connaissons ? » demanda le roi, les yeux brillants d'excitation. S'approchant d'Ératosthène qui, en retrait, respectait le silence de son souverain, il répéta doucement, presque douloureusement, sa demande à cet homme qui lui était si cher et à qui il avait confié l'éducation de son fils aîné, Lagos : « Ce monde habité que tu offres à mon regard et dont pour la première fois je perçois si sûrement les limites, je ne peux m'empêcher de ne le considérer que comme une partie du Monde. Une partie infime ? Une partie considérable ?

– Pour te répondre précisément, il faudrait que je sache combien grande est la Terre.

– Eh bien !

– Tu me demandes, Seigneur, quelle est la grandeur de la Terre ?

– Oui, oui, c'est exactement ce que je te demande, la grandeur de la Terre ENTIÈRE !

– Tu me demandes, Seigneur, rien de moins que de mesurer la Terre !

– Serait-ce au-delà de tes possibilités ? » demanda Évergète d'une voix que la provocation rendit enjouée.

Demande inouïe !

Mesurer le Monde. Non pas le monde habité, mais le monde dans sa totalité. Durant des millénaires, seul avait compté pour chaque homme son territoire. Cette mesure, si je parviens à la mener à bien, signera pour les hommes la sortie de la maison, du village, de la cité. Elle témoignera de la prise en compte de l'unité du monde. Par elle, chaque homme, au-delà de son attachement à sa terre, deviendra habitant de LA Terre. Cette sortie hors de « chez soi », qui se couplera avec une sortie hors de soi, sonnera comme une véritable révolution.

Pris de vertige devant la portée et les conséquences de la tâche qui allait désormais requérir tous ses efforts, Ératosthène frémit. Être le premier homme à prendre la mesure du Monde, quelle gloire ! Mais aussi quelle responsabilité ! Que ses calculs soient erronés, qu'il fasse la Terre plus grande ou plus petite qu'elle n'est, et pendant des siècles les hommes, abusés par son erreur, se feraient une fausse idée du Monde.

Parvenu au bout du cap Lochias, il contourna le temple d'Isis cerné par les eaux. Depuis ce fameux jour où il avait assisté à la chute de la chevelure de Bérénice, il ne pouvait passer près de lui sans éprouver un pincement au cœur. Aujourd'hui, c'était la Terre et non la reine qui occupait ses pensées.

Chapitre 4

L'OFFICIER fendait la foule. Ses soldats le suivaient avec difficulté. Prévenus de l'arrivée de l'*Argo* par leurs collègues en poste au Phare, ils étaient tout de même en retard. Une rixe opposant des marins cyrénéens à d'immenses portefaix nubiens les avait retenus. Bien que le maintien de l'ordre ne fasse pas partie de leur mission, ils en avaient profité. Quelques coups de bâton, une occasion à ne pas rater.

Sachant qu'aucun passager ne débarquerait de l'*Argo* avant son arrivée, l'officier ne se pressait pas. La passerelle trembla sous les pas lourds des soldats qui s'égaillèrent dans la cale. Après s'être présenté au capitaine Coutousis, l'officier se rendit immédiatement dans sa cabine. L'inspection commença. Une malle imposante occupait une grande partie de l'espace, des effets personnels, des armes, des bougies... Un coffre taillé dans un lourd panneau retint son attention : « Ouvre-le ! »

Bijoux, pièces de monnaie, drachmes, oboles, mais aussi des pièces cyrénéennes et d'autres provenant du pays des Hébreux. L'officier repoussa la porte du coffre, irrité. Ce n'est pas cela qu'il cherchait.

« Que transportes-tu ? demanda-t-il, soupçonneux.

– Du bois pour le Phare. Du vin, des olives, rien qui t'intéresse. Je viens de Rhodes et je ne fais qu'une escale à Alexandrie.

– Et tu vas… ?
– À Cyrène.
– Et après ?
– Cela dépendra de ce que je trouverai là-bas. Poursuivre vers la Crète ou repasser par ici…
– Un grand voyage que tu fais là ! Du vin de… ?
– De Samos.
– C'est le meilleur de l'Hellade. » Les yeux de l'officier brillèrent. « On en trouve difficilement ici ; tu n'auras pas de difficulté à le vendre. »

Alors qu'il énumérait les raisons de sa préférence pour le vin de Samos, légèrement sucré, plutôt que celui d'Asie Mineure, trop sec à son goût, il fut interrompu par des exclamations provenant du pont : « C'est du vol, vous n'avez pas le droit ! » La main sur le glaive, il se précipita.

Silencieux, les passagers, les yeux baissés, étaient rassemblés autour des soldats.

« Qu'est-ce qui se passe ? Ils se rebellent ? » Les passagers ne bronchèrent pas. « C'est celui-là », brailla un soldat désignant un homme qui, lui, n'avait pas baissé les yeux. Drôlement attifé, chaussé de sandales dont les lanières de cuir fauve grimpaient le long des jambes. Blouse ample, ouverte jusqu'au sternum, serrée à la taille, laissant voir des jambes nerveuses. Une minuscule dague était fichée dans sa ceinture. Tignasse rousse emprisonnée par un bandeau de cuir noir qui lui ceignait le front. Et, ce qui était surprenant chez un roux, le teint extrêmement mat. Un collier d'une barbe flamboyante accentuait le contraste. Un peu moins roux, un peu plus mat, un peu moins grand, un peu plus large, il aurait été franchement affreux ; mais là, dans un improbable équilibre, cela tenait ensemble. Au final, un jeune homme séduisant et quelque peu inquiétant.

« C'est toi qui beugles ? » l'interpella rudement l'officier. Pour s'approcher, il avait dû contourner une corbeille contenant une vingtaine de rouleaux de papyrus. Les soldats s'étaient livrés à une véritable rafle, dont les livres seuls étaient la cible. Un scribe inscrivait le nom des manuscrits empruntés, leur nombre, le nom du propriétaire et sa ville d'origine.

« Mais c'est mon conteur ! s'exclama Coutousis. Qu'est-ce qui t'arrive ?

– Laisse ! » ordonna l'officier. Coutousis adressa un signe d'encouragement à Théo. « Alors, tu accuses mes soldats de vol ? mugit l'officier.

– Je possède un manuscrit. Il est à moi, je l'ai acheté. Très cher. J'ai bravé une tempête et tes hommes me l'ont vo... » Il se reprit : « ... me l'ont dérobé. C'est ça, dérobé. » Désignant quatre rouleaux insérés dans des trousses de cuir : « Là, là, là et là ! J'exige qu'on me les rende.

– Vous entendez, il exige ! persifla l'officier.

– Personne n'a le droit de me les prendre ! » insista Théo sans se laisser impressionner. Deux soldats l'entourèrent.

« Personne ? demanda l'officier, narquois. Pas même le roi ?

– Tu n'es pas le roi, que je sache, répliqua Théo, déclenchant les sourires des passagers et des soldats.

– Mais j'agis sur son ordre, s'énerva l'officier.

– Le roi t'a ordonné de me prendre mon manuscrit, à moi, Théophraste Excelsior ? »

Excédé, l'officier sortit de son habit une feuille pliée. « Ordre du roi Évergète. Tous les manuscrits trouvés à bord des vaisseaux pénétrant dans le port d'Alexandrie seront emportés par les officiers du roi... et rendus à leur propriétaire après examen.

– Examen, cela veut dire quoi ? »

Les soldats emportèrent la corbeille.

Le capitaine Coutousis proposa à Théo, dépité, d'aller se changer les idées à *L'Amphore fêlée*, l'une des meilleures tavernes d'Alexandrie.

Quand Théophraste Excelsior posa le pied sur le quai d'Alexandrie, non loin se déroulait un événement qui, pour le monde, aurait des conséquences considérables, et allait l'entraîner dans des aventures dont il était loin de se douter.

« Le roi ! hurla le garde.

– Chut ! Pourquoi hurles-tu toujours ainsi quand j'arrive ? Penses-tu leur faire peur ? les réveiller ? »

Dans cette salle des écritures où habituellement l'on se gardait d'élever la voix, les scribes se dressèrent dans un touchant ensemble, tenant encore leur calame qui gouttait sur leurs sandales.

Dans le silence respectueux, un crissement têtu persistait. Étranger à l'agitation, un vieux scribe penché sur sa table basse continuait d'écrire. Un garde s'avança. « Laisse-le, ne le dérange pas. » Évergète avait reconnu Sélénios. Depuis que des soldats séleucides lui avaient crevé les tympans, il n'entendait plus un son.

Dès que le roi quitta la salle, le pépiement reprit. Une volière.

« J'étais tout au fond, dans ma salle de géographie, l'accueillit Ératosthène. Aurais-je oublié que tu venais ce matin ? » Délicate façon de lui faire remarquer qu'il ne l'avait pas averti de sa visite.

« Va, ta mémoire ne t'a pas joué de tour, tu le sais bien. Mnémosyne t'a divinement doté de ce côté-là. Le Conseil était tellement ennuyeux que je l'ai écourté. J'ai vu que Sélénios était toujours là !

– Heureusement, heureusement ! Ses copies sont de pures merveilles. Je les ai maintes fois comparées à l'original, jamais je n'ai pu déceler la moindre différence. Sa surdité le coupe du monde, elle lui offre une concentration que je n'ai rencontrée chez aucun autre scribe.

– Est-ce pour me suggérer de faire crever les tympans de tes autres scribes ?

– Les tympans, si vous voulez. » Puis frissonnant : « Mais pas les yeux ! »

Évergète, n'ayant pas perçu l'émotion d'Ératosthène, lui lança : « Tu règnes sur ta Bibliothèque comme moi sur l'Égypte. » Et brusquement : « Combien d'ouvrages pensait-il qu'il y avait dans le monde ?

– Qui, Seigneur ? demanda Ératosthène, surpris.

– Sôter, mon grand-père, lorsqu'il a décidé de fonder la Bibliothèque.

– Cinq cent mille.

– Combien en avons-nous aujourd'hui ?

– Quatre cent mille.

– Trouve les cent mille restants et range-les sur tes rayons. » Il s'assit. « Alors, Ératosthène, cette mesure de la Terre ? »

Contiguë au Mouséion, dont elle était une dépendance, la Grande Bibliothèque s'élevait à deux pas du palais royal. Évergète était venu à pied, protégé par l'ombre des cyprès. Il avait fui les audiences minutieusement programmées ; son métier de roi ne lui procurait plus aucun plaisir, il s'ennuyait. Un quart de siècle ! Envolées les sensations fortes du début de son règne où, grisé par le sentiment de changer le monde, il faisait la guerre, la paix, les lois. Être l'un des sommets du triangle politique sur lequel reposait le monde hellène et se partager les rôles avec ses deux alliés-ennemis-complices, les Antigonides de Macédoine et les Séleucides de Syrie, l'avait durablement captivé.

Ce temps était révolu.

Ce qui l'intéressait à présent, c'était finalement ce sur quoi il n'avait pas de pouvoir : la connaissance.

En quelques décennies, Alexandrie avait capté tous les savoirs de la Grande Grèce. Naguère on se précipitait à Athènes, aujourd'hui on se pressait à Alexandrie. L'Académie et le Lycée hellènes avaient passé le flambeau au Mouséion et à la Grande Bibliothèque hellénistiques.

Évergète se plaisait en la compagnie des scribes, des traducteurs, des compilateurs, prenant fréquemment son repas de la mi-journée avec les pensionnaires du Mouséion. C'était apaisant, enivrant parfois, passionnant toujours.

Il laissait à Bérénice la charge des affaires de l'État, elle aimait cela. La reine s'y entendait à merveille. Avec une redoutable habileté, elle faisait faire à ses subordonnés tout ce qu'elle désirait. Cela les changeait de la rudesse et de l'emportement dont faisait montre Évergète ces dernières années.

De toute manière, le formidable appareil administratif mis en place par ses prédécesseurs, et dont il avait lui-même augmenté les capacités, marchait tout seul. Redoutable machine, parfaitement rodée, avec ses armées de fonctionnaires. Les impôts rentrant dans les caisses royales avec la régularité des crues du Nil.

« J'ai beaucoup réfléchi depuis notre dernière entrevue, déclara Évergète. Je me demande bien comment tu vas t'y prendre. Dis, tu ne vas tout de même pas faire le tour de la Terre entière ? Sache que je n'aurai pas le temps d'attendre ton retour.

– Ni moi celui de faire le voyage. Pour conquérir un pays, un bon stratège, tu le sais, Seigneur, pour l'avoir maintes fois expérimenté, n'a pas besoin d'occuper le territoire entier. Une parcelle, souvent, suffit… si elle est judicieusement choisie. De même ferai-je pour mesurer la Terre. Il me suffira d'en mesurer un tout petit morceau…

– … judicieusement choisi. Ces quatre cent mille ouvrages qui dorment dans ta Bibliothèque, remarqua vivement Évergète, ils disent tout de même quelque chose sur notre Terre !

– Ils ne dorment pas, Seigneur, ils veillent. Il y a là tout ce qui a été écrit concernant la Terre et le cosmos. » Il se reprit : « Enfin, presque tout. Quelques ouvrages me manquent, que j'ai pourtant fait rechercher. En vain. Le *De la nature* de Philolaos de Crotone, dont Platon aurait acheté un exemplaire pour quarante mines, onze années de labeur d'un bon ouvrier. Les autres, je les ai tous étudiés.

– Eh bien, que disent-ils ? le pressa Évergète.

– Quelle diversité, Seigneur ! »

Un serviteur posa sur un guéridon divers jus de fruits. Ils burent sans dire un mot. Puis :

« Si tu le permets, avant d'aborder la grandeur, je te parlerai de la forme, proposa Ératosthène.

– J'ai tout mon temps. Mais eu égard à mon âge, prends aussi le tien. Va lentement, j'ai vraiment envie de tout comprendre.

– Pour les premiers penseurs, la Terre était plate. Anaximandre a dessiné la première carte du monde habité, affirmant qu'elle était un disque plat. Anaxagore de Clazomènes, Hécatée de Milet, Hérodote aussi. Certains ont prétendu qu'elle avait la forme d'un cylindre, allant jusqu'à préciser qu'il était trois fois plus profond que large ! C'était il y a quatre-vingts olympiades, à l'époque de Thalès. Puis la Terre est devenue ronde !

– Comment, alors qu'on l'avait affirmée plate et que nos sens nous poussent à croire qu'elle l'est effectivement, comment peut-on prétendre qu'elle est ronde ? Lorsque je marche et que je pose mes pieds bien... à plat sur le sol, je ne sens pas la moindre rondeur arquant la plante de mes pieds.

– Si cela peut te rassurer, moi non plus. »

Ératosthène réfléchit. De quelle façon allait-il s'y prendre pour agencer son argumentation ? Il opta pour une stratégie en deux volets. D'abord, rejeter toutes les possibilités sauf une, puis démontrer que celle-ci est la bonne. Premier volet : la Terre ne peut être autrement que ronde. Second volet : en s'appuyant sur les arguments positifs, prouver qu'elle l'est effectivement.

« Quelles sont les formes possibles ? Large et plate, cylindrique, cubique, pyramidale. Ou sphérique. Je parle de formes régulières. » Ératosthène n'avait pu s'empêcher de prendre la voix et la posture du conférencier dans l'amphithéâtre du Mouséion :

« Large et plate ? Si elle l'était, tous les humains, en quelque lieu qu'ils se trouvent, auraient le même horizon. Le Soleil se lèverait et se coucherait au même moment sur toute l'étendue de la Terre. Or nous savons que les habitants des contrées orientales voient le jour se lever avant ceux vivant plus à l'ouest.

Cubique ? Si elle l'était, aucune face n'ayant de raison d'être privilégiée, les six seraient également éclairées par le Soleil. Partout sur la Terre les jours dureraient six heures, et les nuits dix-huit !

Pyramidale ? Si elle l'était, pour les mêmes raisons que précédemment, les quatre faces seraient identiquement éclairées. Partout sur la Terre les jours dureraient huit heures, et les nuits seize ! »

À chaque forme déboutée, Évergète applaudissait.

« Il ne lui reste qu'une possibilité, n'est-ce pas ? conclut Évergète. Être ronde ! Astucieux. C'est comme pour une bataille, on coupe toutes les retraites sauf une et on attaque l'ennemi par celle-là ! C'est de la bonne stratégie. »

Après avoir fait appel à l'astronomie, Ératosthène utilisa un argument philosophique et esthétique : le plus parfait des corps, celui qui abrite les hommes, peut-il être autrement que parfait ? Et la plus parfaite des formes est la sphère.

Argument ultime, il expliqua que la sphère englobait toutes les autres figures régulières ayant le même diamètre. Elle était le solide qui, pour la même surface, englobait le plus d'espace.

Abasourdi par cette rafale de justifications, vaincu et ravi, Évergète leva les bras, comme s'il lui était impossible à présent de ne pas l'admettre : « Elle est ronde, donc !

– Personne aujourd'hui n'en disconvient plus. Pour autant, les controverses ne se sont pas éteintes ; elles ne portent plus sur la forme, mais sur la position et le mouvement de la Terre. Où se situe-t-elle dans le cosmos relativement aux astres et aux autres planètes ? Est-elle immobile ou animée de mouvement ? Et si elle n'est pas immobile, quels mouvements l'agitent ?

Platon, Eudoxe, Aristote, Euclide et tant d'autres, parmi les plus grands, affirment que la Terre est au centre de l'univers et qu'elle est immobile.

Tous ne pensent pas ainsi.

Pour Héraclide du Pont, c'est tout le contraire, la Terre tourne ! Elle tourne sur elle-même, comme une toupie, faisant un tour entier d'ouest en est en une journée. Puis ce Philolaos, dont je t'ai dit n'avoir pu trouver le manuscrit, affirme, à ce qu'on rapporte, que la Terre tourne, non pas sur elle-même, mais autour d'un “feu central”, accomplissant un tour entier en une journée.

– Un feu central au centre du monde ! répéta Évergète, effaré. Où vont-ils trouver tout cela ?

– Mais le plus stupéfiant de tous est encore notre Aristarque, qui a quitté le Mouséion il n'y a pas si longtemps. Non content de faire tourner la Terre sur elle-même, il la chasse du centre du monde pour y placer le Soleil. Il inverse les rôles, la Terre bouge, le Soleil est immobile, et la première tourne autour du second.

– Le Soleil au centre du monde, cela a dû plaire aux prêtres d'Égypte. Une chose me tourmente. Comment, ici même, à Alexandrie, à quelques années de distance, deux pensionnaires du Mouséion, Euclide et Aristarque, ont-ils pu émettre des opinions totalement contraires ? Pour l'un, d'après ce que tu me dis, la Terre, maîtresse du jeu, occupe fièrement le centre de l'univers ; pour l'autre, elle se tient humblement dans un coin du monde, dit-il, ne pouvant cacher son agacement et son désarroi. Et toi ? Toi, que penses-tu ?

– Moi, je me contente d'une Terre bien fixe et bien immobile au centre du monde.

– Tu dis qu'elle est fixe et immobile ?

– Non, je dis seulement que je me contente de cette hypothèse.

– Qu'entends-tu par là ? Il n'y a donc pas de certitudes ?

– Je veux dire qu'elle "sauve les apparences", et cela seul compte. Avec cette assertion, nous pouvons expliquer la plupart des phénomènes que nous constatons dans le cours du monde céleste.

– Et quelles sont ces apparences qu'il nous faut sauver ?

– L'alternance du jour et de la nuit, la succession des saisons. La variation, au cours de l'année, des durées respectives du jour et de la nuit, le mouvement des étoiles chaque jour et tout au long de l'année, la prévision des éclipses. »

Évergète l'interrompit : « Mais enfin, elle tourne ou non ? Elle est au centre ou non ? Tous ces écrits ne nous apportent donc aucune certitude ?

– Si, une seule ! Qu'elle tourne ou qu'elle soit immobile, qu'elle soit au centre de l'univers ou n'importe où ailleurs, NOTRE TERRE EST RONDE ! s'exclama Ératosthène avec ferveur. Et c'est là notre chance ! Parce que si elle est ronde on peut la mesurer, dit-il, jubilant.

– Tu veux dire que si elle ne l'était pas…

– Oh, Seigneur, s'écria Ératosthène, si elle ne l'était pas, ce serait… oui, ce serait impossible. »

Il marqua un temps d'arrêt. Évergète montrait des signes de fatigue.

« Nous pouvons nous interrompre, et reprendre un autre jour, proposa Ératosthène.

– Pas question ! À moins que tu ne sois fatigué. Sur ces sujets, je suis insatiable. Je me demande comment j'ai fait pour ne pas m'y intéresser plus tôt. J'ai failli passer à côté. J'ai dépensé un temps énorme en faits insignifiants. Que de temps perdu ! Vas-y ! Vas-y ! »

Ératosthène y alla.

« Supposons que la Terre soit plate comme un disque.

– Oui, lâcha Évergète qui s'était redressé, les yeux brillants, réagissant à chaque mot d'Ératosthène.

– Ou bien ce disque s'étend au-delà de toute limite, alors la Terre est... illimitée. Pas question de la mesurer ! Ou bien le disque a des limites, alors il faudrait les atteindre. Autant dire que ce n'est qu'après avoir atteint les bords de la Terre que l'on pourrait en connaître la grandeur ! »

Il saisit une feuille de papyrus dont il joignit les bords pour confectionner un cylindre. « Si la Terre était un cylindre, il faudrait non seulement mesurer la surface de la section, mais également la hauteur de la paroi. »

Il défit le cylindre, vrilla la feuille en forme de cornet pour confectionner un cône. « Semblablement, si c'était un cône comme celui-ci, ou bien un cube, ou encore une pyramide, ou tout autre solide !

– Nous avons vraiment de la chance, alors ?

– Plus que tu ne le crois, Seigneur, murmura Ératosthène, le visage baigné de joie.

– Les dieux ont bien fait le monde ! Peut-être l'ont-ils fait ainsi uniquement pour que tu puisses un jour le mesurer, lança Évergète, moqueur.

– Ce qui fait de la sphère une forme incomparable, poursuivit Ératosthène enflammé, c'est, comment dire ? qu'elle est partout ronde de la même façon.

– Partout ronde de la même façon ! Tu as de ces formules ! Je connais quelqu'un à qui je vais dire qu'elle est partout ronde de la même façon, je gage que cela va lui faire plaisir !... Dis-le autrement, pour voir.

– J'essayais de dire, débuta malhabilement Ératosthène, décontenancé, que la courbure est la même en n'importe quel point de sa surface. En cela, elle est la forme parfaite. Identique en chaque point, semblable dans toutes les directions ! Aucun autre solide ne possède cette magnifique qualité. D'une certaine façon, on peut dire que c'est la forme démocratique par excellence, elle ne privilégie aucun lieu.

– Démocratique ? Ne parle pas de malheur ! »

Emporté par son ardeur, Ératosthène ne releva pas.

« Vois notre chance. Elle n'a pas de bord comme le disque, pas d'arêtes comme le cube ou la pyramide, pas de pointe comme le cône, pas de base comme le cylindre. Connais-en une partie et tu la connaîtras tout entière !

– Que veux-tu dire par là ?

– Oui, je vais un peu vite. Cette dernière propriété est capitale pour notre projet. Je veux dire qu'il suffit d'en connaître une partie…

– Judicieusement choisie… (tu vois que je suis !) pour la connaître tout entière, c'est cela ?

– Exactement. Nous pouvons donc mesurer la Terre sans avoir à en faire le tour.

– Je t'ai rarement vu aussi passionné. Tu parles de la sphère comme moi de mon royaume. »

Ératosthène baissa les yeux, confus de s'être laissé aller ; il n'aimait pas se découvrir et dévoiler ses passions.

« Mais cela ne m'éclaire pas sur la façon dont tu vas t'y prendre », revint à la charge Évergète.

Ératosthène avait retrouvé son calme. C'est en savant assuré qu'il s'empara du compas qu'un aide lui présentait. Sur une large feuille de papyrus, il dessina un cercle : la Terre, pointa le centre du cercle qu'il désigna par la lettre *O*, indiqua deux points *A* et *B* sur la circonférence.

« Si je mesure la partie de la circonférence, comprise entre Alpha et Bêta et si je sais quelle proportion de cette dernière elle représente, je peux en déduire la longueur de la circonférence.

– Je te suis encore, mais je sens que ce n'est pas pour longtemps.

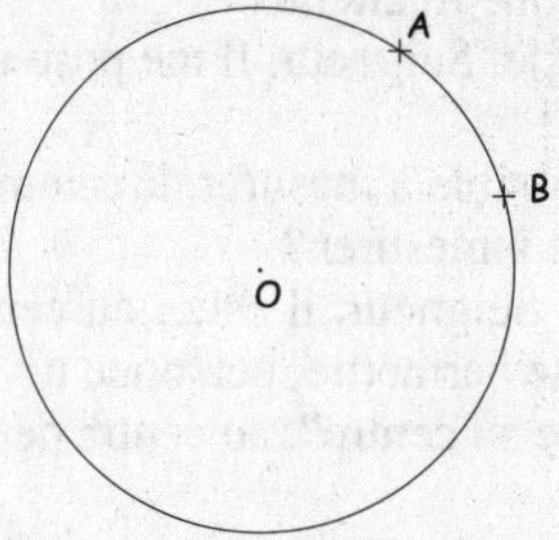

– Pour déterminer cette proportion, la mathématique du cercle va me venir en aide. » Saisissant une règle, il traça deux rayons aboutissant l'un en *A*, l'autre en *B*, nota θ l'angle fait par les deux rayons. « La merveilleuse richesse du cercle, reprit-il, c'est que cet angle, dont le sommet est situé au centre de la sphère, est proportionnel à l'arc qu'il intercepte. Si l'angle est, par exemple, le dixième du total, l'arc est le dixième du total. Connaître cet angle, c'est connaître la proportion recherchée. »

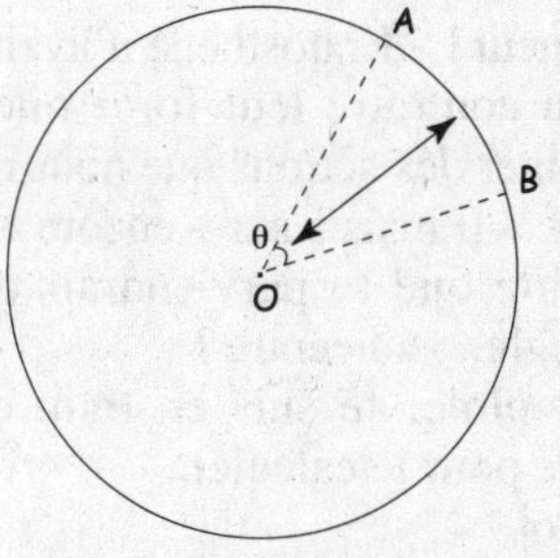

Évergète, enthousiaste, s'était approché du dessin. Ératosthène conclut :

« Quand je connaîtrai l'angle ainsi que la longueur de la partie de circonférence mesurée, je pourrai répondre à ta question et je te révélerai la grandeur de la Terre.

– Qu'est-ce que tu attends ?

– C'est l'angle, Seigneur. Il me pose un problème !

– Mesure-le !

– Il est impossible à mesurer directement ! avoua-t-il.

– Impossible à mesurer ?

– C'est que, Seigneur, il est… au centre de la Terre. Et, si je puis me permettre, personne n'y est encore allé. C'est un “angle au centre”, au centre de la Terre », murmura-t-il.

Évergète éclata de rire :

« Tu m'as piégé ! » Puis, s'énervant à mesure qu'il parlait : « Au centre de la Terre ! Alors à quoi bon le dessiner et gloser à son sujet si tu ne peux l'atteindre ? Ton dessin est duperie ! Avec aisance, tu fais sur lui des opérations que tu ne peux ensuite effectuer dans le monde des choses. Tes voyages sur ces papyrus sont des chimères. Moi, quand je projette des actions, je les accomplis réellement. »

Il s'assit, déçu et irrité. Ératosthène lui révélait que la mesure était irréalisable.

« Tu veux que je te dise ? Tes mathématiques sont tromperies.

– Non, Seigneur ! » Ératosthène n'avait pu retenir son cri. « C'est au contraire leur force que de nous permettre d'imaginer des actions que nous ne pouvons pas encore réaliser. » Il insista sur « encore ».

« Tu veux dire que tu parviendrais quand même à mesurer cet angle… au centre ?

– Je m'y emploie. Je suis en train de chercher la bonne méthode pour le calculer.

– Dépêche-toi ! »

Chapitre 5

LE NILOMÈTRE d'Éléphantine était le plus important d'Égypte.

Ouvert dans le mur épais ceinturant le temple de Khnoum, l'escalier descendait dans le lit du fleuve. Sur les parois, les traits sculptés dans la pierre permettaient de mesurer la hauteur de l'eau. En période de crue, le nilomètre, gradué en coudées royales, paumes et doigts, inscrits en caractères grecs et démotiques, fournissait des indications précises sur les variations du niveau du Nil. Indications d'une importance capitale pour l'économie du pays. Plus vite elles étaient communiquées aux autorités, plus vite celles-ci pouvaient arrêter leurs décisions, qui dépendaient entièrement de l'importance de la crue.

Situé aux avant-postes du fleuve, à la pointe sud de l'île Éléphantine, ce nilomètre était le plus important d'Égypte. Il permettait de prendre la mesure de la crue dès son entrée dans le pays. Annonçant son ampleur avant qu'elle ne se propage et recouvre le pays jusqu'à la mer.

Fidèle à son calendrier, la crue avait débuté à la fin du mois de *Payni*, s'était poursuivie tout au long des mois d'*Épiph* et de *Mésoré*. À mesure qu'elle grossissait, ne marquant aucune pause dans sa progression, l'eau avait grimpé les marches du nilomètre.

Le jour était sur le point de se lever. L'horologue du temple, chargé de suivre la progression de la crue, descendit les marches, s'enfonça dans l'eau jusqu'à la taille. Examina la trace sur la paroi. Le niveau s'était stabilisé, aucune marche nouvelle n'avait été recouverte durant la nuit. L'horologue s'en assura à nouveau. Le Nil ne monterait pas plus haut cette année. La crue avait culminé. Relevant l'inscription gravée dans la pierre, un sourire de satisfaction éclaira son visage.

L'île Éléphantine, ainsi que la ville de Syène sur la rive orientale du Nil, se trouvaient sous le Tropique ! C'est dire si la chaleur était intense en ce début de matinée.

Un homme attendait à l'entrée du temple, l'horologue lui tendit une feuille scellée. Sur la feuille, il avait inscrit un nombre et un signe.

L'homme sauta dans une barque, traversa le Nil. Un cheval l'attendait sur la rive. Le messager quitta immédiatement Syène en direction du nord.

Au même moment, un groupe de maçons déposait ses outils sur la terrasse du Mouséion. Frappés par la beauté du paysage, ils restèrent silencieux. L'aube sur Alexandrie ! De l'autre côté du port, le Phare, étincelant sous le soleil rasant, étendait sur la mer son ombre immense vers l'occident.

Quand leur travail fut terminé, ils s'assirent en nage, fiers de leur ouvrage. Une dalle de granit aux proportions parfaites dont le plan supérieur était percé d'une petite cavité. Après en avoir soigneusement vérifié l'horizontalité, le maître maçon se laissa tomber sur le sol au milieu de ses hommes. « Ils n'ont même pas prévu un toit ! » se plaignit un maçon.

Suivi d'un aide portant une longue boîte, Ératosthène se dirigea vers la dalle. Dégageant une superbe tige d'or polie, il la tendit au maître maçon qui la glissa à l'intérieur de la cavité. Où elle s'inséra parfaitement.

Ayant vérifié sa verticalité à l'aide d'un fil à plomb, le maître maçon s'empressa de la sceller.

Le gnomon était en place.

Rien de plus simple qu'un gnomon ! Une simple tige verticale plantée dans le sol, un homme debout, une tour, un obélisque, le Phare sont des gnomons.

Se référant au lieu où la construction s'élevait, le maître maçon, intrigué, demanda s'il s'agissait d'une statue en l'honneur d'une Muse.

– Pas d'une Muse, mais du Soleil, répondit Ératosthène. Ou plutôt de son contraire.

– De la nuit ? » demandèrent les maçons ébahis. D'un signe de tête, Ératosthène les détrompa.

« Que produit le Soleil ? demanda-t-il, énigmatique.

– De la lumière, répondit l'un.

– De la chaleur, répondit un autre.

– De la sueur, répondit un troisième, levant ses bras pour que l'on constate combien ses aisselles dégoulinaient.

– Non, non, vous n'y êtes pas. Le Soleil produit de L'OMBRE ! »

Ils restèrent perplexes.

C'était d'une telle évidence ! Mais comment avoir l'idée d'une telle réponse ? Ce sont les objets sur la Terre qui produisent l'ombre, pas le Soleil dans le ciel. Mais s'il n'y avait pas de Soleil dans le ciel, il n'y aurait pas d'ombre sur la Terre.

Aucun de ces hommes n'était jamais entré dans sa Bibliothèque, aucun n'avait suivi d'enseignement au Gymnase, aucun, sans doute, n'avait lu un seul ouvrage. Ératosthène eut envie de leur expliquer.

Il leur dit que le gnomon servait à produire des ombres, comme celle qu'ils apercevaient en ce moment sur la dalle. Cette tige toute simple fournissait une quantité énorme d'informations sur le monde. La longueur et la direction de son ombre à différents moments de la journée et en différents jours de l'année nous indiquaient l'instant où le Soleil était au zénith, nous communiquaient la latitude du lieu où l'on se trouvait, nous donnaient la direction du nord. Et d'autres informations encore, l'équinoxe, le moment de l'année où le jour et la nuit sont égaux, et… Il s'arrêta, sentant qu'il ne serait pas capable de leur expliquer ce qu'étaient les tropiques et les solstices…

Quand il se tut, les maçons regardèrent d'un autre œil la tige d'or fixée sur la dalle de granit au centre de la terrasse du Mouséion.

Tout en bas, dans le Grand Port, l'*Argo* était sur le départ. Le capitaine Coutousis, satisfait de son escale à Alexandrie, avait livré sa cargaison de bois aux servants du Phare, vendu à un excellent prix ses amphores de vin de Samos, embarqué de nouveaux passagers et chargé de nouvelles marchandises pour Cyrène. Il avait hâte de repartir. Mais il devait attendre l'officier. Les passagers qui poursuivaient leur voyage sur l'*Argo*, et dont les rouleaux avaient été « empruntés » à leur arrivée, guettaient sa venue. Théo était de ceux-là.

Pas pressé du tout, l'officier finit par arriver, accompagné du scribe et de soldats portant la corbeille. Après appel de leur nom, les passagers récupéraient leurs rouleaux. L'inquiétude de Théo grandissait. Lorsqu'il n'en resta plus aucun dans la corbeille, il explosa : « Et mes rouleaux ! Il y en avait quatre. Où sont-ils ? »

Décidé à ne pas le reconnaître, l'officier le dévisagea : « Tu prétends qu'on t'a emprunté des rouleaux à ton arrivée ? Hm, hm. Quel est ton nom ? »

Théo déclina son nom, le scribe chercha sur le registre. « Il est bien sur la liste.

– Ah, ah, bougonna l'officier. Ils les ont peut-être égarés à la Grande Bibliothèque. Ça n'arrive presque jamais, mais tu m'as l'air d'être le genre à ne pas avoir de chance. Faut dire qu'il y en a des dizaines de milliers là-bas. Je n'arrive d'ailleurs pas à comprendre comment ils s'y retrouvent.

– Je me fiche des dizaines de milliers de rouleaux, ce sont les miens qui m'intéressent.

– S'ils ne les retrouvent pas, ils te les payeront. Un bon prix.

– Je ne veux pas d'argent. Je veux mon manuscrit !

– Il faudra attendre, alors.

– Mais le bateau va partir.

– Ah, il faut choisir. Ou bien tu pars sans tes rouleaux et tu les récupères quand tu repasses… si tu repasses. Ou bien tu attends et tu viens les chercher au poste de garde au bas du Phare dans une quinzaine de jours… si on les retrouve. »

L'officier, le scribe et les soldats quittèrent le bateau.

« Viens avec nous à Cyrène, c'était ton projet, non ? Tu n'as pas de quoi te payer le voyage ? Je t'engage comme matelot. Tu sais faire la cuisine ? Tu ne sais pas ? Bon, il y a toujours quelque chose à faire sur un bateau. » Penché sur la rambarde de l'*Argo*, le capitaine Coutousis pressait Théo, debout sur le bord du quai.

« Je ne supporte pas la mer, s'excusa Théo, touché. Et puis, je ne sais pas nager. Merci, capitaine. Mais je dois reprendre mon manuscrit. C'est tout ce que je possède.

– Quel entêté tu fais ! Va voir de ma part la patronne de *L'Amphore fêlée*, elle te donnera du travail. »

Peu de temps après, l'*Argo* contournait le Phare.

Se dirigeant vers *L'Amphore fêlée*, Théo repensa aux mots de l'officier : le poste de garde. Cela lui rappelait quelque chose, mais quoi ?

Le nombre que l'horologue du temple de Khnoum à Éléphantine avait inscrit était incontestablement le nombre le plus important de l'année. Le pli devait parvenir à destination dans les plus brefs délais. Et le trajet que le messager devait accomplir était le plus long que l'on puisse effectuer à l'intérieur du pays : la traversée de part en part de l'Égypte.

Pour tout arranger, la plupart des routes étaient impraticables, contraignant à de larges détours. Le Nil était en pleine crue.

Suivant le conseil de Coutousis, Théo s'était présenté à *L'Amphore fêlée*. La patronne, qui aimait les beaux garçons, n'avait pas mis longtemps à l'engager. Elle lui accorda une avance sur son salaire.

Il loua une chambre dans le quartier du port, toute proche de l'Emporion. Il n'avait guère le temps d'y séjourner. Les journées de travail étaient longues. Après le déjeuner, il regagnait sa chambre, faisait une courte sieste et partait à la découverte de la ville.

Sa première surprise : à Alexandrie, c'étaient les hommes qui montraient leurs jambes, leur tunique courte tombant bien au-dessus des genoux, alors que celle des femmes descendait bien au-dessous des mollets. Déception effacée par la beauté incomparable de la ville. Son second étonnement : toutes les rues étaient pavées ! Et propres.

Alexandrie étant divisée en cinq quartiers, chacun portant le nom de l'une des cinq premières lettres de l'alphabet, Théo décida de visiter la ville dans l'ordre alphabétique.

Il reprenait son service en fin d'après-midi. La taverne se remplissait vite ; on y mangeait bien, la nourriture n'était pas chère et, trois soirs par semaine, les fameuses attractions attiraient la grande foule. Ces soirs-là, la salle était bondée, *L'Amphore fêlée* était connue dans tous les ports de la Méditerranée pour ses numéros. Mais nul n'égalait les exhibitions d'un certain Obole, un nain terrible et génial dont Théo ne cessait d'entendre parler. Pressé d'assister à l'une de ses démonstrations, il demanda à la patronne quand aurait lieu la prochaine. Elle ne put lui répondre. Personne ne l'avait revu depuis cette soirée mémorable où il s'était surpassé. Des bruits couraient, il serait au service d'un riche couple.

Les clients, essentiellement des grands élèves des gymnases et des marins venant de partout – Chypre, Rhodes, les îles de la mer Égée, Cos en particulier, les côtes de l'Asie Mineure, du Pont-Euxin, des ports de la Grande Grèce, de Cyrène, bien sûr, et de Tyr –, buvaient beaucoup, de la bière surtout. Ils s'excitaient, beuglaient, s'accrochaient, mais peu de bagarres sérieuses. La patronne ne se séparait jamais d'un fouet dont les lanières hérissées de boules aux pointes acérées donnaient plus de poids à son autorité.

Posté à côté du passage entre la salle et la cuisine, Cerbère dormait. Sur un signe de sa maîtresse, tout en continuant de sommeiller, il retroussait ses babines. En général, cela suffisait à calmer les énervés. Un soir, Cerbère était allé jusqu'à se réveiller complètement : le responsable de cette effronterie ne se remit jamais de la perte d'une moitié de fesse.

Tard dans la nuit, Théo regagnait sa chambre, harassé, sale, puant le graillon. Avant de s'endormir, il pensait à son manuscrit. Encore quelques jours et il en reprendrait possession.

Chapitre 6

L'ENFANT qui, naguère, dans la chambre royale, assistait en pleurs au sacrifice de la chevelure de Bérénice, avait grandi. Lagos, le fils aîné de Ptolémée Évergète et de Bérénice, était devenu un grand jeune homme, presque un adulte. Plutôt bien en chair, yeux vifs et roublards, cheveux longs bouclés. On le sentait nonchalant mais capable de gestes brusques, brutaux.

À ses côtés, une adolescente vêtue d'une tunique sobre dévoilant un corps svelte et gracieux, une poitrine menue, Arsinoé, la cadette. Voilà un long moment qu'Ératosthène attendait Magas, le plus jeune des enfants royaux, pour débuter la leçon.

Fâché de son retard, il décida de commencer, d'autant que le temps pressait et que le Soleil, lui, n'attendait pas.

Juste à l'embouchure du canal Agathos Daimôn reliant le Grand Port au lac Maréotis, un petit voilier évoluait avec aisance. Le vent était bon. L'embarcation était menée par un adolescent athlétique d'une quinzaine d'années effectuant des figures risquées, qu'il assurait à la perfection. La reine Bérénice, debout sur la rive, ne pouvait réprimer de petits cris de frayeur, sans cacher sa fierté devant l'habileté de son fils. Un peu à l'écart, un groupe de soldats applaudissaient aux exploits du jeune prince.

Magas affala la voile ; abandonnant le bateau immobilisé, il plongea. Bérénice et Béton, qui l'accompagnait, le cherchèrent longuement du regard.

Inquiète de ne pas le voir réapparaître, Bérénice poussa un cri quand il gicla à ses pieds, l'aspergeant entièrement. « Vive le prince Magas ! Vive le prince Magas ! » Les soldats se précipitèrent, il serra les mains de ceux qu'il connaissait.

Bérénice lui tendit une grande serviette : « N'est-ce pas, Béton, qu'il est beau ? Un vrai Ptolémée ! » Elle voulut l'aider à se sécher mais il se dégagea vivement. « Presse-toi. Une fois de plus tu vas arriver en retard à ta leçon. Ératosthène va être furieux. »

L'ombre du gnomon s'étendait sur la feuille de papyrus. Ératosthène dessina une petite croix pour en marquer l'extrémité. À l'aide d'une règle il relia, d'un trait, le pied du gnomon à la croix.

La matinée était à mi-parcours. Lagos et Arsinoé répétèrent l'opération, suivant attentivement l'évolution de l'ombre sur la feuille. Disposée en éventail, une série de traits partant du pied du gnomon figurait les ombres successives. Non seulement l'orientation mais aussi la longueur des traits changeaient à mesure que le Soleil se déplaçait.

Impossible de ne pas remarquer que les traits étaient de plus en plus courts et de moins en moins inclinés par rapport au bord de la feuille.

« Elle raccourcit encore ! constata Lagos, excité.

– Elle va disparaître ! s'exclama Arsinoé.

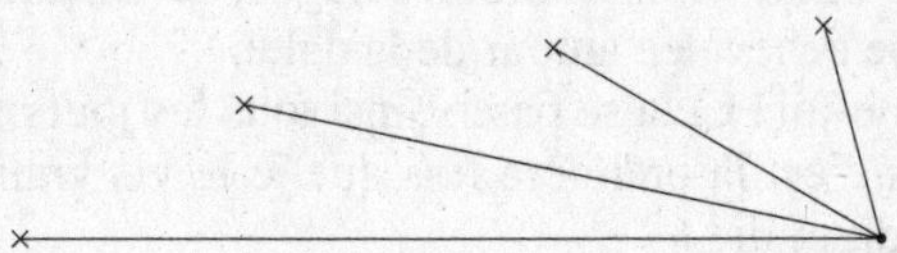

– Rassure-toi, elle ne disparaîtra jamais. Ici, à Alexandrie, le Soleil fait toujours une ombre. » Interpellant Lagos qui ne quittait pas la feuille des yeux : « Que cela signifie-t-il pour les rayons du Soleil ?

– Qu'ils sont toujours inclinés sur la Terre.

– Du point de vue mathématique, je te demande.

– Qu'ils ne sont jamais perpendiculaires au sol.

– Magnifique ! Tu es en train de devenir un véritable géomètre, Lagos. Je vais finir par être fier de toi.

– Elle ne raccourcit plus ! » le coupa Lagos. L'ombre qui, depuis l'aube, n'avait cessé de diminuer, sembla s'être arrêtée de décroître.

« Vérifie-le ! ordonna Ératosthène.

– Ça se voit. Il faudrait être aveugle pour…

– Ce n'est pas une preuve, Lagos. Je te demande une preuve. »

Arrachant la règle et le calame des mains d'Ératosthène, Lagos dessina une croix à l'extrémité de l'ombre, joignit la croix à la base du gnomon. Le trait semblait de même longueur que le précédent.

« Tu le vois bien, elles sont égales.

– Vérifie-le ! »

Un voile d'inquiétude, presque de désarroi, traversa le regard de Lagos. C'est dans de tels moments qu'Ératosthène mesurait sa fragilité.

Un compas apparut, qu'Ératosthène s'était bien gardé d'exhiber avant sa question. Lagos le saisit furieusement, écarta les bras de l'instrument, enfonça les pointes à chacune des extrémités de l'ombre, reporta l'écartement sur l'ombre précédente, qui se révéla être de la même longueur.

« Il est midi, MIDI ! claironna Lagos, se lançant dans une danse échevelée autour de la dalle.

– Calme-toi ! Cela se passe ainsi tous les jours.

– Mais c'est la première fois que je le vis vraiment ! Il est midi, midi ! »

S'étant mise prudemment en retrait pour ne pas être emportée par la fougue de son frère, Arsinoé lui glissa au passage : « Tu ne peux pas dire : *Il est midi.* »

Il s'arrêta net.

« J'ai dit : "Tu ne peux pas dire : *Il est midi.*"

– C'est toi qui vas m'en empêcher ?

– Quand l'ombre se met à s'allonger, midi est déjà passé, déclara Arsinoé avec assurance. Donc, quand tu dis : *Il est midi*, il est midi passé. »

Lagos accusa le coup : « Alors, qu'est-ce qu'on dit ?

– Ben, il A ÉTÉ midi. »

Ératosthène éclata de rire.

Lagos, furieux : « Tu es d'accord avec elle ? Vous êtes toujours d'accord ! » Il posa lourdement ses mains sur les épaules d'Arsinoé, elle tenta de s'échapper, il la retint : « Tu verras, quand tu seras ma femme, s'il A ÉTÉ midi !

– Je ne serai jamais ta femme, jamais ! hurla-t-elle, parvenant à s'échapper. Dis-lui, Ératosthène, l'implora-t-elle en se jetant dans ses bras. Je ne serai jamais sa femme, je suis sa sœur !

– Isis et Osiris ! Isis et Osiris ! » serina Lagos à son oreille pour la faire enrager.

Ératosthène ne prenait visiblement pas au sérieux le chagrin d'Arsinoé : « Lagos, Lagos, voyons ! »

Lagos s'arrêta brusquement, le visage grave : « Elle a raison, c'est comme pour le plaisir. On ne peut pas dire : "Je suis au comble du plaisir", mais "J'AI ÉTÉ au comble du plaisir". Parce que, lorsqu'on s'en aperçoit, il est déjà retombé.

– Tes exemples m'étonneront toujours, laissa échapper Ératosthène, étudiant le jeune homme avec un mélange d'incompréhension et d'orgueil.

– On ne comprend bien que ce que l'on ressent, Maître. C'est pour cette raison que je n'aime pas l'après-midi. Quand midi est passé, je voudrais qu'on saute directement à la nuit. Midi - la nuit, rien entre ! Dis, Ératosthène, on ne pourrait pas bannir les après-midi ? »

Ératosthène le regarda, interloqué : « Les astres ne sont pas à notre service.

– Dommage, il faudrait les y contraindre ! » lâcha Lagos dans un incroyable éclat de rire. On ne pouvait savoir s'il était sérieux.

Troublé, Ératosthène : « Je vous rappelle que nous sommes en train d'effectuer une expérience d'astronomie et de géodésie qui, habituellement, requiert un minimum d'attention. »

Les deux dernières ombres mesurées étaient de même longueur et proches à se toucher. Entre les deux, Ératosthène traça un trait épais. Le trait était légèrement plus court.

Le roi Évergète et la reine Bérénice, accompagnés de Magas, les cheveux hirsutes, apparurent en haut des escaliers donnant sur la terrasse du Mouséion. Sirius marchait lourdement en jappant à côté de son maître. Un géant filiforme à la démarche élastique, venu du pays de Méroé, tenait bien au-dessus de la tête du couple royal une immense ombrelle multicolore.

Se précipitant vers Évergète, Lagos l'entraîna jusqu'à la dalle, tandis qu'Ératosthène reprochait durement à Magas son absence.

« Regarde, père, l'ombre du Soleil à midi précis, annonça Lagos triomphalement, désignant le trait épais. Elle nous indique le nord. » Il se plaça dans le prolongement de l'ombre, écarta les bras comme un grand oiseau : « Je suis sur le méridien d'Alexandrie. »

Évergète, tentant de s'orienter : « Donc Rhodes est là, devant nous, vers le nord. Memphis, Thèbes et Syène derrière. Tu vois, Ératosthène, j'ai bien retenu tes leçons. » Se tournant vers Bérénice : « Et là, vers le couchant, Cyrène, ta ville. »

Bérénice sourit. Elle passa son bras sous celui d'É-

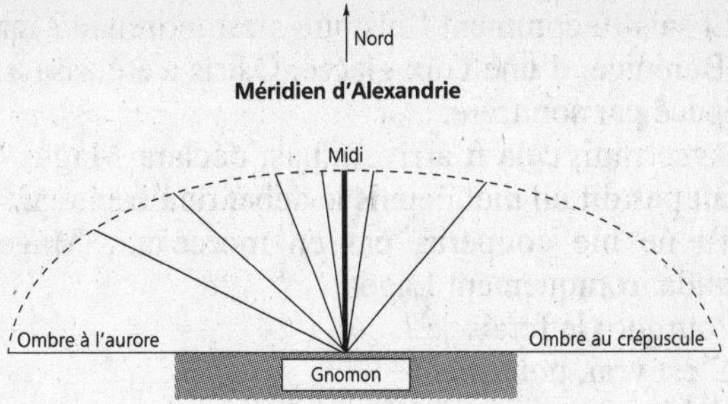

vergète et l'entraîna vers le fauteuil qu'un serviteur venait de déposer.

Évergète transpirait abondamment. Esthie, le grand esclave noir qui naguère avait rasé le crâne de Bérénice, lui servit une boisson. Avant même de tremper ses lèvres, il la repoussa. « Verse-moi ce qu'il y a de plus frais. »

Lagos allait prendre la parole mais Arsinoé le devança : « Père, Lagos ne cesse de dire qu'il va se marier avec moi.

– Tu préférerais te marier avec Magas ? répliqua Lagos. Il est plus mignon, plus doux, plus…

– Ni avec toi, ni avec lui. Ce n'est pas bien de se marier avec son frère. N'est-ce pas, Ératosthène ?

– Cela ne fait pas partie des coutumes grecques, répondit Ératosthène.

– Ah oui ? » rétorqua Lagos. S'adressant à Évergète : « Ton père ne s'est-il pas marié avec sa sœur ? Avec sa sœur qui s'appelait, qui s'appelait… ? » Arsinoé, écarlate, baissa la tête. « Qui s'appelait Arsinoé, comme toi, petite sœur. Et le roi ne s'est-il pas fait appeler *Philadelphe*, "Celui qui aime sa sœur !" n'est-ce pas, père ?

– Ce n'est pas ce que mon père a fait de mieux. Il te faudra un jour apprendre l'histoire de notre famille.

– Je ne voulais pas te fâcher. Parlons d'Isis et d'Osiris, ils étaient frère et sœur.

– Et sais-tu comment l'histoire s'est terminée ? intervint Bérénice, d'une voix glacée. Osiris a été assassiné et dépecé par son frère.

– Avec moi, cela n'arrivera pas, déclara Magas qui n'avait pas dit un mot depuis le début de l'échange.

– Tu ne me couperas pas en morceaux, Magas ? demanda ironiquement Lagos.

– Pourquoi le ferais-je ?

– C'est vrai, pourquoi ?

– Cela suffit, intervint Évergète. Nous ne sommes pas venus ici, en pleine chaleur, pour parler de dépeçage. Ce gnomon est magnifique, Ératosthène. Nous allons faire de grandes choses avec son aide. »

Ils quittèrent la terrasse pour prendre le repas qui leur fut servi dans une cour ombragée du Mouséion.

« Demain, la marque de l'ombre à midi sera plus courte, père, poursuivait Lagos, intarissable. Parce que nous allons vers l'été ; mais elle sera orientée exactement dans la même direction. »

Esthie revint avec une petite amphore d'où perlaient quelques gouttes, il versa une grande rasade de vin. Évergète vida le gobelet. Satisfait, il interpella Ératosthène :

« Lagos apprécie vraiment tes leçons. Mais es-tu sûr que tu ne lui fais pas trop de mathématiques et d'astronomie ? Ce n'est quand même pas avec cela qu'on gouverne.

– Et avec quoi gouverne-t-on, père ? demanda Magas, ingénument.

– De la sagesse, mon fils.

– La sagesse, c'est bon pour les vieil... » s'écria Lagos. Bérénice le fusilla du regard. Évergète croisa son regard. « Pas seulement pour les vieillards, Lagos. Les jeunes en ont également besoin. Plus peut-être. Surtout les jeunes rois.

– Oui, mais c'est quoi, la sagesse ? insista Magas, malicieusement, sous le regard narquois de Lagos.

– La sagesse, c'est assurer la paix à l'intérieur du

pays, mais également faire la guerre, s'il le faut. C'est se faire aimer de son peuple, se méfier des mauvais conseillers. À propos, Lagos, on me dit que certains de tes amis ne sont pas très…

– … fréquentables, précisa Bérénice.

– Est-ce qu'ils ne sont pas fréquentables, mère, parce que ce sont mes amis ? »

Évergète apprécia la logique de la réplique.

« Pour l'éducation d'Alexandre, Philippe de Macédoine a choisi le meilleur esprit de son époque, Aristote. Pour votre éducation (il désigna Ératosthène), j'ai choisi le meilleur esprit de mon époque. »

« Il me semble qu'Aristote a écrit des lignes très précises sur ce sujet, intervint Bérénice. Tu me corrigeras, Ératosthène. Il assure que, pour gouverner, il faut posséder toutes ces vertus : *andreia*, le courage ; *sôphrosunê*, la modération ; *megalopsuchia*, la magnanimité ; *philotimia*, l'ambition ; *praotês*, la douceur ; *areskeia*, l'affabilité ; *diagôguê*, le bon goût ; *dikaiosunê*, la justice ; *enkrateia*, la force de s'opposer à l'intempérance. »

Tout le temps que dura l'énoncé des vertus, Évergète regarda Lagos avec intensité, se demandant, pour chacune d'elles, si son fils en était pourvu. Il fut interrompu par l'arrivée du diocète. Évergète ne put réprimer un mouvement d'humeur.

Premier ministre et homme de confiance du roi, le diocète avait tenu à annoncer lui-même la nouvelle à Évergète. Il lui tendit un pli, Évergète l'ouvrit. Deux anses de panier suivies d'une barre verticale pour le nombre : 21. La crue avait atteint vingt et une coudées royales à Éléphantine !

Elle était la meilleure des crues possibles. Plus haute, l'inondation aurait été dévastatrice, plus basse, elle aurait déposé moins de limon et les récoltes auraient été moins abondantes. Encore plus basse, c'eût été la disette.

Le second signe inscrit par l'horologue d'Éléphantine était une petite croix ansée : *Ankh*, « Vie ».

L'argent allait rentrer à flots dans les caisses de l'État ; Ptolémée sera plus riche encore et les dépenses pourront se poursuivre. Vraiment une excellente nouvelle. « C'est le moment », pensa Évergète et il se leva. Les serviteurs s'immobilisèrent. Évergète posa les mains sur le bord de la table et, d'une voix forte :

« Je veux profiter de cette bonne nouvelle pour vous en annoncer une plus importante encore. J'ai décidé que mon fils aîné, Lagos, né de la reine Bérénice et du roi Ptolémée Évergète, me succédera sur le trône d'Égypte. »

Bérénice blêmit. Magas regarda sa mère, désemparé. Bérénice posa sa main sur son épaule, comme Ératosthène l'avait fait sur celle de Lagos, il y a si longtemps dans la chambre royale. Le diocète demeura impassible. Lagos se leva, se rassit. Ératosthène secoua la tête de contentement. Son élève allait régner sur l'Égypte. Un long silence s'installa. Tant qu'Évergète resterait debout, nul n'aurait le droit de prendre la parole.

« Tu seras le quatrième Ptolémée à régner sur la terre d'Égypte. Sôter, "le Sauveur" ; puis Philadelphe, "Celui qui aime sa sœur" ; moi, Évergète, "le Bienfaiteur"... Tu devras à ton tour choisir le nom sous lequel tu régneras. »

Lagos ne put se contenir : « J'ai déjà choisi, père ! » Il ouvrit la bouche, Évergète l'interrompit : « Plus tard. Tu le dévoileras le jour de ton intronisation.

– Mais père, si tu...

– Si je meurs avant ton intronisation ? demanda Évergète, malicieusement. Eh bien, les dieux me le communiqueront directement. »

Bien après qu'ils eurent quitté la terrasse, le Phare, gigantesque gnomon de pierre, offrait son ombre aux eaux calmes de la Méditerranée. Le Soleil se couchait en direction de Cyrène.

Chapitre 7

Après avoir ôté une à une ses épingles d'ivoire, Bérénice, en tenue de nuit, coiffa longuement sa chevelure, la lissant avec application.

Perdu dans ses pensées, Évergète suivait l'écoulement de l'eau d'une clepsydre.

Le roi était mélancolique. Avoir officiellement désigné son successeur était pour lui à la fois une libération et une crainte. Cette décision fixant le futur n'allait-elle pas interrompre le présent ou en hâter le déroulement ? Il eut peur de mourir.

Bérénice l'interpella d'une voix douce :

« Je me demande parfois si nous avons fait le meilleur choix pour l'éducation de nos enfants. Ératosthène n'est peut-être pas assez autoritaire, pas assez ferme.

– Je croyais qu'il était ton ami.

– Je n'en ai pas de plus cher ni de plus fidèle. Je l'ai connu à Cyrène. Il s'est rendu à Athènes quelque temps avant que tu ne viennes habiter dans le palais de mon père, avant que nous nous rencontrions.

– C'est bien toi qui m'as recommandé de le faire venir, d'Athènes justement.

– Le regrettes-tu ?

– Oh non !

– N'as-tu pas surtout écouté Callimaque qui te pressait de trouver un successeur à Apollonios pour diriger la Grande Bibliothèque ?

– Je vous ai écoutés tous les deux et vous étiez du même avis. Preuve que la proposition était bonne. Tu es toujours de bon conseil, ma reine. »

Il s'approcha, glissa sa main sous son habit et l'embrassa avec passion. Bérénice goûta le baiser, mais, au lieu de s'abandonner comme elle aimait à le faire, elle se détourna. « Je suis toujours de bon conseil, dis-tu ? Alors je voudrais que tu écoutes celui-ci, il vaudrait mieux que… » Elle s'interrompit, puis, d'une voix ferme : « Il vaudrait mieux que ce soit Magas qui te succède. »

Évergète la repoussa. « Qu'as-tu donc contre Lagos ! ? Bon, il est un peu… insouciant, mais cela s'arrangera. Il est jeune encore, et futé. As-tu remarqué tout à l'heure ses réponses ? Et puis, il est l'aîné ! Il n'y a aucune raison qu'il ne règne pas. » Son visage se ferma : « J'entends que tu n'interviennes pas dans mon choix. Moi seul dois choisir celui qui me succédera. Il y a eu assez de drames par le passé pour n'avoir pas suivi l'ordre des naissances… Que t'a-t-il donc fait ? C'est ton fils, aussi, non ! ? » cria-t-il en s'éloignant vers le balcon. Au passage, il heurta le meuble sur lequel la clepsydre était posée, elle vacilla. Son poids la maintint.

Malgré la nuit magnifique, sa colère ne faiblit pas. Bérénice attendit avant de le rejoindre. Posant une étoffe sur ses épaules, elle parla sans le regarder : « Lagos est mon enfant, comme Magas, comme Arsinoé ; et comme notre petite Bérénice qui nous a quittés si tôt. Il s'agit d'autre chose. » Elle avait du mal à poursuivre, mais elle savait qu'il lui faudrait cette fois aller jusqu'au bout. « Je vais te confier quelque chose que je n'ai encore dit à personne. Quand tu étais en Syrie, tu te souviens ? et que la guerre durait, et que tu ne revenais toujours pas… Je voulais tant t'avoir près de moi et j'ai eu si peur que tu ne me reviennes pas que j'en ai appelé à Isis. Je lui ai offert le sacrifice de mes cheveux.

– Oui, je sais, dit-il irrité, Callimaque l'a assez chanté dans son poème.

– Ne m'interromps pas, je te le demande. » Il voulut poursuivre, elle leva la main, suppliante. « Quand on m'a avertie que ma chevelure n'était plus à l'endroit où je l'avais déposée, j'ai immédiatement compris le sens de cette disparition, la déesse avait rejeté mon offrande ! Tu allais mourir ! Je suis restée toute la nuit, désespérée ; je te voyais transpercé par les lances syriennes. Je ne pouvais l'accepter. Ma chevelure n'avait pas suffi. Il fallait un sacrifice plus grand encore. » Elle releva la tête, regardant crânement Évergète. « J'ai offert à la déesse ce que j'avais de plus cher, le règne de mon fils, le règne de Lagos.

– Que veux-tu dire ?

– Tu as bien entendu. À Isis, j'ai promis que si tu me revenais vivant, notre fils Lagos ne s'assiérait pas sur le trône d'Égypte.

– Mon règne contre celui de mon fils ?

– Non ! Pas ton règne contre celui de ton fils, mais ta vie contre son règne. Ne comprends-tu donc pas ?

– Tu n'avais pas le droit de faire cela. Tu n'avais pas le droit de le dépouiller.

– Pas le droit ? » Elle détacha chaque mot. « Qui m'aurait ôté ce droit ? Avais-je le choix ? » Elle sourit tristement. « Oui, j'avais le choix. Je l'ai fait pour toi, pour nous. Est-ce si important de régner ? » Elle s'enflamma : « Quand, le lendemain, Conon est venu m'annoncer qu'il avait retrouvé ma chevelure, qu'il m'a entraînée sur ce balcon et qu'il me l'a montrée, accrochée là (elle tendit le bras, désignant le ciel du même geste que celui que Conon avait effectué quinze années plus tôt), j'ai su que mon sacrifice était accepté, que tu allais revenir et que je pourrais à nouveau te tenir dans mes bras. J'ai pleuré de joie, tu es revenu. J'ai rendu grâces à la déesse. » Bérénice avait les yeux baignés de larmes. Qu'elle est belle ! ne put s'empêcher de penser Évergète. Belle et folle d'avoir osé.

« Mais, poursuivit Bérénice, afin que le trône n'échappe pas à ta descendance, la déesse, ma sœur, m'a à son tour fait un don. Moins d'un an après ton retour, Magas est né. J'étais comblée, tu revenais vivant et ta descendance sur le trône d'Égypte était assurée. »

Évergète, bouleversé, ne bougeait pas. Sirius vint s'asseoir lourdement aux pieds de son maître.

« Tu entends, Sirius ?

– Il sait tout, murmura Bérénice. Il était là quand je me suis rasé la tête, gardant ta statue, ne laissant personne s'approcher, là, lorsque Conon est venu. »

Évergète prit Bérénice dans ses bras, elle chancela, épuisée. Il l'embrassa follement.

« Ma chérie, ma chérie… et moi qui t'en voulais. Pourquoi ne m'as-tu rien dit ? Pourquoi ? demanda-t-il avec rage.

– Je pensais que rien ne pressait, que le temps n'était pas venu que tu désignes ton successeur.

– C'est trop tard maintenant. Lagos régnera et il sera un bon roi, je te l'assure.

– Tu ne devrais pas. J'ai peur. »

Changeant de ton, riant, il demanda : « Quel nom, crois-tu, va-t-il choisir pour régner ? »

Elle hocha la tête. « Oh, je le sais bien !

– Dis-le-moi.

– Il te le dira lui-même quand le temps sera venu.

– Montre-moi, veux-tu, ta constellation. »

Il leva la tête, plissa les yeux. Elle prit tendrement sa main, la pointa au centre de la sphère étoilée, entre la tête de la Vierge et la queue du Lion.

Elle crut l'entendre murmurer : « Les cheveux de Bérénice. »

Du bout de son museau humide, Sirius taquinait le roi d'Égypte.

Bérénice se coucha sans un mot. Évergète, resté sur le balcon, ne la rejoignit que bien plus tard. Quand il se glissa dans la couche, elle ne bougea pas ; elle dormait profondément. Il l'envia. Il resta longtemps les yeux ouverts, l'esprit en feu. N'y tenant plus, il se leva, alla interroger la clepsydre.

Un petit singe était sculpté au bas du récipient. Par son sexe dressé, l'eau s'écoulait avec régularité dans le bassin. Il représentait le dieu Thot. Babouin pisseur qui donne l'heure. « Thot pisse et la nuit passe », aimait à dire Évergète. Cette surprenante présence au bas des clepsydres reposait sur une légende selon laquelle, au cours des nuits d'équinoxe, certains singes pissaient douze fois. Évergète adorait cette histoire. Ce soir, il en fit une lecture amère : il était devenu un vieux singe ! Plus il vieillissait, plus il se levait pour aller uriner. Pas douze fois, tout de même !

Décomptant les marques gravées sur la paroi, Évergète constata qu'il restait quelques heures avant l'aube. Il se dirigea vers la porte. Bérénice se tourna sans bruit, le regardant quitter la chambre, souriant devant ses tentatives maladroites pour ne pas la réveiller. Comment pouvait-il penser qu'elle puisse dormir après ce qui venait de se passer ? Il l'avait toujours crue bien plus forte qu'elle n'était. Ces révélations qu'elle avait mis tant d'années à lui faire, était-ce une confession ? Un avertissement ? Un appel à l'aide ?

Après avoir revêtu hâtivement des vêtements simples, il quitta ses appartements, revint sur ses pas, décrocha sa vieille chlamyde, la jeta sur ses épaules. Il demanda au garde en faction d'appeler le *stratège nukterinos*, commandant la garde de nuit, qui fit avancer un char d'apparat. Ne tenant pas à être reconnu, Évergète réclama un véhicule plus commun. Un char dépourvu de toute pompe se gara au bas des escaliers.

Le cocher, le visage barré de cicatrices, en descendit.

Évergète avait attaché à son service ce redoutable conducteur de char qui avait donné toute sa mesure durant la guerre de Syrie. N'ayant aucune contrainte familiale, veuf et sans enfants, il « faisait » les nuits afin de disposer de toutes ses journées pour s'adonner à sa passion : la pêche. Pas dans le Nil ou dans le lac. La pêche en mer ! Son lieu de prédilection : les dizaines d'écueils redoutables en face de l'île de Pharos. Plusieurs fois il avait chaviré, s'en était chaque fois sorti sauf, conservant sur le visage les marques des rochers. Nul ne lui aurait fait changer d'aire de pêche, les poissons de ces eaux terribles étaient incomparables. Combien de loups, de daurades royales, de mérous avait-il rapportés au palais, refusant qu'on les lui paie. Évergète en raffolait.

Deux officiers en armes s'apprêtaient à monter dans le char, Évergète les éconduisit, leur ordonnant de ne pas le suivre. Ils hésitèrent : sans escorte, la nuit… si un malheur arrivait, on les tiendrait pour responsables. L'ordre était sans réplique. Le cocher sourit, il lui plaisait que son vieux maître se soit offert sur le tard une maîtresse, lui le si fidèle époux de la reine Bérénice, et que son dévoué serviteur le conduise à ses amours clandestines.

Le char s'arrêta à l'entrée de l'enceinte du quartier royal. De la citadelle montaient des rires. Reconnaissant le cocher, les gardes ouvrirent la lourde porte.

« Où va-t-on ? demanda-t-il au roi, avec un sourire de connivence.

– Roule ! »

Étonné, le cocher tourna la tête.

« Va où bon te semble, lui lança Évergète. Et regarde la route ! Je n'ai pas envie d'avoir un accident. »

Il voulait rouler, anonyme, dans sa ville. Être seul et réfléchir.

Le cocher activa l'attelage. S'ébranlant sur la large avenue du Sôma, le char partit en direction du lac Maréotis, de l'autre côté de la ville. Autant, vu de l'extérieur, le véhicule semblait banal, autant l'intérieur était luxueux. Coussins épais, petits tabourets pour poser les pieds et même un meuble contenant des boissons.

« Dis, sais-tu sous quel nom j'ai été couronné ? »

Le cocher, surpris, bafouilla : « Comment le saurais-je ? Ai-je eu l'honneur d'être invité aux festivités ?

– Je ne te connaissais pas à l'époque. Celui qui te parle, écoute bien, se nomme *Iouaennetcherouy-senouy Sekhemankhré Setepimen*.

– Je m'en doutais, Seigneur.

– "L'héritier des deux dieux jumeaux. Rê est puissant de vie. L'élu d'Amon."

– Est-ce que la reine Bérénice t'appelle ainsi ?

– Assez rarement, je dois t'avouer. »

Évergète s'installa, regardant défiler les rues et les demeures, les temples et les palais. Six olympiades que je règne sur cette ville !

Tout le passé, non seulement le sien, mais celui de sa dynastie, lui revint. Il prit conscience que c'était pour en dérouler le fil qu'il avait ressenti ce besoin impérieux de quitter le palais au milieu de la nuit, en parcourant seul, comme pour en reprendre possession, cette ville qui symbolisait tant sa famille.

Une ville sortie des marécages, née d'un songe et d'un sac de farine. Capitale de ce pays que ce matin j'ai légué à mon fils. Lui auquel j'ai tenu à donner le nom de mon aïeul, Lagos, le noble ami de Philippe de Macédoine.

Tout a commencé une nuit d'hiver, il y a vingt-huit olympiades. Le vingt-cinquième jour du mois de *Tybi*, un jeune homme de vingt-quatre ans s'endormait non loin d'ici. Son sommeil fut traversé par un songe. Une force lumineuse et sans réplique lui enjoignait de fonder une cité dans ce pays dont il venait, sans combat, de prendre possession.

Jusqu'alors, les villes, il les avait conquises... ou détruites. Il n'en avait encore jamais créé une seule. Le songe lui disait qu'était venu le temps de laisser sa marque, non par une conquête, mais par une création. Cette ville sortie de sa volonté et de son imagination traverserait le temps, plus qu'Athènes, plus que Babylone ou Memphis. Une ville-monde, à l'instar de l'œkoumène qu'il était parti conquérir. Une ville-phare qui éclairerait la civilisation comme son maître Aristote avait éclairé l'esprit des hommes. Une ville qui porterait son nom : *Alexandria*.

Deinokratès de Rhodes, son architecte, ses ingénieurs, ses généraux les plus proches et son garde du corps le suivirent. Ainsi que le songe le lui avait indiqué, ils marchèrent en direction de l'île de Pharos, redoutée des capitaines qui nombreux avaient péri en voulant aborder sur cette côte inhospitalière.

Sur le terrain nu, face à l'île, s'étendra la ville.

Le songe avait indiqué à Alexandre l'emplacement de la cité, mais pas sa forme. Elle serait de sa liberté. Le vent soufflait. Son garde du corps, Ptolémée, fils de Lagos, son compagnon d'enfance, détacha le lourd manteau macédonien fermé autour de son cou par une fibule et le lui tendit.

Au lieu de le jeter sur ses épaules, Alexandre le déposa sur le sol. Le vêtement formait une sorte de rectangle dont l'un des côtés était arrondi aux angles. Telle sera la forme d'*Alexandria* !

Il fallait à présent en arrêter les dimensions. Une idée traversa l'esprit d'Alexandre, il demanda qu'on lui apporte un sac de farine. Déversant sur le sol un filet de poudre, il dessina le pourtour de la cité. La ville s'étendra parallèlement à la côte dans la langue de terre située entre la mer et le lac Maréotis. Une ville géométrique établie suivant les principes énoncés par Aristote décrivant la *Cité idéale*.

Le ciel s'obscurcit. Un étrange nuage voila le Soleil. Un nuage d'oiseaux de toutes tailles, de toutes espèces, fondit sur le sol. Un instant plus tard, quand ils reprirent leur vol, toute trace de farine avait disparu.

Mauvais présage ? « Tout le contraire ! assurèrent les devins. Ce signe est de bon augure, la cité que tu viens de fonder nourrira le monde entier. Partout, on trouvera des hommes qui en seront originaires, car les oiseaux se sont envolés dans toutes les directions. »

Alexandre rendit la chlamyde à Ptolémée, regarda autour de lui, le vent était tombé, il faisait presque doux. Quittant l'Égypte peu après, il eut juste le temps de conquérir une grande partie du monde avant de mourir à trente-trois ans à Babylone. Il ne vit pas sa ville se construire suivant le plan qu'il avait dessiné sur le sol, juste en face de l'île de Pharos battue par les flots. Il n'eut pas non plus le temps de devenir le nouveau pharaon d'Égypte, comme le lui avait annoncé l'oracle d'Ammon à l'oasis de Siwah.

Ptolémée devint ce nouveau pharaon. Pharaon macédonien, il régna sur l'Égypte sous le nom de *Sôter*, « le Sauveur ».

Évergète passa la main sur la chlamyde dont il s'était enveloppé. La chlamyde de Sôter.

Abordant la légère pente menant au sommet de la colline du Brouchéion, le char ralentit. S'approchant d'un imposant édifice, éclairé par d'innombrables torches, le Sôma, il ne put s'empêcher de sourire au souvenir d'un épisode de l'histoire de sa famille qui le ravissait. Le détournement du convoi mortuaire d'Alexandre par Sôter au nez et à la barbe de tous les *diadoques*, prétendants officiels à la succession du Conquérant.

La possession de la dépouille d'Alexandre était une

pièce maîtresse dans la bataille que se livraient Cratère, l'ami, Perdiccas, l'un des régents, Eumène de Cappadoce, Séleucos de Syrie, Philippe Arrhidée, le fils bâtard d'Alexandre, Antigonos le Borgne et Lysimaque de Thrace.

Antipatros, le vieux régent, mort de vieillesse peu de temps après. Cratère tué par Eumène au cours d'un combat. Perdiccas assassiné par ses troupes au cours d'un combat contre Sôter. Philippe Arrhidée assassiné sur ordre de la vieille Olympias, l'impitoyable mère d'Alexandre. Antigonos tué à la bataille d'Ipsos, où il affrontait Lysimaque, Cassandre, Sôter et Séleucos coalisés. Lysimaque tué à la bataille de Couroupédion qui l'opposait à Séleucos. Séleucos lui-même assassiné par Ptolémée Kéraunos.

Ce fut celui qui ne figurait pas sur la liste des prétendants, le moins glorieux des généraux d'Alexandre, le plus terne, Ptolémée, qui rafla le corps embaumé du Général. Ce rapt était dans la logique des choses, Évergète n'y avait jamais pensé auparavant : du vivant du Général, Ptolémée n'avait-il pas été son « garde du corps » ? Après sa mort, il le restait.

Non seulement garde du corps, mais garde-mémoire, homme d'armes et homme de lettres, Ptolémée Sôter avait écrit le premier ouvrage, l'ouvrage de référence, racontant la vie et les conquêtes d'Alexandre. Pas un écrit portant sur Alexandre qui ne lui doive ses informations.

Le char croisa la voie Canopique, l'artère principale avec ses cent quinze pieds de large. Le cocher faillit oublier qu'aucune escorte ne le précédait. Il retint ses chevaux. Heureusement, car un char passa à toute vitesse. Le fracas des roues sur les pavés tira Évergète de sa rêverie.

Sôter, que je regrette de ne pas t'avoir connu ! Il m'a toujours manqué un grand-père. Et un père ! Surtout un père. Mais ce soir, il s'agit de mes fils. Pas de mon père.

Le char passa devant le Sôma où reposait le corps embaumé d'Alexandre. Évergète demanda au cocher de s'arrêter. Il fit quelques pas dans le silence de la ville endormie et s'assit sur un banc, juste en face de la porte du splendide bâtiment.

Tant de fois son oncle Magas à Cyrène, le père de Bérénice, lui avait raconté la scène.

Le chariot somptueux transportant le cercueil d'Alexandre reposant sur deux fantastiques essieux dont les saillies se terminaient par des mufles de lion, en or, tenant entre les dents les fers d'une lance. Quatre timons. À chaque timon, quatre jougs. À chaque joug, quatre bêtes ! Soixante-quatre mules puissantes, magnifiquement parées, cols ornés de colliers de pierres précieuses, couronne d'or fixée sur la tête. Et des sonnettes d'or suspendues à chaque mâchoire.

Chapeautant le tout, reposant sur quatre colonnes à chapiteaux ioniques, la voûte ornée de mosaïques. En or, le trône. Au dos de la voûte, une couronne d'olivier. Accrochées au sommet, des cloches énormes. Assourdissant les hommes de l'escorte, leur tintement annonçait l'approche du convoi, rameutant les populations à des stades à la ronde.

Depuis Babylone, où Alexandre avait été foudroyé par sa maladie, la dépouille était portée en terre macédonienne. Se déplaçant avec une lenteur extrême à travers la campagne perse, le convoi devait rejoindre le port phénicien de Tyr, où il embarquerait. Les hommes de l'escorte s'épuisaient à repousser les paysans accourus pour voir passer, en pleine campagne, cette chose à peine croyable. Effarés par tant de richesses, eux qui de toute leur vie n'avaient vu que de pauvres villages de briques sèches, ils étaient attirés vers cet incroyable convoi qui lançait des éclairs : les rayons du Soleil frappant les feuilles d'or de l'immense couronne d'olivier.

Ils voulaient en voir le plus possible pour pouvoir raconter, car ils savaient qu'on ne les croirait pas. Eux-mêmes doutaient de ce qu'ils voyaient, alors ils s'approchaient malgré les lances des soldats. Il leur fallait à tout prix toucher, le catafalque, le tissu recouvrant les mules, toucher quelque chose, n'importe quoi, pour se convaincre demain qu'ils n'avaient pas rêvé, se rappelant qu'ils avaient de leurs mains vérifié que tout cela n'était pas un leurre.

Un monument traversait le désert.

La poussière soulevée par le convoi était considérable. Soleil dans le dos, une petite troupe, venant de l'ouest, s'approcha à petit trot. Sans doute les soldats de la garnison de la bourgade voisine apportant le ravitaillement. On n'apercevait cependant aucun chariot au milieu d'eux.

Le combat fut bref. L'escorte n'opposa qu'une faible résistance. Les attaquants étaient grecs comme eux, une unité de combattants aguerris envoyée par Sôter.

Le catafalque changea de route, obliquant vers le sud. Vers l'Égypte. Magistral détournement ! Alexandre revenait à Alexandrie.

Alors que, pour légitimer son ambition d'être l'unique successeur du Général, chaque prétendant officiel attendait que la dépouille vienne à lui, Sôter avait choisi d'aller à elle. Dérober le corps d'un mort ! Oui, nous les Ptolémées, nous sommes de fieffés voleurs, mais des voleurs inspirés. Les autres souverains, assoiffés d'or, se contentent de rapines, nous, nous dérobons ce qui n'a pas de prix : le corps le plus précieux, les manuscrits les plus précieux. Le pouvoir, le savoir.

D'Alexandre, il n'y avait qu'un seul cadavre, mon aïeul en avait pris possession ! Toujours cette passion de l'original chez les Ptolémées. L'exemplaire unique. Passion que les directeurs successifs de la Grande Bibliothèque avaient poussée jusqu'à l'obsession.

Enfant, mon père m'avait emmené au Sôma. Le cercueil était tel qu'on me l'avait décrit, tout en or laminé. Sur le couvercle étaient posées la parure et les armes d'Alexandre. Un sarcophage que les pharaons auraient pu envier.

À présent, à côté du corps d'Alexandre, reposent celui de Sôter et celui de mon père. Bientôt le mien… Quand ?

Évergète se redressa. Fixant les torches qui illuminaient la façade, il secoua la tête pour chasser cette question. Interpellant le cocher lancé dans une pêche fabuleuse au milieu des écueils, Évergète remonta dans le char.

« Nous rentrons, Maître ?

– Roule, te dis-je. »

Le char se dirigea du côté des remparts. Le cocher insista pour ne pas sortir de la ville. Évergète ordonna, happé déjà par le passé des Ptolémées.

Comment sommes-nous devenus les nouveaux pharaons, hein, Sôter ? N'as-tu pas débuté ton règne en faisant assassiner Cléomède, un riche commerçant, le premier gouverneur d'Alexandrie, pourtant nommé par Alexandre avant son départ ? Tu me diras : Où va-t-on si les commerçants se mettent à gouverner les empires ! Ce fut le premier meurtre de notre famille.

Il y en eut tellement d'autres.

« Arrête, lança Évergète. J'ai envie de pisser. » Il repensa à la clepsydre, descendit à la hâte, urina longtemps, regardant le ciel pour passer le temps. Le cocher remonta en même temps que lui : « J'en ai profité. »

Reprendre le fil. Sôter, on a dit que je te ressemblais. Avec ton front lourd et bombé et tes yeux enfoncés dans les orbites, tu ne brillais pas par ta beauté. Cela ne t'a pas empêché d'avoir trois épouses, une maîtresse attitrée et une kyrielle d'amantes.

Artacama, la princesse perse que tu as épousée au

cours du plus grand mariage de l'Histoire, sorti de l'imagination d'Alexandre. D'incroyables épousailles collectives entre Hellènes et Perses. D'un côté les Grecs, de l'autre les Perses. Alexandre et Roxane la Sogdienne ; quatre-vingt-douze compagnons du Général, autant de princesses de la plus haute lignée ; dix mille soldats macédoniens, dix mille jeunes filles perses. Et Sôter et Artacama. Dans un touchant ensemble, ce mariage vit s'épouser les conquérants et les conquises, pour, dans l'esprit du Général, fonder une nouvelle race, où s'effacerait la différence entre Hellènes et Barbares, que ses conquêtes avaient, rêvait-il, rendue à jamais périmée.

De retour au pays, tu t'es empressé de te choisir une maîtresse grecque, la magnifique et redoutable Thaïs, vers laquelle tu revins sans cesse. Mais que tu n'épousas jamais, elle n'était pas de sang royal.

Fille du satrape Antipatros, Eurydice l'était. Répudiant Artacama, tu épousas Eurydice et l'emmenas à Alexandrie régner avec toi. Elle n'était pas venue seule. Dans sa suite, il y avait une dame de haute noblesse, elle aussi : Bérénice. Très vite, la suivante a remplacé l'épouse dans le cœur de Sôter, dans son lit et sur son trône. Eurydice fut répudiée.

Évergète tapa sur l'épaule du cocher : « Veux-tu que je te raconte comment je suis devenu roi ?

– Puisque je sais maintenant sous quel nom tu l'es devenu, *Iouaennetche*… je peux aussi savoir comment.

– Ce n'est pas simple, je vais y aller lentement. Tu m'arrêtes dès que tu ne suis plus. Ah, il faut que je t'avertisse : les femmes s'appellent toutes Bérénice ou Arsinoé. Pour ne pas se tromper, on leur a attribué un numéro. De sa première femme, Sôter avait eu un fils, Kéraunos dit “la Foudre” ; de sa seconde, il eut une fille, Arsinoé II, et un fils. Pour lui succéder, Sôter n'a pas choisi l'aîné, comme la coutume aurait dû l'y pousser, mais le cadet, mon père.

Ce choix, auquel je dois, il faut l'admettre, d'être roi aujourd'hui, a déclenché un terrible enchaînement. Kéraunos quitta Alexandrie, bien décidé à y revenir. Voilà pour les fils. Pour la fille, cela va être pire. Sôter et Lysimaque de Thrace, qui ne cessaient de se faire la guerre, ont eu l'idée de procéder à un échange, pour faire la paix. Sôter a offert sa fille, Arsinoé II, à Lysimaque, qui en retour a offert la sienne, Arsinoé Ire, au fils de Sôter, mon père. Cela aurait pu être une merveilleuse idée. Ce fut un désastre. Tu me suis ?

– Euh… bégaya le cocher.

– Alors je reprends.

– Je t'en supplie, Seigneur, non. Je suis tout de même un peu.

– De son mariage avec Arsinoé II, Lysimaque eut deux enfants. Pour qu'ils puissent régner un jour, il fallait se débarrasser du fils que Lysimaque avait eu de son premier mariage. Arsinoé complota tant qu'elle parvint à le faire accuser de complot contre son père. Lysimaque le fit exécuter. Et c'est Kéraunos qui, à son tour, assassina Lysimaque. Tu suis ?

– Oui, oui, s'empressa de répondre le cocher.

– Écoute la suite ! Lysimaque et son fils morts, plus rien n'empêchait les enfants d'Arsinoé II de monter sur le trône. Sais-tu ce qu'elle a fait ? Elle a épousé Kéraunos, son demi-frère. Je n'ai jamais compris pourquoi. Et lui, qu'a-t-il fait ?

– Comment le savoir ? Je ne suis qu'un cocher. Les rois ont tellement plus d'imagination que moi.

– Tu peux le dire ! Eh bien, il a immédiatement fait égorger les deux enfants de sa femme.

– Non ! Mais c'étaient ses neveux !

– Ses demi-neveux ! Tu me diras que cela ne change rien. Devenant d'un seul coup roi de Thrace et de Macédoine, il ne lui restait qu'à débarquer en Égypte pour détrôner mon père. Il n'en eut pas le temps, Kéraunos, “la Foudre”, a été stoppé par la lance d’un Gaulois. Les enfants d’Eurydice guettaient, prêts à reprendre le trône de Lysimaque. Si tu me dis que tu me suis, je saurai que tu es un fieffé menteur, parce que moi, j’ai mis des années à me sortir de ce fouillis. Bon, je poursuis. Arsinoé II rentra précipitamment à Alexandrie. Ce fut le coup de foudre. Son frère, mon père, de la revoir ainsi après tant d’années, en tomba follement amoureux. Il répudia ma mère et épousa sa sœur, ma tante. Incroyable Arsinoé II ! Mariée une fois avec son demi-frère, une autre avec son propre frère. Moi, j’étais né. Ma mère a été répudiée et exilée à Coptos.

Il ne faisait pas bon être en désaccord avec les goûts incestueux de mon père pour sa vieille sœur. Tu n’as pas connu le poète Sotades ?…

– Moi, à part Homère et un peu Callimaque…

– Figure-toi que Sotades a eu la malencontreuse hardiesse de trouver choquant ce mariage. On l’a enfermé dans un cercueil et on a jeté le cercueil à la mer ! Un cercueil de plomb, pas d’or ! De l’or pour le conquérant audacieux, du plomb pour le poète courageux. Il faudra que je demande à Ératosthène de me procurer les œuvres de ce Sotades. Les Ptolémées assassinent les hommes mais ne brûlent pas les manuscrits ! Tu n’as pas connu mon frère ?…

– Non, j’étais trop jeune.

– Il a été assassiné par ses propres soldats. Et ma sœur, c’est un crève-cœur ! Tu le sais bien !

– Oui, Seigneur.

– Les “dieux-frères” n’ayant pas eu d’enfants et ceux de sa femme ayant été tués, il n’y avait plus personne pour m’assassiner. Voilà comment je suis devenu roi.

– Eh bien, lâcha le cocher, cela ne doit pas être facile de porter tout ce poids sur la tête !

– Pourquoi crois-tu que nos couronnes sont si lourdes ? Je ne raconte pas la suite, tu la connais, puisque tu étais avec moi en Syrie ! C'est là que nous nous sommes rencontrés et que ton char a fait des merveilles. »

Le cocher savait.

« Le dernier cadeau de mon père : il a offert ma sœur en mariage à Antiochos. Toujours ces mariages politiques ! Ah oui, et ce détail : il lui envoyait régulièrement de l'eau du Nil pour qu'elle n'en boive pas d'autre. Bon père, hein ? Dis-moi, est-ce que ton père t'aimait ?

– Ce n'est plus une question que l'on pose à un vieil homme. Je ne l'ai pas connu. Il est mort dans je ne sais quelle guerre. Il était conducteur de char. Vous, vous êtes rois de père en fils ; nous, conducteurs de chars. Pour moi, ça s'arrête ; pour toi, ça continue. Tu devrais être heureux et je te vois triste.

– Heureux ? Tu sais comment ma sœur a fini ! L'Histoire s'est répétée avec les mêmes douleurs. Antiochos était déjà marié, il avait deux fils. Il répudia leur mère. Ça ressemble un peu à ce qui m'est arrivé. Et puis il est mort et son fils aîné est monté sur le trône. Ma sœur s'est réfugiée avec son fils dans le temple de Dionysos à Antioche. J'ai levé une armée, tu étais l'un de mes meilleurs soldats. Mais je suis arrivé trop tard. Elle était morte, assassinée avec son fils ! Si j'étais parti plus tôt… si j'avais forcé l'allure… si, à la tête d'un détachement, j'avais pris les devants…

– À quoi cela te sert-il de ressasser cette histoire ?

– Oh oui ! elle a un lien avec le fait que je me trouve ici, cette nuit, avec toi. Je ne peux t'en dire plus. Sinon qu'elle a un rapport avec le sacrifice de Bérénice.

– Ah, Seigneur, c'est la plus belle preuve d'amour que je connaisse ! »

Ce voyage tragique le long de sa lignée le conforta dans sa décision. Pour ma succession, il ne se passera pas ce qui s'est passé pour celle de Sôter, de Lysimaque, d'Antiochos. Je n'ai eu qu'une seule épouse et notre fils aîné montera sur le trône.

Peu importe le vœu de Bérénice ! Si Magas règne, jamais Lagos ne l'acceptera. Non, non !

Le cocher se retourna, inquiet. Évergète lui fit signe de continuer, l'esprit en feu.

Je ne veux pas que mes fils s'entre-tuent, je veux que cessent les meurtres. Les dieux font bien les choses : s'ils avaient voulu que Magas règne, ils en auraient fait l'aîné. La gloire des Ptolémées ne sera plus entachée du sang des crimes familiaux.

Quant à ma petite Arsinoé, jamais je ne la marierai avec un roi lointain, dont la famille s'empressera de la faire assassiner.

À Alexandrie, nous ne manquons pas de haute noblesse. Je la préfère épouse vivante d'un noble alexandrin que femme défunte du roi d'Antioche ou de Pergame.

« On rentre ! »

Le cocher ne fut pas surpris ; depuis longtemps, il observait à la dérobée Évergète, suivant sur le visage de son maître les sentiments qui l'avaient tour à tour assailli. Point de maîtresse à séduire donc, mais une famille à diriger.

Le char fit demi-tour.

Le phare le plus haut du monde, le tombeau le plus célèbre du monde, la bibliothèque la plus grande du monde, et nous, les Ptolémées, régnons sur tout cela ! Oh oui, Alexandrie, que de richesses en toi ! Il faudra les préserver durant des lustres et des lustres pour la plus grande gloire de notre dynastie. De notre magnifique et terrible dynastie.

Évergète s'assoupit malgré les soubresauts que le cocher ne parvenait pas à atténuer.

On frappa à la porte.

Pendentif orné de camées, une améthyste grosse comme un œuf de pigeon au doigt, vêtu d'un superbe habit, Lagos demanda la permission d'entrer. Ératosthène se leva précipitamment, abandonnant son travail.

Le jeune homme regarda longuement la pièce sans un mot. Combien de fois y était-il venu ! Il y avait peiné, rêvé, s'y était ennuyé, il y avait appris à aimer la poésie. Parfois, il s'y était endormi, bercé par la voix calme et un peu ennuyeuse de son maître.

Cette pièce de l'appartement d'Ératosthène au Mouséion représentait l'un des lieux les plus importants ; elle n'avait guère changé depuis que, tout enfant, il y était venu pour la première fois.

Ératosthène le regarda longuement. Le prince, son élève, allait devenir le roi, son maître.

Rien ne serait plus pareil.

Ératosthène sentit se forger une distance entre eux, le pouvoir, déjà, les éloignait. Le seul moyen d'y échapper serait qu'il devienne son conseiller. Hors de question, je suis un savant, pas un homme politique.

Par la fenêtre, Lagos regarda les parterres de fleurs et la fontaine, dans lesquels son regard se perdit. La nostalgie qui avait envahi ses yeux n'échappa pas à Ératosthène.

« Alors, Prince, tu viens me rendre visite ou prendre un dernier cours ? Ta vie va complètement changer, tu vas bientôt succéder à ton père…

– Bientôt ! Non ! Pas bientôt ! hurla Lagos. Le plus tard possible, tu m'entends, le plus tard possible. »

Suffoqué par une telle violence, Ératosthène balbutia :

« Ce n'est pas ce que je voulais dire.

– "Bientôt", cela veut dire "dans peu de temps", non ? C'est toi le *grammatikos*.

– Je voulais dire qu'il faut dès à présent te préparer à régner… » Il ajouta avec malice : « Un jour ou l'autre. »

Lagos sourit.

« Tu dois maintenant te rapprocher des différents responsables de l'État, c'est avec eux que tu vas gouverner. Le diocète sera ton plus proche collaborateur ; l'archidikastês devra te familiariser avec l'administration judiciaire ; l'ekloguistês s'occupera des impôts, l'hypomnématographe des archives et des requêtes, et l'épistolographe gérera ta correspondance.

– Tu as fini ? Tu vois, tu me fais un cours sur le fonctionnement de l'État. Si tu me laissais parler. J'étais venu te dire que je veux que tu restes à mes côtés comme avant. »

Le visage d'Ératosthène rayonna.

« Presque comme avant, précisa Lagos. Je veux que tu me conseilles. Pas que tu me donnes des leçons ! »

Chapitre 8

THÉO demanda sa journée. Le grand jour était arrivé. Il commença par se rendre à l'échoppe où l'on vendait les meilleurs parfums de la ville. Une débauche d'essences, d'onguents, d'huiles odorantes, de cosmétiques. Comment choisir ?

Tandis qu'on lui présentait une liqueur à l'arôme inconnu, il crut apercevoir au fond de l'officine des hommes masqués. Ivresse des fragrances ? Penchés sur des vases, les deux hommes œuvraient en silence, l'un versait le contenu d'une petite fiole dans un récipient, l'autre agitait délicatement le liquide à l'aide d'une fine tige pour assurer le mélange. Le métier de préparateur en parfumerie semblait fort dangereux.

Ce n'était pas tout ! Chaque matin, à leur arrivée, les préparateurs devaient se présenter devant le patron qui scellait leur culotte afin de les empêcher de dissimuler la moindre fiole au fond de leur habit. Et le soir, ils repassaient devant lui. Non content de desceller les culottes pour s'assurer que les sceaux n'avaient pas été violés, il leur ordonnait de se déshabiller entièrement afin de vérifier si l'un d'eux n'avait pas malgré tout réussi à ravir quelques gouttes d'un des précieux parfums. Théo se demanda ce qui arrivait lorsque au cours de son travail un préparateur était pris d'une envie pressante. Il imagina que la patronne de *L'Amphore fêlée* agisse de même. Hum !

Délices et horreurs. Il quitta l'échoppe avec un minuscule flacon de myrrhe payé un prix exorbitant. Monopole d'État, les parfums, très prisés des Alexandrins, venaient d'Arabie, du pays de Pount, d'Inde parfois, les caravanes accomplissant d'interminables voyages à travers le désert avant d'atteindre le Nil.

L'argent gagné à *L'Amphore fêlée* lui permettait de s'offrir un second cadeau. Un bain avec massage complet dans l'un des établissements les plus en vue de la ville.

L'Heptastade reliait l'île à la ville. Alexandrie lui devait de posséder deux ports ; des chenaux permettaient aux navires de passer directement de l'un à l'autre sans avoir à affronter la pleine mer. Entrés par un port sous vent d'est, ils pouvaient repartir par l'autre sous vent d'ouest. La présence de la digue avait une conséquence : l'île de Pharos n'était plus une île ! Le ravitaillement du Phare ne se faisait pas par bateaux mais par convois de chariots au milieu desquels Théo avait marché en plein soleil durant les sept stades qui donnaient leur nom à… l'Heptastade. Le poste de garde se trouvait au bout.

« Mais il est méconnaissable ! » lança l'officier. Sans attendre que Théo lui demande les rouleaux, il entra, ouvrit un coffre : « Les voilà ! »

Théo éclata de rire. « Ce n'est pas possible, pas possible ! » L'officier le regarda comme on regarde les insensés. « Tu sais ce qui est écrit dans cet ouvrage ? "Dieu a enfermé toute chose dans un poste de garde." Dans un poste de garde ! Tu entends ? Comme si tout était prévu. »

Saisissant un rouleau, il tira sur la ficelle. Ses yeux s'écarquillèrent : « C'est un faux ! Un abominable faux ! » S'adressant aux soldats attirés par ses cris : « L'encre n'est pas encore sèche. Où est mon original ? Je veux mon original.

– Ce n'est pas un faux, c'est une copie », rectifia l'officier.

Comme il l'avait fait la première fois à bord de l'*Argo*, l'officier sortit une feuille de son habit : « Ordre du roi Évergète. Les originaux trouvés sur les navires pénétrant dans le port d'Alexandrie seront conservés à la Grande Bibliothèque. En échange, à chaque propriétaire sera remise une copie effectuée avec le plus grand soin par les scribes de la Grande Bibliothèque. »

Théo, le souffle coupé, parvint à glapir : « En échange ? Alors là ! » Il bafouilla, les yeux fous. « Bel échange ! Un veau à la place d'un taureau, une buse à la place d'un aigle, un nabot à la place d'un éphèbe ! J'exige mon original.

– Va le demander à Ératosthène ! Tu seras bien reçu », lança l'officier.

On ne sait comment Théophraste Excelsior se débrouilla. Portant ses quatre rouleaux, il se retrouva non seulement à l'intérieur du bâtiment, mais à l'intérieur de la salle principale de lecture. Au cœur de la Grande Bibliothèque d'Alexandrie !

Des rouleaux à perte de vue.

Il aurait voulu les voir tous à la fois. Il y en avait bien plus qu'il n'avait espéré dans ses rêves les plus fous. Les œuvres du monde entier rassemblées sous ses yeux ! Des étagères sans fin ; rangés sur chacune, des rouleaux, par dizaines, à l'abri dans leur étui.

Après s'être gavé du nombre, Théo aurait voulu examiner les ouvrages un par un, dans leur singularité. La tête lui tournait. Il était ivre de livres.

Vers quelle étagère se diriger ? Celle-ci ? Celle-ci ? Tout ce qui avait été écrit depuis Thalès de Milet était là. Tout le savoir du monde offert à son regard ! Poètes et astronomes, philosophes et mathématiciens, médecins et voyageurs, historiens et grammairiens. Les larmes aux yeux, il était ému comme jamais.

« Que fais-tu ici ? Comment es-tu entré ? »

Théo sursauta. Il avait horreur de se laisser surprendre. Dissimulé derrière une étagère, un homme sévère l'observait depuis un moment.

« Comment suis-je entré ? Mais par la fenêtre, comme un oiseau ! »

L'homme le fixa d'un air réprobateur ; la lumière qui brillait dans les yeux de Théo ne lui échappa pas cependant. « Un oiseau dont le plumage n'est pas reluisant.

– Parce qu'il vit à l'air libre, lui, pas en cage, pomponné et tristounet.

– Je te demande comment tu es entré.

– La porte était ouverte.

– Ouverte ou entrouverte ?

– Entrouverte, admit Théo. Qu'est-ce que cela change ?

– Rien.

– J'avais entendu dire que la bibliothèque était publique.

– Elle ne l'est pas. La “Bibliothèque fille”, dans le quartier de Rhakotis, est accessible. Mais seulement aux citoyens d'Alexandrie. As-tu droit de cité ?

– Je suis Grec, de Samos.

– Oui, mais pas d'Alexandrie.

– De Samos comme Pythagore, Aristarque, Épicure, comme…

– Je t'observe depuis un moment. Que cherches-tu ?

– Un dénommé Ératosthène.

– Penses-tu le trouver rangé sur une étagère ? »

Théo était sur le point de perdre son sang-froid. Un jeune scribe survint opportunément : « Le mot est effacé. Est-ce *polos* ou *pathos* ? » demanda-t-il, tendant un rouleau au bibliothécaire qui, sans prendre la peine de lire, lança une phrase dont on sentait qu'elle lui était coutumière : « Le sens, toujours revenir au sens ! Lis la phrase avec *polos*, lis-la avec *pathos* et compare. »

Par-dessus l'épaule du bibliothécaire, Théo déchiffra le passage en question : « *Polos* ! C'est le *Théétète*.

– Oui, c'est bien le *Théétète* de Platon », confirma le scribe éberlué, fixant le bibliothécaire surpris : « Tu connais cela ?

– Je cherche Ératosthène, répondit-il.

– Il n'est pas là. »

« Tu le trouveras sur la route de Canope », lui avait lancé le bibliothécaire en le mettant gentiment à la porte. Il avait ajouté, avec un sourire malicieux : « Il est en galante compagnie, je serais étonné que tu le trouves, il est… profondément caché. »

« Sur la route de Canope », pas très précis ! Je finirai bien par le retrouver. Théo n'avait pas oublié ses rouleaux.

Située à l'est d'Alexandrie, Canope était célèbre. Son sanctuaire de Sérapis, où, chaque année, avaient lieu de nombreuses guérisons spectaculaires, attirait des foules. Il n'y avait pas que des malades et des pèlerins. Toutes sortes de noceurs et de bambocheurs fondaient également sur la ville.

Que de fois, à *L'Amphore fêlée*, Théo avait-il entendu parler de ces fêtes ! Et c'étaient les filles splendides prises dans les cabanes le long du canal ! Et c'étaient les escapades en barque où les hommes et les femmes à moitié dévêtus s'adonnaient au son des flûtes et des tambourins à des ébats que seule l'aube interrompait.

Canope se trouvait à cent vingt stades d'Alexandrie ! Le bibliothécaire s'était moqué de lui. Théo était décidé à aller jusqu'au bout s'il le fallait ; le voyage ne serait pas perdu, il en profiterait pour vivre ces fameuses « délices » de Canope. Depuis son arrivée à Alexandrie, il avait été d'une sagesse remarquable. Malgré la distance – ou à cause d'elle – que la patronne de *L'Amphore fêlée* s'obstinait à mettre entre eux, ses pensées revenaient souvent vers elle.

Il eut juste le temps de se jeter dans le fossé pour ne pas être écrasé par un char dont les roues mordirent le bas-côté. Le silence rétabli, il lui sembla percevoir un bruit provenant du champ attenant. Pas une maison, pas un arbre, rien. Il poursuivit sa marche quand, à nouveau, des voix assourdies…

Repérant la direction, il s'avança, les sons étaient de plus en plus audibles et, pourtant, il ne voyait pas d'où ils pouvaient provenir. Soudain il comprit. À quelques pas, une margelle, dont, depuis la route, il ne pouvait soupçonner la présence. Il hocha la tête, comprenant pourquoi le bibliothécaire avait tenu à préciser : « profondément caché ». Les voix venaient de l'intérieur du puits, une voix d'homme et une petite voix féminine, sûrement Ératosthène et sa « galante compagnie ». C'était donc vrai ! Le bibliothécaire n'avait pas menti, l'austère directeur de la Grande Bibliothèque d'Alexandrie folâtrait avec une demoiselle au fond d'un puits ! Et pourquoi pas ? Pourquoi la science devrait-elle s'opposer au plaisir ? Il restait tout de même une question : pourquoi au fond d'un puits ?

Il posa les étuis, se mit à plat ventre. Rampant vers l'ouverture, il aperçut une barre de métal à laquelle était fixée une échelle de corde. Un petit rire s'éleva des profondeurs : « Oui, oui, je les vois. En plein jour ! C'est merveilleux. Je n'imaginais pas que c'était possible ! »

Sa curiosité de plus en plus aiguisée, Théo réalisa que son attitude était inconvenante. Prenant garde que sa tête ne dépasse pas du bord de la margelle, il se promit d'écouter quelques instants et de repartir avant qu'on ne le découvre.

Allongés sur une petite construction de bois, Ératosthène et Arsinoé fixaient le ciel à travers l'ouverture du puits.

« Je croyais qu'elles disparaissaient le matin pour revenir le soir. Elles sont donc là aussi toute la journée ? »

Vu d'en bas, à travers le long cylindre noir du fût du puits, le ciel était sombre. Dans ce ciel obscur, Arsinoé distinguait des étoiles, qui brillaient faiblement, certes, mais qui brillaient.

« Oui, les étoiles ne disparaissent pas à l'aube, ne quittent pas le ciel, comme on le croit d'ordinaire. Seulement, dans la journée, la lumière du Soleil est si forte qu'elle nous empêche de les voir, leur éclat est trop faible en comparaison. Dans un puits, par contre, le Soleil pénètre difficilement. »

La joie que lui procurait cette découverte avait effacé le chagrin d'Arsinoé. Au cours du repas, Lagos n'avait cessé de lui dire qu'il l'épouserait. Cette pensée la terrifiait, surtout après l'annonce de son père. Si Lagos devenait roi, il pourrait exiger ce qu'il voudrait.

Ératosthène avait décidé de l'amener dans ce lieu qu'elle aimait, espérant la consoler sans aborder directement la question.

« Si on veut faire la nuit en plein jour, on descend au fond d'un puits, alors ? demanda Arsinoé, gravement.

– Oui. Ou bien on ferme les yeux. Mais alors on ne voit plus rien.

– Et si on veut faire le jour en pleine nuit ?

– Dans ce sens, il n'y a pas de solution, répondit-il en riant.

– Regarde ! Regarde, une drôle d'étoile ! Toute rousse ! »

La tête de Théo s'encadrait dans l'ouverture. Il la retira. Trop tard.

« Qui êtes-vous ? » hurla Ératosthène, dont la voix répercutée par l'écho déclencha un vacarme assourdissant.

Ératosthène et Arsinoé remontèrent lentement l'échelle de corde.

« Je n'aime pas qu'on m'espionne, l'apostropha Ératosthène, rejetant la main qu'il lui tendait. Comment avez-vous su que j'étais ici ?

– L'un de vos bibliothécaires m'a dit que vous étiez en galante compagnie, profondément caché.

– Il a dit cela ?

– Oui, en se moquant de moi.

– Qui êtes-vous ?

– Je ne suis pas une étoile mais je brille tout de même un peu », répondit coquettement Théo en s'adressant à Arsinoé qui venait d'apparaître en haut de l'échelle. Elle accepta sa main ; d'une traction il la hissa sur la margelle.

« À part briller, que faites-vous ? demanda à nouveau Ératosthène de plus en plus agacé.

– Théophraste Excelsior, mais mon nom ne vous dira rien.

– Si. Vous êtes le propriétaire du *De la nature* de Philolaos. »

Théo resta sidéré.

« Ne croyez surtout pas que votre célébrité est parvenue jusqu'au fond de ce puits. Quand un manuscrit original nous arrive, nous le rangeons avec une étiquette portant le nom du propriétaire.

– Vous voulez dire de l'ancien propriétaire ! »

Ératosthène, ne relevant pas la remarque, le félicita : « Une superbe pièce !

– Que vous avez gardée pour me donner une copie.

– Une très belle copie, exécutée par mon meilleur scribe. Je l'ai vérifiée moi-même.

– Ne m'interrompez pas, s'il vous plaît, le pria Théo. Je voulais vous dire ceci : je viens de loin. Mon manuscrit et moi sommes inséparables. » Prenant une longue inspiration : « Ou vous me le rendez maintenant et nous continuons ensemble notre voyage vers Cyrène, ou vous le gardez et vous me prenez avec lui dans votre Bibliothèque.

– Comment as-tu pu te procurer une pièce aussi rare ? demanda Ératosthène. Tu l'aurais volée ?

– Alors vous ! s'exclama Théo, suffoqué. S'il y a quelqu'un qui a volé, pardon : dé-ro-bé, quelque chose, c'est bien vous, non ? »

Arsinoé éclata de rire : « Il est amusant, il a de la réplique. Pourquoi ne le prends-tu pas ? Il n'est pas forcément plus bête que les autres. Tu n'as aucun rouquin dans ta bibliothèque, cela te changera de tes sinistres scribes. Ils ne donnent pas souvent envie de consulter les manuscrits. »

Ératosthène se fit un visage sévère : « Si on te prenait… avec ton ouvrage, sur quelle étagère te rangerait-on ?

– Dans le fonds des navires.

– Tu connais cela ?

– Oui, oui. C'est bien là que vous rangez les manuscrits que vous prélevez sur les navires qui entrent au port ? » demanda-t-il en ouvrant un étui. Il en sortit le rouleau, le tendit à Ératosthène. Ayant jeté un bref regard, Ératosthène fixa Théo avec stupéfaction : « Mais… c'est l'original ! »

Jouant l'embarrassé, Théo baissa la tête : « J'ai fait l'échange avant de venir. Je vous ai laissé la copie, parfaite, je vous l'accorde, et j'ai repris mon…

– Ah !… »

Après que le bibliothécaire l'eut éconduit, Théo était immédiatement revenu. Ayant repéré le « fonds des navires », dont il connaissait l'existence, il avait hâtivement recherché son manuscrit. Sur une étiquette était inscrit :

Théophraste Excelsior. Sur le navire Argo *venant de Rhodes. Philolaos,* De la nature.

Suivait la date du rapt de l'ouvrage. En un instant, Théo avait effectué l'échange.

Arrivés la veille de la grande cité libyque, les émissaires de Cyrène s'avancèrent pour présenter à la reine les hommages du peuple de Cyrénaïque, fidèle à sa famille. Elle les accueillit avec émotion. Reconnaissant des vieux dignitaires ayant servi son père, elle leur adressa une petite phrase personnelle qui les ravit.

Jamais Bérénice n'oubliait qu'elle avait été la fille du roi Magas de Cyrène, avant d'être la reine d'Égypte.

Ératosthène, à l'écart dans le grand salon de réception du palais, observait la scène. À plusieurs reprises, croisant le regard de Bérénice, il eut l'impression qu'elle le fuyait.

N'y tenant plus, il tenta d'attirer son attention. Elle fit mine de ne pas s'en apercevoir. Alors qu'un officier martial l'entretenait avec fougue, Ératosthène lui brûla la politesse.

« Reine, puis-je me permettre ? » Elle lui jeta un regard froid. Déconcerté, il ne se laissa pas décourager : « Reine, est-ce que je me trompe si je crois avoir remarqué que depuis plusieurs jours vous m'évitez ? Aurais-je commis quelque faute à votre égard ?

– Tu vois juste. J'ai été terriblement déçue et attristée par ton silence. Lorsque Évergète a annoncé que Lagos allait lui succéder, tu n'as rien dit. Tu aurais pu, pour le moins, le questionner, lui faire quelque remarque qui l'amène à douter du bien-fondé de son choix. Pas un mot ! Comme si tu adhérais à sa décision. Personne ne connaît Lagos mieux que toi, c'est toi qui l'as éduqué et, plus que moi, tu connais ses faiblesses.

– En effet, je l'ai suivi depuis qu'il est enfant. Je

crois connaître le prince, je sais ses faiblesses, mais je sais aussi ses qualités, sa fragilité, ses attachements. » Disant cela, il avait, gravée dans la mémoire, cette scène qui jamais ne s'était effacée. Dans la chambre à coucher royale, le petit Lagos assistant à la perte de la chevelure de sa mère. Il ressentait encore la terrible pression qu'il avait exercée sur les épaules de l'enfant, ses tremblements et l'immense tristesse qui l'avait envahi.

Jamais ils n'avaient reparlé de cet événement, ni avec Lagos ni avec Bérénice. Il reprit ses esprits.

« Je ne suis que le directeur de la Grande Bibliothèque. Je n'ai pas, Reine, à m'immiscer dans des choix et des décisions qui ne sont pas de mon ressort. Le roi ne m'a pas consulté, et pourtant tu sais combien nous sommes proches. S'il ne m'en a rien dit, c'est qu'il ne cherche pas à connaître mon avis.

– Mais tu sais que c'est un mauvais choix !

– Je pense qu'avec l'âge et le poids de la fonction, Lagos va se transformer.

– Tu le penses ou tu l'espères ?

– Si j'ose me permettre, Reine, je ne crois pas qu'il soit bon que quiconque s'oppose à sa décision.

– Tu me demandes d'accepter que Magas ne règne pas ? »

À nouveau, Ératosthène se tut. Puis : « Reine, je crois que Lagos a beaucoup d'affection pour toi. Mais il ne veut ni ne peut te l'avouer. Pourquoi, je ne le sais pas.

– Sais-tu pourquoi Évergète tient tant à ce que Lagos règne ? Je ne l'ai jamais vu aussi entêté. »

Ératosthène entraîna la reine et lui raconta certains épisodes de l'histoire des Lagides qui pouvaient expliquer la décision d'Évergète. Quand il eut fini, Bérénice comprit qu'elle était prise entre sa promesse à Isis et ce que venait de lui apprendre Ératosthène concernant les tragiques successions des Lagides. « Puisse l'avenir démentir mes appréhensions. Mais tu seras là, promets-le-moi, pour guider Lagos, et l'empêcher de… »

Elle ne termina pas sa phrase et s'éloigna.

Ératosthène aurait voulu lui dire qu'elle aussi devrait se rapprocher de Lagos, qu'il n'était pas trop tard, qu'elle devrait l'aider à être un bon roi. Et surtout, il aurait voulu lui dire pourquoi il avait décidé de ne pas intervenir dans la décision d'Évergète. Il aurait voulu lui parler de Démétrios de Phalère.

Démétrios de Phalère, le philosophe, le Péripatéticien membre du Lycée d'Aristote, avait été nommé archonte d'Athènes. Il était aimable, ses concitoyens l'avaient surnommé « Œil-de-Grâce » pour son physique agréable, le remerciant de sa bonne gouvernance en élevant à son honneur trois cent soixante effigies de bronze. Il gouverna la cité grecque durant dix années. Puis, à l'occasion d'un changement d'alliance entre les maîtres qui se partageaient les restes de l'empire d'Alexandre, il fut destitué et condamné à mort.

Ses trois cent soixante effigies ? Quelques-unes furent jetées à la mer, d'autres vendues au poids, les dernières débitées en pots de chambre !

Ptolémée Sôter s'était empressé d'accueillir le condamné. Démétrios avait mille projets pour Alexandrie, une cité neuve où tout était possible. Magistrale occasion de mettre en œuvre les grands principes d'Aristote et d'unir savoir et pouvoir, connaissance et citoyenneté.

Sur le modèle du Lycée d'Athènes, Démétrios proposa à Sôter de créer une institution plus ambitieuse encore, le Mouséion. Sôter fit construire le Mouséion. En cohérence avec cette nouvelle institution, Démétrios proposa à Sôter de construire une bibliothèque d'un genre nouveau. Sôter fit construire la Grande Bibliothèque.

Alexandrie est devenue ce qu'elle est grâce à la rencontre exceptionnelle entre un souverain et un penseur. Leur action commune fonda réellement la cité et la lança dans la voie, unique, qu'elle a suivie jusqu'à nos jours.

Sôter avait décidé d'associer au pouvoir celui de ses fils qui lui succéderait. Il avait une préférence pour le cadet, Démétrios pour l'aîné Kéraunos.

C'est le cadet qui devint roi sous le nom de *Philadelphe*. N'oubliant pas la préférence de Démétrios pour son frère aîné, Ptolémée Philadelphe se vengea en l'exilant loin d'Alexandrie. Quelque temps plus tard, Démétrios mourut, piqué par un aspic. Accident, assassinat, suicide ? En Égypte, nombreux sont les serpents dont la blessure est mortelle.

Ératosthène ne voulait à aucun prix devenir le Démétrios d'Évergète. Voilà ce qu'il n'avait pas eu le courage de révéler à Bérénice.

Dans son travail de savant officiel, une phrase de Démétrios ne le quittait pas : « Les livres ont plus de courage que les courtisans pour dire la vérité aux rois. »

Et Ératosthène ajoutait : « Encore faut-il qu'ils les lisent ! »

Chapitre 9

« JE VIENS voir le directeur », annonça Théo. Reconnaissant le bibliothécaire qui l'avait reçu lors de sa première visite, il lui lança : « Comment je suis entré ? Mais par la fenêtre, comme un oiseau !

– Un oiseau dont le plumage n'est pas reluisant, débita le bibliothécaire, se souvenant de leur échange, parce qu'il vit à l'air libre, pas en cage, pomponné et tristounet, n'est-ce pas, Théophraste Excelsior ? » Changeant de ton : « Le directeur m'a averti que nous allons abriter un nouvel oiseau dans notre volière. Finie la liberté ! Suis-moi ! » Plantant Théo, il s'éloigna, digne, le corps secoué d'un rire qu'il ne put retenir plus longtemps.

« Qu'il entre !

– Je ne t'attendais pas si vite, admit Ératosthène en voyant Théo.

– Vous m'avez dit : "Quand vous voudrez." J'ai voulu vite. »

Avant de prendre la décision de l'engager comme aide-bibliothécaire, Ératosthène l'avait longuement interrogé, le soumettant à un interminable contrôle de connaissances. Il ne lui avait posé, en revanche, aucune question sur son passé, d'où il venait, comment et où il s'était cultivé, comment il s'était procuré l'ouvrage de Philolaos. Seules comptaient pour lui, en apparence, l'étendue de son savoir et son aptitude à l'approfondir.

Théo avait bénéficié de circonstances favorables. Coup sur coup, en quelques semaines, deux bibliothécaires étaient décédés. L'un, un jeune érudit en qui Ératosthène avait placé beaucoup d'espoir, s'était fait écraser par un char en se rendant à la Bibliothèque. Le second, en fonctions depuis des années, était mort subitement après un voyage dans le delta.

« Puisque tu vas travailler dans cet établissement, il te faut en connaître l'histoire et le projet.

Rassembler en un même lieu les œuvres de tous les peuples de la Terre, tel était le projet inouï de Démétrios de Phalère. La Grande Bibliothèque était chargée d'accomplir dans le champ du savoir ce qu'Alexandre avait été sur le point de réaliser dans le champ politique.

Rassembler les peuples, rassembler les œuvres de tous ces peuples !

Aucune civilisation, aucune cité ne s'était lancée dans une telle entreprise. C'est la gloire d'Alexandrie d'avoir élaboré un tel projet et d'être parvenue à en faire une réalité.

La succession d'Alexandre avait déclenché une suite ininterrompue de conflits, entraînant la destruction de dizaines de milliers d'ouvrages. Les œuvres irrémédiablement perdues étaient innombrables ! » Théo sentit qu'Ératosthène vivait cette perte comme une blessure profonde. Il était impérieux de recueillir au plus vite le plus grand nombre d'ouvrages. Le passé du monde grec menaçait de disparaître. Ératosthène en voulait aux érudits des temps anciens de ne pas s'être préoccupés de cette sauvegarde. Mais ce désir de conserver les œuvres du passé était vraiment né avec la Grande Bibliothèque.

Grâce à sa situation géographique, Alexandrie était sans doute le seul lieu du monde grec où les manuscrits seraient à l'abri des invasions et des destructions. Depuis plus d'un siècle que les Grecs gouvernaient l'Égypte, aucune invasion, aucune armée étrangère n'avait pu arriver jusqu'à Alexandrie, ni même s'en approcher, alors que, dans les îles ou sur le continent, la plupart des capitales du monde grec avaient été envahies, subissant des dommages irréparables. Sôter l'avait compris, il avait non seulement mis à la disposition de Démétrios des sommes considérables, mais il avait utilisé son pouvoir et son prestige pour l'aider dans cette tâche gigantesque.

« Sôter avait rédigé un appel magnifique, ah ! combien de fois l'ai-je lu !

À tous les souverains et gouvernants de la terre, le roi d'Égypte Ptolémée Sôter demande qu'ils n'hésitent pas à lui envoyer les œuvres des poètes et prosateurs, rhéteurs et sophistes, médecins et devins, historiens et autres encore, qui se trouvent dans leur pays.

Ces œuvres, il avait fallu, il fallait encore aller les chercher et les récupérer là où elles se trouvaient. Crotone, Syracuse, Rhodes, Halicarnasse, Cnide, Perga, le Pont-Euxin, Pella, Babylone.

Des dizaines d'émissaires furent lancés dans l'œkoumène ; ce ne pouvaient être de simples acheteurs, mais de véritables spécialistes aptes à estimer la valeur des ouvrages, capables de détecter les faux, érudits et rusés, opiniâtres et patients, et peu regardants sur les principes. Il avait fallu les former.

Ils commencèrent par hanter les principaux marchés du livre, Athènes, bien sûr, et Cos et Rhodes.

La nouvelle de l'irruption de ces acquéreurs achetant à prix d'or certains ouvrages s'était répandue. Il n'avait pas fallu longtemps pour que se multiplient les officines spécialisées dans la fabrication de faux.

Immense espace vide à remplir. À l'ouverture de la Bibliothèque, on rechercha tout manuscrit. Puis, à mesure que le fonds se constituait, les demandes se firent plus précises, les recherches plus ciblées. Par exemple, moi qui te parle, j'ai, voilà des années, lancé une recherche concernant un certain ouvrage de Philolaos, et je viens de le trouver ! » Théo joua l'étonnement. « Preuve que l'ordre donné par les Ptolémées de récupérer tous les ouvrages trouvés à bord des navires faisant escale à Alexandrie avait du bon », conclut Ératosthène. Sourire forcé de Théo.

« Aidés par un vaste réseau d'indicateurs, les émissaires se sont transformés en de véritables "chasseurs" de manuscrits, pistant l'ouvrage recherché, suivant ses déplacements, interrogeant les propriétaires successifs. Et lorsque l'ouvrage était enfin localisé, c'était la victoire. Tu verras, si un jour cela t'arrive.

– Et si le propriétaire ne désirait pas s'en séparer ?

– On l'obtenait de toute façon. L'acheter était, bien sûr, la solution la plus simple. Mais les émissaires savaient utiliser d'autres moyens, pas toujours licites : emprunt forcé, subornation d'employés, effraction…

– Mais c'est…

– Malhonnête ? Absolument. Mais qui douterait que le manuscrit était plus à l'abri dans ces murs que partout ailleurs ? Ici il était soigné, réparé, recopié, étudié. Bref, sauvé ! Car il ne suffit pas de l'obtenir et de le ranger bien tranquillement. Mais de cela je te parlerai plus tard. »

Ayant entraîné Théo vers un meuble massif, il en sortit un coffret incrusté de pierreries. Il contenait des rouleaux d'une taille plus petite que la normale. « *L'Iliade*, l'exemplaire personnel d'Aristote. » Déroulant l'un d'eux, il désigna de nombreuses annotations. « Elles sont d'Aristote, il les a effectuées au cours des leçons qu'il donnait à Alexandre. Alexandre ne s'en séparait jamais. » Rêveur, il referma le coffret. « Il l'a accompagné tout au long de ses campagnes. On dit qu'il le gardait sous son appuie-tête, avec sa dague. »

« Si tu savais ce que cela a coûté pour obtenir ce qui

se trouve à l'intérieur ! » Son débit s'accéléra. « Ce que cela a coûté en temps, en efforts, en argent ! Il y a dans ce meuble… la bibliothèque d'Aristote !

– Sa bibliothèque personnelle ?

– Oui. Les manuscrits de la plupart de ses livres ainsi que les ouvrages dont il s'est servi pour accomplir son œuvre. » Posant la main sur un rouleau : « "Pour pénible qu'il nous soit de soulever un tel problème, en raison de l'amitié que nous portons à ceux qui ont introduit ces doctrines, chacun comprendra aisément que l'amour de la vérité parle plus fort que les considérations d'ordre privé, spécialement lorsqu'on fait profession de philosophie."

– *Éthique à Nicomaque* », bondit Théo.

Ératosthène laissa échapper un murmure d'admiration. Vraiment, il ne regrettait pas d'avoir engagé cet homme-là.

« D'abord, le trio majestueux ! L'*Organon*, la *Poétique*, la *Rhétorique* : le plus grand livre traitant de la logique en tant qu'"instrument" de la pensée, le plus grand livre traitant de la littérature en tant que forme d'expression écrite, le plus grand livre traitant de l'art du discours en tant que moyen de la persuasion. » Ératosthène s'enflammait, il adorait faire ce genre de présentation. « Et celui-ci traitant de la théologie en tant que rapport au divin, et sa *Physique*. Et rangé là, juste après la *Physique*, ce groupe d'écrits traitant de la philosophie, sans doute son œuvre la plus importante. Et aussi *Histoire des animaux, Traité du ciel, Petits traités d'histoire naturelle*. »

Ératosthène décrivit le trajet suivi par la bibliothèque d'Aristote depuis sa mort et les moyens mis en œuvre par Ptolémée Philadelphe pour en prendre possession.

« Le philosophe avait légué sa bibliothèque à Théophraste, le premier directeur du Lycée. Théophraste, y ayant ajouté ses propres œuvres, légua le tout non pas, malheureusement, à Straton de Lampsaque, son successeur à la tête du Lycée, mais à un certain Nélée. Pourquoi “malheureusement” ? Parce que, peu de temps après, Straton a été appelé à Alexandrie pour se charger de l’éducation de Philadelphe. Si les ouvrages avaient été en sa possession, ils seraient ici. » Il désigna une étagère vide qui semblait les attendre.

« Nélée avait quitté Athènes. Après des années de recherches, les émissaires d’Alexandrie le retrouvèrent à Skepsis en Troade, sa ville natale. La bibliothèque d’Aristote et les œuvres de Théophraste dormaient dans sa cave. Mais d’autres avaient remonté la piste, les envoyés de la bibliothèque de Pergame, notre grande rivale. Une lutte terrible s’engagea. Philadelphe offrit une somme énorme. Et les manuscrits sont là ! Tu vois ce qu’il a fallu d’entêtement pour y parvenir. » Théo hocha la tête. Oh ! il savait ce qu’était l’entêtement pour parvenir à ses fins.

« Et la bibliothèque de Platon ?

– Nous ne l’avons pas dans sa totalité », répondit trop brièvement Ératosthène, ne voulant pas avouer qu’à Alexandrie régnaient les fidèles d’Aristote. Peu de Platon ici. Les Péripatéticiens triomphaient.

Avant de l’instruire sur le mode de rangement des ouvrages, Ératosthène présenta à Théo les responsables des différents secteurs. Les ateliers de réparation des manuscrits, les magasins où étaient entreposés les ouvrages non encore répertoriés, le responsable des scribes et celui des copistes.

De retour dans la salle principale, Théo aperçut, au milieu des rouleaux ouverts, des lecteurs profondément absorbés dans leur travail.

Annexe du Mouséion, la Grande Bibliothèque était en premier lieu destinée aux pensionnaires qui tiraient profit de sa formidable richesse pour mener à bien leurs recherches. D’autres lecteurs la fréquentaient assidûment, des érudits alexandrins ou d’autres villes grecques d'Égypte, mais également des visiteurs étrangers qui savaient pouvoir y dénicher ce qu'ils n'auraient pu trouver nulle part ailleurs. Bien avant d'entreprendre leur voyage, ils s'informaient sur la présence des ouvrages recherchés et demandaient une autorisation, soigneusement étudiée avant d'être accordée.

La salle était sillonnée de longues et larges allées. Sur les murs de chaque allée, des étagères où étaient posés les étuis.

Ératosthène s'arrêta devant un meuble imposant : « La “clef de la Bibliothèque”, cent vingt rouleaux impeccablement rangés. *Tables des auteurs qui se sont illustrés dans tout secteur de la culture, et des œuvres qu'ils ont écrites*. Biographie et bibliographie réunies pour la première fois dans une œuvre de cette ampleur, les *Tables* constituaient un catalogue systématique rendant la recherche de tout ouvrage aisée et instructive. Sans elles, les rayons de la Bibliothèque seraient un inextricable dédale. Œuvre immense de Callimaque.

– Le poète ? » s'écria Théo. Il récita :

Celui qui a dénombré tous les flambeaux du ciel,
Celui qui a découvert le lever et le coucher
des constellations…

Sautant quelques vers, il reprit :

Celui-là même, Conon, qui, au milieu de la lumière
céleste, m'a vue, boucle détachée du front de Bérénice,
Jeter des feux éclatants après que cette reine m'eut promise
à plusieurs déesses en tendant vers elles ses bras polis.

Passant directement aux derniers vers :

J'éprouve moins de joie de ma fortune présente.
Que de tourment à la pensée que je serai toujours séparée
du front de ma maîtresse…

Ératosthène brûlait de lui emboîter la voix.

Qui serait passé dans cette allée de la Grande Bibliothèque aurait été stupéfait de tomber sur ce couple improbable, le directeur de la digne institution et un jeune homme à la barbe et à la tignasse rousses, récitant de concert.

De ma maîtresse, avec qui,
Privée de tous les parfums
Au temps où elle était jeune fille,
J'en ai bu à la fois tant de milliers.
Et toi, reine, lorsque les yeux tournés vers les astres,
Tu offriras pendant les jours de fête des sacrifices
à la divine Isis,
Ne me laisse pas manquer de parfums.

Ils éclatèrent de rire, on aurait dit deux élèves se défiant en récitant à qui le mieux des vers appris sur les bancs du Gymnase. D'un coup, gênés d'une telle complicité, ils ne surent plus quoi faire. Théo réagit le premier : « Vous l'avez connu ?

– Callimaque ? Oh oui, c'est lui qui a proposé à Évergète de me faire venir d'Athènes pour me nommer directeur de la Grande Bibliothèque.

– Directement directeur ! »

Ératosthène ne releva pas, il ne savait si c'était de l'admiration ou de l'ironie.

« La formidable idée de Callimaque dans ce poème, s'enthousiasma Théo, a été de faire parler une boucle de cheveux. Et pas Bérénice ni Isis. Une boucle raconte ses aventures, depuis la tête d'une reine tourmentée jusqu'à la voûte céleste !

– Oui, une belle idée. » Ératosthène resta songeur. « Sais-tu ce que faisait Callimaque avant d'entrer à la Bibliothèque ? Il était maître d'école dans un gymnase d'un faubourg. Peut-être est-ce pour cela qu'il a eu cette idée, il savait s'adresser aux enfants et leur raconter des histoires. Revenons au rangement. Callimaque a mis au point un double niveau de classement, d'abord suivant les genres, puis, à l'intérieur de chaque genre, par ordre alphabétique. »

Du doigt, il suivit les suites d'étuis séparés par des cloisons : « Rhétorique, poésie épique, tragédie, comédie, là il sépara comédie ancienne et comédie récente, puis poésie lyrique, philosophie, art oratoire, histoire, droit, médecine, mathématiques, sciences naturelles. Pour chaque auteur, il a établi une notice où sont répertoriés les faits marquants de sa vie, suivie d'une étude critique de ses écrits. »

Alors qu'il s'agissait d'informations capitales pour son travail, Théo, la tête enflammée, n'écoutait plus. Ils étaient tous là, comme dans un rêve habité, conviés au grand banquet : les inventeurs, les créateurs, les fondateurs. Télaugès et Empédocle, les inventeurs de la rhétorique ; Héraclite et Zénon d'Élée « à la langue pendue », les inventeurs de la dialectique ; Aristote, l'inventeur de la poétique. Et les pères fondateurs des Écoles : les Pythagoriciens, les Ioniens et les Éléates, les Péripatéticiens, les Cyrénéens, les Stoïciens, les Cyniques, les Sophistes et les Épicuriens.

Il reprit ses esprits au moment où Ératosthène lui donnait l'ultime conseil : « Quand tu chercheras un ouvrage, ton premier réflexe : les *Tables* ! Ce sera ton outil quotidien. »

Il avait à peine fini sa phrase qu'un lecteur, après les avoir salués, s'approcha du meuble ; passant en revue les étuis, il retira un rouleau dont il planta les deux bâtons dans des tubes disposés devant lui. Tout à côté, un vieux lecteur, qui avait entièrement déroulé son volume, demanda de l'aide pour le réenrouler ; il l'avait lu « jusqu'à l'ombilic ». Théo adorait l'expression.

« Je n'ai pas besoin de te présenter le contenu de cette étagère, lança Ératosthène d'une voix acide en passant devant "le fonds des navires". Il est temps que j'aille manger. »

Ératosthène s'éloigna d'un pas vif en direction du Mouséion.

Depuis sa fondation, un usage auquel les pensionnaires du Mouséion ne contrevenaient qu'exceptionnellement : le déjeuner pris en commun, grand moment de rencontre, voulu par les inspirateurs de l'institution. Transcendant leur propre discipline, ils échangeaient des informations sur l'état de leurs recherches, sur les questions qu'ils se posaient. Communiquer, échanger… et se nourrir les uns des autres.

« Le fonds du navire », répétait Théo, décryptant les étiquettes. Vraiment un grand fonds ! Le piratage avait rapporté des trésors inestimables. On lui tapotait l'épaule. « Tu me reconnais ? *Polos* ou *pathos* ? » Le visage de Théo s'éclaira : « *Théétète*, le sens, toujours le sens. » Ils éclatèrent de rire. « Niccipos ! » annonça le jeune scribe qu'il avait aperçu lors de sa première venue.

À l'extrémité du bâtiment se trouvait un réfectoire où les membres subalternes de la Bibliothèque et du Mouséion prenaient leur repas. Ils s'assirent au bout d'une longue table et mangèrent d'un bon appétit.

« Alors, tu es parvenu à tes fins ?

– À mes fins ? s'exclama Théo. Pourquoi dis-tu cela ? Je voulais seulement récupérer mon manuscrit.

– Ératosthène ne t'a tout de même pas forcé à accepter ce poste. »

Théo le regarda, intrigué. Un visage d'une jeunesse étonnante, angélique, les traits d'un adolescent insouciant, et de petits yeux noisette, pétillants. « Je ne vois plus le bandeau de cuir qui te ceignait le front, pas plus que les lanières qui grimpaient le long de tes jambes. Ils ne te plaisent plus ? » demanda Niccipos ironiquement.

Théo, gêné, se passa la main dans les cheveux d'un geste machinal. Sur les instances d'Ératosthène, la mort dans l'âme, il avait changé de vêtements et d'allure.

Combien de concessions encore ?

Ils quittèrent le réfectoire en silence.

« Une bibliothèque, c'est comme un marché. On y trouve ce que l'on cherche, déclara Niccipos d'un ton péremptoire. Encore faut-il chercher quelque chose. Je vais te montrer ce que j'ai trouvé dans cette bibliothèque. » À brûle-pourpoint : « Vois-tu une différence entre un philosophe et un général ? Un grand philosophe et un grand général, je précise. Entre Épicure et Alexandre ? Eh bien, il y en a une. »

Il dégagea deux ouvrages. « Celui-ci est de Colotès de Lampsaque, l'un des élèves les plus assidus d'Épicure. Un jour, Épicure s'étant dépassé plus encore qu'à son habitude, Colotès fut si enthousiasmé qu'il s'agenouilla devant le philosophe. Cette attitude était si contraire à ce qu'il avait toujours prôné ! Épicure s'agenouilla à son tour devant Colotès. Ce faisant, il rétablissait l'égalité et l'amitié entre eux.

Passons au général. Callisthène était son plus fidèle compagnon, ils avaient à peu près le même âge. Aristote, l'oncle de Callisthène, les avait éduqués ensemble. Devenu général, Alexandre partit en campagne et Callisthène le suivit. Alors qu'ils se trouvaient au plus profond de l'Asie, Callisthène entra dans une pièce où se tenait Alexandre. On lui ordonna d'exécuter la *proskunêsis*. Tu ne sais pas ce que c'est ? »

Niccipos se planta devant Théo, s'agenouilla, inclina la tête jusqu'à toucher le sol. « Une coutume perse qui oblige toute personne à s'agenouiller devant le souverain et à toucher le sol du front avant d'avoir le droit de l'aborder. Callisthène refusa. Alexandre lui demanda de s'y soumettre. Callisthène refusa. Alexandre le fit mettre à mort !

Le second ouvrage : *Persica, récit de l'expédition*

d'Alexandre, a été écrit par Callisthène. Historien, il avait entrepris de raconter les exploits de son compagnon d'enfance. Œuvre inachevée !... »

Il reprit sa course. Théo, derrière, haletant, prenant un étrange plaisir à ce parcours échevelé parmi les rouleaux de la Grande Bibliothèque.

Niccipos s'arrêta brusquement. Cette fois, il ne sortit aucun rouleau des étagères. « Là, les œuvres médiocres d'un auteur médiocre mais courageux, Sotades, celui qui eut l'incroyable insolence de critiquer le mariage de Philadelphe avec sa vieille sœur. Noyé ! On aurait dû garder l'homme et noyer les œuvres. »

Il était intarissable, allant d'un bout à l'autre de la bibliothèque, arpentant les allées, entraînant dans son sillage Théo qui peinait à le suivre. Il jubilait. Un enfant.

« Tiens, en voilà un qui me plaît beaucoup, Chrysippe ! Tu vois cette longue rangée, cent soixante-deux ouvrages. Et pas un seul dédié à un roi ! Malgré les invitations pressantes des Ptolémées, il leur a fait l'affront de refuser de venir s'installer à Alexandrie. Et il n'a pas plus respecté les dieux. Dans *Les Physiologies antiques*, il décrit – lis-le, c'est un régal ! – par le menu les aventures sexuelles de Zeus et d'Héra, d'une façon tellement crue qu'on le croirait présent durant les ébats. Les dieux faisant l'amour comme toi et moi ! Autant dire que cela n'a pas plu à tout le monde. »

Il se mit à courir dans l'allée. « Chrysippe ne respectait pas les dieux. Lui, c'est presque pire : Théodore de Cyrène a rejeté aussi bien les dieux que la patrie. “Il est raisonnable que l'homme vertueux ne risque pas sa vie pour sa patrie, car il ne faut pas perdre sa sagesse pour être utile aux insensés.” C'est bien lancé ! “Aux insensés...”, reprit Niccipos.

– Tu es contre la guerre ? » demanda Théo.

Niccipos, outré qu'on lui pose une telle question : « Évidemment !

– Ah bon ! » laissa échapper Théo. Il reprit vivement : « Tu veux faire la guerre à ceux qui font la guerre !

– Alors là, les paradoxes ne me font pas peur. Cela ne m'empêche pas de penser ce que je pense. Continuons. Je voulais te montrer… j'ai oublié… ah oui ! Straton de Lampsaque, le propre précepteur de Philadelphe. Après avoir beaucoup écrit sur la physique, il a affirmé, en conclusion, qu'il n'y a pas besoin du secours des dieux pour construire le monde : "Tout ce qui est, étant l'effet de la seule nature."

Et Anaxagore de Clazomènes… mais ce n'est pas la peine de chercher ses ouvrages ici. Les manuscrits anciens ont tous disparu ; on n'a retrouvé aucun écrit des premiers penseurs. À quelqu'un qui lui lançait : "N'as-tu aucun souci de ta patrie ?" Anaxagore avait répondu : "Tais-toi ! Car moi, de ma patrie, j'ai souci et grandement", et il montra le ciel.

Et Zoïle, tu connais ?

– Jamais entendu parler.

– Lui, c'est Homère qu'il ne respectait pas. » Niccipos retira deux ouvrages. « "Le fléau d'Homère", c'est le nom qu'il se donnait. Mais naïf, naïf ! Venant de Macédoine, il s'est précipité pour présenter ses ouvrages à Ptolémée, vantant en particulier celui-ci qui s'attaquait à *L'Iliade* et celui-là qui blâmait *L'Odyssée*. Que crois-tu qu'il arriva ? Le roi, indigné que l'on ose critiquer avec tant d'irrespect "le prince des poètes", le fit condamner… comme parricide ! Logique, n'est-ce pas ? Homère est notre père à tous. À propos de logique, il y en a un que j'adore, mais que j'adore vraiment : Zénon d'Élée. Toute la force de sa logique, il l'a mise au service des faibles. Ne me regarde pas comme ça ! Le héros des héros, Achille, nourri de la moelle des lions. Achille, la foudre, vaincu à la course par la lourde et pataude tortue ! Il fallait le faire !

Tous autant qu'ils sont, ils se sont évertués à prouver

que Zénon avait tort. Aucun n'y est parvenu. Voilà à quoi doit servir la logique : être une arme dont les faibles usent pour vaincre les puissants !

Et ce n'est pas tout. Zénon avait décidé de renverser Néarque, le tyran d'Élée. Le complot fut éventé. Néarque exigea que Zénon lui révèle les noms de ses complices. Zénon hésita longuement et, dans un râle, il livra les noms : ceux de tous les amis du tyran ! Néarque les fit exécuter sur-le-champ. Ils étaient innocents. Néarque revint vers Zénon et lui demanda s'il ne restait pas d'autres conjurés. Zénon admit qu'il n'avait pas tout dit et demanda à Néarque de s'approcher : les révélations qu'il avait à lui faire devaient rester secrètes. Néarque tendit l'oreille. "Plus près !" l'adjura Zénon. Dès que l'oreille fut à sa portée, Zénon mordit dedans à pleines dents, ne lâchant prise qu'après l'avoir arrachée. Néarque hurla de douleur. Cela n'avait duré qu'un instant, les soldats, surpris, n'avaient rien pu faire. Ils foncèrent. Avant que les lances ne l'atteignissent, Zénon se coupa la langue et la cracha au visage du tyran. » Embarqué par le récit de Niccipos, Théo voyait le corps transpercé de Zénon et la langue coupée du philosophe murmurer des malédictions que seule l'oreille sanglante du tyran pouvait entendre. D'un ton badin, Niccipos lança : « Émus par le courage de Zénon, les habitants d'Élée se révoltèrent enfin. Forçant les portes du palais, ils tombèrent sur Néarque qui pressait de sa main molle le trou béant, juste à côté de sa tempe. Ils le lapidèrent. »

Étourdi par cet ouragan, Théo se disait qu'il n'avait jamais assisté à pareil compte rendu des œuvres des plus grands auteurs. Étrange homme que ce Niccipos, pas vingt-cinq ans ! Qui donc avait pu le former ?

« Oui, nous avons tous ces ouvrages dans nos rayons », lança une voix derrière eux.

Ératosthène, debout au milieu de l'allée, les regardait

sévèrement. « Depuis que la Bibliothèque existe, nous n'avons pratiqué aucune censure. Nous avons même les œuvres d'Hégésias de Cyrène, "l'Orateur de la mort", qui ne cessait de clamer : "Nous sommes faits pour le bonheur ? Nous ne le trouvons pas sur terre ? Il faut la quitter." Il était si persuasif qu'après l'avoir entendu, ses auditeurs, des jeunes gens pour la plupart, se donnaient la mort par dizaines. Sôter finit par lui interdire de traiter ce sujet dans ses cours, mais tu pourras trouver ses ouvrages à leur place. » Et, s'adressant à Niccipos : « Tu devrais être à ton travail. Retournes-y ! » À Théo : « Il t'a montré "sa" bibliothèque ? C'est un révolté ; obstiné, intransigeant, que ce soit dans ses idées ou dans son travail. Mais il sera l'un de nos meilleurs scribes, il est passionné, il aime ce qu'il fait. Quand il s'occupe d'un texte, il ne laisserait jamais mettre un mot à la place d'un autre. » Théo sourit. « Suivant mes disponibilités, je te présenterai peu à peu les différents quartiers de la Bibliothèque. Demain, nous commencerons par la médecine. »

Il s'éloigna, puis, s'arrêtant après quelques pas : « Ah, j'ai oublié de te le dire tout à l'heure. Sais-tu que Conon est mort ?

– Conon ! Mort. Parce qu'il a été vivant ? s'écria Théo.

– Évidemment, quelle question !

– C'est parce que je croyais que… balbutia Théo.

– Que quoi ?

– Que c'était une histoire totalement inventée.

– Bérénice existe, "la Chevelure de Bérénice" existe. Callimaque, qui a écrit le poème, aussi. Quant à Conon, nous avons été ensemble au Mouséion durant des années. Va donc dans le rayon des sciences, tu y trouveras ses sept livres d'astronomie et aussi plusieurs ouvrages de géométrie. Et aussi un calendrier où, pour chaque jour de l'année, il a noté l'heure du lever et du coucher du Soleil. »

Il le planta là. Ainsi l'histoire était vraie ! Le capitaine Coutousis allait être content.

En quittant la Bibliothèque, Théo éprouva la même sensation que lorsqu'il se réveillait après une nuit bercée de rêves. Pris entre le désir de ne pas se réveiller et la pulsion de s'extirper au plus vite de l'univers des songes.

Théo regagna sa chambre, épuisé. Elle était vraiment petite. Un aide-bibliothécaire de la Grande Bibliothèque d'Alexandrie gagnait-il plus qu'un serveur de l'une des tavernes les plus fréquentées d'Alexandrie ? Si oui, il changerait de chambre.

Le lendemain matin, Théo rejoignit Ératosthène à l'emplacement réservé aux ouvrages de médecine.

Hippocrate, bien sûr, occupait une place de choix. Une soixantaine de titres en chirurgie, obstétrique, pharmacologie, médecine : *Des plaies de la tête*, *Des fractures*, *Des articulations*. Ératosthène retira *Des épidémies*.

« C'était le premier traité presque entièrement composé de fiches individuelles où le médecin retrace, jour après jour, l'évolution de la maladie de chaque patient. Une mine de cas d'école. *La Maladie sacrée*, où il ose affirmer que l'épilepsie n'est pas un mal d'origine divine, hors de portée des efforts du médecin, mais une maladie naturelle qu'il est possible de soigner. Et puis…

“Je jure par Apollon médecin, par Esculape, par Hygie et Panacée, par tous les dieux et toutes les déesses, les prenant à témoin, que je remplirai, suivant mes forces et ma capacité, le serment et l'engagement suivants :

“[…] Je dirigerai le régime des malades à leur avantage, suivant mes forces et mon jugement, et je m'abstiendrai de tout mal et de toute injustice.

“Je ne remettrai à personne du poison, si on m'en demande, ni ne prendrai l'initiative d'une telle suggestion ; semblablement, je ne remettrai à aucune femme un pessaire abortif.

"[…] Dans quelque maison que j'entre, j'y entrerai pour l'utilité des malades, me préservant de tout méfait volontaire et corrupteur, et surtout de la séduction des femmes et des garçons, libres ou esclaves.

"Quoi que je voie ou que j'entende dans la société, pendant l'exercice ou même en dehors de l'exercice de ma profession, je tairai ce qui ne doit jamais être divulgué, le regardant comme un secret […]" »

Théo avait écouté avec une profonde attention le *Serment* d'Hippocrate. « Tu le connais par cœur ! s'extasia-t-il.

– Crois-tu que l'on peut être bibliothécaire sans connaître le contenu des manuscrits que l'on range ?

– Ce *Serment* est-il vraiment de lui ? demanda Théo.

– En fait, je dois dire qu'on n'est pas assuré qu'il en est l'auteur, admit Ératosthène. Il reste que le texte est magnifique. » Décidément en verve, il raconta qu'Hippocrate fut appelé auprès du philosophe Démocrite dont la santé mentale causait beaucoup d'inquiétude à son entourage : il riait tout le temps ! Après un long entretien, Hippocrate déclara, à la déception générale, que loin d'être folie ce rire était le signe d'une grande sagesse. Et Démocrite de rire de plus belle quand il entendit le célèbre médecin émettre son savant diagnostic !

Ératosthène se rembrunit quand lui revint en mémoire l'un des épisodes les moins glorieux de la vie du grand médecin : en charge de la bibliothèque de la ville de Cos où il professait, Hippocrate aurait brûlé de nombreux ouvrages, parce que, expliquait-il, ceux-ci contenaient des monceaux d'âneries. « Brûler des manuscrits ! Tu m'imagines faisant la chasse aux ouvrages qui contiennent des sottises, des inepties ou des erreurs ; m'érigeant en juge suprême ; octroyant vie ou mort aux rouleaux : à celui-ci les flammes, à cet autre la lacération ! Moi, j'écris des livres, je conserve ceux qui me sont confiés, cela me suffit amplement. Hippocrate fut tout de même chassé de sa ville par ses concitoyens qui n'apprécièrent pas du tout ce geste.

– Ce n'était pas interdit par le *Serment* ! » lâcha Théo, ironiquement.

Ératosthène haussa les épaules et, comme pour donner une chance au grand médecin de Cos, il ajouta : « L'anecdote n'est peut-être pas exacte. »

Toutes proches, les œuvres d'Hérophile de Chalcédoine et d'Érasistrate de Céos, le propre petit-fils d'Aristote. « Ces deux médecins, pensionnaires du Mouséion, ont dépassé Hippocrate lui-même. Très âgé, accablé depuis des décennies par un mal terrible que toute sa médecine n'a pu soulager, Hérophile ne professe plus. Érasistrate, lui, est en pleine activité. Leur grande force à tous deux a été, est encore, de pratiquer de façon systématique la dissection. La dissection sur les cadavres d'animaux. » Théo grimaça. « Et sur les cadavres humains. » Théo grimaça un peu plus. « Et sur les animaux vivants. » Oh ! De la vivisection ! « Et sur… » Théo se cabra. Ératosthène préféra ne pas terminer sa phrase.

« Tu fais la moue, mais sais-tu tout ce que nous avons acquis grâce à la dissection ? demanda-t-il, désignant son œil, puis son ventre. Notre œil possède quatre membranes, la plus profonde est irriguée par une sorte de "filet" de vaisseaux sanguins, c'est pourquoi ils l'ont nommée *rétine*. » Posant son doigt quelque part vers le bas de son ventre : « Nous avons tous dans notre ventre un conduit qui relie l'estomac à l'intestin. Pour tout te dire, avant d'avoir lu ces ouvrages, je ne le savais pas. On ne sait rien de l'intérieur de notre corps.

– On a bien assez à s'occuper de l'extérieur.

– Si tu veux, un jour, je demanderai à Érasistrate s'il accepte que tu assistes à l'une de ses séances de dissection du corps humain. Comme cela, tu verras l'intérieur.

– Je ne sais pas si j'y tiens. Je préfère l'intérieur des livres. Et ce conduit, alors ?

– Ah oui. Hérophile l'a nommé *dôdekadaktulon*. Pourquoi ? Tout simplement parce qu'il l'a mesuré : douze largeurs de doigt. On pourrait passer des heures à énumérer leurs découvertes : le rôle des ovaires dans la fécondation, ils abritent l'œuf dont nous sommes tous issus. Les différents ventricules du cœur, et leur rôle dans l'écoulement du sang, ils le... comment dirais-je ? ils le régulent afin qu'il pénètre dans notre cœur sans à-coups. Les deux enveloppes du cerveau.

Et puis ils sont parvenus à faire la distinction entre les nerfs sensoriels et les nerfs moteurs, et entre les nerfs et les artères. L'œil, les nerfs, le cerveau, le cœur ! »

Théo aurait bien voulu qu'il s'arrête. Il ne se souviendrait pas de tout. Insensible à la fatigue de son nouvel aide-bibliothécaire, Ératosthène poursuivit : « Tu sais peut-être que la grande question concernant le fonctionnement de notre être est : qui, du cœur ou du cerveau, est le principe directeur de notre corps ? Pour Aristote, c'est le cœur. Pour Hérophile et Érasistrate, le cerveau.

– Est-ce pour cela qu'il est si bien protégé ? tenta Théo pour montrer qu'il suivait quand même. Le cerveau est impassible, le cœur s'agite sans cesse. Pour être apte à diriger, la placidité doit-elle l'emporter sur le mouvement ? »

Ératosthène n'eut pas le temps de prendre la mesure de la profondeur de la question de Théo ; un brouhaha se fit entendre dans l'entrée de la Bibliothèque. Bondissant, il se précipita pour faire cesser le vacarme.

Chapitre 10

UN HOMME excité parlait avec de grands gestes au milieu de scribes et de bibliothécaires qui laissaient échapper des exclamations.

C'était un marin, le capitaine d'un navire arrivé le matin même de Rhodes. Il était porteur d'une terrible nouvelle. Un tremblement de terre avait ravagé Rhodes, la ville était entièrement détruite. Il n'avait pu quitter l'île que plusieurs jours après le séisme, son navire était le premier à atteindre Alexandrie. L'émotion l'empêcha de poursuivre. Un instant plus tard, revivant la scène, il raconta que tout le temps qu'avaient duré les secousses, le Colosse, semblant indestructible, était resté debout. Et lorsque le calme était revenu, que tout semblait fini, dans le silence retrouvé, d'un coup il s'était écroulé, se disloquant dans un bruit effroyable. Les morceaux de son corps fracassé s'étaient abîmés dans les eaux du port, soulevant des gerbes immenses.

Arrivé sur les pas d'Ératosthène, Théo n'en crut rien. Fausse nouvelle comme il en circulait tant sur les rives de la Méditerranée ! « J'étais à Rhodes il y a quelques semaines encore. Je l'ai vu dressé sur le quai au fond du port. » Depuis le pont de l'*Argo*, sa dernière image de l'île : la gigantesque statue de bronze, éblouissante.

Renversé, le Colosse ? Aucune force n'aurait pu y parvenir.

Le capitaine demanda à Théo à quelle date il avait

quitté l'île. Théo indiqua la date exacte de son départ de Rhodes.

« Quatre jours avant le tremblement de terre ! s'écria le capitaine. Tu peux dire que tu as eu de la chance, mon garçon. Remercie les dieux de t'avoir protégé. Tous les bâtiments naviguant dans les environs de Rhodes ont sombré. Aucun n'a été retrouvé. »

Théo comprit brusquement. L'énorme vague qui avait soulevé l'*Argo* était le raz-de-marée provoqué par le tremblement de terre qui venait de détruire Rhodes. S'il était parti deux jours plus tard, il serait aujourd'hui en train de nourrir les poissons.

« Si j'ai bien compris, j'ai failli ne jamais obtenir le manuscrit de Philolaos », lança Ératosthène.

La Terre est immobile au centre de l'univers, certes, mais globalement. Les tremblements qui l'agitent localement la mettront-ils en branle un jour ? se demanda Ératosthène en regagnant son appartement.

Il ne put s'empêcher de se rappeler que le bronze ayant servi à la construction du Colosse provenait des machines de guerre de Démétrios Poliorcète, le grand stratège que les Rhodiens avaient jeté hors de l'île lorsqu'il avait prétendu la conquérir. Singulière idée : fondre des machines de guerre pour façonner un dieu ! Et quel dieu, Apollon ! Le cocher divin du char du Soleil.

Si Ératosthène haïssait ce général, c'est surtout parce qu'il avait chassé d'Athènes son homonyme, Démétrios de Phalère.

En rentrant dans son appartement au Mouséion, Ératosthène s'approcha de la carte de l'œkoumène qu'il conserverait dans son cabinet de travail jusqu'à la présentation officielle. Ensuite, elle regagnerait la salle de géographie où elle rejoindrait les cartes de ses prédécesseurs.

Il posa le doigt sur Rhodes, là où le « Diaphragme »

et la « Perpendiculaire » se croisaient. Étrange et inquiétant que ce point des origines, repère de tous les lieux, disparaisse dans le fracas des éléments, laissant sur la carte une béance.

Refusant toute interprétation, Ératosthène ne voulut y voir aucun signe. La géographie est une science rationnelle. Les Chaldéens avaient placé le centre du monde à Babylone, au cœur des terres ; les anciens Égyptiens à Thèbes, au sein du pays, sur les bords du Nil ; nous, les Grecs, nous l'avons logé, fragilement, dans une île, au milieu des eaux !

Comment ne pas voir dans l'écroulement du Colosse l'engloutissement du centre du monde habité ? Une nouvelle ère commence. La vieille Grèce, la Macédoine, l'antique Perse finissent de s'éteindre. D'autres feux vont brûler. Alexandrie est l'un d'eux ; le plus éblouissant aujourd'hui. Mais de nouveaux naîtront et flamboieront. Les lueurs d'Alexandrie déclineront à leur tour. Ainsi va l'Histoire. Ératosthène quitta la carte des yeux, hocha la tête. Et moi qui m'étais promis de ne faire aucune interprétation…

Il se coucha tôt, triste et troublé. Sa dernière pensée avant de s'endormir fut numérique. Des Merveilles du monde, il n'en restait que six. Il se releva, se précipita vers la carte, posa le doigt sur la Perpendiculaire, le faisant glisser du haut vers le bas. Halicarnasse où s'élevait le tombeau de Mausole, le « Mausolée », Éphèse avec le temple d'Artémis, Rhodes et son Colosse, Alexandrie et son Phare, et, plus au sud, sur le Nil, la pyramide de Chéops. Il n'y avait jamais pris garde auparavant, cinq parmi les sept Merveilles du monde étaient situées sur le méridien de référence ! Les deux autres se trouvaient, l'une à ouest, la statue de Zeus à Olympie, l'autre à l'est, les jardins suspendus de Sémiramis à Babylone, où Alexandre s'était fait conduire avant de mourir.

Regagnant son lit, il se souvint de la demande du roi, restée en attente. Évergète n'allait pas manquer de le lui reprocher. Il se promit de se mettre au travail dès le lendemain.

Au même instant, attablé à *L'Amphore fêlée*, Théo descendait d'un trait une chope de vin, de Samos, bien sûr, qui, il l'espérait, n'avait pas été frappée par le séisme. S'il but deux fois plus que de coutume, c'est qu'il avait décidé de fêter deux événements, son admission à la Grande Bibliothèque et le miracle qui lui avait permis de sortir vivant de sa traversée. Le second étant une condition nécessaire au premier.

Après nombre de chopes, l'esprit troublé, il se leva pour regagner sa chambre. Il fit quelques pas qui ne lui permirent pas d'aller au-delà du seuil, sur lequel il s'écroula.

Il se réveilla au milieu de la nuit, la tête en feu. Il ne reconnut rien. Une lampe brillait. En habit de nuit, la patronne de *L'Amphore fêlée* le regardait. Persuadé d'être encore ivre, il referma les yeux, les ouvrit, elle était encore là. Mais ce qui le convainquit qu'il ne rêvait pas, ce fut l'entrebâillement de la porte sous la pression du museau de Cerbère, attiré par la lumière.

« Monsieur se prend pour le Colosse de Rhodes ! Il s'écroule à l'entrée de ma taverne et c'est moi qui subis le raz-de-marée.

– Que m'est-il arrivé ?

– Tu as seulement subi un tremblement… de tête ! » Elle lui raconta que, ne sachant où il habitait, elle avait demandé qu'on le transporte dans son appartement, au-dessus de la salle. Elle préféra lui taire tout ce qu'il avait laissé échapper durant son ivresse et lui assura qu'elle n'avait pas profité de son état pour…

– Dommage ! s'écria-t-il.

– C'est exactement ce que je pensais », murmura-t-elle.

Quand Théo, la tête brumeuse, s'éveilla, elle était en train de s'habiller dans la pénombre. Il ne fit rien qui pût révéler son réveil. Elle le croyait endormi, il put l'admirer telle qu'elle était, assistant avec une attention respectueuse aux différentes étapes de sa préparation. D'abord le lissage de ses cheveux d'un noir lourd, qu'elle ramena par un geste rapide en un chignon serré dans le creux de sa nuque. Puis, levant un bras, son aisselle s'ouvrit, prête à accueillir un parfum léger. Il ne bougeait pas, regardant cette femme d'une dizaine d'années plus âgée que lui, assumant pleinement son corps. Elle se leva. Pour tout bijou, elle portait un anneau de cheville.

Elle enfila une culotte que vinrent remplir ses fesses fermes. Quand elle se retourna, la masse sombre de son sexe voilé par le tissu fin rappela sa présence. Il la vit choisir ses vêtements avec assurance. Et son corps, peu à peu, disparut sous ses habits simples.

Jamais il n'avait eu l'occasion, ou le désir, d'assister aux diverses étapes de la préparation d'une femme. Il savait qu'aucune ne pardonnerait cette intrusion dans ce moment intime et capital de sa vie. Mais il sut aussitôt que, d'y avoir assisté, créait en lui un attachement qui pourrait bien changer la destinée de leurs rapports. Une scène volée à son intimité. Il émit une petite toux. Elle se retourna. Gêné, il chercha quelque chose à dire. Posée sur un socle face au lit, une imposante amphore. Il trouva ce qu'il crut être une bonne question : « Pourquoi avoir appelé ta taverne *L'Amphore fêlée* ? Est-ce toi qui lui as donné ce nom ou bien en as-tu hérité ?

– Ah, dit la patronne de *L'Amphore fêlée*, mettant une dernière touche à son fard. Tu ne penses pas être le premier à me poser la question ? Le Colosse a-t-il passé une bonne nuit ? » Elle profitait de sa confusion. Peut-être s'était-elle aperçue qu'il l'avait observée et avait-elle joui de lui faire croire qu'elle n'en savait rien.

« Cela se passait plusieurs mois après la mort de mon mari. Je tenais seule la taverne, qui en ce temps s'appelait *La Bouche pleine*. Un riche Athénien m'avait offert une superbe amphore, que j'avais placée sur un meuble de la grande salle. Un mercenaire gaulois, un géant avec d'horribles moustaches qui lui descendaient jusqu'au milieu du cou, venait d'être éconduit par une jeune femme à qui il n'avait cessé de faire des avances obscènes. Il se mit à beugler, se flattant que chez lui, quand les femmes se refusaient, on les traînait par les cheveux et on les prenait… comme des bêtes. "Comme des bêtes", il l'avait répété plusieurs fois en hurlant. J'étais hors de moi. Je lui ai demandé de ficher le camp, il s'est précipité en braillant : "Tu vas voir comment je m'y prends." Je n'avais rien sous la main, j'aperçois l'amphore. J'avais à la fois peur et très envie, tu ne peux pas savoir, de la lui exploser sur la tête. J'ai sauté sur un banc, je m'en suis emparée, elle était lourde, et je l'ai laissée tomber sur sa tête. J'étais sûre qu'elle allait se briser. Elle a résisté, elle était seulement…

– Fêlée !

– Comme la tête du Gaulois. Le lendemain, l'histoire avait fait le tour du port ; toute la journée des gens entraient et me demandaient : "Où est l'amphore fêlée ?" J'ai changé l'enseigne. » Du doigt, elle suivait les longues cicatrices qui zébraient l'amphore. Théo regarda à nouveau ses mains puissantes, sans bagues ni bracelets, légères, fluides et douces. Tout son corps en avait un souvenir ému.

« Je suis contente que tu aies été engagé à la Grande Bibliothèque, murmura-t-elle. Si tu avais continué à travailler à la taverne, jamais nous n'aurions passé la nuit ensemble, cela ne se fait pas. J'en avais envie depuis longtemps. J'ai bien pensé à te mettre à la porte pour que nous puissions faire l'amour. »

La nouvelle du séisme avait fait le tour de la ville. La destruction de Rhodes frappa les esprits ; les échanges commerciaux, culturels, militaires avaient resserré les liens avec l'île. De nombreux citoyens d'Alexandrie qui y possédaient de la famille s'étaient précipités au port dans l'attente des prochains navires venant de l'île.

Après avoir quitté à regret la patronne de *L'Amphore fêlée*, Théo, en se rendant à la Grande Bibliothèque, remarqua que de nombreux passants lançaient des regards inquiets en direction du Phare. Partageant leur inquiétude, les responsables de la ville étaient agités par une question : l'édifice avait-il souffert du tremblement de terre ? Rhodes, certes, n'était pas proche, mais sait-on ce qui se trame dans les entrailles de la Terre ? Ces convulsions qui avaient martyrisé le sol de l'île s'étaient-elles propagées par le fond des mers, atteignant de façon invisible les soubassements de la tour, ébranlant ses assises, malmenant sa stabilité ? Lieu stratégique, d'une importance capitale pour la navigation, quel désastre si le Phare venait à s'écrouler ! Catastrophe matérielle et symbolique.

Une commission fut constituée sur-le-champ. Les architectes les plus éminents, les maîtres maçons, les charpentiers les plus qualifiés, les spécialistes des fondations furent chargés de s'assurer que le Phare n'avait pas souffert.

Brûlant de pouvoir s'y rendre, Théo arracha à Ératosthène l'autorisation d'accompagner la commission.

Les véhicules dans lesquels les membres de la commission avaient pris place durent faire halte au poste de garde du bout de l'Heptastade. Les cochers présentant les laissez-passer, l'officier de garde, sidéré, aperçut Théo à l'intérieur du char. « Mais c'est…

– Lui-même ! » exulta Théo.

Plus on se rapprochait, plus on se sentait écrasé. Une hauteur à couper le souffle. D'après les dimensions qu'on lui avait communiquées, cela faisait quatre ex-Colosses de Rhodes l'un sur l'autre !

De loin, on aurait pu croire que l'entrée était située au niveau du sol : il n'en était rien. Une rampe inclinée reposant sur des arcades permettait d'atteindre l'immense portail qui se trouvait déjà à une hauteur conséquente.

Parvenu aux pieds de l'édifice, Théo leva la tête et ne vit rien d'autre qu'une paroi de pierre éclatante. Obturant l'espace, une barrière se dressait devant lui, dont il ne put apercevoir la limite. Il avait entendu dire que, dans leur Livre, les Juifs invoquaient une tour qui grimpait jusqu'au ciel. Celle-là montait sans doute moins haut, mais elle était bien réelle.

Le directeur et le commandant des forces militaires stationnant dans le Phare accueillirent la commission. Pendant qu'ils mettaient au point le déroulement de la visite d'inspection, Théo entreprit de faire le tour de l'assise. Après avoir dépassé le coin de la plate-forme, il se trouva face au large, chahuté par des bourrasques qui lui balayaient le visage ; ses cheveux volant à tout va, il regretta son bandeau. La mer était mauvaise, les vagues se brisaient sur les rochers situés en avant-poste de l'île.

Sur une avancée se dressaient les deux statues aperçues depuis le pont de l'*Argo* le jour de son arrivée. Elles étaient gigantesques. Affrontant le large, les visages de pierre qui dominaient les flots semblaient les défier. Ptolémée Philadelphe et la reine Arsinoé. À leurs pieds, aspergés par les vagues, une inscription en lettres de cuivre hautes d'une coudée :

Sostrate de Cnide, fils de Dexiphane, dédie cet édifice aux dieux sauveurs, pour le salut des navigateurs.

Au milieu du fracas des vagues, une voix s'éleva ; l'un des membres de la commission l'avait rejoint. L'œil malicieux, ce dernier lui révéla la lumineuse supercherie de l'architecte Sostrate. La dédicace officielle était :

Le roi Ptolémée et la reine Arsinoé, dieux-frères, dédient cet édifice aux dieux sauveurs, pour le salut des navigateurs.

Même fin de phrase, mais des débuts différents !

Sostrate avait secrètement gravé son propre nom sur la pierre puis avait recouvert l'inscription d'un lit de chaux. Sur le lit de chaux, il avait fait graver le début de phrase mentionnant les Ptolémées. Assuré qu'avec le temps la chaux disparaîtrait, emportant avec elle le nom du couple royal, et que serait ainsi révélée aux yeux de tous l'inscription dont, audace incroyable, était exclu le nom des rois, mais qui offrait aux générations à venir celui du génial et rusé maître d'œuvre du monument.

Quelle avait été la réaction d'Évergète quand la supercherie lui avait été dévoilée ? Gageons qu'il en avait éprouvé un secret plaisir. En tout cas, il n'avait rien fait pour restituer l'inscription initiale.

Puissamment armés, des soldats choisis pour leur robustesse se tenaient à l'entrée, prêts à refermer l'énorme portail de cèdre. La commission se scinda en deux groupes, l'un devant vérifier la solidité des assises, l'autre l'intérieur du Phare. Chaque faille détectée, chaque lézarde repérée, devait être analysée. Il fallait s'assurer qu'en aucun endroit le bâtiment n'avait subi de dommages.

Théo quitta les membres de la commission. Abasourdi par les dimensions de l'entrée, il sut qu'il était au début de ses étonnements. Il emprunta la rampe grimpant en colimaçon autour d'un puits central situé sur sa gauche. Une véritable route, dont la largeur permettait que se croisent des colonnes de bêtes de somme.

Sur sa droite, des portes se succédaient. Le premier tronçon du Phare était truffé de pièces, les unes emplies de victuailles – on devait pouvoir soutenir un long siège –, les autres étant des logements pour le très nombreux personnel vivant dans le bâtiment, servants du feu, cuisiniers, soldats, mécaniciens, artisans de différents corps de métiers. Théo perçut un ronflement amplifié par la résonance du bâtiment. L'un des membres de l'équipe de nuit dormait, insensible aux bruits.

Et toujours des portes, ouvrant sur une série de magasins où étaient entreposés le combustible, le fourrage, les réserves d'huile pour l'éclairage. Ensuite venaient les cuisines, le réfectoire, plusieurs salles d'armes. Difficile d'imaginer que cette tour, qui, de l'extérieur, apparaissait comme une pure hauteur, puisse avoir un intérieur. Et un intérieur aussi vaste, débordant de vie, abritant des espaces aussi impressionnants.

Devant Théo progressait une petite caravane. Des ânes chargés, les uns de bois sec, les autres de fagots de résineux, gravissaient lentement la pente. Au moment où il s'apprêta à la dépasser, une autre caravane descendait à vide. Était-ce sa présence ou l'approche des nouveaux congénères qui l'y incita, la bête de queue lâcha un chapelet de crottin que Théo ne parvint pas totalement à éviter. Le palefrenier, qui suivait la caravane, s'empressa de nettoyer la chaussée. Dans l'air flottait une odeur d'écurie. Théo décrotta ses sandales avec un linge que l'ânier lui avait aimablement passé, en l'avertissant : « Les ânes, ça chie, faut le savoir ! » En s'éloignant, il ajouta : « Et ça pisse, c'est fou ce que ça pisse ! »

L'accès du bâtiment était interdit aux femmes, mais on racontait que se déroulaient dans le Phare de folles nuits dionysiaques qui nourrissaient les fantasmes des Alexandrins.

Théo dut s'arrêter à plusieurs reprises pour reprendre son souffle. Manque d'exercice ! Avec ce nouveau travail à la Bibliothèque, ce sera pire. Il se jura d'aller régulièrement au stade entretenir son corps. Il avait été un fort bon gymnaste dans sa jeunesse, cela lui déplairait de devenir un scribe aux fesses molles.

Des hommes en pleine conversation dépassaient Théo, grimpant de l'allure régulière des montagnards habitués des ascensions. Quelle longueur la rampe pouvait-elle bien faire ? Il aurait dû compter les pas. Personne ne fut capable de lui répondre. D'un seul petit calcul, Ératosthène lui aurait fourni la réponse : pente de la rampe, largeur moyenne… En tout cas, c'était interminable.

À des dizaines de mètres plus bas, les membres du premier groupe de la commission sondaient les fondations. Le sous-sol renfermait de gigantesques citernes, chacune fut minutieusement étudiée.

Le groupe chargé de l'intérieur de la tour inspectait les murs à la recherche d'éventuelles lézardes, étudiant les petites brisures de la pierre, mesurant leur longueur, leur largeur et leur profondeur. Interrogeant les hommes en poste les jours qui avaient suivi le séisme : avaient-ils ressenti des secousses, des oscillations ? Avaient-ils repéré des nouvelles fissures, constaté des déplacements ?

Jusqu'à quelle hauteur effectueraient-ils l'inspection ? Jusqu'au sommet ? Il faudrait qu'ils passent au moins deux nuits dans le Phare. À moins que suffise à leurs conclusions le contrôle d'une partie du premier tronçon.

Théo finit par atteindre le premier palier, il poussa la porte donnant sur l'extérieur. Elle résista, il dut appuyer de toutes ses forces. Happé par le vent, ébloui, ballotté, il débarqua sur une corniche. Plaqué contre le mur, il mit un moment avant de se ressaisir. Puis, lentement, se tenant bien éloigné de la rambarde, il entreprit de faire le tour de la corniche. À chaque angle, un Triton de bronze embouchant une conque marine lançait en direction des quatre points cardinaux des sons insaisissables aux pauvres humains. Peut-être s'adressaient-ils aux navires eux-mêmes, les avertissant, les jours de grand brouillard. Il s'approcha de la rambarde.

Un demi-stade ! Jamais il n'avait été aussi éloigné du sol !

Au sud, la ville. Théo en fut sidéré. À la découvrir si étendue, il admit qu'elle pût abriter plusieurs centaines de milliers d'habitants.

L'impeccable agencement des rues, se coupant à angle droit, le frappa.

Il repéra immédiatement la voie Canopique ; quatre chars pouvaient s'y croiser sans danger. Saignée ouverte dans ce damier, traversant la ville de part en part de la porte du Soleil à la porte de la Lune. La coupant à angle droit, la rue du Sôma, rectiligne elle aussi mais moins large, reliait le Grand Port au lac Maréotis.

Bâtie sur une avancée du delta formé par les rejets des différentes bouches du Nil, la ville était totalement plate, sauf en deux endroits, la colline du Brouchéion à l'est, celle de Rhakotis au centre.

Au sommet de Rhakotis, un temple imposant, sans doute le fameux Sérapéion. On disait qu'il était magnifique, Théo se promit d'en faire la visite, d'autant qu'il avait pour annexe la « Bibliothèque fille », où l'on avait osé l'envoyer à son arrivée. Une autre raison militait en faveur de cette visite. Le temple était dédié à Sérapis, un dieu *ad hoc*, mi-grec, mi-égyptien, entièrement fabriqué par les Alexandrins. Théo restait circonspect devant ce mélange théologique.

Le quartier des palais retint son attention. Théo suivit des yeux la longue enceinte le séparant du reste de la ville. Partout de larges espaces couverts de verdure, jardins des demeures des dignitaires de la cour. Théo chercha la Grande Bibliothèque. Il la découvrit, contiguë aux bâtiments du Mouséion. Qu'elle était petite !

La plupart des bâtiments publics étaient rassemblés dans ce quartier, le stade, le théâtre, le grand gymnase, l'hippodrome et le Sôma.

À l'opposé des palais, longeant le port Eunostos, un vaste espace nu se perdait en direction de l'ouest : « Chez les plus nombreux », l'avaient nommé les Alexandrins, car toujours le nombre des morts du passé est plus grand que celui des vivants d'aujourd'hui. Théo ne parvint à distinguer aucune des milliers de tombes.

Par contre, les vivants, lorsqu'ils étaient en nombre… Les rassemblements, les mouvements de foule, les attroupements, les cortèges militaires, les processions, aucune manifestation d'ampleur ne pouvait échapper aux yeux curieux des occupants. Théo se convainquit qu'en plus des soldats le Phare abritait des policiers chargés de la surveillance, aérienne, de la cité.

Scrutant les alentours du port, il tenta de repérer la taverne. Les délices de sa nuit passée l'envahirent, il fut submergé par une folle envie de retrouver *L'Amphore fêlée*. Malgré ses efforts, il ne parvint pas à la localiser.

Dans le sous-sol, l'inspection se poursuivait. Les énormes blocs de granit sur lesquels reposait l'édifice étaient scellés les uns aux autres par des filets de plomb fondu. Chaque jointure fut contrôlée.

Après un dernier regard, Théo s'écarta de la rambarde, suivit la corniche pour atteindre la porte qu'il avait eu tant de mal à ouvrir. Le vent s'engouffrant, il dut s'arc-bouter pour la refermer. Le silence, l'obscurité, l'absence de vent l'enveloppèrent. Ce passage brusque le troubla. Il dut s'asseoir.

Le moment était venu de prendre une décision : poursuivre ou redescendre ? Il en avait beaucoup vu, plus que jamais en une seule journée. Il vivait cette ascension comme une véritable expédition dans l'inconnu, un inconnu vertical. Être monté si haut et ne pas aller jusqu'au sommet ! Jamais plus, il le savait, il n'aurait l'occasion d'y revenir. Mais s'il attaquait le second tronçon, il devrait aller jusqu'au bout, quelle que soit sa fatigue.

Le second tronçon était moitié moins haut que le premier. Il était de forme octogonale. La rampe n'allant pas plus loin, un escalier lui succédait, moins large, plus raide. Les bêtes s'arrêtaient là, le bois et les résines étaient déchargés, les hommes prenaient la relève. Vêtus d'un pagne, un linge épais jeté sur leurs épaules, ils chargeaient les énormes fagots. Soufflant comme des forges, ils grimpaient presque aussi vite que lui. Sans s'arrêter. Théo, lui, dut faire halte à la moitié du tronçon, gênant un porteur qui l'insulta ; au passage, les branchages lui éraflèrent le visage.

Ce tronçon n'était pas aménagé pour le logement. Plus de vastes pièces, mais des cagibis où l'on entreposait du matériel.

Théo mourait de soif, il n'avait pas pensé à emporter sa gourde, il est vrai que ce matin, en quittant la chambre de la patronne de *L'Amphore fêlée*, il était loin de se douter qu'il accomplirait pareille expédition. À un soldat qui descendait, il demanda où il pouvait trouver de l'eau. « Ben, tout autour du Phare ! » Théo lui aurait bien mis son poing dans la figure s'il avait été en meilleur état.

Il parvint quand même au deuxième palier. Pénétrant dans la pièce de garde où plusieurs soldats jouaient aux galets, il les salua : « Beaucoup de vent, aujourd'hui. » Ils lui tendirent du vin. Oh non ! De l'eau ! La tête lui tournait bien assez, avec cet escalier en colimaçon.

Contraints de rester en poste pour des périodes de dix jours, ils attendaient la relève. Il leur fallait des heures avant de se réhabituer à vivre au ras du sol. L'un d'eux, un poète, dit qu'en bas il souffrait de vertige. « Une sorte de vertige à rebours », précisa-t-il, devant les regards fiers de ses collègues.

Poussant la porte donnant sur l'extérieur, Théo laissa échapper un cri. La corniche était plus étroite et moins étendue. S'habituant à l'altitude, il s'approcha de la rambarde avec moins d'appréhension. La ville avait rapetissé !

L'immensité de l'espace embrassé était telle que tout ce qui était construction humaine lui parut d'un autre ordre de grandeur. Il se pencha à la limite du danger, laissa glisser ses yeux le long de la tour. Au temps que mit son regard à atteindre le sol, il prit la mesure de la hauteur où il se tenait.

Pas une seule montagne pour rivaliser !

Avec une telle place forte aux avant-postes, quelle flotte se risquerait à attaquer la ville ? Théo imagina les assaillants : plus ils visaient haut, plus la cible était fine ; plus ils visaient bas, plus elle était épaisse. Quant à l'escalader avec des échelles ! Que naisse l'ingénieur capable d'en bâtir une parvenant ne serait-ce qu'à la moitié du premier tronçon ! De ses dizaines de fenêtres, des volées de flèches s'abattraient sur les assaillants, qui recevraient de surcroît… un déluge de feu. On ne pourrait s'emparer du Phare que par surprise ou par traîtrise. Aucune cité n'avait disposé d'une telle protection. Alexandrie ne pouvait être conquise que par les terres. Sauf que, au sud, bordant la ville, s'étendait un lac qui s'enfonçait profondément dans le delta.

Théo put alors découvrir Alexandrie dans son décor. Mince langue de terre insérée entre deux eaux, sans attaches avec le reste du pays. Comme l'étrave attirée par l'eau qu'elle a pour charge de fendre afin d'entraîner le navire à sa suite, la ville était aspirée par l'au-delà de la mer et le reste du monde grec. Théo comprit pourquoi on la disait *Alexandria ad Ægyptum* : « Alexandrie en avant de l'Égypte ». Et non Alexandrie en Égypte.

Il avait une chance inespérée. La crue avait atteint les environs d'Alexandrie. L'inondation était à son comble.

Le delta était entièrement recouvert par les eaux du Nil. C'était une deuxième mer qui s'étendait vers le sud. La sensation qu'Alexandrie tout entière était une île ne pouvait être plus lumineuse. De loin en loin, des petits morceaux de terre, recouverts d'habitations, pointaient au milieu des eaux, comme autant de minuscules îlots.

Sans hésiter, Théo, excité et fatigué, se jeta dans l'ultime tronçon. Le cylindre.

L'escalier était suffisamment large pour que des hommes puissent transporter les énormes quantités de combustible nécessaires à l'entretien du foyer.

Sous ses sandales craquaient du bois sec. Plus il montait, plus les marches semblaient hautes. Il était épuisé. Dix-huitième marche. Le sommet du monde !

Une bouffée de joie l'envahit.

Surpris par son arrivée, les servants du foyer l'accueillirent comme les habitants des petites îles accueillent les passagers d'un navire inattendu. Ils avaient le visage cuivré des forgerons.

Assis à leurs côtés, des porteurs, épuisés, l'interpellèrent. « Vous faites partie de la commission ? On dit qu'on est en train de construire une machine fonctionnant avec de l'eau qui va prendre notre place. Elle pourra monter directement le combustible jusqu'ici. C'est vrai ? »

Théo n'en savait rien. Il savait seulement que les ingénieurs alexandrins étaient passés maîtres dans l'élaboration de machines hydrauliques.

Les servants avaient envie de parler, les visites n'étaient pas si fréquentes. Pour eux, seulement le ciel, toujours mouvant, toujours différent. Il ne se passait rien, hormis les tempêtes, trop rares. Elles devaient être énormes pour être vraiment visibles d'ici. Ils ne purent s'empêcher de raconter la jouissance qu'ils éprouvaient quand, suivant les péripéties d'un navire aux prises avec la tourmente, ils devinaient qu'il ne s'en sortirait pas. Parfois, l'agonie durait plusieurs heures. Impuissants, ils voyaient se dérouler le drame, le navire happé, disparaissant, puis, après un moment qui durait l'éternité, réapparaissant au faîte de la vague suivante, à un endroit qu'ils ne pouvaient jamais prévoir. Frêle, entêté à survivre, vulnérable, luttant jusqu'au bout comme les guerriers dont le poète chante la mort glorieuse. L'un des servants dit que cela lui rappelait sa mère quand elle cousait, le fil disparaissant sous le tissu et réapparaissant un peu plus loin, au-dessus. Puis, une fois que rien ne distinguait des précédentes, le navire ne refaisait plus surface. Ils se turent.

D'un geste, ils l'encouragèrent à pousser la porte. Il poussa la porte. Troisième sortie à l'extérieur. Il était au milieu du ciel !

Dominant le foyer, comme attachée à des fils invisibles, une statue de Zeus chapeautait le Phare. Des oiseaux volaient tout autour, profitant de l'interruption du brasier.

Cette fois, délaissant la terre, Théo n'eut d'yeux que pour la mer. Sur l'eau, deux petites taches sombres. On les aurait crues immobiles ; elles bougeaient, s'éloignant de la côte. Plus loin, vers le large, d'autres taches, plus petites, et d'autres encore que Théo devinait plus qu'il ne les voyait vraiment. Les navires les plus proches aborderaient dans quelques heures, les autres pas avant le lendemain.

Il redescendit comme dans un songe.

Dès son retour à terre, il apprit que les deux « taches » qu'il avait vues s'éloigner étaient deux navires à destination de Rhodes, l'un chargé d'un million d'artables de blé, l'autre de divers matériaux nécessaires à la construction de pentères et de trières, la flotte rhodienne ayant été totalement détruite. Évergète avait ordonné que les premiers secours partent sur-le-champ. En se pressant d'aider les Rhodiens, Évergète, par-delà Philadelphe, tissait un lien supplémentaire avec son grand-père Sôter, qui les avait aidés à repousser Démétrios Poliorcète. C'est à cette occasion qu'il avait été nommé *Sôter*, « le Sauveur ». En son honneur, ils avaient élevé le Ptolémaion, qui devait être à présent détruit.

Tous attendaient avec inquiétude les résultats de l'inspection. Immédiatement reçue par Évergète, la commission rendit ses conclusions : aucune faiblesse dans la construction, ni dans les soubassements ni dans la tour elle-même. Évergète, rassuré, s'empressa de dicter plusieurs lettres, à l'épistolographe, à l'économe, une autre pour les autorités de Rhodes ; le diocète se chargea des autres lettres concernant l'intendance. En plus des deux navires, Évergète débloqua trois cents talents d'argent et mille de bronze pour la population de l'île. Une somme considérable.

Après avoir remercié les membres de la commission, Évergète retint Ératosthène : « Je te dois une réprimande. Tu ne m'as donné aucune nouvelle du tour de la Terre. Ferais-tu attendre ton roi ? »

Ératosthène balbutia : « J'étais sur le point de m'y mettre lorsque vous m'avez demandé de constituer cette commission et de suivre ses travaux. Le travail à la Bibliothèque est immense. Nous avons perdu coup sur coup deux bibliothécaires. J'ai été forcé d'engager un jeune aide que je dois former au plus vite. Et puis il y a le Mouséion.

– Finalement, le coupa Évergète, tu as plus de travail que moi.

– Oh non ! Je ne gère que des manuscrits.

– Qui durent plus longtemps que les hommes auxquels je commande.

– Je l'espère ! s'exclama Ératosthène. Oh, pardon, Seigneur, je voulais dire que…

– Ne t'excuse pas. Ce que j'apprécie en toi, c'est que

souvent les mots t'échappent, ceux-là expriment exactement ta pensée.

– Je vais tout de suite me mettre au travail.

– Comment se nomme ce nouveau bibliothécaire ?

– Aide-bibliothécaire. Théophraste Excelsior.

– Alexandrin ?

– Non, Grec de Samos.

– Nous allons lui accorder la citoyenneté. Cela facilitera son travail et le tien. »

L'épistolographe rédigea le décret qui faisait Théo citoyen d'Alexandrie. Après l'avoir signé, Évergète le tendit à Ératosthène.

« Merci, Seigneur.

– L'angle au centre, Ératosthène ! »

Avant de se lancer dans « l'angle au centre », Ératosthène avait un travail à terminer ; il concernait le fameux problème de la duplication du cube : tracer à l'aide de la règle et du compas un cube de grandeur double d'un cube donné.

Pas plus qu'aucun de ses prédécesseurs, les grands géomètres Théétète d'Athènes, Théodore de Cyrène, Eudoxe de Cnide, Apollonios de Perga ou Euclide d'Alexandrie, il n'y était parvenu. N'ayant pu trouver une solution purement géométrique, pragmatique, il s'était tourné vers la mécanique.

Il relut la rédaction de la superbe solution qu'il avait obtenue grâce à l'invention du *mésolabe*, un instrument fort habile permettant de construire des moyennes proportionnelles.

Évergète ouvrit le pli. « Encore des mathématiques ! s'écria-t-il en découvrant le titre : *Sur les moyennes proportionnelles. Sur la duplication du cube*. Il sait bien que je n'y comprends rien ! » Il faillit refermer la lettre quand… Le texte débutait par un poème :

Tu es bienheureux, ô Ptolémée, de retrouver comme père ta jeunesse avec ton fils et de lui avoir toi-même fait don de tout ce qui est cher aux Muses et aux rois. Quant à l'avenir, ô Zeus Ouranos, puisse-t-il aussi recevoir le sceptre de ta main. Que tous ces vœux s'accomplissent, et qu'on dise, en voyant cette offrande votive, qu'elle est d'Ératosthène de Cyrène.

« Retrouver comme père ta jeunesse avec ton fils… Puisse-t-il aussi recevoir le sceptre de ta main », répéta Évergète.

Ils s'étaient donné rendez-vous sur la rive du lac Maréotis. Le visage caché par les larges bords de son chapeau de paille, elle l'observait. Elle lui trouvait fière allure ; il ne ressemblait à personne d'autre. Enfin il la vit, il se précipita, l'enlaça, froissant gravement le chapeau, qu'elle dut ôter. Il ne savait par quoi commencer, le Phare, le certificat de citoyenneté…

« En voilà un qui va vite ! s'exclama-t-elle.

– Que veux-tu dire ? Que je suis un ambitieux, un intrigant qui brûle les étapes pour arriver ?

– Pas le moins du monde. Si je le pensais, nous ne serions pas ensemble. » Lui caressant doucement le front pour le calmer : « Sais-tu combien d'années j'ai attendu pour devenir citoyenne d'Alexandrie ? Plus de vingt. » Ils marchèrent enlacés, elle ne se souciait pas des regards qui les accompagnaient. Une patronne de taverne !

Elle lui rappela qu'il devait s'inscrire rapidement sur le registre du dème de son domicile. Cette indication, que chaque citoyen devait mentionner dans tous les actes publics, était en quelque sorte la manifestation de son identité.

Décidé à quitter sa chambre, Théo n'avait pas eu le

temps d'en louer une nouvelle plus spacieuse. Avec vue sur le Phare, il y tenait. Habiter Alexandrie et ne pas voir le Phare de sa fenêtre !

Elle lui proposa, en attendant la fenêtre sur le Phare, de s'inscrire dans le dème de la taverne. « Mais, je ne voudrais pas que nous habitions ensemble. Il vaut mieux avoir la joie de se retrouver que le désagrément d'être ensemble alors que l'on n'en a pas envie. »

Il lui raconta son ascension. Elle s'écria à nouveau : « Voilà seulement quelques jours que tu es arrivé et tu es engagé dans la plus belle bibliothèque du monde, tu es fait citoyen par le roi lui-même, tu es autorisé à grimper jusqu'au sommet du Phare… et tu me rencontres. » Il ne put s'empêcher de se jeter sur elle et de l'embrasser jusqu'à en perdre le souffle. Une question sournoise lui trotta dans la tête. De la liste qu'elle venait d'égrener, à quoi tenait-il le plus ?

Il lui raconta que, depuis le premier palier du Phare, il avait cherché en vain à repérer *L'Amphore fêlée*. Elle l'écoutait, voyant à travers son regard.

« Si tu savais combien j'ai rêvé d'y monter !

– Nous y monterons ensemble. »

Quittant l'appartement d'Ératosthène à qui il venait de remettre un rouleau, Théo décida de prendre un peu de temps pour se promener à travers les jardins du Mouséion. L'après-midi était sereine ; par moments, l'air du large se mêlait à l'odeur puissante des fleurs. Un son inquiétant venant du jardin le laissa interdit. Un rugissement. Il n'y avait pas beaucoup de lions à Samos !

Suivant l'exemple des pharaons, le roi Philadelphe avait créé un magnifique jardin zoologique. Lieu de connaissance autant que de divertissement, il faisait partie du Mouséion. Les pensionnaires adeptes d'Aristote avaient tout le loisir d'étudier les différentes sortes d'animaux qu'ils avaient pour ainsi dire « sous la main ».

Un superbe lion, probablement déconcerté de découvrir un aussi roux que lui, se réfugia dans un silence attentif. L'animal et l'homme s'étudiaient. Le premier possédait une crinière manifestement plus abondante que celle du second. Ce fut pour Théo l'occasion de se demander pourquoi de ses cheveux on disait qu'ils étaient roux et non pas fauves.

La question restant sans réponse, il quitta la ménagerie pour une gigantesque volière aussi peuplée qu'Alexandrie, tous les oiseaux de l'œkoumène semblaient s'y être donné rendez-vous.

Certaines personnes – sans conteste des médisants, jaloux des avantages accordés aux pensionnaires – comparaient le Mouséion à une volière, parce que, arguaient-ils, ses membres pépiaient beaucoup, picoraient encore plus, mais ne pondaient guère.

Ce n'était pas le cas du python que Théo, fort impressionné, regardait avec inquiétude. On aurait dit un fleuve tortueux dont les nombreux méandres interdisaient d'en prédire la longueur. Tout à côté, il découvrit un hippopotame se vautrant dans une mare boueuse. Il y avait moins encore d'hippopotames à Samos que de lions. Une pure masse, lisse et dégoûtante. On raconte qu'il y en a dans le Nil, ainsi que des crocodiles, dont un couple, dans la fosse voisine, mimant le sommeil, le fixait avec avidité.

Théo, qui n'avait jamais vu autant d'animaux différents, se souvint de cette fameuse Tour des Juifs où tous les animaux du monde s'étaient réfugiés pour ne pas périr noyés. Il fallait qu'elle fût bien haute pour les accueillir tous. À l'hippopotame, on avait sans aucun doute réservé le rez-de-chaussée, il n'aurait pas pu monter plus haut. Il imagina en frissonnant le Phare habité par toutes les espèces qu'il venait de découvrir.

Théo s'était mis en retard. Il retournait à grands pas vers la Grande Bibliothèque quand retentit un hurlement qui le glaça. Ce n'était pas un lion, oh non. Un cri atroce, cri de mort et de terreur.

Attiré contre sa volonté par ce qu'il venait d'entendre, il perçut un nouveau cri, plus faible, un râle. Il se mit à courir. Au milieu d'un bosquet, il aperçut un petit bâtiment, poussa la porte, longea le couloir. Et vit.

Maintenu sur une table par des attaches, un homme, torse et ventre béants, comme dans un abattoir. Deux autres, recouverts d'une blouse, armés de petits couteaux, fouillaient dans ses entrailles. Théo ne supporta pas d'en voir plus. Il s'enfuit, laissant la porte ouverte.

Contre un arbre il vomit. Il mit longtemps avant de se reprendre. Il repartit d'un pas décidé, le visage dur.

La discussion fut orageuse. Retournant dans l'appartement d'Ératosthène, il lui rapporta ce qu'il avait vu. « Vous m'aviez parlé de dissection, de vivisection animale. Mais c'était un homme que vos collègues éventraient. Un homme ! J'ai entendu son cri, son râle.

– Oui, admit Ératosthène, on pratique la vivisection humaine au Mouséion. L'homme que vous avez vu n'était pas conscient, il était drogué.

– Mais ce cri, ce cri !

– On dit qu'ils ne ressentent rien. »

Ératosthène, plus pour lui que pour Théo : « De toute manière, ces hommes devaient mourir. Ce sont des condamnés à mort. Exceptionnellement, le roi en livre un ou deux aux médecins.

– C'était une boucherie.

– Comment étudier le battement du cœur d'un homme sans lui ouvrir le torse ?

– Voulez-vous que je vous dise ? Votre *dôdekadaktulon*, cela m'est égal de savoir s'il mesure douze ou cent largeurs de doigt. »

Ératosthène n'était pas loin d'être de son avis. En mathématiques et en astronomie, au moins, nul besoin de charcuter les corps.

Chapitre 11

À QUOI sert une bibliothèque, sinon à fournir à chaque nouvelle génération, à chaque nouveau lecteur, les moyens de se hisser jusqu'aux niveaux ultimes atteints par les savoirs antérieurs ?

En fait, cela n'était pas vrai des bibliothèques ayant précédé la Grande Bibliothèque d'Alexandrie. Cette dernière, seule, offrait de telles possibilités. C'était là l'un de ses mérites essentiels.

Avoir pu disposer des cartes de ses devanciers, des récits de voyages des grands capitaines, des ouvrages concernant la forme, les dimensions et la disposition des différents territoires, avait permis à Ératosthène de bâtir sa carte, rectifiant les erreurs de ses prédécesseurs, intégrant les informations nouvelles acquises depuis leurs travaux.

Lorsqu'il s'était mis en tête d'élaborer une méthode pratique afin de détecter les nombres premiers, il avait fouillé dans la Bibliothèque pour s'assurer que rien de tel n'avait déjà été proposé. Le procédé, d'une étonnante simplicité, portait son nom : *le crible d'Ératosthène*.

Pour la mesure de la Terre, il agirait de même. Ayant retiré les différents ouvrages concernant les dimensions de la Terre, principalement le *Du ciel* d'Aristote, les œuvres de Dicéarque, d'Eudoxe, en particulier son

Tour du monde, le *Sur la grandeur et la distance du Soleil et de la Lune*, d'Aristarque de Samos, il les lisait avec toute l'attention nécessaire. Ou, plutôt, il les relisait. Portant sur les méthodes antérieures un regard INTÉRESSÉ, il les critiquait afin de les améliorer, à moins qu'une faiblesse décelée ne lui permît d'ouvrir une voie nouvelle. De temps à autre, au passage d'une colonne, il arrêtait le déroulement du texte, notait quelques mots, recopiait une phrase, esquissait un dessin.

La Bibliothèque s'était vidée. La nuit était tombée. À la lueur d'une lampe, Ératosthène poursuivait sa lecture.

Le fondement des méthodes mises en actes était indiscutablement légitime. On pouvait le résumer ainsi :

Chaque méridien faisant le tour de la Terre et la Terre étant sphérique : 1º La mesure de n'importe quel méridien fournirait le résultat. 2º Les méridiens passant par les pôles, leur trajet est orienté nord-sud. En conséquence, il est possible de décider si deux lieux se trouvent sur le même méridien. 3º La mesure d'un méridien complet étant irréalisable, on peut se contenter d'en mesurer une partie, à partir de laquelle on déduit la mesure totale. 4º On détermine l'ampleur de cette partie par rapport au méridien entier en calculant la différence de latitude de ses extrémités.

Voilà pour la théorie. Il importait à présent d'étudier comment ses prédécesseurs l'avaient mise en pratique.

Pour déterminer l'ampleur du morceau de méridien, ils s'étaient systématiquement servis de la position des étoiles, en particulier Canope, de la constellation du Navire Argo, la plus brillante après Sirius. La détermination de la position des étoiles étant extrêmement imprécise, tous les astronomes le savaient bien, les marges d'erreur ne pouvaient qu'être importantes.

Quant au morceau de méridien mesuré, il s'agissait

du trajet entre deux ports de la Méditerranée. Effectuée en mer, la mesure se faisait en « journées de bateau ».

Quel bateau ? Naviguant sous quels vents, suivant quels courants, avec quelle mer ? Il n'était qu'à voir la fluctuation des temps de trajet pour une même traversée.

Selon Ératosthène, le morceau de méridien mesuré ne devait pas être sur mer. Par ailleurs, il était convaincu de l'impossibilité d'obtenir une véritable mesure en se basant sur les étoiles.

Il fallait innover.

Il referma les rouleaux, récupéra son bâton, quitta la salle de lecture, revint précipitamment. Il avait oublié la lampe ! Fallait-il qu'il soit absorbé par son travail pour commettre une telle imprudence !

Qu'il puisse un jour être responsable de l'incendie de SA bibliothèque le terrorisait. Assister impuissant à l'embrasement de milliers de rouleaux constituait son plus affreux cauchemar. Tout le savoir du monde partant en fumée ! Perte irréparable. Il se loua de la situation privilégiée d'Alexandrie. Aucune armée, en effet, ne pouvait assiéger la ville et la prendre d'assaut en y mettant le feu.

Mais il n'y a pas que les guerres pour faire ce sale travail. La négligence, l'imprudence. C'est pourquoi il avait ordonné plusieurs rondes chaque nuit. C'est pourquoi il avait fait doubler le nombre de citernes. C'est pourquoi il avait exigé qu'on place dans les lieux stratégiques les toutes nouvelles pompes à incendie inventées par Ctésibios. Elles étaient capables de puiser en un rien de temps des masses d'eau considérables. Quant au système d'approvisionnement d'eau, il était épatant. Conçu dès la création de la ville, il alimentait d'énormes citernes réparties dans chaque quartier ; la Grande Bibliothèque avait été particulièrement gâtée.

Un bruissement. Un rat disparut au coin de l'allée.

Bien sûr, il y avait des rats dans la Bibliothèque. Comment s'en débarrasser ? Il ne put s'empêcher de les voir se gaver de papyrus, engloutissant Aristote, avalant Platon, mastiquant, dévorant, mordillant, croquant, rongeant. D'imaginer ce festin de textes, ce gueuleton de rouleaux, de se représenter l'un de ces horribles rongeurs croquant un seul petit mot ayant coûté tant d'efforts aux philologues, aux traducteurs, aux grammairiens, cela le mit en rage. Il lança son bâton. En pure perte. Une seule chose à faire, ne jamais laisser un rouleau hors de son étui. Il décida d'ajouter cette mesure à la liste des consignes. Il moucha consciencieusement la lampe.

Après le feu, les rats ! Chaque fois qu'il se trouvait confronté à une difficulté, il se plaisait à imaginer une foule de catastrophes dont l'ampleur reléguait au second plan le problème qui le tourmentait.

Longeant les jardins, il passa devant les bâtiments d'habitation. Malgré l'heure tardive, plusieurs fenêtres étaient éclairées. Il savait que certains de ses collègues du Mouséion passaient des nuits blanches. Ératosthène avait besoin de sommeil, il fallait que les circonstances soient exceptionnelles pour qu'il envisage de passer une nuit entière sans dormir. S'aidant de son bâton, il gravit l'escalier le conduisant à la terrasse du Mouséion.

Brillant d'un pâle éclat, le gnomon se profilait dans la nuit. Après avoir grimpé sans bruit sur la terrasse, Ératosthène contempla le ciel, un ciel sans étoiles. Il baissa vivement la tête, cette position ravivait sa douleur à l'arrière du crâne.

Ne plus regarder le ciel, mais la Terre ! Effectuer les mesures de latitude sur la Terre et non en mer ! Il regarda à nouveau le ciel, puis le gnomon. Un instant voilée par le passage d'un nuage, la Lune réapparut. Elle était pleine, son éclat effaça la lueur des étoiles. Comme le Soleil en plein jour, n'est-ce pas, Arsinoé ? Il repensa à son étonnement lorsque, au fond du puits, il lui avait révélé le phénomène. C'était encore une enfant. Non, une jeune fille. Je ne vois jamais les gens vieillir. Pourquoi Lagos tenait-il tant à se marier avec sa sœur ? Était-ce l'une de ses idées saugrenues ou bien fallait-il prendre au sérieux sa promesse, sa menace ? Il se promit de le faire changer d'avis. Je ne peux sans cesse laisser se faire les événements !

Lagos n'aimait pas sa sœur, pas comme une femme. Il préférait les filles du port. Pour ça, il savait les choisir ! Solides Gauloises bien en chair ou fines gazelles du désert aux yeux de braise. Et surtout la dernière, redoutable et magnifique, cette terrible Agathocléia qui exerçait sur lui une véritable fascination.

La Lune semblait un Soleil pâle, le Soleil de la nuit. Il ressentit un choc, celui de la découverte. Il venait de trouver sa méthode !

La Terre, pas le ciel. Le Soleil, pas les étoiles. En plein midi, pas au cœur de la nuit. Une véritable révolution. La voilà, la ruse recherchée : « Je ferai mes mesures en plein midi, le regard dirigé vers le sol, portant mon attention sur les ombres du Soleil et non sur la lumière des étoiles. »

Petit phare brillant dans la nuit, le gnomon venait de lui indiquer le chemin pour arriver à bon port.

Ératosthène retourna à la Grande Bibliothèque. Euclide, *Les Éléments*. « Angles », Livre I. « Cercle », Livre I ou II ? « Angles alternes-internes ». Il sortait les rouleaux à mesure. Archimède, *Le Traité de la sphère*.

Posant une feuille vierge sur une table, d'un geste large qui le libéra, il traça un cercle : la Terre. Resserrant les deux jambes du compas, il traça, en haut et à droite de la feuille, un second cercle, plus petit, le

Soleil. Il en peignit l'intérieur d'un lumineux jaune or, d'où il fit partir une flèche, dorée elle aussi, qui vint frapper la Terre : un rayon de Soleil.

« Droit comme une ligne droite mathématique. » Ses yeux brillèrent, il allait représenter sur la feuille une pièce maîtresse de sa méthode. Avec application, il traça une série de flèches parallèles à la première. Là était l'innovation capitale, le très grand éloignement du Soleil permettait de considérer que tous ses rayons touchaient les différents points de la Terre selon des lignes parallèles. Cette simple considération allait lui permettre d'œuvrer en pure géométrie et d'en utiliser les résultats : Euclide, Archimède, angles alternes-internes, géométrie du cercle.

Ératosthène saisit son calame :

Seigneur,

Je te l'avais promis. Je suis prêt à te présenter la méthode que je compte utiliser pour notre mesure de la Terre. Une méthode inédite.

Ton dévoué Ératosthène

Le lendemain, il recevait la réponse :

À ÉRATOSTHÈNE

Inutile de te dire ma joie.

Malgré l'impatience qui m'étreint, j'attendrai cependant pour connaître ta méthode.

Ayant décidé de donner à cet événement toute l'importance qu'il mérite, tu me la communiqueras publiquement au cours d'un repas qu'exceptionnellement je donnerai au Mouséion. Je réunirai les savants et les personnages les plus importants de l'État. Il s'agit d'une entreprise à la portée capitale, tant scientifique que politique, qui honorera mon règne et qui haussera, s'il se peut encore, ta réputation.

Au cours du repas je dévoilerai les moyens que je compte mettre en œuvre pour en hâter le succès.

Bien à toi.

Ptolémée Évergète

L'un des plus beaux moments de la vie d'Ératosthène ! Évergète s'occupa personnellement du déroulement de la réunion.

Le prêtre se leva, les bruits cessèrent.

« Calliope, Melpomène, Thalie, Polymnie, Érato, Clio, Euterpe, Terpsichore, Uranie. » D'une voix claire, il énonça les prières destinées à chacune des neuf Muses sous les auspices desquelles le Mouséion s'était épanoui. Les fondateurs de l'institution ayant tenu à lui imprimer un caractère spirituel autant que savant, le Mouséion n'était dirigé ni par un savant, ni par un fonctionnaire, mais par un prêtre.

Évergète portant le *némès*, Bérénice la *stephanê*, la couronne d'or des reines d'Égypte. Les invités, pensant que le roi les avait réunis pour annoncer officiellement le choix de son successeur, s'étonnaient de ne pas apercevoir le prince Lagos.

Autour de la famille royale étaient rassemblés les membres de la cour, les pensionnaires du Mouséion et quelques hôtes de marque séjournant à Alexandrie. Parmi ces derniers, le jeune roi de Sparte, Cléomène, chassé de son pays par les Macédoniens. Appréciant ses qualités, Évergète lui avait offert l'hospitalité, ainsi qu'à ses compagnons, en lui promettant de l'aider à reconquérir son trône.

Assise à côté du roi, Bérénice lançait des regards inquiets en direction du siège inoccupé à la droite d'Évergète.

Sous la table, Sirius, étendu aux pieds de son maître, semblait dormir.

La table, rallongée pour la circonstance, dessinait un demi-cercle au centre duquel se trouvaient les présentoirs.

Évergète s'adressa aux convives dans un silence grave : « Contrairement à l'usage de cette institution, je vous ai réunis ici pour le repas de la mi-journée. Il s'agit d'un repas de travail. »

La surprise se peignit sur les visages. Elle s'accrut quand ils virent un groupe de serviteurs placer une carte sur un présentoir.

« Vous avez sous les yeux la carte de l'œkoumène. La plus étendue, la plus précise, la plus complète qui ait jamais été dessinée. Elle intègre l'ensemble des terres nouvelles reconnues par Alexandre au cours des conquêtes ainsi que les informations des voyageurs revenus de régions lointaines. »

L'étonnement était total. Évergète n'était pas mécontent de son effet : « Vous êtes les premiers à pouvoir la contempler. Je vous autorise à vous approcher. »

La naissance d'une nouvelle carte, instrument de savoir et de pouvoir, constituait un événement exceptionnel. Érudits, gouvernants, militaires, marins, commerçants, chacun saurait en faire usage.

Depuis l'antique carte toute ronde d'Anaximandre, il n'y en avait eu qu'une petite poignée. Celle d'Aristagoras gravée dans le métal d'une tablette, celle d'Hécatée de Milet ciselée sur une table d'airain, celle d'Eudoxe et celle de Dicéarque de Messine, dont Ératosthène s'était en partie inspiré, constituaient les grandes étapes de la cartographie.

Hormis ses dimensions, plus de quatre coudées, certains remarquèrent les modifications qu'Ératosthène avait apportées. L'Inde avait été significativement « descendue », elle se trouvait bien plus bas que le parallèle d'Alexandrie. Quant à la mer d'Hyrcanie, elle n'était plus fermée, mais dotée d'un débouché vers le Grand Océan du Nord.

Après avoir laissé à chacun le temps d'admirer l'œuvre et de regagner sa place, Évergète se leva : « Cette présentation seule eût suffi à motiver cette assemblée. Vous n'êtes qu'au début de vos surprises, j'ai une nouvelle importante à vous annoncer. Il s'agit d'une entreprise qui me tient particulièrement à cœur. Ne voulant pas quitter notre monde avant de savoir sur quelle Terre j'ai vécu, j'ai demandé à Ératosthène d'en calculer la grandeur. Je l'ai chargé de mesurer le tour de la Terre. Que cette demande ne suscite aucune jalousie ; de tous, il est assurément le mieux placé. »

Les serviteurs apportèrent un second présentoir. Ératosthène se leva et découvrit la feuille qui s'y trouvait fixée.

« Ah, revoilà notre fameux angle au centre ! » s'écria joyeusement Évergète. Nul n'aurait imaginé que le roi puisse entretenir des rapports familiers avec un… « angle au centre ». « Eh oui, c'est bien lui qui nous posait un sérieux problème. Parce que, voyez-vous, cet angle au centre est… au centre de la Terre ! » Il rit bruyamment. « D'où la difficulté de le calculer. C'est de la détermination de cette pièce maîtresse de sa méthode qu'Ératosthène va nous entretenir aujourd'hui. »

Cette déclaration ôta les derniers doutes de ceux qui croyaient encore que la succession d'Évergète était l'objet de la réunion.

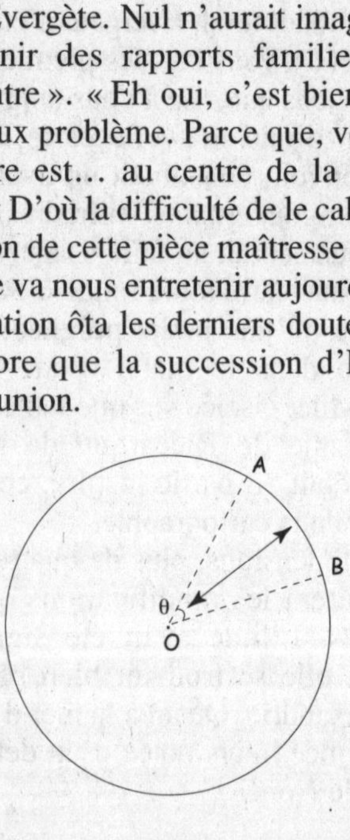

D'une voix claire, Ératosthène s'adressa à l'assemblée :

« La Terre est ronde. Sur cela, nous pouvons nous accorder. Étant ronde, tous les méridiens sont égaux. Calculer le tour de la Terre revient donc à mesurer l'un quelconque de ses méridiens. Je rappelle qu'un méridien est une ligne faisant le tour de la Terre en passant par les deux pôles ; une ligne orientée nord-sud. »

Son doigt montant et descendant verticalement en divers endroits de la carte, il poursuivit. « La mesure d'un méridien entier étant de toute évidence impossible, nous en mesurerons une partie, ce qui est dans nos possibilités. De la longueur de cette partie, nous déduirons la longueur du tour de la Terre. »

Se tournant vers l'assemblée : « Deux questions : quel méridien ? quelle partie ? » Posant l'index sur Alexandrie, il descendit lentement à la verticale. « L'Égypte possède une richesse inestimable, le Nil. Mais, ce que peu savent, de Syène à Alexandrie, il s'écoule du sud vers le nord. » Il ménagea un silence, puis, martelant ses paroles : « Ce qui signifie qu'il épouse le trajet d'un méridien ! Nulle part ailleurs dans le monde habité la Terre ne présente une situation plus favorable à notre dessein. Voilà, matérialisé dans le sol, un méridien qui s'offre à notre mesure ! Tel est, Seigneur, le trajet que je vais mesurer : le méridien d'Alexandrie. »

Les convives, qui n'avaient pas encore commencé à manger – ordre ayant été donné par Évergète à l'*éléadros*, le maître de bouche, de ne servir que lorsqu'il lui en ferait la demande –, ne cachaient pas leur admiration.

« Donc, donc… ? Et l'angle au centre ? Poursuis ! le pria Évergète.

– Mais laisse-le donc respirer un peu », l'interrompit Bérénice.

Clitandre se leva : « Reine, tu connais mon attachement aux étoiles. Le ciel est une source inépuisable d'informations… pour ceux qui savent le lire.

– Tu parles en astronome, Clitandre. Mais il n'y a pas que le ciel… sur terre, rétorqua Ératosthène.

– Je voudrais seulement rappeler à Ératosthène qu'il y a déjà eu des mesures de la Terre, et exécutées par des savants honorables. N'ont-elles pas été effectuées à partir de la position des étoiles ?

– Avec les étoiles, on ne peut obtenir que de vagues estimations. À partir de cette méthode, Aristote a estimé le tour de la Terre à 400 000 stades ! Ce que je veux tenter, c'est une véritable MESURE. Rien de semblable encore n'a été entrepris. »

Agitation à l'arrière de la salle. Tout le monde se retourna. Ératosthène s'interrompit. Accompagné d'un nain qu'il tenait par la main, Lagos déboula, le visage rouge, transpirant.

« Excuse-moi, père, lança-t-il joyeusement. Excuse-moi, mère. Il faisait tellement chaud que j'ai dû m'arrêter pour faire boire mes chevaux. »

Des convives se poussaient du coude ; l'un d'eux glissa à son voisin : « Il en a profité pour faire comme eux.

– Moi aussi j'ai soif », jeta le roi. À un serviteur : « Sers-moi à boire, bien frais.

– Seigneur, l'avertit Érasistrate, ce n'est pas bon pour toi, tu le sais, ça glace les sangs. »

Un serviteur apporta une coupe.

Avant de s'asseoir devant le couvert libre à la droite de son père, Lagos lâcha, enjoué : « Ah, j'avais oublié de vous présenter mon nain préféré : Obole ! » Obole fit le gêné, il aurait presque rosi. « Regarde bien ! Le long de cette table sont assis les plus grands savants du monde. Alors, si tu ne comprends pas, tu ne dis rien. Tu peux seulement hocher la tête d'un air entendu. » Obole jeta un regard atone sur les convives. Découvrant Arsinoé, ses yeux brillèrent. Baissant humblement la tête, il alla s'asseoir aux pieds de Lagos, tout à côté de Sirius, qui grogna.

Évergète ne dit mot. Lagos s'assit. Évergète se tourna lentement vers lui et le regarda. Lagos baissa la tête.

« Reprends, Ératosthène. Je suis sûr que ton élève, Lagos, appréciera. »

Sphaéros, le Stoïcien, mit à profit cette interruption : « Je ne voulais pas t'interrompre, Ératosthène. Je t'ai laissé avancer pour savoir où tu allais. À présent que je le sais, je voudrais te dire ceci : tu as commencé en affirmant que la Terre était ronde. Je voudrais te rappeler que le sage ne se laisse pas induire en erreur par une apparence trompeuse. Qui me dit qu'elle est ronde ? »

Une boule s'échappa de dessous la table, hurlant : « Pas ronde ? Pas ronde ? » Obole s'était mis en boule ; roulant à une vitesse vertigineuse dans l'espace ouvert devant la table, il se glissa entre les pieds des présentoirs. Il allait si vite que l'on ne parvenait pas à savoir où était la tête, où étaient les membres. Il rebondit à plusieurs reprises et, au dernier bond, il jappa : « Et elle tourne ! Elle tourne ! » Lagos se leva, rouge de colère : « Je t'avais dit de te taire. Elle ne tourne pas, n'est-ce pas, Ératosthène ? » Quelques savants, adeptes d'Aristarque de Samos qu'ils avaient bien connu, branlèrent de la tête pour signifier leur désaccord avec la remarque de Lagos.

Il fallut une grande maîtrise à Ératosthène pour pouvoir poursuivre. « Ayant longuement étudié les travaux de mes prédécesseurs, je me suis convaincu que la bonne méthode consiste à se servir du Soleil et non plus des étoiles. C'est pourquoi j'effectuerai mes mesures de latitude en plein midi grâce à l'ombre des gnomons.

– C'est génial, génial, père ! s'écria Lagos.

– Ces mesures d'ombres, poursuivit Ératosthène, lancé

dans sa grande explication, me donneront la... » Ses yeux s'agrandirent, aucun mot ne sortit de sa bouche. Il regardait fixement devant lui. Tous suivirent son regard. Évergète s'était affaissé sans bruit. Sa tête reposait sur la table, sa main agrippée à la coupe.

Avec une rapidité foudroyante, Obole s'était précipité. Enjambant la table, il souleva la tête du roi, le débarrassant du némès. Il avait été le premier, avec Sirius, à réagir. Érasistrate les repoussa, saisit le poignet du roi, prit son pouls. Son visage s'assombrit. Il avait compris, Sirius aussi, qui disparut sous la table.

Entourant le roi d'une immobilité effrayante, ni Bérénice ni Lagos n'avaient bougé. Ils regardaient Évergète sans comprendre. Sur les joues blêmes de Lagos coulaient des larmes. Avec une infinie douceur, Bérénice dégagea la coupe de la main du roi et en but lentement le contenu. Était-ce pour se convaincre qu'il n'avait pas été empoisonné ou pour partager avec lui son ultime geste ?

Évergète mourut sans savoir la grandeur de la Terre sur laquelle il avait vécu quelque soixante années. Sans savoir non plus comment Ératosthène comptait s'y prendre pour la calculer.

L'éléadros ayant suivi ses instructions, personne n'avait donc mangé ni bu durant ce repas, hormis Évergète, sa coupe d'eau.

Bérénice accomplit sans broncher son travail de veuve. Pour les souverains, la peine est affaire privée. Dignement, elle lança les préparatifs des funérailles. Convoquant un conseil auquel participaient les plus hauts dignitaires du royaume, ainsi que Lagos, en vue de mettre au point la passation du pouvoir. Elle tint à ce que Magas soit présent. Puis, en mère cachant sa douleur, elle avait réuni Arsinoé, Magas et Lagos pour tenter de les consoler.

Quelques jours plus tard, Sirius mourut.

Lorsque après tant d'agitation Bérénice se retrouva seule dans la chambre royale, la digue céda.

L'angoisse qui la taraudait depuis cette terrible après-midi où Évergète avait annoncé que Lagos lui succéderait, déferla. Ce que, dans le plus profond de son être, elle avait redouté, était arrivé. On n'échappe pas aux dieux, les serments bafoués trouvent leurs châtiments. La mort d'Évergète était la confirmation que c'était bien Magas qui devait régner suivant le vœu de Bérénice à Isis. La vie d'Évergète contre le trône de Lagos ! Pour y avoir contrevenu en s'obstinant à faire de son fils aîné son successeur, Évergète était mort.

Comme jadis, Bérénice se rendit au temple d'Isis. Une brise légère tissait à travers l'air tiède un réseau de fraîcheur. Elle ôta son châle. Son crâne, cette fois, n'était pas nu, ses cheveux lourds s'imposaient sur sa tête, la dispensant de toute parure. Elle n'avait apporté aucune offrande. Seulement sa peine et sa détresse, et l'effroi que le prix du serment non tenu ne soit pas encore définitivement payé et qu'adviennent de nouveaux drames.

Elle supplia la déesse d'épargner Magas. Il n'était responsable de rien, il n'était qu'un objet dans les mains de ceux qui font les destinées.

Bérénice s'éloigna. Une pensée terrible la traversa.

Et si la mort d'Évergète était l'occasion offerte par la déesse à Bérénice pour que celle-ci honore sa promesse ? Cette pensée terrible la traversa. Tout n'était donc pas entièrement joué ? Oh non ! Bérénice se laissa tomber sur un banc. Une lassitude mortelle l'enveloppa. Elle ferma les yeux.

Ah, laisser faire…

Chapitre 12

Deux dais de part et d'autre du trône. Sous le premier, la famille royale, Bérénice, Magas, Arsinoé ; sous le second, Sosibios, Agathoclès, Agathocléia. Les uns avaient le visage sévère, les autres ne faisaient rien pour cacher leur jubilation.

Le Grand Prêtre d'Héliopolis s'avança vers Lagos, suivi d'un servant portant la double couronne de Haute et Basse-Égypte. Après l'avoir déposée sur la tête de Lagos, il prononça les formules rituelles de couronnement des rois lagides.

« Tu régneras sous le nom de *Iouaennetcherouy-menkhouy Setepptah Ouserkarê Sekhemankhimen*. "L'héritier des dieux bienfaiteurs. L'élu de Ptah. Puissant est le *Ka* de Rê. La vie d'Amon est le pouvoir." »

Ployant sous les attributs du pouvoir royal, Lagos se leva : « Moi, Ptolémée, quatrième du nom, fils du roi Ptolémée et de la reine Bérénice, dieux évergètes, roi de Haute et Basse-Égypte, je serai dorénavant *Philopator*, "Celui qui aime son père". » Son visage s'illumina.

Bérénice tressaillit. Elle le savait, elle le connaissait si bien. Elle savait qu'il prendrait ce nom, elle avait failli le dire à Évergète, mais il n'avait pas voulu. Quelle tristesse qu'il n'ait pu l'entendre de la bouche de Lagos, ç'aurait été l'une des plus grandes joies de sa vie. Bérénice ne put cacher son émotion. Magas et Arsinoé regardaient leur frère avec étonnement, le reconnaissant à peine. Qu'est-ce que cela le changeait ! Il avait fière allure avec cette couronne ; couronne que jusqu'alors ils n'avaient vue que sur la tête de leur père.

Ératosthène était heureux. L'enfant qu'il avait élevé et instruit devenait roi. Jamais, depuis que les Lagides régnaient, l'Égypte n'avait été aussi riche et aussi puissante. Évergète léguait à son fils un pays au faîte de sa gloire. Ni Rome, ni Carthage, ni aucun des royaumes issus de l'empire d'Alexandre ne le surpassaient.

Le regard d'Ératosthène fut attiré par une femme d'une cinquantaine d'années assise au premier rang, regardant la scène avec une étrange jubilation.

Des festivités insensées suivirent. La foule envahit les rues de la capitale, le vin et la bière coulèrent à flots. Folles nuits d'Alexandrie !

Les rayons du Soleil levant pénétrant par les larges baies illuminèrent le trône vide. Affalé sur le sol à quelques pas, Ptolémée quatrième du nom ronflait à n'en plus pouvoir. Son visage était celui des enfants tombés de sommeil après une journée comblée de cadeaux.

Dans un coin sombre de la salle, Agathoclès et Agathocléia, allongés sur un divan. Assis sur un siège bas, Sosibios, bien droit, avait les yeux ouverts. Agathoclès s'étira ; jetant un regard sur le trône, il interrogea Sosibios du regard, qui, du menton, lui indiqua Lagos à terre. Agathoclès, souriant : « Il a un bon sommeil. Il faudra le laisser dormir le plus souvent possible. » Agathocléia, dont la tête reposait sur le torse de son frère, bougea ; il la caressa : « Il aime les femmes ! Ma sœur n'est-elle pas la plus belle femme d'Alexandrie ? » D'un imperceptible clignement de paupières, Sosibios acquiesça.

Répondant aux caresses d'Agathoclès, Agathocléia lança d'une voix endormie : « Il aime les garçons ! Mon

frère n'est-il pas le plus joli garçon de toute l'Égypte ? »
D'un imperceptible clignement de paupières, Sosibios acquiesça.

Dans un parfait duo, comme s'ils avaient répété, Agathoclès et Agathocléia : « Il aime les fêtes ! Qu'il s'amuse ! N'es-tu pas prêt, Sosibios, à faire le travail à sa place ?

– Donc, à vous deux les plaisirs, à moi seul le labeur ! résuma Sosibios.

– Et à nous trois le pouvoir ! » enchaînèrent le frère et la sœur enchevêtrés sur le divan, couverts par Sosibios d'un regard froid.

Les jeunes gens avaient parfaitement traduit sa pensée.

Sosibios. Une mésaventure survenue à l'un de ses parents, également dénommé Sosibios, l'avait marqué. Réclamant au roi Philadelphe une somme que celui-ci lui devait, il se vit avancer cette réponse royale : « La première syllabe de ton nom se trouve dans Sôter, la deuxième dans Sosigène, la troisième dans Bion, la quatrième dans Apollonios. Je devais de l'argent à ces quatre-là. Je les ai payés. Tu es donc payé ! »

Ayant tiré les leçons de la mésaventure survenue à son parent, Sosibios méritait ce sobriquet que nul ne lui contestait plus : « Sac à malices ».

L'un des premiers actes de Philopator fut de nommer Sosibios diocète. D'une indiscutable habileté, il avait toutes les qualités, surtout les pires, requises pour gouverner. Personnage le plus puissant après le roi, le diocète avait, suivant la formule consacrée, « la surveillance de tout ». Ministre de l'Économie et des Finances, super-intendant, responsable des recettes et des dépenses, administrant le Trésor royal, il gérait l'ensemble des ressources du pays. Il était l'artisan principal de la richesse du roi. Philopator lui savait gré de lui avoir « fourni » les deux êtres auxquels il était aujourd'hui le plus attaché.

Dans le même mouvement, le roi nomma Agathoclès à un haut grade militaire. Doué pour le commandement, le jeune homme possédait de réelles aptitudes. Mais son rôle principal consisterait à surveiller l'armée, très attachée à Magas.

Ératosthène fit une découverte concernant Agathoclès et Agathocléia. Ces deux-là n'étaient pas deux mais trois. Il y avait au-dessus d'eux, les dominant comme le sommet surplombe les deux côtés d'un triangle isocèle, Œnanthe, la mère. C'était la femme qui avait attiré son regard au cours de l'intronisation de Philopator.

Elle était pire que l'un, pire que l'autre, et bien pire que la somme des deux. Elle était la tête, eux les jambes. Elle pensait, ils couraient. Le pauvre Philopator n'était pas entouré, il était encerclé. Pas encerclé, assiégé.

Le dernier repas d'Évergète au Mouséion ayant été plus que frugal, l'éléadros s'était promis que le premier repas de Philopator dans la savante institution serait un festin inoubliable. Connaissant son goût immodéré pour le pain, il suivit personnellement la cuisson d'une quinzaine de variétés. Il les présenta au roi qui se jeta dessus. Immédiatement après, une vague de homards déferla sur la table.

Tous les pensionnaires du Mouséion étaient présents, Philon de Byzance, le mécanicien, l'élève de Ctésibios, Érasistrate, le médecin, boitant bas à cause d'un terrible mal au pied, le mathématicien Dosithée, l'élève de Conon, qui, fait extrêmement rare, venait d'être élu prêtre éponyme d'Alexandrie, le Stoïcien Sphaéros, Clitandre l'astronome, Patréas, que Philopator venait de choisir pour médecin personnel, de nombreux poètes et grammatikoi dont la plupart travaillaient à la Grande Bibliothèque. Des membres de la Pléiade. Cléomène, le roi de Sparte, n'avait pas été invité. Ératosthène avait tenu à ce que Théo l'accompagne. Impossible de ne pas remarquer l'absence de la reine mère.

« Comme le faisait mon père, je participerai le plus régulièrement possible à vos repas d'étude. Celui-ci revêt un caractère exceptionnel. Rassurez-vous, dès demain vous retournerez à vos sages déjeuners. J'ai demandé à quelques-uns de mes plus chers amis d'assister à ce banquet », ajouta-t-il, désignant, assise à sa droite, Agathocléia, superbe dans une toge échancrée offrant aux regards intéressés une vue profonde sur sa poitrine ferme. Puis, se tournant vers sa gauche, il posa la main sur l'épaule d'Agathoclès, sanglé dans un uniforme de la garde royale, qui regarda l'assistance comme s'il la passait en revue.

Les visages fermés n'entamèrent pas le large sourire de Philopator. Imperturbable, Sosibios, assis à côté d'Agathocléia, ne laissait pas transparaître l'embarras dans lequel il était plongé. Décidé à influer sur toutes les décisions de Philopator, il ne parvenait pas à se faire un jugement sur l'entreprise d'Ératosthène. Était-il préférable que l'opération ait lieu, ou bien fallait-il la saboter au plus vite ?

En vagues rapprochées, des fruits de mer submergèrent la table.

« Je tiens, annonça Philopator, à ce que mon maître Ératosthène reprenne exactement là où nous en étions restés ce jour où… »

Ératosthène se dirigea vers le présentoir dressé face à la table, recouvert d'un voile de papyrus. Il dévoila le dessin interrompu par la mort d'Évergète.

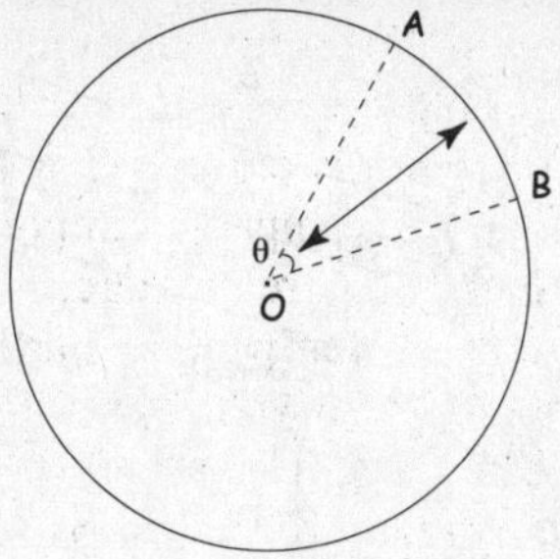

Philopator s'égaya brusquement : « Je me souviens, je disais : "C'est génial, c'est génial !" Vas-y ! vas-y ! Ératosthène. »

Tout aussi brusquement, il s'assombrit. Oubliant ceux qui l'entouraient, il revivait avec une incroyable acuité le terrible instant où son père s'était effondré à la place qu'il occupait à présent.

Ératosthène toussota : « J'en étais resté à l'angle au centre. La question était comment le déterminer concrètement ?

– Oui, comment le déterminer ? demanda jovialement Philopator d'une voix que toute tristesse avait abandonnée. On attend, on attend. C'est excitant, n'est-ce pas ? Agathocléia. »

Moue d'Agathocléia. Se penchant vers le roi : « Je connais des choses bien plus excitantes. »

« Toute la nouveauté de ma méthode, poursuivit Ératosthène, réside dans cette convocation du Soleil à mon entreprise. »

Les meilleurs vins de l'Hellade coulaient à flots dans de somptueux *skuphoi*.

En haut, sur le coin droit de la feuille dont le centre était occupé par le cercle représentant la Terre, Ératosthène dessina un magnifique Soleil doré.

Bruits de succion, craquements de carapaces.

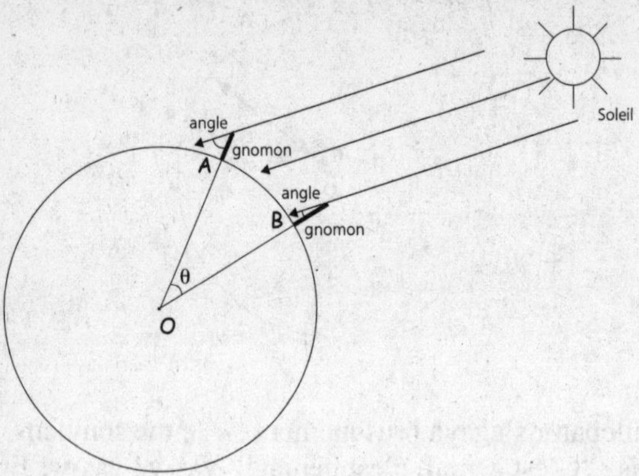

Du disque du Soleil, Ératosthène fit partir une série de lignes parallèles – les rayons du Soleil – qui venaient frapper la Terre. « Le Soleil est si loin que ses rayons peuvent être considérés comme parallèles. C'est un point capital de ma méthode.

– À chaque extrémité du morceau de méridien que nous allons mesurer, je dresserai un gnomon. » Il traça deux traits courts et épais aux points *A* et *B*. « Le même jour, à midi, je mesurerai l'ombre des deux gnomons. »

Des carcasses corail jonchaient la table.

Sphaéros l'apostropha : « Tu dis que tu mesureras les ombres des gnomons le même jour au même instant… en deux lieux différents ! »

Sourire d'Ératosthène : « Pas moi personnellement, bien sûr. Je te rassure, je n'ai pas, encore, le don d'ubiquité. »

Philopator s'esclaffa : « Ératosthène présent à un endroit, ce n'est déjà pas mal ; mais en deux, ce serait…

– Vous voulez dire : trop… Seigneur ? » C'était la première fois qu'il le vouvoyait et l'appelait « Seigneur ». Cela lui avait été difficile, tous s'en aperçu-

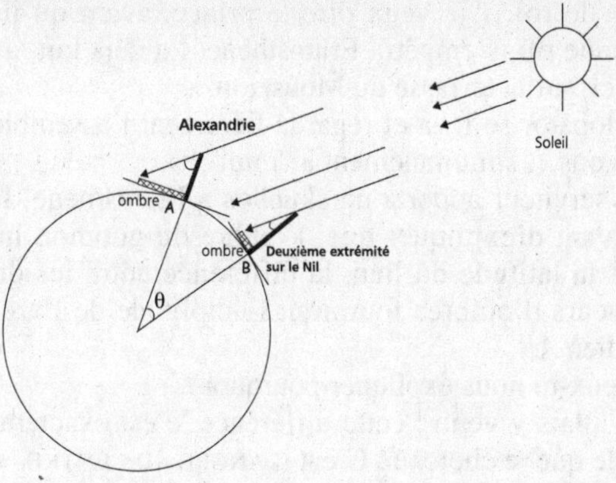

rent. Enchaînant à la hâte : « Nous serons deux à faire ces mesures, je serai à l'une des extrémités, l'un de mes aides se trouvera à l'autre.

– Ce n'est pas cela que je te demandais, reprit Sphaéros, agacé. Alors que vous serez distants de plusieurs milliers de stades, comment saurez-vous que vous faites la mesure au même instant ?

– Très simple. Nous la ferons à midi exactement.

– Oui, mais comment saurez-vous qu'il est midi exactement dans les deux lieux ?

– Se trouvant sur le même méridien, le Soleil culminera au même instant, il sera donc midi simultanément dans les deux lieux.

– Oui, mais comment connaîtrez-vous cet instant ?

– C'est très simple... »

Le coupant, Philopator s'écria : « Je l'ai déjà fait ! Dis-leur, Ératosthène, que je l'ai déjà fait ! »

Ératosthène, surpris, le regarda.

« Mais si, mais si, sur la terrasse », insista-t-il, levant le bras vers le plafond.

Ératosthène, comprenant soudain : « En effet, le prince,

euh… le roi… je veux dire le prince, avant qu'il ne devienne roi, s'empêtra Ératosthène, l'a déjà fait, avec moi ici, sur la terrasse du Mouséion. »

Philopator se leva et regarda fièrement l'assemblée : « Buvons… simultanément à “midi” ! »

Un serviteur apporta un skuphos à Ératosthène. Il le but avant d'expliquer que, l'ombre du gnomon indiquant la latitude du lieu, la différence entre les deux longueurs d'ombres fournirait l'amplitude de l'arc de méridien *AB*.

« Peux-tu nous expliquer pourquoi ?

– J'allais y venir : cette différence, c'est exactement l'angle que je cherche ! C'est L'ANGLE AU CENTRE. »

Il se retourna, regardant fièrement l'assemblée. Philopator battit des mains. « J'étais sûr que tu y arriverais. C'est père qui aurait été content. »

Silence de l'assemblée.

« Qu'est-ce qui te permet de l'affirmer ? demanda un convive à Ératosthène.

– Comme toujours en géométrie, seule une démonstration peut apporter la preuve. Mon désir est d'appliquer à notre globe le savoir mathématique. De notre maître Euclide, qui a travaillé ici même au Mouséion, et de mon ami Archimède, j'ai tiré des principes mathématiques dont je fais bon usage. D'Euclide j'utiliserai les propriétés d'une sécante à deux parallèles, d'Archimède tout ce que nous savons aujourd'hui de la géométrie de la sphère.

Grâce aux ombres, je connais les angles en *A* et en *B*. Bon. La somme des angles d'un triangle est égale à deux angles droits. Bon. Ces deux droites représentant des rayons de Soleil sont parallèles. Bon. »

Agathoclès et Agathocléia bâillèrent ostensiblement. Hormis les quelques mathématiciens, l'assistance avait le plus grand mal à suivre. Théo était au supplice.

Ératosthène, commençant à percevoir l'effet produit

par ses explications, s'entêta : « Or, d'après les principes établis par Euclide dans ses *Éléments*, deux parallèles coupées par une sécante forment deux angles alternes-internes égaux. »

Sur un second présentoir, il étala le dessin effectué à la Bibliothèque au cours de cette fameuse nuit.

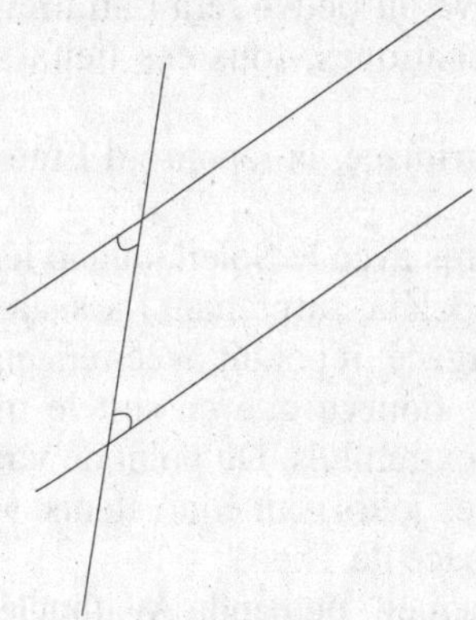

« Voilà les deux parallèles, les rayons de Soleil en *A* et en *B*, et voilà la sécante. Donc ces deux angles, alternes-internes, sont égaux.

– Ne peux-tu pas rendre cela plus court ? » implora Philopator.

Réprimant un mouvement d'humeur, Ératosthène déclara de sa voix la plus douce : « À ton aïeul, le roi Sôter, qui faisait ici même semblable demande à Euclide, celui-ci répondit : "En mathématiques, il n'y a pas de raccourcis pour les rois !"

– Ne va pas tout gâcher ! » l'engagea Philopator.

Sosibios intervint : « En tant que diocète, je suis en charge du concret, pas des discours. Cette mesure, si tu la fais un jour, où la feras-tu ? Et quand la feras-tu ?

– Je l'ai déjà dit, je la ferai le long du Nil. » Affichant son mépris : « Mais, c'est vrai, à l'époque, tu n'assistais pas à ces repas.

– Le Nil, le Nil… mais c'est long, le Nil ! lança Agathoclès.

– L'une des extrémités du morceau de méridien mesuré sera à Alexandrie. Pour l'autre, n'importe quel endroit sur la rive du fleuve fera l'affaire. Du point de vue des mathématiques, tous ces lieux sont équivalents. »

Théo fit une grimace, la réponse d'Ératosthène ne le satisfaisait pas.

« Et ces mesures avec le Soleil, quand les feras-tu ? » demanda Agathocléia, surprenant l'assistance.

Ératosthène, agacé, répondit avec réticence : « N'importe quel jour, pourvu que ce soit le même jour, à midi, aux deux extrémités. Du point de vue des mathématiques, tous les jours sont équivalents. »

Nouvelle grimace de Théo.

« N'importe lequel ? demanda Agathocléia. Pourquoi pas le jour de ma naissance, alors ? Ce serait un joli cadeau, n'est-ce pas ? Qu'en penses-tu, mon roi ? »

Théo dissimula difficilement son rire. Les autres pensionnaires n'appréciaient pas du tout ces interventions.

« Tant qu'à être un jour d'anniversaire, je préfère que ce soit le mien », répliqua Philopator, irrité que sa maîtresse tente de tourner Ératosthène en ridicule.

Un vol de pigeons embrochés posés sur un nuage de feuilles de vigne traversa la table, poussé par une harde de marcassins et de chevreuils. Le tout assorti de légumes agrémentés de sauces diverses, spécialement celle à l'ail et au miel dont l'éléadros avait le secret.

« Tu avais ici même écarté les précédentes tentatives, parce que, disais-tu avec raison, elles n'étaient qu'évaluations grossières, manquant totalement de précision, rappela Clitandre. Pour que ta mesure ait la précision faisant défaut aux précédentes, quelle distance dois-tu mesurer ?

– Plusieurs milliers de stades, sûrement. Oui, oui, pas moins.

– Mesurer le cours d'un fleuve, fût-il le Nil, sur une distance aussi grande, avec la précision que tu exiges, est impossible ! déclara fermement Clitandre. Parce qu'il te faudra t'arrêter chaque soir et repartir le lendemain de l'endroit exact où tu t'étais arrêté la veille, durant des jours et des jours, en conservant la précision exigée. Parce qu'il te faudra évaluer l'allongement dû aux méandres, parce que tu devras tenir compte des canaux latéraux. Tout cela requiert la mise en œuvre de moyens immenses dont aucun savant n'a disposé jusqu'à ce jour, des moyens que même notre Mouséion ne possède pas. »

Dans un bel ensemble, les pensionnaires acquiescèrent. Pas question d'engloutir les sommes allouées à l'institution au profit de cette seule opération. Chacun avait des travaux en cours et n'entendait pas les interrompre pour qu'Ératosthène effectue sa mesure.

Pris de court, Ératosthène resta silencieux. Clitandre enfonça le clou :

« Ainsi, la mesure que tu nous proposes, Ératosthène, n'est pas réalisable concrètement. C'est une opération pratique qui n'est pas… praticable ! Je dois cependant admettre que l'idée est belle, mais qu'elle ne fournit pas une méthode effective qui, seule, permettrait de répondre à la question que le regretté roi Évergète avait posée : "Quelle est la grandeur de la Terre ?" À cette question, la réponse est un NOMBRE ! Dont la détermination nécessite une mesure concrète, et ta méthode, Ératosthène, ne permet pas de l'obtenir. »

Une caravane de plateaux de friandises au sésame parcourut lentement la table, attirant l'attention des convives. Ils précédaient l'arrivée de vastes bols décorés d'un calice de feuilles d'acanthe, des mélanges de fruits frais, melons, pastèques, pépins de grenades, accompagnés de pyramides de noix cerclées de parterres d'amandes fraîches du Pont-Euxin.

Enfin apparurent les pommes, les poires et les pêches, récemment arrivées en Égypte. Philopator s'adressa tout bas à l'éléadros, qui servit lui-même les fruits. Dans l'assiette du roi, il posa une splendide pomme, dans celle d'Ératosthène une pêche, dans celle de Sphaéros, une poire.

Chacun attendit que le roi commence. Dès qu'il porta le fruit à sa bouche, tous l'imitèrent. On entendit un bruit rauque, quelqu'un s'étouffait au bout de la table. Sphaéros, les dents plantées dans la chair de son fruit, ne parvenait pas à s'en débarrasser. La poire était en cire ! L'assemblée partit d'un grand éclat de rire. Philopator jubilait : « Le sage ne se laisse jamais induire en erreur par une apparence trompeuse. N'est-ce pas, Sphaéros, ce que tu avais déclaré lors du dernier repas ? » l'interpella-t-il, tandis que le philosophe quittait la table, la main plaquée sur la bouche, rouge de honte, perdant une dent dans l'aventure.

Ératosthène, ayant fini de peler sa pêche et retrouvé son sérieux, interpella Clitandre : « Tu as posé une question et tu t'es empressé d'y répondre… par la négative. Repose-la, veux-tu ?

– Je te demandais comment (il essuya ses lèvres humides) tu comptais t'y prendre pour mesurer avec précision la longueur du Nil sur une distance de plusieurs milliers de stades.

– En employant un bématiste. »

La surprise était totale.

Les bématistes étaient des compteurs de pas professionnels. Ayant connu une certaine célébrité du temps d'Alexandre, ces fonctionnaires royaux rattachés à l'État-Major, précédant l'armée en campagne, établissaient la longueur des étapes, tenant compte des difficultés du terrain et de la fatigue des hommes et des bêtes. Depuis lors, les occasions de mesurer de grandes distances terrestres s'étant faites rares, on avait eu de moins en moins recours à eux.

La base de comptage d'un bématiste n'est pas le temps, mais la longueur, pas le temps de marche, mais la longueur du pas. Pour les petites distances, les arpenteurs et les arpédonaptes suffisaient amplement.

L'éléadros avait parfaitement réussi son festin. Les savants quittèrent le réfectoire l'estomac pesant, la tête lourde.

Théo ne savait que penser. Sosibios, oui. Il avait opté pour le soutien au projet, qui présentait à ses yeux l'avantage d'occuper l'esprit de Philopator, tout en éloignant Ératosthène d'Alexandrie, réduisant ainsi son influence sur le roi. Sans compter que la possible réussite de l'entreprise serait en partie portée au crédit du bon fonctionnement de l'État, que lui-même dirigeait.

Les jardins du Mouséion étaient l'un des endroits les plus agréables de la ville. Les cours se succédaient séparées par des jardins tout au long desquels couraient des galeries hautes et fraîches soutenues par de fines colonnades.

Théo rejoignit Ératosthène. L'accueil réservé à son projet l'avait contrarié. Sans dire un mot, ils longèrent le jardin botanique et les grilles du zoo, passèrent devant l'autel dédié aux Muses. Théo s'efforça de s'éloigner le plus possible du bosquet où se trouvait l'atroce salle de vivisection. Involontairement, il tendait l'oreille pour s'assurer qu'il n'en sortait aucun hurlement.

« Est-ce vrai ce qu'a dit Clitandre ? demanda Théo brusquement.

– Il a raison, explosa Ératosthène qui n'attendait que cela. Personne n'a jamais mesuré une distance aussi grande.

– Et ces bématistes, existent-ils vraiment ? En avez-vous déjà trouvé un ?

– Pas encore. »

Ils revinrent sur leurs pas. Atteignant l'entrée, Ératosthène s'assit sur l'un des sièges de pierre disposés en cercle dans le grand hall, afin de permettre aux pensionnaires de débattre. Théo resta debout.

« Voulez-vous vraiment la faire ? demanda-t-il à brûle-pourpoint.

– Quoi donc ? demanda Ératosthène, perdu dans ses pensées.

– Ben, cette mesure !

– Oh oui ! » laissa-t-il échapper dans un cri.

Théo le trouva touchant. Pouvait-il l'aider ?

« De quoi avez-vous besoin, précisément ?

– Il me faut un bateau. Je veux avoir accès à tous les documents de l'administration… pouvoir utiliser les registres du cadastre… avoir recours aux services des relais de halage… et disposer du soutien de l'armée, pour nous protéger, car le Nil n'est pas sûr en ce moment, et puis pour surveiller les signaux que l'on plantera à la fin de chaque étape. Tu vois, conclut-il, accablé, c'est une véritable expédition !

– Eh bien, demandez-les ! Étant donné tout ce que vous m'avez raconté, ce ne peut être qu'une entreprise officielle. C'est bien le moins qu'on vous l'accorde. Vous devez demander l'appui personnel de Philopator, pas seulement son autorisation. Il doit engager la puissance de l'administration et financer entièrement l'opération.

– Je n'ai jamais rien demandé à Lagos.

– Il le faudra. Il n'est plus votre élève, il est le roi. Ne l'avez-vous pas tout à l'heure appelé “Seigneur” ? »

Ératosthène poursuivait sa recherche de bématistes. Les seuls qu'on lui signalait étaient trop âgés pour se lancer dans une telle entreprise. Il mit à contribution ses collaborateurs. Niccipos, se souvenant d'avoir eu entre les mains un ouvrage relatant les exploits des bématistes d'Alexandre, interrogea les *Tables* de Callimaque. Il retrouva l'ouvrage, *Les Étapes de la marche d'Alexandre*. Le livre, d'une lecture facile, avait été écrit par deux des plus célèbres bématistes du Général, qui l'avaient accompagné dans toutes ses campagnes. Diognète et… Béton ! Se pourrait-il que ce dernier ait un lien avec le garde personnel de Bérénice ?

Le Béton de Bérénice était l'arrière-petit-fils du Béton d'Alexandre.

Béton en avait entendu parler, de cet aïeul, dans sa jeunesse à Cyrène ! La gloire de la famille, l'homme qui avait littéralement mesuré le périple d'Alexandre. « Tout naturellement, je suis devenu bématiste à mon tour.

– Je te croyais officier.

– Je le suis.

– Tu serais capable de reprendre ce travail ?

– Je suis au service de la reine.

– Je te demande si tu en serais capable ?

– Je suis au service de la reine. »

Béton était bien plus que son garde du corps, elle avait en lui une entière confiance et ne tenait pas à s'en séparer.

Contraint d'étendre ses recherches à d'autres pays, Ératosthène envoya des émissaires en Grèce, en Macédoine, en Séleucie. Exactement comme il le faisait lorsqu'il était à la recherche de certains ouvrages importants.

Quelques jours plus tard, Bérénice le fit appeler. Elle lui annonça qu'elle consentait à ce que Béton l'accompagnât.

« 153, 154, 155… » La voix forte et monotone résonnait dans le stade vide. Les bottines souples de Béton attaquaient le sol avec légèreté et assurance.

« 156, 157, 158… » Imperturbable, la voix décomptait les pas du marcheur.

« 273, 274. » Béton venait d'atteindre le bout de la piste. « 274 ! » L'entraîneur interrogeait la clepsydre. « Tu es allé encore plus vite. À ce rythme, tu ne pourras pas tenir longtemps. Ta régularité, par contre, s'est améliorée. Recommence ! »

Béton repartit pour un nouveau tour de piste, l'entraîneur debout sur un petit char tiré par un cheval calme avançant aux côtés du marcheur.

« 1, 2, 3, 4… » Le rythme de la voix suivant exactement celui de la marche, Béton « entendait » les variations de sa cadence. Et les rectifiait.

Les deux hommes travaillaient depuis le début de la matinée. La séance terminée, Béton se dirigea vers la salle de massage, le corps en nage, les jambes en feu.

La première étape de l'entraînement consistait à « trouver son pas » : l'enjambée qui lui convînt le mieux. Celle-ci déterminée, il s'exercerait à la conserver au cours de trajets longs. Le secret du bématiste : un pas constant. Le principe était simple : le nombre de pas accomplis fournissait donc la distance parcourue.

Béton avait choisi comme entraîneur celui qui l'avait si bien préparé à l'épreuve du marathon des Jeux olympiques.

Les séances se succédaient, les courbatures s'atténuaient, le rythme s'améliorait.

« Ton pas, ta vitesse ! lui lançait sans cesse l'entraîneur. Gagne en régularité, allonge encore un peu. Tu devrais tourner autour de 240, 250 par tour. Tu vas encore trop vite. »

Béton s'appliquait, il savait qu'il devait apprendre à

ne plus penser pendant la marche. Les pensées activaient l'émotion, l'émotion modifiait le rythme. C'était là finalement le plus difficile. Ne pas penser, laisser son corps devenir une mécanique.

« Tes hanches ! Le mouvement vient des hanches, pas de la jambe, tu t'en souviens, non ? Il faut que tu retrouves cette dynamique. Naguère, tu la possédais parfaitement. »

Ératosthène vint à plusieurs reprises assister aux séances, suivant avec attention les progrès de son bématiste. Le corps de Béton était l'instrument de mesure ; de sa fiabilité dépendait en grande partie la précision de l'opération.

« Quand tu auras accompli vingt tours de suite en faisant le même nombre de pas, tu seras comme avant, le meilleur bématiste que j'aie jamais eu comme élève. »

Régularité, constance, résistance, endurance.

La piste du stade d'Alexandrie mesurait exactement… 1 stade. Au bout de quelques semaines d'un entraînement soutenu, Béton accomplissait le tour du stade en exactement 240 pas, enchaînant deux à trois dizaines de tours sans se désunir. Il avait à présent, comme le lui disait son entraîneur, « son pas dans la peau ».

Béton était prêt à mesurer le Nil.

Chapitre 13

ALLONGÉ sur le dos, vêtu du seul *chendjyt*, l'antique pagne plissé des rois d'Égypte, Philopator reposait sur une table haute, laissant de temps à autre échapper un petit cri. Penché au-dessus de lui, un homme portant une blouse bise s'activait studieusement.

Le garde posté derrière le rideau, à l'entrée de la salle de repos, annonça l'arrivée du directeur de la Grande Bibliothèque. Ératosthène entra, fit un pas, un second. Resta figé au milieu de la pièce.

« Lagos, euh… Seigneur, que fais-tu ?

– Approche, Ératosthène ! Aïe, Aïe ! »

Ératosthène s'approchant : « C'est une… ?

– Feuille de lierre, exactement. J'ai beaucoup hésité, lierre ou vigne ? J'ai finalement opté pour le lierre parce qu'il garde ses feuilles toute l'année et que je tiens à les garder toute l'année. Aïe ! Il n'est pas le seul à ne pas les perdre, me diras-tu, il y a le myrte, mais il est consacré à Aphrodite, et le laurier, à Apollon. Alors que le lierre, c'est "la plante d'Osiris". Et Osiris… »

Formé par les artistes thraces, l'homme à la blouse bise maniait avec dextérité une aiguille fine chargée d'encre de couleur. Sur le ventre du roi, avec minutie, il tatouait une tige de lierre d'un vert profond qui semblait avoir poussé en spirale autour du nombril royal.

« Aïe ! Tu me fais mal ! » gronda Philopator. Le tatoueur poursuivait sa tâche, imperturbable ; chaque exclamation l'assurait que la piqûre était suffisamment profonde pour laisser une marque indélébile.

« Alors, mon maître, es-tu satisfait ? demanda Philopator, s'appuyant sur les coudes. Pour toi, c'est une véritable consécration, je règne sur le pays le plus riche et le plus puissant du monde. Tu n'as pas élevé un raté ! Ajoute à cela que tu es le directeur de la plus grande bibliothèque qui ait jamais existé ; que tu es l'*Alpha* du Mouséion, le premier des pensionnaires ; que tu as créé la chrono… comment dis-tu ? ah oui ! la chronologie ; que tu as inventé la… géo, comment dis-tu ? ah oui ! la géographie. Que sais-je encore ? Je t'envierais presque. Non ! Il y a une chose que je ne t'envie pas, mais alors pas du tout. Tu ne sais pas ce que c'est que le plaisir.

– Seigneur, si vous bougez, je vais rater la feuille, supplia le tatoueur.

– Tu l'entends, il va rater la feuille ! » hurla de rire Philopator.

Sur le ventre agité de soubresauts, la feuille se plissa. Ératosthène ne sourcilla pas.

« Tu vois, tu ne ris pas, constata Philopator avec une tristesse appuyée. Moi, ça me fait tordre de rire. Rater la feuille ! Tiens, maintenant que j'y pense, je crois bien ne t'avoir jamais vu rire. » Se dressant sur les avant-bras, il scruta Ératosthène avec gravité : « Que te manque-t-il donc ? » La question, d'évidence, n'était pas de pure forme. « As-tu aimé une femme qui t'a repoussé ? Aïe ! As-tu perdu des êtres chers ? »

Ératosthène ne répondit pas.

« Es-tu malade ? » Soudain inquiet, le scrutant : « Tu n'es pas malade ?

– Non.

– Bien ! Alors ? Durant toutes ces années passées ensemble, tu ne m'as jamais rien dit de toi, constata Philopator avec tristesse.

– Un précepteur se confie-t-il à son élève ?

– Il le faudrait parfois. »

Philopator s'allongea, le tatoueur put reprendre son travail. Philopator ne laissa plus échapper la moindre exclamation.

Ératosthène se demanda si le moment n'était pas venu de suivre les conseils de Théo. « Autant te le dire, Seigneur, en ce moment, je suis très préoccupé par la mesure de la Terre.

– Fais-la ! Qui t'en empêche ?

– C'est que… sans toi je n'y parviendrai pas.

– Tu veux que je vienne mesurer la Terre avec toi ?

– Oh non ! laissa échapper Ératosthène.

– J'ai eu peur. Toi aussi, hein ?

– Je voulais dire : sans ton aide.

– Le maître qui a besoin de son élève, ça me plaît !

– Non. Le sujet qui a besoin de son roi.

– C'est plus classique. De quoi as-tu besoin ? »

Tandis qu'Ératosthène égrenait la longue liste de ce qui lui était nécessaire pour son expédition, le tatoueur s'appliquait à tracer le réseau de nervures d'une nouvelle feuille dont il venait de terminer le contour.

Un froufroutement.

« Oh, regarde comme elle est belle ! s'écria Philopator.

– Un homme nu ! » s'exclama Agathocléia, faussement épouvantée.

Elle était entrée sans se faire annoncer, un fauve en voilettes transparentes cachant à peine sa nudité lumineuse. Masquant ses yeux d'une main légère, dont deux doigts s'écartaient pour lui permettre de faire mine de découvrir Ératosthène, auquel elle adressa un sourire qui ressemblait à une grimace.

Repoussant le tatoueur, elle se pencha sur le corps à demi-nu de Philopator, le frôla, émettant des petits cris identiques à ceux du roi : « Aïe, aïe, tes feuilles me piquent ! »

Ératosthène ne savait plus où se mettre. « Je dois partir.

– Tu le fais fuir, reprocha Philopator. Il ne supporte qu'une seule femme, ma mère ! Alors là, Ératosthène, je ne te comprends pas. Tu viens me présenter une requête capitale et tu pars sans attendre la réponse. » Ses yeux scintillèrent. « Qu'on appelle Obole !

– On m'appelle, je suis là ! claironna le nain en entrant aussitôt. Salut à toi, *Iouaennetcherouy-menkhouy Setepptah Ouserkarê Sekhemankhimen*."

– Tu connais ce nom ?

– Je m'informe, Seigneur. Je veux tout savoir de qui m'emploie.

– Pas trop quand même. Dis-moi, comment fais-tu pour arriver si vite quand on t'appelle ?

– J'anticipe, Seigneur, je me place le plus près possible de qui va m'appeler… si j'ai envie de venir, bien sûr. Sinon, je deviens subitement complètement sourd et cul-de-jatte en plus. »

La tige de lierre terminée, le tatoueur tamponna le ventre de Philopator avec un linge. Le roi se pencha, fier de son tatouage. À Obole : « Tu aimes ?

– Oh oui, Seigneur.

– Tu n'es pas jaloux ?

– Oh si, Seigneur, très.

– Pas pour longtemps. Ôte tes habits.

– Tous ?

– Tous !

– Mais, il y a "Madame"…

– Elle en a vu d'autres. C'est ton dos qui m'intéresse.

– Justement. »

Obole se déshabilla, découvrant ses bras puissants et ses jambes grêles. Agathocléia éclata de rire. À la taverne, lorsqu'elle avait léché son sang, elle n'avait pas ri. Obole lui lança un regard meurtrier.

« Allonge-toi, te dis-je. »

Obole s'allongea à la place que Philopator venait de quitter.

« Retourne-toi. »

Obole se retourna. Dos noueux, sombre. Philopator demanda au tatoueur d'approcher. Par-dessus son épaule, Obole lui lança un regard craintif. Philopator posa la main sur son dos. Obole sursauta.

« Au Mouséion, la dernière fois, tu as si bien fait la Terre qui roule que tu m'as donné une idée. Tu vas faire le Nil qui coule. Non pas "faire", mais "être".

– Le Nil ? Qui coule ? Mais je n'ai jamais fait cela.

– J'ai dit "être", pas "faire". Toi, tu n'as rien à faire. Sois ! Par contre lui… » Il fixa le tatoueur, puis planta profondément son index entre les omoplates d'Obole. Obole hurla. Lentement, le doigt glissa le long de la colonne vertébrale. Obole se tortillait comme un gros ver. Pour une fois, il n'en rajoutait pas. Lui que les pires coups de fouet ne faisaient pas broncher, il ne pouvait supporter ce contact. Il était chatouilleux ! Enfin une faiblesse, la première que Philopator et Agathocléia décelaient chez ce nain !

« Tu vas lui tatouer sur le dos la mesure de la Terre, ordonna Philopator au tatoueur éberlué. C'est mon cadeau pour Ératosthène.

– La mesure de la Terre, Seigneur ? répétait le tatoueur.

– Pas ça ! Pas ça ! se débattit Obole dans d'atroces gémissements merveilleusement simulés.

– Silence, vil papyrus, tu n'es qu'une carte désormais ! Le Nil au joli cours, le Nil qui coule depuis le Sud (claque retentissante sur les fesses d'Obole) jusqu'au Nord (nouvelle claque, mais derrière la tête, cette fois). Et pour respecter le sens du courant, tu te mettras sur la tête, jambes en l'air, chaque fois que tu seras le Nil.

– C'est tout, Seigneur ? demanda ironiquement Obole. Je peux en même temps…

– C'est tout », le coupa Philopator.

Une tige de lierre grimpant le long du torse royal, passe ! Mais la mesure de la Terre sur le dos de ce nain affreux !... Le tatoueur était perdu, son immense savoir ne lui était d'aucune aide.

« À la chute des reins : Syène, première cataracte. Plus bas, la sombre Éthiopie. Ces fesses potelées (il les lui caressa, elles étaient sèches et dures), sont-ce les montagnes où naît le fleuve ? Et cette raie profonde, la vallée qui se perd dans les terres lointaines d'Afrique ? Comprends-tu maintenant pourquoi personne ne s'est empressé de rechercher les sources du Nil ? » Riant à n'en plus pouvoir : « Parce qu'elles se trouvent dans le trou du cul d'Obole !

– Ainsi, Seigneur, jamais je ne pourrai apercevoir le Nil, se lamenta Obole.

– Eh non.

– Eh oui », répliqua Obole avec ironie. À la stupéfaction générale, il se mit en équilibre sur ses genoux, pencha son buste en avant, arrondit son dos à l'extrême, arqua son cou. Sa tête lugubre apparut entre ses genoux, avança, avança encore, et lorsqu'elle se retrouva... face à ses fesses, Obole hurla, le visage solaire : « J'ai menti, Seigneur, je vois les sources du Nil ! » Et il se péta – de joie – en pleine tête !

La performance d'Obole et l'intensité du son qui en signa le terme mirent Philopator dans une joie dionysiaque. Ératosthène assistait, accablé, à la scène, image et son. Et cela se passe à la cour des Ptolémées, rois-dieux d'Égypte !

« Les couleurs à présent, indiqua Philopator au tatoueur, prêt à tout accepter. Note bien. Le Nil en bleu. Le delta en vert. Les montagnes fessières en marron. Tu vois, moi aussi je suis géographe. »

Cette géographie... corporelle écœurait Ératosthène. Mais il ne put s'empêcher de reconnaître que cette disposition dorsale fonctionnait assez bien comme représentation du Nil !

« À la limite du delta, poursuivit Philopator, là ! (il enfonça son doigt à la base du cou d'Obole) Alexandrie. En doré ! Première extrémité. Et l'autre ? (Il posa sa main sur la région lombaire.) Quelque part de ce côté. Où exactement, tu ne me l'as pas dit.

– Tu ne veux pas qu'on attende, si tu n'es pas encore tout à fait décidé ? suggéra timidement Obole.

– Oh oui, Seigneur, il vaut mieux attendre, implora le tatoueur.

– Ce sera Thèbes », annonça Ératosthène d'une voix ferme.

Obole souleva la tête : « On ne peut pas attendre pour le reste aussi ? Et pourquoi ne pas peindre plutôt, hein, plutôt que tatouer ? Comme cela, on pourra modifier la carte à tout moment.

– La peinture passe, Obole, le tatouage reste. Si Ératosthène réussit, ce sera la première mesure de la Terre. Tu te rends compte ? Dans ton dos ! Une mesure de géant sur le dos d'un nain. Il faut en garder la trace.

– Et quand Obole mourra, gazouilla Agathocléia, on conservera sa peau dans la Grande Bibliothèque !

– Ah, je t'adore, toi, je t'adore. » Il la regarda, admiratif : « Elle est pire que moi. »

Ératosthène s'apprêta à quitter la pièce. « Tu pars à nouveau sans avoir obtenu de réponse ? l'interpella Philopator.

– Euh… » Complètement perdu, Ératosthène balbutia des mots inintelligibles, sous le regard d'Obole qui jouait la complicité avec le savant.

Le visage de Philopator se détendit. « Soyons roi, à présent. » D'une voix tendre, il annonça à Ératosthène qu'il mettait au service de son opération l'ensemble de l'administration du royaume.

« Ris ! Tu peux rire à présent. C'est pour te voir rire,

mon maître, que je t'offre mon administration tout entière. »

Debout devant son élève à moitié nu, nouveau roi-dieu d'Égypte, une branche de lierre tatouée autour du nombril, Ératosthène se mit à rire. Un rire non contraint, un vrai rire joyeux.

« Ah ! ainsi, tu es un vrai maître, s'écria Philopator. Tu devrais rire plus souvent, cela te va à ravir. » Agathocléia, chatte, en profita pour se frotter à Philopator. N'y tenant plus, le tatoueur osa : « Ne le touche pas, la couleur va baver. »

Ératosthène sortit, croisant Agathoclès en habit militaire, qui entra, lui aussi, sans s'être fait annoncer.

« Je viens de croiser Ératosthène. Il avait un air étrange, comme s'il avait bu.

– C'est sa mesure de la Terre qui le travaille.

– Donnez-lui tout ce qu'il veut. Qu'il parte, qu'il parte au plus vite mesurer !

– C'est Bérénice qui va en faire, une tête ! jubila Agathocléia. Dis-moi, Lagos, est-ce que je me trompe si je dis qu'Ératosthène est amoureux de ta mère ?

– Ératosthène ? Amoureux ? De ma mère ? Alors là ! Non, ils se sont connus dans leur jeunesse à Cyrène, c'est tout. Amis d'enfance.

– Et ils se sont retrouvés à Alexandrie ? Écoute-moi. Les femmes savent bien reconnaître ce genre de chose. Je te dis qu'il est amoureux de ta mère. Ils ont sûrement couché ensemble. » Lagos la regarda, incrédule. « Et, poursuivit-elle, durant des années, le vieil Évergète a été trompé ! »

Agathocléia tomba à terre. La violence de la gifle que Philopator lui avait assénée était terrible. Sonnée, elle leva péniblement la tête. « Non, Agathoclès ! » Son frère avançait, menaçant, vers le roi. Philopator se retourna, leurs yeux se croisèrent. Le garde surgit. Découvrant Agathoclès face à Philopator, il leva son glaive. « Arrête ! » commanda le roi. Le garde baissa son arme, à regret. Philopator, livide, à Agathocléia : « Ne redis jamais cela ! » Et à Agathoclès : « Ne refais jamais cela ! »

Agathoclès venait d'échapper à la mort. Ptolémée IV venait de perdre le pouvoir.

Chapitre 14

UNE, deux, trois versions du même texte. Établir une bibliographie, indiquer le contenu, comparer les versions différentes, éliminer les surcharges et les rajouts, commenter les passages difficiles, compléter le texte. Classer les auteurs par genre, faire l'inventaire.

Théo était loin d'être capable d'effectuer la plupart de ces tâches. Des années d'apprentissage lui seraient nécessaires.

Posés sur une table, trois exemplaires de *L'Anabase* de Xénophon. Théo, sautant de l'un à l'autre, comparait les différentes versions du même passage, recopiant ensuite celle qu'il avait choisie.

À plusieurs reprises, son attention avait été attirée par un petit signe à la fin de certains vers, visiblement ajouté.

« Ça s'est bien passé, ta soirée à *L'Amphore fêlée* ? lui demanda Niccipos qui s'était approché en silence, des feuilles de papyrus à la main. Je la trouve bien, tu sais. Je n'aime pas les femmes jeunes.

– Tu veux dire quoi ? demanda Théo, sans cesser d'écrire.

– Que tu n'es pas tellement plus jeune qu'elle. »

Machinalement, il passa son calame de la main droite à la main gauche et continua d'écrire au même rythme.

« Mais tu écris des deux mains !

– Oui, et un peu avec les pieds.

– Tu dois pouvoir écrire longtemps alors ?

– Quand la droite est fatiguée, la gauche prend le relais.

– Ne le dis surtout à personne, on te collera au service des copistes. Pas passionnant… Comment t'en es-tu aperçu ?

– Ah, tu m'as fait faire une erreur, à force de parler ! Je me suis aperçu de quoi ?

– Ben… que tu étais ambidextre. »

Théo, qui grattait la feuille pour réparer son erreur, hésitait à répondre. « En me masturbant. Un jour, plutôt une nuit, je me suis aperçu que je pouvais me masturber des deux mains. »

Niccipos ouvrait des yeux ronds : « Des deux mains ! Ensemble ?

– Ensemble ou… alternativement.

– Pas de préférence ?

– Non, même jouissance.

– Tu pourrais écrire d'une main et te masturber de l'autre ?

– Je pourrais.

– Tu l'as fait ?

– Je l'ai fait.

– Alors ?

– J'écris moins vite. À propos, j'ai rencontré à plusieurs reprises un signe que je ne comprends pas. » Revenant en arrière dans le texte, il le lui montra.

« C'est un *obelos*, grande spécialité de Zénodote d'Éphèse ! Lorsqu'il décidait de condamner un vers après plusieurs confrontations, plutôt que de l'éliminer il le marquait de ce signe inventé pour l'occasion. C'était une façon de respecter les futurs lecteurs en leur laissant la possibilité de se forger leur propre opinion. J'allais oublier, j'étais venu te montrer… » Niccipos s'éloigna, déroula une feuille. « Regarde ! » Une galère. Une seconde feuille déroulée : un arbre. Une troisième : une pyramide.

« Bon, et alors ? J'ai du travail. »

Niccipos se rapprocha et colla la feuille sous le nez de Théo. L'intérieur du dessin était constitué de mots ! Il s'agissait d'un poème dont la forme était façonnée par la longueur des vers.

« Des poèmes en forme de galères, de lions, pourquoi pas de vaches ? Voici où nous en sommes arrivés à Alexandrie ! s'écria Niccipos. Les mots ne sont là que pour combler un dessin. La forme, rien que la forme ! Le temps de la philosophie est passé, les poètes sophistiqués règnent. Je suis né vraiment trop tard. »

Après le départ de Niccipos, Théo n'avait plus le cœur au travail. Il décida d'aller visiter les lieux cachés de la Bibliothèque, auxquels les simples lecteurs n'avaient pas accès. Avoir le droit de s'y rendre signait son appartenance à la noble institution.

Contrastant avec le calme dans lequel baignaient les salles de lecture, des gens allaient et venaient le long d'interminables couloirs, portant tous au moins un rouleau sous le bras. Comme s'il était interdit de se déplacer sans ce laissez-passer.

Théo fut surpris par l'importance du personnel. Pas une femme ! Passé la porte : de vastes entrepôts où les ouvrages attendaient d'être pris en main par un bibliothécaire. Ce serait peut-être bientôt son travail. Un premier tri permettait de repérer les œuvres importantes qui nécessitaient un traitement d'urgence. Les autres attendraient. Parfois des années.

C'est là, parmi les ouvrages en double, qu'on choisissait ceux qui seraient déposés à la « Bibliothèque fille » du Sérapéion. Les réserves étaient immenses. Théo se promit de revenir examiner les textes considérés comme de peu d'intérêt. Qui dit qu'il ne trouverait pas un trésor laissé pour compte ?

Puis il se rendit dans les ateliers où l'on envoyait les manuscrits en mauvais état.

Le plus souvent, le mal était facilement réparable ; des feuilles décollées qu'il fallait réintégrer, en prenant soin de ne pas perturber l'ordre du texte. Travail techniquement simple effectué sous le contrôle d'un scribe. Les ateliers de la Grande Bibliothèque disposaient d'une colle d'excellente qualité mise au point dans le laboratoire. Lorsque les feuilles elles-mêmes étaient détériorées par l'âge, le mauvais entretien ou à la suite d'un accident, un travail minutieux commençait qui ne réussissait pas toujours à les sauver. La perte d'une feuille d'un exemplaire original était toujours vécue comme une catastrophe.

Le pire était l'eau de mer. Un rouleau ayant pris l'eau était très difficilement réparable. Combien de textes engloutis dans des navires, avec le corps des galériens ?

Parfois, c'était le bois qui était vermoulu, il fallait le remplacer par une solide tige attachée à la dernière feuille. Parfois aussi, c'était le rouleau dans son ensemble qui, ayant été maltraité, ou trop souvent utilisé, ne s'enroulait plus correctement. Le travail, alors, était délicat et demandait une longue patience pour en refaire l'arrondi.

Lorsque le papyrus était élimé, menaçant de s'effriter, il faillait le doubler en encollant une feuille neuve, sans que la colle ne transparaisse et ne gâche le texte. La plupart des ouvrages entrés en piteux état ressortaient comme neufs.

Se dirigeant vers un autre coin de la Bibliothèque, Théo se demanda soudain comment se passait l'entrevue entre Ératosthène et Philopator, n'osant espérer que, pour une obscure raison, le départ de l'expédition soit notablement retardé.

Théo se glissa sans bruit dans l'atelier des copistes. Se contentant de recopier les textes sans y apporter le moindre changement, ces derniers représentaient l'échelon le moins élevé parmi les scribes. Leur travail, purement mécanique, demandait de la rapidité et une écriture soignée. Leur rémunération en dépendait. Ils devaient écrire vite et bien, former des mots parfaitement lisibles et d'une graphie constante.

Aux plus jeunes, on confiait des textes courts ne présentant aucune difficulté. En principe, tous les textes sortant de l'atelier des copistes étaient relus par des scribes expérimentés.

Sa visite terminée, Théo retourna dans la salle de travail qu'Ératosthène lui avait allouée, attenante au bureau du directeur.

Au regard interrogateur que Théo lui lança quand il débarqua, Ératosthène répondit par une explosion :

« Pour être le roi, c'est le roi ! Le roi du tatouage ! Des feuilles de lierre sur le ventre, ma mesure de la Terre sur… » Il s'interrompit, ayant trop honte pour révéler à Théo le tatouage du Nil sur le dos d'Obole. « Sortons, j'ai toujours interdit le bruit dans les salles de lecture. » Il entraîna Théo sans lui demander son avis.

« Avez-vous au moins pu lui parler de l'opération ?

– Je commençais juste et cette… cette catin est arrivée. Ils se sont mis à se caresser, devant moi ! Elle était nue !

– Nue, devant vous ? Et vous vous plaignez ?

– Quasiment nue, rectifia Ératosthène.

– Quasiment, ah c'est pour cela…

– Quand cesseras-tu d'ironiser ? C'était ignoble.

– Elle est si moche ?

– Même pas !

– Vous voyez, vous l'avez regardée.

– Que voulais-tu que je regarde ?

– Je ne sais pas, moi, les feuilles de lierre…

– À moi, cartographe, il me fait ça ! Une carte du Nil sur… » Ératosthène se mit à parler d'omoplates, de source du Nil, de trou du cul… Quand Théo put placer un mot : « Enfin, lui avez-vous demandé son aide ?

– Oui.
– Qu'a-t-il répondu ?
– Qu'il allait mettre tous les moyens de l'administration à ma disposition, bougonna Ératosthène.
– Tous ? Et au lieu de me l'annoncer tout de suite, vous me parlez d'une femme quasiment nue, d'un nain, de ses fesses… » À son tour, il s'emportait. « Enfin ! Vous voulez à tout prix mesurer la Terre, ce que vous ne pouvez pas faire sans son aide. Il vous l'offre cette aide, au-delà de ce que vous pouviez rêver, et vous revenez furieux parce qu'il se fait butiner par une catin !
– Ce n'est pas parce que je lui demande son aide que je dois assister à ce genre de scène. Avant, il n'aurait jamais osé.
– Quand comprendrez-vous que vous êtes "après" ? Qu'avez-vous fait quand il vous l'a annoncé ?
– J'ai ri, oh oui, j'ai ri de bon cœur. Maintenant (il aurait presque tapé des mains, il venait de réaliser), je peux me lancer dans l'opération. On n'a plus de temps à perdre. C'est allé plus vite que je ne pensais. Avec Lagos, c'est toujours ainsi, il vous surprend tout le temps. Je dois avertir Béton, il faut… Ah, oui, j'ai une nouvelle pour toi. Tu pars avec moi.
– Avec vous ? Sur le Nil ? Pas question ! Vous m'avez engagé comme aide-bibliothécaire, pas comme aide-bématiste.
– C'est vrai, mais en ce moment j'ai surtout besoin d'un aide-bématiste.
– Pourquoi moi ? Je n'y connais rien et, pour être franc, je me fiche complètement de la Terre, de sa forme, de sa grandeur, de sa couleur.
– Je t'ai vu à l'œuvre à la présentation au repas du Mouséion. Tu es de bon conseil.
– Voilà donc ma nouvelle fonction : "Homme de bon conseil du directeur de la Grande Bibliothèque d'Alexandrie".

– Ne t'en fais pas, tes fonctions ne s'arrêteront pas là. Je t'en réserve une autre. »

Théo le regarda, buté. Ératosthène était troublé par une telle résistance : « Donne-moi une bonne raison de ne pas venir.

– J'ai envie de rester, c'est tout.

– Explique-toi.

– Je ne peux rien dire de plus. »

Ératosthène s'éloigna. Théo le rattrapa : « Je vais vous le dire. Je suis venu à Alexandrie dans l'unique intention de me faire engager à la Bibliothèque. J'ai tout fait pour y parvenir.

– Ne m'as-tu pas affirmé que tu faisais seulement une escale ici, et que tu devais te rendre à Cyrène ?

– Euh oui, je l'ai dit, mais… ce n'était pas vrai.

– Tu m'as menti ?

– Oui. Je suis venu d'Athènes uniquement pour vous rencontrer. J'ai travaillé sur le port du Pirée pour payer mon voyage.

– Platon a payé le sien en vendant de l'huile.

– Moi, je n'avais pas d'huile ! Seulement ce manuscrit de Philolaos. La Grande Bibliothèque, j'en rêvais ! Vous ne pouvez pas savoir ce que cela a été pour moi. Me trouver au milieu de tous ces rouleaux ! Je les ai tant de fois imaginés…

– Pourquoi en rêvais-tu ?

– C'est une autre histoire. Je n'ai pas très envie d'en parler, si vous me le permettez.

– Je ne comprends toujours pas ce que vient faire ici le manuscrit de Philolaos.

– Je comprends que vous ne compreniez pas. Pour travailler à la Grande Bibliothèque, il me fallait trouver un stratagème. Un jour, dans une auberge, j'ai rencontré l'un de vos émissaires. On a bu, il m'a confié l'objet de sa mission : il recherchait, depuis des années, un ouvrage original, le *De la nature* de Philolaos.

J'avais trouvé : par ce manuscrit, j'arriverais à mon but. Je suis parti à sa recherche. Quand enfin j'ai réussi à m'en emparer, j'ai tout de suite embarqué. Je savais que les ouvrages originaux étaient confisqués à l'arrivée au port d'Alexandrie. Comme prévu, lors de mon débarquement, il a été confisqué. Dès qu'il a été entre vos mains, je tenais le moyen de vous rencontrer. Vous connaissez la suite.

Vous ne voulez pas savoir comment je me le suis procuré ? demanda Théo, brûlant de le lui révéler.

– Cela ne m'intéresse pas, répondit brutalement Ératosthène. Seul m'importe qu'il se trouve aujourd'hui sur ces rayons. »

Ce que souhaitait Ératosthène, c'était savoir d'où lui venait cette passion des livres, qu'il avait détectée dès leur première rencontre. Là était la véritable raison pour laquelle il l'avait engagé. Il voulut lui laisser croire que son stratagème avait bien fonctionné, qu'il lui devait sa place. Après un temps de réflexion, il admit que c'était bien le cas.

« Ton stratagème aurait pu échouer.

– Il a réussi.

– Presque, rectifia Ératosthène. Parce que, justement, tu ne restes pas à la Bibliothèque, tu pars avec moi. »

Théo restait interdit. S'être donné tant de mal pour en arriver là ! Ératosthène inflexible : « Ou tu pars avec moi, ou je ne t'engage pas à la Bibliothèque. »

Voilà comment Théophraste Excelsior, venu à Alexandrie pour devenir bibliothécaire, devint comesureur de la Terre.

Dès qu'il eut opté pour la solution bématiste, Ératosthène, en scientifique confirmé, était conscient de la nécessité de réaliser un double comptage. Il y avait plusieurs façons d'y parvenir :

Ou bien effectuer un comptage pour l'aller et un autre

pour le retour. Inconvénient évident : doublement de la durée, sans oublier que, le déclenchement de la crue empêchant d'entreprendre les deux mesures à la suite, il faudrait attendre l'année suivante avant d'effectuer la seconde.

Ou bien utiliser deux bématistes. Il était déjà si difficile d'en trouver un seul !

Ératosthène sourit en pensant à la solution qu'il venait d'imaginer. Elle offrait de nombreux avantages : elle ne nécessitait la présence que d'un seul bématiste, elle n'allongeait pas la durée de l'expédition et elle était facilement praticable.

Une fois la méthode établie, la technique de la mesure arrêtée, les extrémités de la portion de Nil à mesurer fixées, les modalités du double comptage déterminées, il restait deux questions : quelle rive ? quel sens ?

En déclarant qu'il donnerait lui-même le départ de l'opération, Philopator avait réglé la seconde. Le départ serait donné à Alexandrie. Quant à la première, elle se posait ainsi : sur laquelle des deux rives Béton aurait-il le moins de difficultés à marcher ? Les berges plates étant préférables à celles bordées de falaises, le sol sec aux terres marécageuses, la marche en rase campagne à la traversée des villes.

Depuis les premiers pharaons, les villes égyptiennes étaient le plus souvent bâties sur la rive est, « la rive de la vie », celle où se lève le Soleil, tandis que les monuments funéraires, pyramides, Vallée des Rois, etc., étaient élevés sur la rive ouest, « la rive de la mort ». Quant aux montagnes, elles étaient plus nombreuses et plus proches du fleuve sur la rive orientale.

L'opération sera donc effectuée en remontant le Nil, sur la rive occidentale, depuis Alexandrie jusqu'à Thèbes.

Béton, Théo, un médecin, un capitaine pilote, deux marins, un garde armé, un cuisinier et moi. Tâche délicate que le choix de ceux qui occuperaient ces postes. Ératosthène savait, pour l'avoir lu dans les récits de voyages, combien d'entreprises promises aux plus belles gloires avaient sombré à cause de la mésentente de leurs membres.

Relisant la liste, Ératosthène eut le vague sentiment qu'il manquait quelqu'un.

Ératosthène passa commande d'un bateau ponté pouvant abriter dans de bonnes conditions une dizaine de personnes. Un grand espace commun, plusieurs cabines individuelles dont certaines équipées d'un véritable lit fixé au pont. Béton devait pouvoir, chaque nuit, récupérer des forces après la fatigue de la journée. La cale devait être ample mais peu profonde afin de permettre au bateau d'approcher au plus près de la rive.

Une cuisine, bien séparée des cabines. Plusieurs tables susceptibles d'être fixées au pont, un matériel complet de cuisine, des voiles de rechange, des rames, des perches pour s'arracher à la vase. Des lignes et des filets, des réserves d'huile pour les lampes, de la bonne bière et du vin en amphores bouchées, des féculents, des onguents, divers remèdes, du fourrage pour l'âne, un meuble de bibliothèque, un matériel complet d'écriture avec toutes les fournitures, des réserves de papyrus. De grands coffres pour ranger les affaires, des tabourets pliants.

Magas aurait tant voulu les accompagner. Un voyage sur le Nil des jours durant ! Il en rêvait, il les suivrait dans son voilier, nagerait tout son saoul... Bérénice s'y opposa. Il était impératif qu'il assistât régulièrement au Conseil royal.

Lorsque, après avoir disparu du ciel soixante-dix nuits, l'étoile Sirius (la Sothis égyptienne), de la constellation du Chien, réapparaît au-dessus de l'horizon, la crue, bien en deçà de la première cataracte, se déclenche. Il en est ainsi depuis des temps immémoriaux.

Cette stupéfiante régularité, cette ponctualité saisissante, don des dieux et des cieux, quelles meilleures assises pour ancrer le temps cyclique ? Le déclenchement de la crue sera le premier jour de l'année, le 1er du mois de *Payni*. Un calendrier agraire, basé sur les grands moments de l'agriculture fixés par les phases de la crue, fut établi.

Trois saisons. Inondation, semailles, récoltes, *ackhet*, *pert*, *shemou*. Les Égyptiens affirmaient que Thot, le dieu-savant, avait inventé la lyre et l'avait munie de trois cordes afin de chanter la division tripartite de l'année, l'aigu exprimant la chaleur, le grave la sécheresse, le médium l'atmosphère tempérée.

Quand *Payni* arrivait, les moissons et le battage devaient être terminés. Au mois suivant, en *Épiph*, l'inondation se répandait dans les terres cultivées. En *Mésoré*, période de pleine chaleur, le Nil approchait de son maximum, les vendanges commençaient. Au mois de *Thoth*, l'inondation était à son apogée, le Nil était un vaste lac. On terminait les vendanges et l'on entamait la cueillette des dattes.

Au cours du mois de *Phaophi*, l'inondation amorçait son retrait, on ramassait les olives, on se lançait dans les semailles, qu'on poursuivait tout au long du mois de *Hathyr*, tandis que débutaient les hersages, qui se prolongeaient durant le mois de *Choiak*. Au mois de *Tybi*, les dernières olives étaient ramassées. En *Méchier*, on se préparait pour la moisson, qui battait son plein au cours des mois suivants : *Phaménoth*, *Pharmouthi* et *Pachon*.

L'expédition ne pouvait s'effectuer que durant la saison sèche. Avant, le sol n'était pas assez sec ; après, il était inondé. Ératosthène fixa la date du départ.

La construction du bateau prit du retard. Profitant de tout ce qui pouvait lui permettre de rester plus longtemps à la Bibliothèque, Théo entreprit de convaincre Ératosthène de différer l'opération. L'idée d'attendre une année entière lui étant insupportable, Ératosthène décida que le départ serait donné dès que le bateau serait prêt. C'était prendre un risque réel, le moindre contretemps risquant d'empêcher Béton d'arriver à Thèbes avant le déclenchement de la crue.

Théo passa la soirée avec la patronne de *L'Amphore fêlée*. Après le repas, il lui annonça son départ. Elle s'esclaffa pour masquer sa tristesse : « J'ai connu des hommes qui ont traversé la mer jusqu'au Grand Océan, d'autres qui ont parcouru le désert bien au-delà des terres d'Arabie, mais je n'ai encore rencontré personne qui ait mesuré le Nil à pied. Combien de temps prendra la mesure ?

– Je ne sais pas, c'est la première fois que cela se fait. »

Elle l'avertit qu'elle ne viendrait pas à l'embarcadère. Les départs la faisaient pleurer.

Il s'assoupit dans les bras de son amie. En quelques semaines, il avait rencontré une femme qui ne lui était pas indifférente, trouvé un complice à l'esprit acide et découvert un maître… qui l'obligeait à faire ce qu'il n'était pas venu faire. Sa dernière pensée, avant de s'endormir, fut pour Philolaos.

« Moi, Ptolémée IV, fils des rois évergètes, roi de Haute et Basse-Égypte…

– Passe, passe ! ordonna Philopator à Obole.

– À tous les stratèges, les nomarques, les toparques…

– Passe, te dis-je !

– Les économes, les antigraphes, poursuivit Obole, les yeux fixés sur une feuille de papyrus… À tous les basilicogrammates, les stratèges, les toparques, les comarques et les phylacites.

– On dirait qu'il lit, l'interrompit Philopator. Eh bien non, il répète de mémoire. N'est-ce pas, Obole ? »

Ne quittant pas des yeux le papyrus, le nain acquiesça.

« Ératosthène, tu devrais lui faire apprendre par cœur

tous les ouvrages de ta Bibliothèque. Si, par malheur, elle venait à brûler… on ne perdrait pas tout. »

Debout sur l'embarcadère, Théo sursauta.

« La carte sur le dos, la Bibliothèque dans la tête. Et le ventre, avez-vous prévu quelque chose pour le ventre, Seigneur ? » demanda Obole.

Théo sortit de son absence quand Obole, poursuivant sa récitation, déclarait : « J'ordonne de mettre l'ensemble de vos services à la disposition du directeur de la Grande Bibliothèque d'Alexandrie, Ératosthène. En particulier les services de navigation, de halage, le cadastre, ainsi que les forces armées dépendant de votre autorité. Vous satisferez les diverses demandes qui vous seront faites, vous pourvoirez à la nourriture et au confort des membres de l'expédition. »

Parfait. Philopator avait magnifiquement répondu à ses vœux. Ératosthène en fut touché.

Chargé des relations entre l'administration centrale et le reste du pays, l'hypomnématographe avait déjà envoyé copie du décret à tous les stratèges responsables des nomes situés le long du Nil.

La foule était rassemblée sur les quais du port du lac Maréotis. Accompagné par les plus hauts dignitaires de la cour, Philopator avait tenu à célébrer le départ de l'expédition en grande pompe.

« Alors, le voilà ce bateau qui nous a mis en retard. Il te convient ? » demanda-t-il à Ératosthène.

Armé d'un gréement unique supportant une ample voile rectangulaire de couleur pourpre, celle des Macédoniens. Marque des bâtiments royaux ayant priorité sur toute autre embarcation.

« Quel nom vas-tu lui donner ?

– *Hapi*, l'Esprit du Nil.

– Tu auras besoin de son aide, j'ai de mauvaises nouvelles, les paysans des marais se sont mis en tête de se révolter. Sosibios a envoyé des troupes, nous allons les mater, mais d'ici là… Promets-moi de ne jamais passer la nuit à terre. »

Sosibios s'avança, accompagné d'un homme à l'allure farouche : « Toussi, de la garde royale. Il veillera sur vous tout au long du voyage. J'ai une entière confiance en lui.

– Tiens, ma mère n'est pas venue te faire ses adieux, remarqua joyeusement Philopator. Elle t'offre Béton, son garde du corps qui lui est si cher, je ne peux faire moins que de t'offrir Patréas, mon médecin personnel, qui, à sa façon, est lui aussi un "garde du corps". » Il adora son jeu de mots.

Ératosthène présenta au roi les membres de l'expédition :

« Théophraste Excelsior que tu as déjà rencontré, le capitaine pilote, Rekhmirê le traducteur dont je t'ai demandé le détachement, Tati le cuisinier, Mentep et Rensi les marins, Béton et Patréas que je n'ai pas besoin de te présenter. » Sur un signe de Sosibios, Toussi vint se ranger à leur suite.

Au milieu de la foule debout sur le rivage, Théo aperçut un chapeau de paille. La patronne de *L'Amphore fêlée* lui adressa un baiser avant de disparaître. « Les départs la faisaient pleurer… » Elle pleurait.

La foule s'écarta. Bérénice s'avança, accompagnée d'Arsinoé. Le visage d'Ératosthène s'illumina. Il était sûr qu'elle viendrait. Digne, elle sut cacher son émotion, Ératosthène et Béton allaient lui manquer. Arsinoé embrassa affectueusement son maître, lui faisant promettre de lui écrire souvent.

« Va, Ératosthène, ramène-moi un bon chiffre ! lança Philopator. Un chiffre… rond comme la Terre ! »

On décrocha les amarres.

Sur la rive, Béton fit son premier pas.

Sur son petit voilier, Magas virevoltait autour de l'*Hapi*. Il le suivit des heures durant. Au début de l'après-midi, s'approchant du navire, il souhaita bonne chance à Béton et à Théo. Il agita le bras en direction d'Ératosthène en signe d'adieu. Ératosthène ne put détacher son regard de la petite voile qui disparut vers le nord.

Ératosthène connaissait Rekhmirê depuis longtemps, il était exactement l'homme dont il avait besoin. Appartenant à l'une de ces grandes familles aristocratiques collectionnant scribes et grands prêtres, initiés à la culture grecque avant Alexandre, Rekhmirê, riche de cette double culture, était de ceux qui pouvaient faire le lien entre les deux mondes cohabitant sur la terre égyptienne. Il avait en lui la fierté des peuples vaincus, renforcée par le désespoir de savoir que le temps de la grandeur ne reviendrait jamais plus.

Son immense savoir concernant l'histoire et la culture de son pays, plus qu'une somme de connaissances, lui était une nourriture indispensable pour supporter le présent.

À longueur d'année, l'administration centrale éditait des textes de toutes natures, lois, décrets, avis, jugements… Rédigés en grec, ils devaient être également publiés en démotique afin que la population égyptienne puisse en prendre connaissance. Rekhmirê appartenait au corps des traducteurs officiels.

Il était le petit-fils de Manéthon de Sébennytos, l'Égyptien le plus célèbre du siècle ; à dire vrai, le seul dont le nom fût connu par les Grecs d'Égypte. Prophète d'Héliopolis, Manéthon avait, à la demande de Ptolémée Philadelphe, composé la première Histoire de l'Égypte en langue grecque, les *Ægyptiaca*.

De Ménès, le premier, à Psammétique, le dernier, combien de pharaons avaient régné sur la terre d'Égypte ? Quatre Aménophis, quatre Touthmôsis, un Toutankhamon, pas moins de douze Ramsès ! Et combien d'Amménémès et de Sésostris ? Ordonnant les pharaons depuis le début des temps historiques, Manéthon les avait classés en trente et une dynasties regroupées en trois grandes périodes : Ancien, Moyen et Nouvel Empire. Sa classification avait immédiatement fait référence.

Perdu dans ses réflexions, Philopator, maussade, marchait dans le grand parc entourant son palais. Il haïssait toujours autant les après-midi. Sur son passage, les jardiniers s'inclinaient respectueusement. Sosibios avançait à ses côtés : « J'écoute tes ordres, Maître. À présent qu'ils sont partis, tu vas être plus disponible.

– Mon père me quitte pour rejoindre l'Hadès, mon maître s'éloigne pour mesurer le monde et moi je reste ici. Je garde la maison. Je pensais à Homère. » S'emportant : « Il y a des centaines de temples consacrés à des médiocrités et aucun en son honneur ! Tu ne l'avais pas remarqué ? Il faut que je m'occupe de tout. J'ordonne qu'on lui élève un temple. Écris ! » Sosibios fit signe au scribe qui le suivait. « Sur le fronton, ordonna Philopator, tu feras graver : "Offert au roi des poètes par le roi des dilettantes". » Il sauta de joie. Les jardiniers levèrent la tête, se gardant de sourire.

« Doit-on également élever un temple à ton frère Magas, Seigneur ? demanda perfidement Sosibios. Ou bien un trône ?

– Pourquoi dis-tu cela ?

– Il est très populaire chez les soldats...

– Agathoclès se charge de l'armée. J'ai confiance en lui.

– Et en ton frère ?

– Magas ne s'intéresse qu'à naviguer, la voile, la voile...

– Si la voile est bien orientée, le bateau accomplit un long trajet. À moins qu'une tempête ne le jette au fond des eaux. Ou qu'un bateau ne le heurte...

– Je ne te connaissais pas ces talents nautiques, lui lança Agathocléia, surgissant d'un bosquet.

– Ou étais-tu ? Je ne t'ai pas vue de la journée », s'écria Philopator, ravi.

Avant qu'elle ait pu répondre, Obole émergea d'un massif de fleurs, se frottant les yeux d'une main et s'essuyant le corps de l'autre : « Je dormais dans une fleur quand la voix liquide de cette merveille m'a aspergé.

– Tu me suivais ?

– Non, je suivais le roi, et comme toi tu le suivais, mais de plus près, je te suivais. »

Haussant les épaules avec mépris : « Tu me demandes ce que je faisais, je me cultivais, mon roi. Je m'étais plongée avec délice dans les récits merveilleux et terribles des dieux égyptiens. Quelles histoires ! Nos dieux n'ont qu'à bien se tenir. Hathor, Horus, Thot, Isis, Osiris. Ah, ces deux-là, j'ai une tendresse particulière pour eux.

– Tu ne peux pas savoir combien cela exaspérait Arsinoé quand je lui disais que, comme eux, nous allions nous marier.

– Tu veux épouser ta sœur ? Tu ne me l'avais jamais dit ! Mais… cela ne se fait pas.

– Alors là, tu me suffoques ! bondit Philopator. Tu aurais de la morale ? Et toi et ton frère, alors ?

– Ce n'est pas la même chose. Coucher ensemble, oui, mais se marier ! Tu as envie de coucher avec Arsinoé ?

– Coucher, non, mais me marier, oui. »

Agathocléia blêmit, lançant un regard fielleux à Philopator : « Mais c'est une oie, elle n'a pas de poitrine ! »

Si, à cet instant, elle avait croisé le regard d'Obole, elle aurait eu raison d'avoir peur.

« Tu exagères, rectifia Philopator, elle a de petits seins qui pointent bien. Tu vas voir, ils vont se développer.

– Elle, elle… a les fesses plates !

– Tu exagères encore, elles sont déjà bien rondes. Tu vas voir, elles vont s'épanouir. »

Obole baissa la tête, Sosibios était en train de l'étudier.

« Il me faut un fils, déclara calmement Philopator. Oh, pas tout de suite, et ce ne sera pas toi qui pourras me le donner. Je ne t'épouserai jamais, Agathocléia. Nous, les Ptolémées, nous n'épousons que des femmes de haute lignée. »

Les yeux d'Agathocléia étincelèrent. Philopator n'éprouvait aucune crainte ; il savait qu'elle savait que, sans lui, elle, son frère, sa mère n'étaient rien. Il pouvait la faire enrager à satiété, elle se maîtriserait. Si, un jour, elle devait le tuer, ce ne serait pas par fureur, mais par calcul. Et ses calculs, aujourd'hui, n'allaient pas dans ce sens.

Cela l'excitait de la voir dans cet état, prise entre deux feux. Elle était follement désirable, tendue comme un arc. Sa bouche était si serrée que chaque mot, pour parvenir à passer le mur de ses lèvres, devait être animé d'une énergie telle qu'il se muait en un redoutable projectile.

Il n'aimait pas chasser, pas du tout. Mais, à petits coups de pique, pousser à bout les fauves dans leur cage au zoo, il adorait. Frayeur à bon compte qui lui offrait une intense jouissance. Ah, sans les grilles, je serais dévoré. Oui, mais il y a les grilles, et les grilles c'est la royauté même. Elle met de la distance, protège, permet.

« Je ne te comprends pas. Franchement, la meilleure solution pour toi est que j'épouse ma sœur.

– Laisse-moi finir l'histoire d'Isis et d'Osiris, l'interrompit Agathocléia. Ils se sont mariés en effet. Mais ils avaient un frère qui, jaloux du pouvoir d'Osiris, assassina celui-ci. Il découpa son corps en un grand nombre de morceaux qu'il dispersa à travers le pays pour qu'on ne puisse le reconstituer et lui donner une sépulture.

– Et la suite, pourquoi ne la racontes-tu pas ? Isis, sa sœur aux seins et aux fesses plates, sans doute, a parcouru le pays et a retrouvé les morceaux.

– Crois-tu qu'Arsinoé serait capable de faire cela ?

– Pour tout de dire, je préfère ne pas avoir à le savoir et rester vivant en un seul morceau.

– Il ne tient qu'à toi. Je voulais seulement te mettre en garde. En fait, Isis a retrouvé tous les morceaux, sauf un. Elle a eu beau faire, elle n'a jamais retrouvé le pénis de son bel Osiris.

– Personne n'est parfait », rugit-il, bêlant de rire.

Montrant du doigt les jardiniers qui quittaient la tranchée : « Regarde-les, ils ont de bonnes têtes, hein ? Il faudra les prendre pour les prochaines fêtes de Dionysos. Velus comme des boucs, ils feront de superbes satyres. »

Quel dieu pouvait mieux que Dionysos accompagner Philopator dans ses plaisirs ? Il s'était convaincu qu'il en descendait en ligne directe. « Mon arrière-grand-père Sôter descend de Borkos, frère cadet du roi de Macédoine qui descend de Téménos, fils d'Hyllos. Et qui est Hyllos ? Sinon le fils d'Héraclès et de Déjanire. Et Déjanire ? N'est-elle pas la propre fille de Dionysos ? »

« Mais sais-tu, lui avait dit un jour Ératosthène, que cette ridicule prétention irritait, sais-tu que Dionysos est allé chercher sa mère jusqu'aux Enfers ? Tu irais chercher Bérénice aux Enfers ?

– Si elle les a vraiment mérités, je m'y empresserais. »

Chapitre 15

VÉRITABLE mécanique animée du fameux « pas de marche », corps légèrement déhanché, bras le long du torse, Béton progressait. Ausculter le terrain d'un regard large pour prévenir tout accident. Poser le pied sur une pierre en équilibre, s'enfoncer dans un trou masqué par une touffe d'herbe et c'était la foulure de la cheville, l'entorse du genou, le froissement des muscles de la jambe, l'interruption de l'expédition. La date du départ laissant peu de marge, le moindre accident pouvait être fatal à l'entreprise.

Étrange cortège. Un géant vêtu à la manière des gymnastes, marchant avec application, suivi d'un âne monté par un rouquin, yeux fixés sur le géant.

Dès les premières lignes, Philopator sut à quoi s'en tenir, la première lettre d'Ératosthène serait d'ordre technique, c'était bien lui, pas un mot sur ses impressions, ses sentiments. Bref, un rapport officiel.

Afin d'assurer la justesse des résultats, il est capital que je dispose d'un double comptage. Voici la solution à laquelle je me suis arrêté.

Béton marchera le long de la berge, comptant mentalement le nombre de pas accomplis. Derrière lui, à petite distance, Théophraste Excelsior pratiquera, en silence, un second comptage. J'insiste sur l'impor-

tance de l'indépendance de ces deux comptages. Pour m'en assurer, j'ai demandé à Béton et à Théo, dès leur arrivée, de noter chacun de leur côté le nombre de pas comptés. Si l'écart est faible, je retiendrai la moyenne des deux nombres. Dans le cas contraire, nous serons contraints de recommencer depuis la précédente halte. À cette fin, je fais systématiquement planter un signal à l'emplacement exact de chaque halte afin de pouvoir la retrouver en cas de besoin. La surveillance du signal est assurée par les autorités du come, jusqu'à ce que nous ayons avalisé le dernier comptage.

Ce dispositif sera le garant attendu de la fiabilité de nos résultats.

J'ai découpé la journée en quatre parties, afin que Béton n'ait pas de trop longs trajets à mesurer d'une seule traite, et qu'il marche le moins de temps possible durant les grandes chaleurs.

Départ à l'aube, première halte au milieu de la matinée, deuxième halte à la mi-journée, repas léger, repos, troisième halte de courte durée, fin de la marche assez tard le soir.

Un problème subsiste : comment le deuxième compteur, qui n'est pas un bématiste, pourra-t-il suivre le rythme ? S'il se déplaçait à pied, il serait vite devancé. J'ai donc imaginé une solution qui me semble offrir bien des avantages. Théophraste Excelsior se déplacera sur un âne trottant derrière Béton.

Ton dévoué Ératosthène

J'ai une entière confiance en l'âne.

Philopator éclata de rire. « Voilà qu'il commence à avoir de l'humour. Ce voyage va lui faire du bien. »

Rekhmirê se sentit obligé d'avertir Théo : « Seth, le dieu assassin, était roux. Sais-tu que, par le passé, les roux étaient sacrifiés auprès du tombeau d'Osiris ? Quant à l'âne, on ne l'aimait guère, il était l'animal de Seth. Alors, un rouquin sur un âne !...

– Si je comprends bien, je cumule les avantages. Eh bien, triompha Théo, je n'ai plus qu'une chose à faire, rentrer à Alexandrie.

– À moins que tu te coupes la barbe et que tu changes la couleur de tes cheveux, proposa Ératosthène.

– Alors là, je vous préviens, vous ne m'obligerez jamais à me teindre les cheveux, ni vous ni personne. J'ai enlevé mon bandeau, je me suis séparé de mes sandales avec leurs superbes lanières... Et puis, vous étiez prévenus, s'il y a une chose que je ne peux pas cacher, que je ne veux pas cacher, c'est la couleur superbe de mes divers poils. »

On en resta là. Si le cortège se faisait remarquer, Théo savait à présent pourquoi.

L'expédition s'était trouvée immédiatement plongée dans le monde des marais, le pays des papyrus, des joncs, des nénuphars et des lotus.

Frontière nord de l'Égypte, l'immense étendue du delta était l'une des meilleures défenses contre les invasions venues de la mer. Qui aurait tenté de pénétrer dans le pays par cette voie se serait vite retrouvé pris au piège de l'inextricable réseau de canaux. Impossibles à franchir par des attelages, ils constituaient les véritables fortifications de l'Égypte. Parmi les innombrables bouches du Nil, seules sept étaient navigables. Chacune solidement gardée par des forteresses que peu de capitaines avaient osé braver.

D'ouest en est, la bouche Canopique, la Bolbitine, la Sébennytique, la Phatnitique, la Mendésienne, la Tanitique, la Pélusiaque.

Depuis les temps anciens, l'Égypte avait été divisée en quarante-deux « nomes », divisions administratives établies sur des bases tant territoriales que sacrées. Chaque nome étant caractérisé par un certain nombre d'attributs définissant son identité et sa spécificité dans l'histoire mythique du pays, en particulier sa relique, la « chose interdite », ses arbres sacrés.

« Si l'expédition avait dépassé Thèbes, vous auriez pu admirer la liste complète des nomes gravée sur l'un des murs du temple d'Horus à Apollônospolis », regretta Rekhmirê.

Trop heureux de ne pas avoir à aller au-delà de Thèbes, Ératosthène ne sembla pas le regretter.

Un problème important restait en suspens. L'âne n'avait pas de nom. Théo, en contact presque permanent avec l'animal, était celui qui aurait à prononcer son nom le plus souvent. Il fut donc chargé de lui en trouver un.

Se souvenant que le dernier âne rencontré lui avait souillé ses sandales, il espéra que celui-ci saurait mieux se tenir. Il est vrai qu'alors le chemin était nettement en pente.

Le lendemain, on lui demanda le nom, il répondit par la triste histoire de Diodore d'Iassus.

« Diodore d'Iassus, dialecticien célèbre et vaniteux, n'avait pu répondre à une question que lui avait posée Stilpon de Mégare en présence de Sôter. Le roi s'était moqué de lui et l'avait appelé “Cronos” : vieux fou ! Diodore, blessé, avait quitté le repas. Rentré chez lui, il rédigea un traité sur la question de Stilpon et se suicida. Callimaque, toujours charitable avec son prochain, rédigea une épitaphe.

– Je sais, je sais, s'écria Ératosthène, heureux comme un gamin qui connaît la réponse.

– Laissez-le finir ! » demanda Rekhmirê.

Théo récita l'épitaphe : « Parce que tu n'avais pas résolu les énigmatiques paroles de Stilpon, tu t'es bien révélé *Cronos* sans C et sans R. C'est-à-dire *onos* : âne. »

« Le nom, le nom ! »

Théo leva les bras pour les faire taire. « Comme notre âne n'est ni un vieux fou, ni un vaniteux, ni un dialecticien, qu'il est bien incapable de rédiger un ouvrage sur un quelconque sujet et qu'il n'a aucune envie de se suicider, je lui ai ajouté le C et le R. Il s'appellera Cronos. »

Dans le concert de félicitations, une fausse note. « Si j'ai bien compris, tu vas passer une bonne partie de tes journées sur… Cronos. Je me permets de te mettre en garde. Sais-tu ce que le Titan Cronos a fait à son père Ouranos ? Il lui a coupé les couilles ! » l'avertit Patréas.

Ératosthène, qui n'avait pas de sympathie pour Patréas, remarqua une fois de plus que les médecins aimaient à user d'un langage vert. Combien de jolis noms pourtant, pensa-t-il, pour nommer cette partie du corps !

« Les voilà ! » Du pont de l'*Hapi*, les marins furent les premiers à les apercevoir. Au loin apparut Béton. Dans son sillage, à califourchon sur Cronos, Théo avait les yeux braqués sur les jambes de Béton. Il déboucha sa gourde avec irritation et but une longue gorgée d'eau tiède.

Ils s'arrêtèrent à hauteur du signal où, assis sur son tabouret pliant, Ératosthène les attendait. Chacun inscrivit son nombre sur une feuille.

« Béton, quatrième tronçon : 10 738 pas », annonça Ératosthène, lisant le nombre inscrit par Béton. « Théo, quatrième tronçon : 10 747 pas », annonça Ératosthène, lisant le nombre inscrit par Théo.

Rapide calcul. « Résultats de la troisième étape de l'expédition. » Chacun se tut. « Pour Béton, 39 578 pas. Pour Théo, 39 541 pas. Écart : 37 pas. La précision est excellente. Nous n'aurons pas à recommencer l'étape », annonça Ératosthène sous les acclamations de l'équipe au grand complet. Cette concordance augurait bien de l'efficacité du dispositif.

Tantôt précédant le bématiste, tantôt le suivant, l'*Hapi*, un canot en remorque, avançait au milieu d'une mer végétale à la houle métallique. Racines plongeant dans les marais, tiges frêles couronnées d'une ombelle élégante, les papyrus ondulaient à perte de vue.

Racines, tiges, feuilles, moelle, tout était mis à contribution. Grillé, bouilli, cru parfois, on l'accommodait de mille manières, on suçait le suc, on dégustait la moelle. Il remplaçait le bois, si rare dans le pays, les racines des vieilles plantes faisaient un excellent combustible. Avec les feuilles, on faisait des cordes, des voiles, des mèches d'éclairage, des nattes, des vêtements, des sièges, des canots et toutes sortes d'outils.

Rekhmirê leur confirma que, durant les offices, les prêtres n'avaient le droit de porter que des sandales de papyrus. Et pour les Juifs, il était « le roseau à la douce odeur », dont les joncs tressés avaient servi de berceau à Moïse dérivant sur le Nil.

Surtout, on en faisait des feuilles pour l'écriture.

À grands coups de lame, jusqu'aux genoux dans le *helos*, des groupes d'hommes coupaient, au plus près de la racine, des tiges de papyrus que des groupes de femmes liaient en de grosses bottes avant de les poser dans des canots de papyrus, eux aussi, qui les suivaient dans ces eaux peu profondes. Dès que l'un d'eux était plein, il quittait immédiatement la plantation.

Tant que les tiges regorgeaient d'eau, elles étaient malléables et se prêtaient aux différentes étapes de la fabrication des rouleaux. Si l'on traînait, l'eau s'évaporait, elles séchaient, brunissaient, rétrécissant au point de perdre la moitié de leur largeur. Voilà pourquoi la plupart des fabriques étaient situées le plus près possible des plantations, voilà pourquoi aussi l'Égypte avait le monopole de la fabrication des feuilles de papyrus : la « matière première » n'était pas exportable !

Ératosthène décida que le lendemain serait le premier jour de pause. En fait, il voulait profiter de son passage dans la région pour rencontrer le directeur d'une importante fabrique avec qui il était en affaires ; invitant ceux qui le désiraient à venir la visiter.

Flatté par la venue d'Ératosthène, le directeur les reçut avec force signes de bienvenue. Immédiatement, Ératosthène lui adressa de sévères reproches. Depuis quelque temps, la qualité des rouleaux se dégradait. Le directeur expliqua que, le fleuve étant à son plus bas niveau, l'eau était probablement responsable de ces imperfections. Se confondant en excuses, il proposa de remplacer les rouleaux défectueux, promettant qu'il veillerait personnellement à ce que de tels faits ne se reproduisent pas. La Grande Bibliothèque était son plus important et plus prestigieux client. Ératosthène en profita pour lui demander de faire découper de petits carrés de papyrus « longs d'une main à peu près » et de les lui remettre avant leur départ. Le directeur s'empressa d'accéder à sa requête, précisant qu'il se ferait un plaisir de les lui offrir.

Les divers postes de travail étaient situés le long du quai. Un canot bourré de tiges venait d'accoster ; les bottes furent immédiatement déposées devant un grand type. D'un double mouvement de son coutelas, l'homme détacha l'écorce, passa le roseau dénudé à un autre ouvrier qui, à l'aide d'une lame, découpa la moelle en longues bandes d'une grande finesse. Il avait le coup pour tirer de la plante les bandes les plus larges.

Sur une table humectée d'eau, un troisième ouvrier disposa les bandes en deux couches superposées, l'une verticale, l'autre horizontale. L'eau – c'était l'un des mystères du procédé de fabrication – agissait comme une colle naturelle, faisant adhérer les différentes couches entre elles pour former une feuille.

Un quatrième ouvrier déposa la feuille entre les plateaux d'une presse dont la pression expulsa jusqu'à la dernière goutte l'eau contenue dans les bandes. Desserrant la presse, il retira la feuille, qu'un cinquième ouvrier déposa avec précaution sur un treillis afin qu'elle sèche au soleil. Des centaines de feuilles étaient ainsi exposées.

Le pressage suffisait à confectionner la feuille. Les deux couches étaient rendues inséparables par l'action conjuguée des bandes disposées en croix, de la pression et de la qualité de l'eau.

Un peu plus loin, des feuilles séchées étaient déposées sur une table au lourd tablier de pierre lisse. Armé d'un maillet, un ouvrier les battait afin d'en faire disparaître les aspérités, s'aidant de la paume de la main pour déceler les reliefs qui subsistaient. Enfin, avec un coquillage à la forme rebondie, il les lissa longuement. Mal lissées, le lustre disparaissait ; la feuille absorbant moins bien l'encre, l'écriture ne tiendrait pas longtemps.

La partie du travail effectuée à l'extérieur était terminée, ils pénétrèrent dans une grande salle où régnait une chaleur accablante. De l'eau bouillait dans une énorme marmite posée sur un feu. Portant un tablier de cuir, un homme ruisselant de sueur plongea la main dans un tonneau empli de fleurs de farine. Il en retira une poignée de poudre fine bise, la déposa au fond d'un poêlon dans lequel il versa lentement l'eau bouillante sans cesser de malaxer, de façon que la pâte soit exempte de grumeaux, c'était capital ; il ajouta quelques gouttes de vinaigre. S'épongeant le front, il leva la tête vers les visiteurs : « "Ni plus ni moins d'un jour", c'est la formule qui nous enjoint de faire la colle le jour même où on l'utilise. On n'a pas le droit de la faire à l'avance. Vous arrivez bien, on commence un nouveau rouleau. »

Tandis qu'il confectionnait la colle, un ouvrier posa sur un long tableau de bois les feuilles lissées les unes à la suite des autres, les disposant dans le sens de la hauteur, de façon que chacune recouvrît la suivante sur la largeur d'un ongle. L'homme au tablier de cuir, après avoir ajusté les feuilles avec précision, en enduisit les bords de colle.

Troublé par tout ce monde autour de lui, il n'avait pas pris garde : des plis s'étaient formés. Gêné, il les réduisit à la hâte de plusieurs petits coups de maillet. Derrière les deux premières feuilles, il en colla une troisième, une autre, une autre encore. Une longue bande naissait sous leurs yeux. Quand arriva la dernière feuille, il saisit un bâton qu'il fixa au bord resté libre. La colle sèche, il enroulerait la bande entière autour du bâton et, sur l'arête de la première feuille, fixerait un bâton semblable.

Théo venait d'assister à la naissance de son premier rouleau de papyrus.

« Finesse, résistance, poli, blancheur, lança avec componction le directeur, voilà ce que nous recherchons pour nos meilleurs rouleaux. Et nous l'obtenons. » Croisant le regard d'Ératosthène, il baissa le ton et se fit plus technique : « Les jeunes tiges fournissent les rouleaux les plus blancs et les plus fins. Plus les couches sont proches du cœur de la plante, plus le papyrus est fin. Mais attention : trop fin, l'encre transparaît au verso, et il ne résiste pas au calame ; trop poli, il ne prend pas l'encre. La qualité de la colle est notre secret : une colle grossière et le papyrus devient cassant ; vous pouvez jeter votre feuille. »

Il faisait très chaud, Théo sortit avant la fin du discours. L'un des ouvriers s'approcha discrètement : « C'est beau, n'est-ce pas ? Mais il faut prendre garde. » Théo le regarda, intrigué. « Bah, reprit-il, toutes les professions ont leurs petites tromperies, pas vrai ? Par exemple, si tu achètes un rouleau, vérifie toujours que toutes les feuilles sont de la même qualité que la première, surtout les dernières. Il arrive, ah ce n'est pas très honnête ! qu'on place les meilleures au début et les moins bonnes après… »

Un ouvrier apporta les carrés de papyrus, plusieurs liasses. Le directeur tendit à Ératosthène des feuilles de grandes dimensions, des *makrokollon* superbes : « Pour vos cartes ! » À Théo, il offrit « un rouleau pas trop haut et facilement transportable ». Il n'avait pas lésiné sur la qualité, du *Charta hieratica* ! Toutes les feuilles fabriquées à partir de la moelle.

Entassés dans un canot, ils regagnèrent l'*Hapi*. « Sais-tu, Théo, demanda Rekhmirê, bien placé pour en parler, sais-tu que les fonctionnaires doivent acheter eux-mêmes leur papyrus ? Chaque feuille utilisée, c'est une pièce qui tombe dans le Trésor royal !

– Ils l'achètent avec leur salaire ? s'indigna Théo. Comme si les archers payaient leurs flèches.

– Jolie réplique, admit Rekhmirê. Mais le jet de flèches n'est pas un monopole royal, la vente du papyrus si. De même que l'élevage des pigeons, le commerce des cuirs, des parfums, du natron, de l'alun, de l'huile et de la bière. » Il reprit sa respiration : « Celui de l'étoupe, des teintures, du sel et, évidemment, la possession des terres. C'est simple, tout appartient au roi ! Même les abeilles ! Il les loue aux apiculteurs, qui lui versent chaque année "l'impôt du miel". Ah, j'avais oublié le monopole sur les bains et sur les banques.

– Mais n'était-ce pas ainsi du temps des pharaons ? demanda innocemment Ératosthène.

– De leur temps, il n'y avait pas de banque. La monnaie nous vient des Grecs, tu le sais bien, Ératosthène. »

Rekhmirê glissa un mot au batelier, qui hocha la tête d'un air entendu. Au rythme de ses coups de pagaie, il égrena des phrases que Rekhmirê traduisait au fur et à mesure :

Ne pas récolter les tiges fleurissantes
Ne pas briser les tiges avec la proue d'un bateau
Cultiver le helos en entier et pas seulement une partie
Ne pas laisser paître dans le helos
Inonder le helos aux saisons convenables
Maintenir un niveau d'eau suffisant
Maintenir navigables tous les canaux traversant le helos

Le batelier, fier, se retourna vers les passagers.

« Dès leur plus jeune âge, les enfants du delta connaissent ces prescriptions par cœur ; elles n'ont pas changé depuis des millénaires. » Rekhmirê n'avait pas fini sa phrase que le canot trembla. Il venait de heurter… un bosquet de papyrus. « Ne pas briser les tiges avec la proue d'un bateau ! » Le batelier se confondit en excuses.

Ératosthène, s'essuyant le visage, apostropha Théo : « Je viens d'avoir une idée au sujet de ce rouleau "de la meilleure qualité et facilement transportable". Que penserais-tu d'y consigner les résultats de l'opération et les informations concernant l'expédition ? »

Théo se retira dans sa cabine. Il sortit immédiatement le rouleau de son étui. La première feuille était d'une blancheur émouvante, il la caressa du bout des doigts. De la soie. Il se promit de ne jamais plus gaspiller ces feuilles dont il avait pu apprécier le travail pour les faire naître. Pris d'un doute, il les fit défiler, vérifia que de bout en bout elles étaient de la même qualité.

Il étala son matériel d'écriture, la planchette avec la cavité pour les calames et les deux godets remplis l'un de poudre noire, l'autre de poudre rouge. Il fit glisser un gobelet dans le fleuve, le remonta, versa doucement le contenu dans l'un des godets, délaya la poudre et se fit une belle encre noire. Il opéra de même pour obtenir de la belle encre rouge.

Avant de commencer, il avait une décision à prendre. Combien de colonnes par feuille ? Il hésita. Deux.

Sur le *prôtokollon*, avec application, il inscrivit :

Moi, Théophraste Excelsior, j'ai été chargé par Ératosthène, chef de l'opération, de rapporter les informations de tous ordres concernant ladite opération. Ces notes doivent lui permettre de rédiger un ouvrage intitulé Mesure exacte de la Terre.

Tati annonça que le repas était prêt. Ils s'installèrent, sauf Ératosthène qui, parti une heure plus tôt, n'était pas encore de retour. Il arriva, tenant fermement son bâton de marche, au moment où Toussi s'apprêtait à partir à sa recherche. S'installant, il lança, guilleret : « Ah, ça fait du bien de marcher un peu ! »

Sur la rive, retenu par une longe, Cronos broutait un imposant ballot de fourrage.

Béton ronflait, on l'entendait jusque sur la rive. « Il s'est endormi sans manger. Je me demande si les étapes ne sont pas trop longues. Vous ne croyez pas qu'il faudrait les raccourcir ? » proposa Patréas.

Devant la réponse négative d'Ératosthène, Théo insista :

« Tout dépend de ce que vous voulez, la rapidité ou la sécurité ?

– Les deux ! Il faut aller vite si l'on veut finir avant la crue. Et plus les mesures seront fiables, moins nous aurons à les recommencer. Tu verras, Théo, dès que la crue va débuter, avant même que les berges ne soient recouvertes, le terrain va devenir de plus en plus humide. Puis le lit va s'élargir et l'on perdra tous nos repères.

– Béton n'est plus très jeune, reprit Patréas. Je l'ai connu quand il avait vingt-cinq ans, c'était…

– Bon, bon, il a l'âge qu'il a. On a tous notre âge », l'interrompit Ératosthène.

Le lendemain, pendant la pause de l'après-midi, un petit groupe d'hommes s'activant non loin du signal attira leur attention. Ils arpentaient les champs voisins.

S'il y a un domaine où Ératosthène se reconnaissait une dette envers l'Égypte, c'était la géométrie. Encore un bienfait que ce pays devait au Nil ! Ou plutôt à sa crue. Dès que celle-ci recouvrait les terres, les bornages disparaissaient et lorsque les eaux se retiraient, il ne restait plus rien des traces qui délimitaient les parcelles. Les contestations survenaient ; tel champ s'était agrandi, tel autre rapetissé, les formes avaient changé. Il fallait effectuer « l'inspection des limites », tout mesurer à nouveau, refaire les bornages. Cette opération qui concernait l'ensemble des terres cultivables était sans cesse répétée. Année après année.

La géométrie « rétablit la vérité sur le terrain ».

Les arpedonaptes (« noueurs de cordes ») furent les premiers géomètres. Pour leur travail d'arpentage, ils utilisaient de longues cordes nouées à intervalles réguliers, toutes les cinq coudées.

Ératosthène, qui s'était évidemment beaucoup intéressé aux pratiques d'arpentage, décrivit à Théo et à Béton la composition du petit groupe. Le géomètre comptait les longueurs, deux hommes déroulaient les cordes, le scribe calculait la surface de la parcelle et l'inscrivait sur un registre. Puis, sur la base des mensurations, le comogrammate établissait les pièces administratives pour le fisc, tandis que le basilogrammate, en charge de la productivité agricole du nome, recensait les terres pour le cadastre. Sans oublier le locataire du champ, qui suivait avec inquiétude les opérations.

Théo interrompit Ératosthène, le félicitant avec ostentation pour sa grande connaissance de l'arpentage nilotique, au moment où, parvenu à l'angle du champ, le géomètre posait une croix de bois dont chacune des branches était prolongée par une corde et un poids qui la maintenaient au sol.

Ératosthène, qui avait perçu l'ironie de Théo, lui demanda de porter son attention sur le sens du parcours emprunté par le géomètre. Théo ne remarqua rien.

Partant du côté sud de la parcelle, le géomètre remontait vers le nord, puis se déplaçait de l'est vers l'ouest. La raison parut à Théo d'une grande logique. À la fin de l'inondation, l'eau commençait par se retirer des terres situées en amont du fleuve, le champ était donc plus sec au sud qu'au nord. De plus, le Soleil se levant à l'est, la partie orientale du champ était ensoleillée plus longtemps que la partie occidentale. Une fois encore, l'orientation dictait la pratique.

Béton était resté silencieux.

Quand il reprit sa marche, il pensa que lui aussi était un géomètre. Il ne mesurait pas des petites parcelles, mais la Terre entière. Il en était le premier arpenteur.

À ÉRATOSTHÈNE, LA REINE BÉRÉNICE

Je voulais t'avertir : méfie-toi de Toussi, il est là pour t'espionner. Plusieurs de ses rapports ont déjà été reçus au palais. Si tu as des choses personnelles à me dire, veille à ce que tes lettres ne tombent pas entre ses mains.

Te rappelles-tu Cléomène de Sparte ? Il était présent au repas où tu as exposé ta méthode pour la mesure de la Terre. Il y a eu une entrevue entre Philopator, Sosibios et lui. J'ai fini par apprendre qu'elle avait porté sur Magas. Cela m'inquiète. Je ne sais ce que cela signifie.

Est-ce que Béton marche toujours aussi bien ? Je n'ai pu le remplacer vraiment à mes côtés. Il y a certes plusieurs officiers de ma garde personnelle, mais c'est différent.

Termine donc vite ta mesure, j'ai hâte de vous voir revenir tous les deux.

À plusieurs reprises, Arsinoé m'a confié que tu lui manquais. Magas est de plus en plus énergique. Il excelle dans tous les sports de combat, les soldats l'adorent. Il est en train de devenir un guerrier redoutable. Dans peu de temps, l'Égypte disposera de l'un des meilleurs généraux du monde grec.

Tes collègues du Mouséion t'envient encore plus qu'avant.

Mon ami, reviens-moi vite, sauf et glorieux, en ayant accompli le dernier vœu de notre défunt roi Évergète.

La reine Bérénice

Ératosthène avait un faible, non pas pour ce Cléomène-là, mais pour l'un de ses ancêtres, le roi Anaxandride de Sparte.

Anaxandride avait épousé sa nièce, dont il était éperdument amoureux. Le temps passant, il dut se rendre à l'évidence, il ne pouvait avoir d'enfant d'elle.

Les éphores s'émurent. Ils vinrent en délégation demander au roi de répudier son épouse afin que la couronne de Sparte ait un héritier. Il refusa.

Ils attendirent. Quelque temps plus tard, ils revinrent à la charge, ne lui demandant plus de renvoyer son épouse, mais l'exhortant, seulement, à en prendre une seconde qui pût lui donner un héritier, tout en gardant la première à ses côtés et en lui conservant son rang.

Ce fut fait.

La seconde épouse eut très vite un enfant, Cléomène. Mais, par un hasard tout à fait inexplicable, la première épouse, jusqu'alors stérile, se trouva enceinte et mit au monde un garçon, Dorieus. Puis elle en eut un deuxième, Léonidas. Et un troisième, Cléombrotros. La seconde épouse, elle, n'eut pas d'autre enfant que Cléomène. Tout ce monde s'entendait parfaitement.

Puis l'heureux roi de Sparte mourut. Le trône revint

tout naturellement à son fils aîné, Cléomène. Dorieus, le deuxième en âge, fils de la première épouse, ne se résigna pas à être le sujet de son frère ; il quitta Sparte pour aller fonder une colonie. Il mourut peu après. Juste avant que Cléomène ne meure à son tour, ne laissant aucun héritier mâle. Voilà comment Léonidas, deuxième fils de la première épouse, devint roi de Sparte.

Ératosthène aimait beaucoup ce moment de l'Histoire, tellement différent de celle des Lagides, où les frères ne s'entre-tuaient pas et les époux ne chassaient pas leurs femmes comme l'on se débarrasse de domestiques trop âgés.

« À propos, savez-vous comment est mort Érasistrate ? Il s'est suicidé à cause d'un mal de pied incurable. »

L'assistance à qui il racontait l'histoire partit d'un grand éclat de rire. Béton haussa les épaules : « Je ne trouve pas cela risible. »

Entre Alexandrie et Naucratis, les deux principales villes grecques du pays, les échanges étaient intenses. Défilé de bateaux, colonnes de marcheurs, tous armés d'une canne qui leur servait autant à s'appuyer qu'à faire fuir les serpents. Parfois, Béton devait s'arrêter, tant il y avait de monde sur la rive.

Une délégation des autorités du nome vint les accueillir dès leur arrivée à Naucratis.

Alexandrie n'était pas la plus ancienne ville grecque d'Égypte, ainsi que Théo l'avait cru. Il y a plus de trois siècles, une trentaine de navires venus de la ville de Milet avaient forcé l'entrée de la bouche Bolbitine et s'étaient enfoncés dans le delta. Les occupants, marins et soldats, débarquèrent sur le bord du Nil et fondèrent Naucratis, « la ville des puissants bateaux ».

Quelques dizaines d'années après la création de la cité, les habitants avaient vu débarquer l'un de leurs plus célèbres compatriotes, Thalès, « le premier penseur » grec. Il leur avait donné des nouvelles de la cité ionienne et, après avoir séjourné quelques jours parmi eux, il avait remonté le Nil pour aller voir les pyramides. « Nous refaisons le voyage qu'il a entrepris voilà trois siècles, déclara Ératosthène, ému. Peut-être apprendrons-nous au cours de ce voyage autant que Thalès au cours du sien. »

Rekhmirê laissa échapper un sourire quand il leur confia que le pharaon qui avait le plus fait pour la prospérité de Naucratis, un certain Amasis, était un fieffé débauché à qui l'on doit une magistrale invention : la déclaration obligatoire de revenus.

Théo se rappela ce que lui avait dit la patronne de *L'Amphore fêlée* de ses origines milésiennes ; il ne l'avait pas crue, pensant qu'elle voulait se donner une antériorité par rapport aux Alexandrins. Elle lui avait confié que sa mère, une « pure » Grecque, était tombée amoureuse d'un Égyptien. « Ma mère était splendide, mon père magnifique, et ces trous du cul, moches comme des rats, se moquaient de moi ! Mes parents ont été obligés de quitter Naucratis pour venir s'installer à Alexandrie. Ils ont ouvert une petite auberge sur le port. »

Les rumeurs de Naucratis parvenaient assourdies sur le pont de l'*Hapi*. Ératosthène continua à penser à tous ces Grecs célèbres qui, au fil des siècles, avaient fait le « voyage en Égypte » : Pythagore, Solon, Démocrite, Eudoxe, Platon ; un mathématicien, un législateur, un physicien, un astronome, un philosophe, et tant d'autres érudits moins célèbres.

Ce que Thalès a appris en Égypte lui a permis d'introduire la géométrie en Grèce. Quant à Pythagore, son initiation par les prêtres aux mystères des nombres, durant les vingt-deux années de son séjour, l'amena à fonder l'arithmétique en Grande Grèce. Il ne fait pas de doute que les connaissances acquises par Eudoxe auprès des prêtres astronomes d'Héliopolis, les hiérogrammates, ont contribué à en faire le meilleur astronome grec. Il ne s'agissait pas de simples visites, mais d'immersion dans des communautés savantes et sacrées.

Une idée frappa Ératosthène. Alors que les voyageurs et les pèlerins continuaient de venir en masse, toujours aussi fascinés par l'Égypte, les penseurs l'avaient depuis longtemps délaissée. Certes, ils débarquaient en nombre à Alexandrie, mais Alexandrie c'était la Grèce, pas l'Égypte. La Grèce en Égypte !

Ils avaient déserté l'intérieur du pays, comme si, après Platon et Aristote, la pensée et le savoir grecs avaient développé une spécificité et une originalité radicales, et atteint une totale autonomie. Comme s'ils étaient persuadés que c'était uniquement en leur sein qu'ils trouveraient désormais les ressources leur permettant de progresser dans la voie nouvelle qu'ils avaient créée.

Plus rien à découvrir du côté de Memphis !

Chaque soir, suivant les instructions du stratège du nome, les autorités des villages proches venaient les approvisionner en eau, en pain frais et en nourriture. L'expédition avait déjà traversé deux nomes, « le Harpon occidental » et « Occident », le premier ayant Alexandrie pour capitale, le second Naucratis.

À l'est du second s'étendait le nome « Andjty », dont la relique était « la jambe droite d'Osiris ». À l'écoute de l'interdit sacré : la « défense d'endommager la jambe de toute créature vivante », Béton tressaillit. Difficile de trouver signe moins encourageant !

À hauteur de Nikiou, la branche Canopique rejoint la branche Bolbitine.

De loin en loin, perchées sur des buttes artificielles, des huttes de briques de boue séchée, avec leurs greniers surélevés. Le travail, au ras du sol, dans des champs qui espèrent la crue, l'habitation, le plus haut possible, dans des constructions qui la redoutent.

Le braiment de Cronos les réveilla. Béton, aussitôt debout, sortit sur le pont. La rive avait disparu. La *madérois* recouvrait le paysage, l'*Hapi* flottait sur un tapis de nuages. Aucun bruit, la navigation était interrompue. Criminels les marins qui oseraient voguer dans ces conditions. On patienta.

La brume se déchira d'un coup. Le Nil se découvrit, les bruits percèrent l'écran de brouillard. Sans perdre de temps, le cortège se mit en marche. Plusieurs heures de perdues. Une musique ininterrompue accompagnait leur progression ; jamais, comme durant cette matinée, Théo n'avait perçu l'intensité et la multiplicité des pépiements ; ils se déplaçaient dans une volière !

Forçant l'allure pour rattraper le temps perdu, des dizaines d'embarcations avaient envahi le fleuve. Minuscules canots de papyrus avançant à coups de pagaie le long du rivage ; barques filant sous l'action de bateliers munis de longues gaffes, poussant un petit cri pour les arracher à la vase ; bateaux chargés de voyageurs ; grosses barges emplies de blé à destination des entrepôts d'Alexandrie. Et, leur coupant sans cesse la route, des bacs regorgeant d'hommes, de bêtes et de marchandises traversaient le fleuve. Seule l'habileté des bateliers expliquait la rareté des collisions.

Un train de radeaux transportant une énorme statue fonçait vers l'*Hapi*. Le capitaine serra la rive au plus près. Heureusement, à cet endroit, il n'y avait pas de hauts-fonds.

Le Nil faisait bien les choses ! Les vents semblaient s'être entendus pour faciliter la navigation. La remontée s'effectuait voile hissée, par vent arrière ; comble de prévenance, il se mettait à souffler juste après le lever du jour, et cessait à la nuit tombée ! La descente, elle, s'effectuant voile affalée, grâce au courant.

Toussi, farouche, secret, silencieux, restait sur le qui-vive, on le sentait inquiet. Chaque soir, il disparaissait. Sans doute pour envoyer son rapport à Sosibios.

Les nouvelles n'étaient pas rassurantes ; vers l'ouest, des combats avaient opposé des groupes très mobiles de rebelles et des troupes envoyées par Sosibios. Tout le monde savait qu'il était impossible de déloger les insurgés des marais. Isis s'y était cachée naguère avec son enfant pour échapper aux recherches de Seth ; plus récemment, du temps d'Amasis, les chefs égyptiens s'y étaient réfugiés, lorsque les Perses avaient envahi le pays.

Envoyé par le stratège du nome, un détachement de soldats fortement armés les rejoignit pour les escorter, encadrant immédiatement le cortège.

Il existait un autre type d'attaques dont les soldats ne pouvaient les protéger. Sitôt le Soleil couché, les moustiques fondaient sur eux. Une nuit, ce fut terrible. Agitation dans les cabines, bordées de jurons, grandes claques auto-administrées. À l'aube, les voyant sortir de leurs cabines, Mentep et Rensi pouffèrent, les visages boursouflés parlaient d'eux-mêmes.

Au moment de se coucher, l'inquiétude transpirait. Mentep descendit dans la cale, remontant avec des filets aux mailles fines qu'il tendit à chacune des prochaines cibles. Il leur conseilla de s'en recouvrir entièrement dès qu'ils s'allongeraient. La nuit fut calme. Ils se réveillèrent corps et visages épargnés mais puant le poisson.

Après avoir dépassé Naucratis, longeant les marais, le cri régulier des bateliers arrachant leurs gaffes de la vase rythmait leur marche.

Juste avant Héliopolis, la branche Bolbitine rejoignait la branche Pélusiaque.

Devant eux, un cap : la pointe du delta. L'endroit où le Nil était « fendu à la tête ». Au triangle du delta succédait la ligne de la vallée qu'ils allaient longer jusqu'à la fin de leur voyage.

Ils étaient heureux de quitter les marais et leurs dangers, soulagés que les attaques redoutées n'aient pas eu lieu. Les risques qu'elles se produisent à présent étant faibles, les soldats les quittèrent, rejoignant leur campement en Basse-Égypte. Le plus satisfait de ce départ fut le cuisinier, libéré du travail supplémentaire occasionné par leur présence.

Quand l'un cessait de marcher pour son travail, l'autre s'y mettait pour son propre compte. Sa journée d'âne finie, Théo s'en allait faire de l'exercice. Déverrouiller le dos, détendre le cou, lâcher les jambes, courir en sautillant, bref, garder le corps en état… de marche. Parfois, il mimait Béton, s'entraînant à une avancée régulière, tentant d'acquérir un pas constant, mais, son esprit vagabond lui faisant vite oublier sa tentative, il redevenait un marcheur d'occasion.

Sans s'en rendre compte, il s'était fort éloigné de l'*Hapi*. La nuit descendait, il pressa le pas pour rentrer. Un son impressionnant, interminable, retentit. Une voix animale, différente de celle entendue dans les jardins du Mouséion. Pas le rugissement d'un lion, le barrissement d'un éléphant.

À la pointe du delta s'étendait le parc aux éléphants, où étaient rassemblés tous les éléphants de guerre du royaume. Capturées loin au sud, en pleine Afrique, les bêtes étaient acheminées par bateau jusqu'au nouveau port de Bérénice, sur la côte de la mer d'Arabie. Traversant le désert en de longues colonnes, elles parvenaient à Coptos où, colosses monolithes vivants, elles étaient chargées sur des barges qui les menaient à Memphis. Là, commençait un long entraînement aux combats, que seul l'attachement à leur cornac rendait possible. Théo n'apprit tout cela qu'au cours de la soirée.

Il arriva en retard pour le dîner, manquement qu'Ératosthène, habitué à la ponctualité des repas du Mouséion, n'appréciait guère. Théo échappa aux remarques, il y avait des invités à bord, le directeur du parc, le général commandant le corps d'armée des éléphants et le vieux chef des cornacs.

À la demande d'Ératosthène, Tati remonta de la cale l'une des amphores que Philopator lui avait offertes pour le voyage, son vin le plus fin. Comme les rouleaux du « fonds des navires », elle portait une étiquette sur laquelle étaient inscrits la nature du vin, la région où il avait été produit – Samos –, le responsable des vignerons, la date de la fermeture. Le goulot était scellé à l'argile séchée. Le vin était admirable.

Le repas fut animé, le directeur disert, le général intarissable, surtout à la fin du dîner quand il se lança dans le récit de la bataille ayant opposé, non loin de là, les troupes de Perdiccas à celles de Sôter. Perdiccas avait un compte à régler avec ce dernier. Responsable du transport du corps d'Alexandre depuis Babylone jusqu'en Macédoine, il avait lancé une expédition pour se venger de cet affront, mais surtout pour récupérer la dépouille d'Alexandre qui, en ces temps-là, reposait à Memphis, et la rapatrier enfin en Macédoine. Son but donc : Memphis.

En grand stratège, le général commandant le corps d'armée des éléphants avait pris ses quartiers au bout de la table près de la cuisine, en un lieu focalisant tous les regards de l'assistance, d'autant qu'il était le mieux éclairé.

« Après avoir établi son camp près de Péluse, Perdiccas, à la tête d'une armée considérable, quitta son campement, longea le Nil en silence pour ne pas être repéré par les troupes de Ptolémée stationnant sur l'autre rive et arriva en face du Fort des chameaux, un petit fortin tenu par une poignée de soldats égyptiens. Le gué était bon ; à l'aube, il fit traverser son armée. Les éléphants avançaient en tête, précédant les porteurs d'échelles ; le reste de l'armée, fantassins, archers, hypaspistes, suivait ; la cavalerie fermait la marche.

Ils se trouvaient au milieu du gué quand Sôter surgit. Ses troupes étant trop peu nombreuses pour attaquer, il se retrancha dans le fortin. Lancés de toute leur puissance, les éléphants de Perdiccas tentèrent d'ouvrir une brèche dans les fortifications ; ils allaient y parvenir quand Ptolémée se dressa sur le haut de la passerelle au point d'attaque des éléphants et brandit une lance. » Menaçant, le général commandant le corps d'armée des éléphants se dressa au bout de la table, manquant renverser les plats, et, dans la peau de Ptolémée, empoigna à son tour une lance imaginaire qu'il projeta de toute sa puissance pour aveugler l'éléphant de tête. « Enragée par la douleur, la bête causa beaucoup de troubles dans les rangs de Perdiccas. » La tablée fut emportée dans les combats. Mentep et Rensi, oubliant de desservir, vibraient aux exploits de Sôter. Théo mit la main devant sa bouche pour que l'on ne remarque pas son bâillement.

« Entraînés par leur chef, les compagnons de Ptolémée rivalisaient de hardiesse. L'un d'eux… » À nouveau, le général entra en action, il était impressionnant. Rekhmirê pensa qu'il valait mieux l'avoir en face de soi à table que sur un champ de bataille. Le général, se détendant, tua d'un coup de javeline le cornac du second éléphant. Ératosthène eut juste le temps de se reculer pour ne pas recevoir le projectile fictif en pleine figure.

« Perdiccas, convaincu qu'il ne pourrait l'emporter avant la nuit, rompit le combat et regagna son camp. La nuit venue, il partit à nouveau, silencieusement, longeant le fleuve vers le sud, se dirigeant vers une grande île, vous la verrez demain. Il avait décidé de faire traverser là ses troupes. Les soldats commencèrent à passer, le gué était profond. Il n'existe plus aujourd'hui. Entraînés par un puissant courant, ils éprouvaient beaucoup de mal à avancer. Perdiccas eut alors deux bonnes idées. En amont, il envoya ses éléphants. » Accrochant son index gauche à son index droit, le général mima les éléphants avançant en file dans l'eau, la trompe de l'un liée à la queue de celui qui le précédait. « Il avait ordonné que les bêtes se maintiennent au milieu du fleuve afin de dresser un barrage pour briser le courant. En aval, il plaça sa cavalerie d'élite. » Le général fit trotter ses doigts sur la table. « Les chevaux furent placés sur plusieurs lignes de façon à tisser un filet permettant de recueillir les soldats emportés par les eaux. Tout fonctionna bien. Puis, imperceptiblement, le niveau de l'eau se mit à monter. Personne n'en comprit la raison. Les hommes ne pouvaient plus passer. Certains cependant avaient déjà traversé. Les soldats de Ptolémée qui venaient d'arriver du Fort des chameaux fondirent sur eux. Immobilisé sur l'autre rive, le reste de l'armée de Perdiccas ne pouvait leur porter secours. Pris au piège, la plupart se jetèrent à l'eau, les uns se noyèrent, d'autres furent dévorés par les crocodiles. Très peu en réchappèrent. » Le général ne mima pas les crocodiles dévorant les soldats de Perdiccas.

« Les officiers de Perdiccas, furieux de ce désastre dont ils tenaient leur chef pour responsable, l'assassinèrent. C'est ainsi que Perdiccas, venu en Égypte pour récupérer la dépouille d'Alexandre, y laissa la sienne », conclut le général en un rire qui fit trembler l'*Hapi* et réveilla Théo qui s'était endormi au moment où l'éléphant de tête avait été blessé. Ces histoires de guerre ne l'intéressaient pas.

Le vieux cornac, resté jusqu'alors silencieux, prit la parole et donna les raisons de la soudaine élévation du niveau de l'eau, que le général, entraîné par son récit, avait oublié de dévoiler. « Quand Perdiccas avait fait passer ses premiers soldats, le lit du fleuve était tassé. À mesure que les hommes traversaient, portant leur lourd armement, ils troublaient la disposition du sable. C'était peu de chose comparé aux dégâts causés par les éléphants. En les laissant stationner au milieu du fleuve, Perdiccas n'avait pas pensé que, par leur masse et par le mouvement de leurs pattes fouillant le sol, ils soulevaient de grandes quantités de sable que le courant emportait. Le lit du fleuve s'abaissa, rendant le gué infranchissable. »

Le terme de l'étape du lendemain avait été fixé un peu avant l'entrée d'Héliopolis, face à l'île. Ératosthène décida que l'on ferait là une nouvelle pause. Après la séance de massage, Béton se baigna avec délice. Il n'avait pas osé se mettre à l'eau durant la traversée des marais à cause de la présence des crocodiles ; il tenait à conserver toutes ses jambes jusqu'au bout.

Théo prépara son matériel, sortit le rouleau de l'étui, défit la ficelle, étudia les carrés de papyrus sur lesquels étaient inscrits les résultats de la journée. Pas une fois depuis le départ, l'écart entre les nombres de Béton et les siens n'avait nécessité de refaire le comptage. Il nota les deux séries de nombres, les moyennes, en fit la somme et l'inscrivit sur le rouleau. Puis il consigna les informations concernant l'orientation du Nil.

Au moment de refermer le rouleau, il ressentit à nouveau la monotonie de ces moments d'écriture. Où était la création ? l'excitation ? Il n'était qu'un scribe-secrétaire se livrant chaque soir à une comptabilité métrologique et topographique. Son activité d'écriture était aussi ennuyeuse que son travail de comptage. L'enthousiasme était retombé.

Sa pensée dériva, il se souvint des récits de voyages lus avec fièvre dans la salle de géographie de la Grande Bibliothèque. Le périple d'Hannon, celui de Patrocle, celui d'Euthymènes glissant le long des côtes de l'Afrique, doublant les Tropiques, de Philon découvrant l'île de Topaze, de Néarque descendant l'Indus, reconnaissant les côtes de la mer Érythrée, de Pythéas remontant la mer Océane jusqu'à l'île de Thulé à la recherche des « Portes du Nord ». Au solstice d'été, n'avait-il pas vu le Soleil briller à la mi-nuit ?

Pourquoi, à mon tour, n'écrirais-je pas un ouvrage relatant notre voyage ? Un voyage dont le but n'était pas d'agrandir le monde, mais de le mesurer ; qui ne visait pas à s'enfoncer dans des contrées inconnues, mais, au contraire, à suivre dans ses moindres sinuosités l'un des lieux les plus connus du monde.

Qui jusqu'alors avait mesuré le Nil « pas à pas » ? Qui en avait suivi le cours, méandre après méandre ? Personne ! Le terme « périple » ne serait pas usurpé.

Il défit le nœud enserrant le rouleau, et fit ce que peu de scribes oseraient : il détacha le bâton, déchira, oh ! soigneusement, la première feuille et replaça le bâton. Sur la nouvelle première feuille, en lettres rouges, il écrivit :

PÉRIPLE DE THÉOPHRASTE EXCELSIOR,

LE LONG DU NIL

Rédigé par l'un des membres de l'expédition dirigée par Ératosthène de Cyrène, sous le règne du roi Ptolémée IV Philopator, au cours du voyage effectué pour établir la première mesure de la Terre.

Théo venait de trouver son équilibre, homme à la double mission, comptant le jour, écrivant la nuit. Les chiffres et les lettres, en quelque sorte.

Certes, il garderait le rouleau pour son propre usage,

hormis les résultats. Il prit la décision de ne pas mentionner le moyen par lequel lui, Théo, s'était déplacé, jugeant que cette information n'avait aucune valeur… scientifique.

Son esprit s'enflamma. Et si nous continuions sur notre lancée, et que nous dépassions Thèbes, et que nous allions jusqu'à la première cataracte, et que nous la dépassions elle aussi, et que nous remontions jusqu'à la deuxième, la troisième, la quatrième, la cinquième cataracte, et que nous allions même au-delà ! Jusqu'à… Ce fleuve, comme tous les fleuves du monde, a une source, non ? Et s'il a une source, alors on pourrait la trouver. Et j'écrirais :

PÉRIPLE DE THÉOPHRASTE EXCELSIOR,
LE LONG DU NIL

Rédigé par l'un des membres de l'expédition, etc., au cours du voyage effectué pour découvrir la source du fleuve.

Revenant à des ambitions plus modestes, Théo décida de commencer sur-le-champ à rapporter le voyage, réel, qu'il était en train d'accomplir :

« Aujourd'hui, nous sommes arrivés à "La Place splendide de la première fois", qui porte ce nom parce que, selon la tradition, c'est là qu'au premier matin du monde le Soleil brilla pour la première fois. Héliopolis, la cité du Soleil. »

Et Théo se lança avec un plaisir jubilatoire dans le récit du mythe de création du Monde, tel que Rekhmirê le leur avait raconté.

« À toute histoire, il faut un début inexpliqué ; en mathématiques, Euclide l'a nommé "Axiome". Ici, c'est Noun, l'Océan-Chaos. De Noun, par sa seule volonté, sortit Atoum, le Soleil.

Au matin du premier jour, une pierre avait surgi, la

pierre *benben* ; sur elle, le Soleil darda ses rayons. De cette pierre nourrie de Soleil, dont les obélisques en sont des représentations, naquit le Monde.

Seul au Monde, ne pouvant compter que sur lui-même, Atoum se masturba. De sa semence naquirent Chou, l'Air, et Tefnout, l'Humidité, qui s'unirent à leur tour pour donner naissance à Nout, le Ciel, et à Geb, la Terre.

Je recopie ici le poème que m'a communiqué Rekhmirê, extrait du *Livre de connaître le mode d'existence de Rê* :

Je nouai ma propre main, tout seul, afin qu'ils ne fussent nés avant que je n'eusse craché Chou et expectoré Tefnout. Je me servis de ma bouche et Magie fut mon nom.

Puis, mon cœur se montra efficace, le plan de la création se présenta devant moi et je fis ce que je voulais faire, étant seul. Je conçus des projets en mon cœur et je créais un autre mode d'existence… »

Belle ode à la masturbation ! pensa Théo. Mais il ne l'écrivit point.

« C'est alors qu'intervint "l'Élévation du Ciel". » Théo adorait cet épisode, il « voyait » la scène, le décor, les différents acteurs, les transformations qui s'opéraient. Il voyait le Ciel et la Terre se séparer :

« Le Ciel et la Terre étaient serrés l'un contre l'autre, inséparables dans l'immensité du Monde. L'Air se glissa entre eux et, s'appuyant sur ses mains et sur ses jambes, il souleva le Ciel de son dos, l'éloignant de la Terre. Quand la séparation fut achevée, la Terre, déployant ses efforts pour rejoindre le Ciel, créa les montagnes. Soutenu par l'Air, le Ciel finit par former une grande voûte qui recouvrit entièrement la Terre, de loin.

Pour une raison que je n'ai pas bien comprise, l'Air condamna la déesse Ciel, sa fille, à la stérilité. Révoltée par cette sentence injuste, elle en appela à Thot, le dieu du Temps, qui trouva la solution. Comment ? En ajoutant du temps au temps. Aux 360 jours que comptait l'année, il en ajouta 5. Créés après que la condamnation eut été proclamée, celle-ci était inopérante sur eux. En chacun de ces jours, le Ciel et la Terre donnèrent naissance à un dieu : Osiris, Isis, Seth, et deux autres dont je ne me souviens plus du nom. »

Atoum, qui peu à peu s'était fait appeler Rê, avait un représentant sur Terre, le taureau Mnévis. Ainsi que le faisait tout étranger arrivant à Héliopolis, Théo se précipita vers le *sêkos*, l'enclos situé à l'emplacement supposé de l'Émergence du Monde. Il arriva au moment où un prêtre nourrissait la bête. Cuir luisant, cornes acérées, sabots énormes, impressionnante de puissance, elle mastiquait.

Bien à l'abri derrière la palissade, Théo avait vu le prêtre s'approcher de lui : « Tu sembles désireux de pénétrer dans le sêkos. » Théo, horrifié : « Pas question de me faire encorner. Voyez-vous, je suis en mission le long du Nil. Après, je ne dis pas…

– Tu viens de Grèce ?

– D'Alexandrie.

– Et avant ? De Grèce ?

– Oui, de Grèce.

– Ah, il y a bien longtemps, l'un de tes compatriotes a séjourné ici, il avait fini par se familiariser avec Mnévis. Un jour, il est entré dans le sêkos, le taureau s'est approché, a tourné lentement autour de lui, l'a humé et s'est mis à lécher son habit. Puis il s'est éloigné.

– Quel est le nom de ce héros ?

– L'assemblée des prêtres avait donné son interprétation de la scène. En agissant ainsi, Mnévis avait fait deux prédictions. La première : l'homme dont il avait léché l'habit deviendrait célèbre. Son nom était Eudoxe, de la ville de Cnide.

– Eudoxe !

– La seconde : il vivrait peu de temps. Eudoxe est mort à cinquante-trois ans.

– Que ce taureau ne m'approche pas ! s'écria Théo.

– Tu veux vivre vieux ?

– Je ne veux pas mourir jeune. »

Il s'éloigna, grommelant : « Et surtout, je ne veux pas qu'un taureau me dise quand je dois mourir. »

Héliopolis avait de tout temps été le centre astronomique de l'Égypte ; elle abritait un superbe observatoire dont Eudoxe, dès son retour à Cnide, fit construire une copie exacte. Celui d'Héliopolis n'existe plus, nota Théo. Et celui de Cnide ? Il n'en savait rien.

Le capitaine avait hissé le drapeau pourpre ; l'*Hapi* était à l'arrêt au milieu du fleuve, on était au plus fort de la chaleur. Les paysans s'étaient arrêtés de travailler ; assis à l'ombre des rares acacias, ils devisaient par petits groupes, suivant d'un air indifférent ce qui se passait sur le bateau.

Ératosthène avait installé le gnomon. Comparant les longueurs successives de l'ombre, il avait déterminé l'ombre méridienne d'Héliopolis. Ce qui lui avait permis de vérifier la latitude de la ville : un sixième de cercle.

Ayant fixé sur un trépied une longue tige de papyrus évidée, parfaitement droite, il l'orienta parallèlement à l'ombre méridienne. Puis regarda à travers la tige. Aussi loin que portait son regard, il ne croisa aucune des deux rives. C'était la preuve que, sur cette portion de Nil, le cours du fleuve était non seulement rectiligne, mais orienté nord-sud.

Il opérait ainsi chaque jour en fin de matinée, s'installant juste avant que le Soleil n'atteigne son zénith. Il avait le coup, repérant le bon moment afin de stationner le moins de temps possible au milieu du fleuve, position dangereuse que seul son statut officiel l'autorisait à occuper.

L'*Hapi* regagna la rive. Une lettre attendait Ératosthène.

Mon Maître,

Voilà une nouvelle qui ne pourra que te faire plaisir. Ton enseignement n'aura pas été vain, au moins sur un point : tu m'as donné le goût de l'écriture. Je suis en train d'écrire une pièce de théâtre : je l'ai nommée Adonis. *Dans ta Bibliothèque, tu la rangerais, tu la rangeras dans le genre idyllique, plus précisément érotico-idyllique. Elle plaît beaucoup à Agathoclès qui m'a promis d'en faire une critique dès que je l'aurai terminée. Malheureusement, je n'y travaille que par intermittence. Régner me prend un temps fou. J'ai beau me décharger sur Sosibios et donner de plus en plus de responsabilités à Agathoclès, il y a toujours quelque chose à faire. Je me demande comment mon père s'y est pris pour gouverner tant de temps.*

À propos de poésie, j'ai décidé de fonder des jeux en l'honneur des Muses. Je m'attelle à former le jury : sept Muses, sept Juges.

J'ai transformé la salle de repos en « salle de géographie ». Là, sur le dos d'Obole, je suis régulièrement ta progression. D'après les informations qui me sont parvenues, tu te trouves juste au-dessous du creux des omoplates. Il te reste encore beaucoup de vertèbres à descendre !

Ératosthène hocha la tête en repliant la lettre. Lagos se prend pour un poète et le pouvoir est en train de passer complètement dans les mains de Sosibios et d'Agathoclès. Si gouverner ne l'intéresse pas, il n'a qu'à laisser sa place à Magas ! Ératosthène savait que cela était impossible, jamais Lagos ne ferait ce plaisir à Bérénice.

Il y avait une seconde lettre. Elle n'était pas pour Ératosthène.

« Tu ne me manques pas encore, et j'espère que cela va continuer », écrivait la patronne de *L'Amphore fêlée*. Sa première lettre. Théo l'avait tant attendue ! Alors que le courrier était régulièrement remis aux autres membres de l'équipage par les messagers, lui n'avait encore reçu aucune lettre d'elle. Plus les jours passaient et plus il était convaincu que son départ avait clos leur relation.

Il s'était trompé.

Alors pourquoi ce retard frappant uniquement la lettre qui lui était destinée. Examinant la date, il s'aperçut qu'elle avait été envoyée trois jours seulement après son départ d'Alexandrie… en suivant le circuit normal. Il fallait immédiatement l'avertir de remettre ses prochaines lettres à Niccipos, qui les joindrait au courrier officiel envoyé de la Grande Bibliothèque.

Dans la suite de la lettre, elle lui disait que Niccipos et sa belle étaient venus passer une soirée à l'auberge ; ils avaient beaucoup parlé de Théo. « Je crois que tu as un véritable ami. Pourtant, vous ne vous connaissez guère. Pas plus que nous, d'ailleurs. Sitôt arrivé, sitôt parti. Agis-tu toujours ainsi ? » Théo la trouva de mauvaise foi, elle savait bien qu'il avait tout fait pour rester à Alexandrie. Elle l'embrassait tendrement. Ce « tendrement » le toucha.

« Il est dommage que nous nous déplacions dans ce sens, regretta Rekhmirê en quittant Héliopolis. En remontant le Nil, nous allons remonter le temps ; les premières pyramides que nous apercevrons sont les dernières construites et les plus achevées. Celles que nous verrons ensuite ont été bâties bien plus tôt. Nous verrons "les filles" avant de voir "les mères". »

Pourquoi cette forme, pourquoi ces dimensions ? Comme

tous les visiteurs, Théo se posait ces questions. On sentait qu'Ératosthène ne négligerait pas d'écouter les réponses de Rekhmirê. Celui-ci hésita ; s'il voulait offrir des explications convaincantes, il lui faudrait remonter loin dans le passé. Et il était déjà tard.

Personne n'avait sommeil.

« Après son assassinat, Osiris avait ressuscité. Il était le premier dieu mort à revenir à l'existence. Mais pas dans le royaume des vivants. Il ressuscita dans le royaume des morts. Est-ce ce prodige qui ancra dans l'esprit des premiers pharaons le sentiment d'immortalité ? Mais où irait leur âme après leur mort terrestre ? »

Rekhmirê s'interrompit, leva la tête vers le ciel ; des milliers d'étoiles scintillaient.

« Dans ce ciel qui nous est offert et que, depuis la Terre, nous pouvons observer, nous apercevons différentes sortes d'étoiles. Certaines ne cessent de se mouvoir, vous les nommez *planêtês*, “les errantes” ; nous, “les infatigables”. Parmi les autres, fixées à la voûte céleste, il y a celles qui, dans une région donnée, ne sont pas toujours visibles, comme Sothis par exemple. Et celles qui, au contraire, le sont toujours quelle que soit l'époque où nous les observons. Vous les nommez “circumpolaires” ; nous les nommons “étoiles indestructibles”, “celles qui ignorent le repos”.

Indestructibles, elles pouvaient héberger l'âme des pharaons pour l'éternité. Il en fut ainsi jusqu'à ce qu'ici, à Héliopolis, éclate une révolution dans le culte divin. Le Soleil remplaça les étoiles.

– Répète, veux-tu ! » La voix vibrante d'Ératosthène les surprit. Il s'était approché sans que nul ne s'en aperçoive.

« Qu'ai-je dit qui vous a heurté ? demanda Rekhmirê, décontenancé.

– Vous avez bien dit que le Soleil avait remplacé les étoiles ?

– Absolument. C'est vers Rê désormais que l'âme des morts allait s'élever, plus vers les étoiles. »

Ératosthène regardait Rekhmirê avec émotion. La phrase qu'il venait de prononcer était, au mot près, celle qu'il avait formulée pour définir sa méthode : non pas les étoiles, mais le Soleil ; non plus la nuit, mais le plein midi !

Troublé, il s'éloigna. Cette réactivation – dans la sphère sacrée ! – du changement décisif caractérisant sa mesure, le troubla et raviva le souvenir de la soirée à la Grande Bibliothèque où cette idée avait jailli. Il s'agissait bien d'une révolution.

Alexandrie lui semblait loin.

Théo attendait les réponses à ses questions ; Rekhmirê ne le déçut point. Il avait raconté tant de choses au cours de cette soirée que, s'il ne les notait pas dans l'instant, il n'arriverait jamais à s'en souvenir.

Théo sortit son matériel d'écriture, s'installant à sa place habituelle, au bout de la table, sur le pont. Il approcha la lampe, choisit avec soin un calame neuf, ouvrit le *Périple de Théophraste Excelsior, le long du Nil*, fit défiler les feuilles jusqu'à la dernière utilisée et commença à écrire :

« Le Soleil avait donc remplacé les étoiles dans le culte divin. Ératosthène était radieux, j'étais le seul à savoir pourquoi.

Pour bénéficier de l'éternité, l'âme du pharaon devait à présent rejoindre le Soleil. Comment l'aider à y parvenir ? En élevant un escalier géant dont les marches iraient se rétrécissant à mesure qu'elles s'élevaient vers le ciel. Ce serait hautement symbolique et, surtout, infiniment plus facile à construire, avait dû penser Imhotep, l'architecte à qui le pharaon Djoser avait confié le soin d'édifier le monument.

Le poids. Le temps. Comment faire "tenir" un tel monument dont les dimensions se devaient d'être considérables, et le faire tenir pour "des millions et des millions d'années" ?

Les maisons destinées à abriter la brève existence des humains sur terre n'avaient aucune nécessité à durer plus que quelques vies d'homme. La brique pétrie ou moulée, sèche ou cuite, les pierres empilées, les modes de construction éphémère étaient disqualifiés. Il fallait rechercher d'autres matériaux, mettre au point un nouvel art de la construction.

Contraint par la nécessité et servi par son génie, Imhotep inventa l'art de bâtir avec des pierres taillées. Afin d'abriter le corps du pharaon Djoser, il édifia le premier bâtiment en pierres taillées, une pyramide à degrés dotée de six gradins.

Ce fut la première "pyramide à degrés".

D'autres suivirent.

Et puis un jour, l'architecte, ou le chef des prêtres, a dû se demander pourquoi l'âme du pharaon devrait gravir les marches une à une. Pourquoi, dans son ineffable légèreté, elle ne pourrait pas, glissant sans effort sur les faces lisses du monument, se laisser aspirer vers le Soleil-Dieu, filant le long des rayons de l'astre, liens de lumière tendus entre le ciel et la Terre.

Un pharaon nommé Snéfrou entendit la remarque et la fit sienne. Non content de s'accaparer la pyramide de l'un de ses prédécesseurs – forte de huit gradins, deux de plus que celle de Djoser ! –, il la transforma. Son architecte fit combler l'espace entre les gradins et recouvrir l'ensemble d'un revêtement de calcaire. Débarrassé de ses marches, l'escalier se transforma en une face plane.

Ce fut la première "fausse véritable pyramide".

"Elle a donné son nom à la figure géométrique que vos mathématiciens étudient, avançait Rekhmirê.

– C'est fort probable", acquiesça Ératosthène.

Puis il se souvint qu'Eudoxe avait été le premier mathématicien à formuler l'expression du volume de la pyramide : le tiers du produit de la base par la hauteur. Rekhmirê répliqua que les Égyptiens ne l'avaient pas attendu pour calculer non seulement le volume d'une pyramide, mais celui d'un tronc de pyramide, ce qui était plus difficile. Ératosthène avait marqué sa surprise ; les Grecs savent peu de chose sur les connaissances mathématiques précises des constructeurs égyptiens. »

Après tant d'années passées auprès des pyramides, il serait surprenant qu'Eudoxe ne se soit pas inspiré des connaissances géométriques des Égyptiens, pensa Théo.

Le godet étant presque vide, il délaya de la poudre avec un peu d'eau, trempa son calame et reprit son récit.

Qu'avait dit Rekhmirê ensuite ? Il avait parlé de la grande crainte des pharaons :

« À l'aube de son règne, chaque pharaon était tenaillé par cette interrogation : “Mon tombeau sera-t-il terminé avant que ma mort survienne ?” Poussé par l'ambition qui l'incitait à vouloir une sépulture plus haute que celles de ses prédécesseurs, il devait prendre garde. À la vouloir trop imposante, il risquait de n'en avoir pas.

C'est ce qui est arrivé au pharaon Didoufri, qui mourut après seulement huit années de règne. Sa pyramide inachevée n'est plus aujourd'hui qu'un monceau de gravats.

C'est ce qui a failli arriver à Snéfrou. Insatisfait de sa pyramide “récupérée”, il décida de s'en faire construire une nouvelle. Elle aurait dû être la première pyramide “parfaite”, à face lisse, sans gradins. Elle ne le fut pas.

Rekhmirê nous avertit que, pour poursuivre, il lui faudrait parler du *seked*. J'ai eu du mal à suivre, mais j'ai fini par comprendre qu'il s'agissait simplement de l'inclinaison des faces de la pyramide.

Me voilà à faire de la géométrie ! En pleine nuit, sur le pont d'un bateau au milieu de l'Égypte !

Ératosthène, resté jusqu'alors silencieux, avait pris le relais, disant que, pour lui, une pyramide carrée, c'étaient deux nombres. Oui, deux nombres ! La longueur du côté de la base et celle de la hauteur. Grâce à eux, on peut déterminer la pente des faces. Pour une hauteur donnée, plus la base est étroite, et plus la pente est inclinée.

– Et plus difficile sera la construction, et plus grands les risques ! avait enchaîné Rekhmirê. Non seulement ceux encourus par les ouvriers, mais ceux auxquels la construction est exposée. Si ses assises ne sont pas assez vastes pour supporter la masse qu'une telle hauteur entraîne, la pyramide s'effondrera. »

Théo se demanda s'il ne s'était pas un peu perdu. Il relut, cela se tenait. Trempant son calame, il se remit à écrire. Rien ne s'inscrivit, il le trempa à nouveau. Toujours rien. Il leva les yeux, le godet était vide. Déjà ! Il devait être tard. Il regarda le ciel, la voûte s'était déplacée. Pour un scribe expérimenté, le godet est sa clepsydre. Un godet, c'est tant de lignes et tant de temps.

« Revenons à Snéfrou et à sa deuxième pyramide dont Rekhmirê nous a raconté par le menu la construction. La grandeur de la base et l'importance du seked portaient le sommet à une hauteur considérable. La pyramide était extrêmement inclinée. Trop ! Avant même d'avoir atteint le tiers de la hauteur prévue, elle commença à s'affaisser. L'architecte fit en hâte élargir la base. Ce qui eut pour conséquence immédiate de réduire la pente. Il décida aussi d'en abaisser la hauteur ! Snéfrou vit ainsi se restreindre ses ambitions.

La construction reprit à partir de la base élargie. »

Théo s'interrompit. Crevant de soif, il se rendit à la cuisine et but longuement. Tout le monde dormait. Avant de reprendre, il pissa dans le fleuve depuis le pont arrière. Il regagna sa place, il avait encore tant à écrire. Une question le troublait : si les pyramides avaient été totalement pleines, si elles n'avaient abrité aucune cavité intérieure, cela aurait déjà constitué une prouesse de les édifier. Mais elles étaient truffées d'espaces évidés, qui devaient résister à la masse considérable pesant sur eux : salles, couloirs, escaliers, puits ! Cette masse n'ayant d'autre finalité que d'abriter la chambre funéraire et d'empêcher, pour l'éternité, que quiconque y accède.

Théo relut la dernière phrase : « La construction reprit à partir de la base élargie » et poursuivit :

« Parvenue à une centaine de coudées de hauteur, des fissures apparurent dans la chambre supérieure.

Il n'y avait qu'une solution, réduire encore la pente. Elle fut réduite de 1/5. Une fois encore, Snéfrou voyait se restreindre ses ambitions. Le résultat de cette double modification fut une pyramide à double inclinaison ! Et bien moins haute que prévu ! En fait, ce n'était pas une pyramide.

Ce fut la première et la seule "pyramide tronquée".

Snéfrou, pas satisfait du tout de ses deux premières pyramides, ordonna d'en construire une troisième. Avertis, les architectes élargirent considérablement la base, 420 coudées de côté.

Cette fois l'édifice tint bon. Mais beaucoup de temps avait passé.

Obnubilé par les pyramides, j'ai omis de mentionner qu'un complexe funéraire ne se résume pas au seul tombeau royal. Il est composé de quatre éléments, chacun ayant une fonction propre dans le voyage du corps du pharaon. Quittant le palais du défunt, le corps est installé sur la barque funéraire, réplique exacte de celle empruntée par le Soleil pour traverser la nuit jusqu'à l'aube et recréer un nouveau jour. En une lente traversée sur le fleuve, il est conduit au temple de la vallée, le "temple du bas", toujours situé près de la rive occidentale.

Une large chaussée montante dallée relie le temple du bas à un second temple situé le long de la face orientale de la pyramide, le "temple du haut". Hissée sur la rive et déposée sur la chaussée, la barque est tirée jusqu'au temple du haut, où le rite funéraire est accompli.

Tandis que l'on conduit le corps du pharaon dans sa chambre funéraire au cœur de la pyramide, dont l'emplacement est tenu secret, la barque est enterrée le long de l'édifice. Le complexe entier est ceint d'un haut mur.

Revenons à Snéfrou. Il mourut après que sa troisième pyramide fut terminée, mais avant que le temple funéraire le soit ! Les prêtres durent lui en choisir un autre. Ce fut – retour en arrière – celui de sa deuxième pyramide. Finalement, on ne sait pas où repose le sarcophage de Snéfrou. Ainsi, le temps jouant, Didoufri n'eut pas une seule pyramide et Snéfrou en eut trois. »

J'ai noirci toutes ces feuilles et je n'ai pas encore vu une seule pyramide ! Théo reprit son calame, le trempa dans le godet, bâilla et ajouta :

« Éclairé par les échecs de Snéfrou, son fils voulut mettre toutes les chances de son côté. Il y parvint. Ce fut la Grande Pyramide. Demain, je la verrai ! »

Théo posa son calame, attendit que l'encre sèche, fit défiler les colonnes, décida de ne pas se relire, rangea le rouleau dans son étui, vida les godets, souffla la lampe et resta assis dans la nuit tiède, immobile. Pas un bruit. Une forêt de mâts se détachait dans la clarté de la pleine lune.

Les étoiles de la Chevelure de Bérénice connaissaient-elles le repos ?

Tout en dessous, de l'autre côté du Monde, le Soleil voguant dans sa barque poursuivait son chemin, poussé par le serpent Apophis qui ne lui laissait aucun répit. Le forçant à ne pas cesser d'avancer, afin d'être au rendez-vous d'une nouvelle journée, au cours de laquelle, une fois de plus, il assurera la bonne marche du Monde.

Plus tu t'éloignes d'Alexandrie, plus tes lettres sont courtes ! lui reprochait la patronne de *L'Amphore fêlée* dans son deuxième courrier. *Chaque mot a d'autant plus de valeur, je suppose. Alors, tu as vu la ville où j'ai passé ma triste jeunesse ? Je me loue d'avoir quitté Naucratis, ce n'est finalement qu'une vieille petite ville provinciale.*

Même quand tu n'es pas là, j'adore Alexandrie.

Sais-tu qui nous est arrivé un soir ? Obole ! Il a débarqué sans crier gare. Il n'avait pas une bonne tête ; il m'a confié que la cour était triste, avec ses fêtes continuelles, ses beuveries sans fin, ses orgies, il m'a glissé que l'auberge lui manquait. Brusquement, il m'a demandé s'il pouvait faire son numéro. Je n'en croyais pas mes oreilles. Dès qu'il est apparu dans la salle, les clients l'ont acclamé. Obole s'est surpassé. Les serveurs se sont arrêtés de servir, les commandes ont cessé. J'ai regretté que tu ne sois pas là. Je n'ai jamais entendu une ovation pareille. Il rayonnait. Rien à voir avec la tête qu'il faisait quand il est arrivé. Une chose m'a intriguée, il a conservé ses habits. D'ordinaire, il exécutait son numéro torse nu.

Quand nous avons été seuls, il a ôté son vêtement et s'est retourné. Terrible ! Savais-tu que la mesure que tu es en train de faire, ta fameuse mesure de la Terre, est tatouée – en couleurs ! – sur son dos ?

Théo se précipita, la lettre de la patronne de *L'Amphore fêlée* à la main. Ératosthène, gêné, révéla avoir assisté à la séance de tatouage. C'était aussi pour cette raison qu'il était sorti si furieux de son entrevue avec Philopator.

Chapitre 16

BÉTON marchait, Théo comptait. Attiré par une force qui le surprit, Théo leva la tête. Il les aperçut.

S'arrêter. Un instant seulement. Impossible. Il devait d'abord, c'était la règle, avertir Béton afin que celui-ci s'interrompe. Il procédait ainsi lorsque le prenait une pressante envie d'uriner : « Béton, j'ai envie de pisser ! » Quelquefois, juste pour s'amuser, Béton continuait à avancer, atteint d'une soudaine surdité.

Ératosthène avait placé le piquet d'arrivée de l'étape juste en face des pyramides. Théo partit sans prendre le temps de se laver ni de se changer. Il traversa les terres cultivées. Profitant de la tombée du jour, des paysans munis de pelles et de pioches travaillaient à l'entretien des digues et des canaux, remodelant les butées effondrées en rehaussant la terre tombée au fond des canaux, colmatant les fissures, comblant les brèches, ôtant la boue. Ils ne levèrent pas la tête sur son passage. Depuis le temps qu'ils voyaient des visiteurs ! La zone sombre des terres cultivées s'interrompit brutalement. Immédiatement après, le sable. La netteté de la frontière était stupéfiante. Dès que cessaient les canaux, cessaient les terres cultivées. Sur ce petit échantillon d'Égypte, Théo prit conscience de l'importance de l'inondation et de l'action de l'irrigation. Sans elles, point de cultures. L'Égypte était bien « un don du Nil ».

Là où l'eau de l'inondation avait déposé son limon, la

vie ; au-delà, l'infinitude du désert : les deux Égyptes, *Kémi* la noire, *Deshert* la rouge. Théo était content de lui, il s'était souvenu de ses deux premiers mots d'égyptien.

Gravissant le chemin, il éprouva à nouveau combien la grandeur des monuments raccourcissait les distances ; les pyramides étaient bien plus éloignées qu'il ne l'avait cru. Construites sur un plateau rocheux, elles ne pouvaient être touchées par l'inondation. Chéops, Chéphren, Mykérinos ne seront jamais englouties par le fleuve !

Père, fils, petit-fils. Respectueuses de l'ordre généalogique, leurs dimensions allaient décroissant.

La plus colossale, celle de Chéops, se dressait au premier plan. En s'approchant, dans le jour finissant, il ressentit la même impression que lorsque, avançant sur l'Heptastade, il avait vu grandir le Phare. Il se sentit petit, faible, et en même temps emporté par une vague d'émotion qui lui disait que, quels que soient les desseins de ceux qui en avaient ordonné la construction, quelle que soit la finalité qu'ils leur avaient attribuée, ces monuments avaient été construits par le génie de l'homme. Cette pensée renforça son appartenance au monde.

Le Phare, la Pyramide. Que tous deux aient été élevés dans le même pays, par deux civilisations différentes, à deux millénaires de distance, l'un dédié à la sauvegarde des vivants, allumant ses feux pour montrer le chemin aux marins et leur désigner, de toute sa hauteur, la passe qui leur permettrait d'échapper au trépas, l'autre vouée à la conservation du corps des morts, les protégeant, par sa masse, de l'atteinte du temps et, comme le lui avait révélé Rekhmirê, par les lignes de fuite de sa forme pointue, aspirant l'âme du défunt vers le dieu Rê, lui offrant la vie de l'immortalité. Que ces deux monuments aient été construits dans le même pays lui fit aimer cette terre plus qu'aucune autre. Il se sentit égyptien, de l'Égypte grecque d'Alexandrie, de l'Égypte pharaonique de la vallée du Nil. Il avait vraiment franchi la Méditerranée, la « mer Verte », comme la nommaient les Égyptiens.

Il se sentit bien.

Finalement, malgré ces journées humiliantes sur Cronos, ce voyage valait la peine ; il ne l'avouerait jamais à Ératosthène. Venu en Égypte pour découvrir des papyrus, il découvrait des pierres qui le touchaient.

« Tu vois ces trois petites pyramides alignées le long de la face orientale ? »

Dans le silence impressionnant, la voix de Rekhmirê résonna : « À celle qui se trouve le plus au sud est attachée une étrange histoire. Oh, il s'agit de racontars. Il faut dire que Chéops n'était pas très aimé de son peuple.

Il tenait à s'offrir la pyramide la plus imposante qui soit. Elle l'est. Plus haute, plus large, plus profonde que celles de ses aïeux, plus haute, plus large, plus profonde que celles de ses descendants.

Les dimensions inégalées imposées au monument rendaient le prix de la construction exorbitant. À mesure que s'élevait la pyramide, fondait le Trésor royal. Le moment arriva où les caisses furent vides. Une pyramide inachevée est une sépulture ratée.

Chéops avait une fille d'une grande beauté, Hénoutsen. Il la convoqua, lui révélant l'état de ses finances et la honte qui ne manquerait pas de s'abattre sur sa famille si le tombeau en restait là. Hénoutsen, éplorée, entendit son père lui ordonner d'offrir son corps à tous ceux qui pourraient la payer afin qu'elle amasse l'argent nécessaire à l'achèvement du monument. Elle fit ce que son père exigeait.

Un jour, fière, elle lui remit la somme désirée. Chéops put terminer son tombeau. Et s'y faire ensevelir. Pour sa plus grande gloire et pour l'éternité.

Le temps passa. Au côté de la grande pyramide s'en éleva une autre. Toute petite. À qui était-elle destinée ? Qui en avait financé la construction ?

Avec son propre corps, Hénoutsen avait financé la pyramide qui devait à jamais recouvrir sa chair meurtrie. À chacun des hommes venus la visiter, en plus de l'argent, elle avait demandé une chose. Toujours la même. Une pierre ! Avec les pierres amassées, elle avait fait élever son tombeau. »

Théo, incrédule, resta sans voix, regardant la pyramide d'un tout autre œil. Elle ne paraissait petite que placée aux côtés de celle de son père.

« Uniquement avec les pierres remises par ses clients ? demanda-t-il.

– Uniquement.

– Combien de pierres ?

– Beaucoup.

– Oui, mais combien ?

– Imagine ! »

Théo n'eut pas le cœur de tenter le calcul.

« C'est évidemment une légende, lâcha Rekhmirê avec une feinte désinvolture. Comment pourrait-on croire une histoire pareille ? Peut-être a-t-elle été inventée pour nous rappeler ce qu'il en avait "coûté" à Chéops de faire bâtir la plus considérable des pyramides, et pour avertir ses successeurs, qui prétendraient le dépasser, du prix, supérieur à celui-ci, qu'ils devraient payer à leur tour. »

Tandis qu'ils contournaient la pyramide de Chéops, celle de son fils Chéphren apparut. Presque aussi grande. Derrière elle, à moitié cachée, celle de Mykérinos.

« Une autre légende ?

– Oh oui, autant que tu veux ! »

Désignant la pyramide de Mykérinos : « On l'a souvent appelée "le Tombeau de la courtisane".

Loin dans le nord du pays vivait une femme d'une

étrange beauté. Un jour qu'elle se baignait, sa suivante, debout au bord du bassin, attendait, tenant d'une main une serviette, de l'autre les sandales de sa maîtresse. Avant qu'elle ait pu esquisser un mouvement, un aigle fondit sur elle et, sans lui faire aucun mal, arracha l'une des sandales.

Au même moment, dans son palais de Memphis, Mykérinos rendait la justice. Comme à son habitude, il officiait en plein air. Passant au-dessus du palais, l'aigle lâcha la sandale. Frôlant le visage du pharaon, elle glissa dans le pli de son vêtement. Stupéfait, il plongea la main dans son habit, en ressortit la sandale. Séduit par sa délicatesse, son élégance et son originalité, il envoya ses hommes rechercher la femme chaussée d'un tel bijou. Ils la retrouvèrent et la conduisirent à Memphis. Assis sur son trône, il la vit avancer, cela suffit, c'était elle. Il en tomba immédiatement amoureux et l'honora en l'inhumant dans sa propre pyramide. »

Cette histoire rappela à Théo les bottines de la patronne de *L'Amphore fêlée*. Est-ce parce qu'il ne pouvait s'empêcher de croire qu'elle était une courtisane, une courtisane d'auberge ? Ou bien l'histoire n'y était-elle pour rien : il avait tout simplement envie de penser à elle. Et à son anneau de cheville qui l'excitait tant.

Sur le chemin du retour, en contrebas de la pyramide de Chéphren, se dressait le fameux Sphinx. Tête d'homme, immense, sur un corps animal. Autant la première, ceinte de la traditionnelle coiffe égyptienne, était sculptée avec une précision troublante de vie, autant le second avait été laissé dans une indétermination propice à faire jouer l'imagination.

« Il ne semble pas terminé, remarqua Théo.

– C'est parce qu'il n'a jamais été vraiment commencé. Tout près de l'emplacement où devait s'élever la pyramide, se dressait un éperon rocheux dont la pierre était d'une excellente qualité. Aubaine pour les carriers. Profitant de cette proximité, ils en ont extrait une grande quantité de blocs.

La pyramide achevée, les sculpteurs royaux s'apprêtaient à quitter le lieu lorsque l'un d'eux s'aperçut que le rocher, à force d'être découpé, avait pris une forme étrange. On aurait dit un grand animal couché sur le sable. À ce corps que leur travail avait de lui-même façonné, ils décidèrent d'offrir une tête ; le premier était une donnée, la seconde serait une volonté. »

Théo eut du mal à détacher les yeux de cette statue qui s'était ainsi imposée à ses créateurs. Quelque chose l'intriguait : le Sphinx, qui depuis des centaines d'années se trouvait là, aux portes du désert, était remarquablement apparent.

C'était reparti !

« Le prince Touthmôsis avait une passion, la chasse dans le désert, débuta Rekhmirê. Lions, guépards, hyènes, lynx, oryx, bubales. Il quittait, dès l'aube, le palais de son père, Aménophis.

À la mi-journée, au plus fort de la chaleur, il trouvait toujours un monument à l'ombre duquel se reposer. Un jour, il s'allongea à l'ombre de la tête du Sphinx et s'endormit profondément. Au moment où le Soleil atteignit son zénith, une voix lui parvint. De la bouche de pierre sortirent ces mots : "Contemple-moi, ô mon fils Touthmôsis, je suis ton père, Horus-dans-l'horizon. Cela fait mille ans que je suis ici. Libère-moi du sable qui peu à peu m'étouffe et tu seras roi."

Le prince se réveilla. De la statue, la tête seule émergeait à demi, le reste était enseveli sous le sable. Touthmôsis revint accompagné d'une foule d'ouvriers qui dégagèrent la statue. Et, suivant le "Songe de midi", c'est lui qui monta sur le trône des pharaons, bien qu'il ne fût pas l'aîné. Ordre fut donné de ne jamais laisser le sable recouvrir la statue à nouveau. Elle devint "l'image vivante”, *Shepses ankh*, dont vous avez tiré le mot “Sphinx”. »

Le Sphinx gardait les pyramides, comme le Colosse, il y a peu, la ville de Rhodes. Théo n’osa pas imaginer quelle serait la puissance du tremblement de Terre qui l’anéantirait.

Décidément, Rekhmirê se révélait une mine d’histoires. Il semblait qu’il en eût une pour chaque monument, chaque événement. Coutousis aurait été heureux de le rencontrer. Peut-être reverrai-je cet ami d’un jour ?

Qu’elles soient vraies ou non, les histoires sont créées par les hommes. Imaginer ce qui n’a pas eu lieu est-il moins ardu que de raconter ce qui s’est réellement passé ?

Redescendant vers le fleuve, ils virent les lampes s’allumer sur les bateaux amarrés le long de la rive. Elles dessinaient un cordon et ce cordon suivait une longue ligne droite. Théo ne put s’empêcher de remarquer que c’était une preuve, lumineuse, que le Nil ne formait à cet endroit aucun méandre. Il allait se faire un plaisir de communiquer à Ératosthène sa trouvaille qui valait bien la tige évidée.

Ils rentrèrent, épuisés. Théo se surprit à regretter – presque – de n’avoir pas fait la visite sur le dos de Cronos. C’eût été contrevenir à l’interdiction d’utiliser les outils de travail à des fins personnelles.

Théo avait eu la réponse égyptienne, il désira la réponse grecque. Pourquoi une pyramide et pas une autre forme ?

Ératosthène sourit, Évergète lui avait posé la même question à propos de la forme de la Terre : pourquoi ronde et pas autrement ? « Tu n’as pas été convaincu par ce que t’a dit Rekhmirê ? demanda-t-il malicieusement.

– Si, si, son récit est convaincant et poétique. Et vous, que répondriez-vous ?

– Tu veux dire, insista Ératosthène, moi le mathématicien ?

– Exactement, une réponse de mathématicien. D'abord pour savoir s'il en existe une, ensuite pour savoir si je peux la comprendre.

– Tu me demandes si d'autres formes possibles permettraient la construction effective, et pas seulement théorique, d'un monument aussi considérable ?

– Exactement.

– Cube, parallélépipède, cylindre, cône, sphère, voilà les formes possibles.

Les deux premiers possèdent un avantage précieux : leurs faces sont verticales, et nous savons parfaitement dresser des parois verticales, notamment grâce au fil à plomb. Mais cet avantage se transforme bien vite, je veux dire à partir d'une certaine hauteur, en redoutable inconvénient. Plus la construction s'élève, plus "lourds" sont les blocs, leur poids ne change pas, bien sûr, mais l'effort pour les hisser, lui, augmente. Pour élever la paroi d'une coudée, il faut élever les blocs d'une coudée ! C'est cela le vertical ! Les principes de la physique et notre propre expérience démontrent que plus l'inclinaison est grande, plus important est l'effort. À la verticale, le poids est maximal.

Que les architectes égyptiens y soient parvenus le long de parois aussi fortement inclinées que celles de certaines pyramides relève du prodige. Des techniques mises en œuvre, nous ne savons rien.

Le cylindre ? Sa paroi latérale est verticale, même difficulté que précédemment, mais en plus elle est circulaire et, dans l'art de la construction, le circulaire est terrible à réaliser.

Le cône ? Il offre un avantage, sa paroi n'est pas verticale, mais inclinée, comme la pyramide. Par contre, elle est circulaire. Les plans de coupe étant des cercles décroissants… » Il se prit la tête dans les mains : une horreur !

« Il reste la sphère. Une sphère de 300 coudées de diamètre, construite avec d'énormes blocs de pierre dont il faudrait arrondir la face externe ! Imagine seulement comment hisser les blocs jusqu'à mi-hauteur. Pourquoi je pose la question ? Parce que, jusqu'à mi-hauteur, l'inclinaison est… inclinée vers l'extérieur ! Dans quelle position devraient travailler les maçons pour ne pas partir à la renverse ? »

Ératosthène conclut : « Pour les mêmes raisons que la Terre est une sphère, ces monuments ne peuvent être que des pyramides ! »

Les arguments d'Ératosthène étaient aussi convaincants que ceux de Rekhmirê. La pyramide était la seule forme possible. La forme idéale.

À l'aube, tout était prêt. Des pyramides plein la tête, Théo était assis près du piquet, Cronos finissait sa ration de fourrage, Béton se dégourdissait les jambes. Dévalant la passerelle, Ératosthène annonça qu'il annulait le départ. Il avait décidé de profiter de la Grande Pyramide pour vérifier que le pas de Béton n'avait pas varié depuis Alexandrie. Les dimensions du monument étant connues avec exactitude, il voulait les utiliser comme longueurs témoins. Ainsi qu'il l'avait fait avec la piste du stade d'Alexandrie.

Béton se plaça à l'une des extrémités de la face nord – à l'ombre – et commença sa marche. Il pouvait compter à haute voix ! « 1, 2, 3… » Réverbérée par la masse du monument, sa voix résonnait. Il s'entendait compter. Dire les nombres plutôt que les penser, quelle libération !

« 327 », lança Béton, atteignant l'autre extrémité.

« 327 ! 327 ! répétait Ératosthène, abasourdi. C'est incroyable ! Béton, tu es magnifique, ton pas n'a pas varié depuis le départ. Tu me fais une joie ! À présent, je peux affirmer que j'ai une confiance totale dans la mesure que tu as effectuée depuis Alexandrie. Le reste, l'orientation, la rectilignité, la courbure des méandres, est de mon ressort. »

Tous les textes l'affirmaient, le côté de la pyramide de Chéops mesurait 440 coudées. Une simple division avait suffi à Ératosthène pour obtenir la confirmation.

Avec un Béton dont on s'était assuré qu'il ne s'était pas déréglé, ils repartirent.

« Nilomètre ! » cria Béton, pointant son doigt vers l'autre rive. Déception ! Théo, qui s'imaginait une construction spectaculaire, aperçut un simple escalier descendant jusqu'au lit du fleuve. La dernière marche était visible, preuve que le fleuve était à son niveau le plus bas de l'année.

Lorsqu'elle sera touchée par le premier filet d'eau, l'expédition aura pris fin.

Le nilomètre de Memphis était le deuxième en importance, après celui d'Éléphantine. Le lien quasi mécanique entre les niveaux enregistrés par l'un et l'autre des nilomètres était saisissant : 30 coudées à Éléphantine, 18 à Memphis ; 21 à Éléphantine, 12 à Memphis.

Béton reprit sa marche. Immédiatement, sans que Théo ait eu à lui en donner l'ordre, Cronos se mit en mouvement, tandis que sur l'*Hapi* Mentep et Rensi chantaient à tue-tête.

Je descends le fleuve
Je m'en vais à Memphis,
La ville des deux pays
Et je dirai à Ptah, Seigneur de Vérité :
Donne-moi ma belle, ce soir,
L'aurore se lève à travers sa beauté.
Memphis est une coupe de pommes d'amour
Posée devant le dieu au beau visage.
Au beau visage... au beau visaaage...

PÉRIPLE DE THÉOPHRASTE EXCELSIOR,
LE LONG DU NIL

« Hérodote l'a écrit dans son *Enquête* : d'Héliopolis à Memphis, le Nil est orienté nord-sud. Nous venons de le vérifier.

Memphis, capitale du nome de "La Muraille blanche". Arbre sacré : jujubier. Interdit : la pédérastie ! Plus important centre religieux du pays, Memphis est la ville du dieu Ptah et du taureau Apis. Encore un ! »

Rekhmirê habitait une vaste villa entourée de jardins sur les hauteurs de la ville, non loin du temple de Ptah. Ératosthène, Béton et Théo s'arrêtèrent devant la loge. Le portier les accompagna jusqu'au seuil. Avant d'y pénétrer, ils durent se plier au rituel ; ayant ôté leurs chaussures, des domestiques leur parfumèrent les mains et les pieds.

Rekhmirê et Néfertary, son épouse, les accueillirent. Ératosthène leur demanda d'excuser Patréas pour son absence. Élancée dans une robe-fourreau, les épaules nues, les cheveux formant casque, une grâce innée mêlée de distance, presque hautaine. Issue d'une vieille famille thébaine, elle parlait le grec avec aisance.

Elle proposa de leur faire visiter la maison. Peu d'objets, tous d'une grande perfection, de facture égyptienne uniquement.

Dans la première pièce, une très vieille statue de Khnoum, le dieu potier accroupi devant son tour. Un peu plus loin, une lumineuse représentation sur papyrus de « L'Élévation du Monde ». « Elle est ressemblante ? lui demanda Rekhmirê.

– Tout à fait ! » Le Ciel, la Terre… tels qu'il les avait imaginés en écoutant son récit.

Ils traversèrent une luxueuse salle de réception de

style grec. « Notre *pentaklinos*, comme vous dites, avec votre étrange habitude de nommer les salles par le nombre de lits de banquet qu'elles contiennent, annonça Néfertary d'une voix ironique. Et quand nous serons plus riches, nous la transformerons en une *heptaklinos*, n'est-ce pas ? demanda-t-elle à son mari.

– Mais cela nous forcera à trouver deux convives de plus à chaque banquet ! »

Le repas fut servi sur une terrasse entourée de vergers. Un système d'arrosage permanent rafraîchissait l'air.

Les enfants, une fille et un garçon, neuf et huit ans, excités de revoir leur père après plusieurs semaines, le harcelaient de questions sur son voyage. Puis leur intérêt se porta sur Théo dont la rousseur excitait la curiosité. Lorsque Néfertary sentit que leurs propos allaient devenir gênants pour leur hôte, un signe de la main suffit. Ils changèrent de sujet. Ce fut le tour de Béton, dont ils admiraient la fière allure. « Père a dit que tu étais en train de mesurer le Monde ! C'est fatigant, non ? » demanda le garçon.

Béton, qui n'avait pas l'habitude de parler aux enfants, bredouilla : « Pas le Monde, un morceau, un tout petit morceau.

– Oui, mais grand comment ?

– Comme… le Nil.

– Le Nil, un tout petit morceau ? Alors, qu'est-ce que je suis, moi ? Minuscule ?

– Mais non ! le rassura Néfertary. Tu es grand comme un garçon de huit ans.

– Pas plus ? » Il ne cacha pas sa déception.

Lorsque la petite fille demanda à Théo ce qu'il faisait, il ne sut quoi répondre. Ératosthène vint à son secours : « Théophraste travaille avec moi à la Grande Bibliothèque d'Alexandrie. Es-tu déjà allée à la Grande Bibliothèque ?

– Père nous a dit que les enfants n'avaient pas le droit.

– C'est vrai, mais si tu viens, on fera une exception pour toi.

– D'accord, d'accord, mais cela ne me dit pas ce que tu fais, insista la petite fille à l'adresse de Théo.

– Eh bien, je travaille comme aide-bibliothécaire.

– Pourquoi "aide" ? Tu n'es pas assez bon pour être bibliothécaire ? »

Sa mère toussota. Comprenant qu'elle venait de dire une sottise, elle se reprit en pointant le doigt vers Ératosthène : « Ou assez vieux, comme lui. » Sa mère toussota à nouveau. « Père m'a dit que tu écrivais le soir sur le bateau. Ça s'appelle comment ?

– *Le Périple de Théophraste Excelsior, le long du Nil*, répondit Théo d'une traite.

– Heureux de l'apprendre ! lâcha Ératosthène, pincé. N'est-ce pas un peu long pour un titre ?

– Le Nil est long, le titre est long ! déclara Néfertary. Moi, je le trouve très joli. » Elle enchaîna : « Lorsque j'étais petite, plus petite que ma fille aujourd'hui, j'ai dit à mes parents que je voulais être maquilleuse. Ils étaient effondrés. Le hiéroglyphe représentant le féminin de "scribe" signifie "maquilleuse" et non "femme-scribe" comme je le croyais.

– Le scribe écrit sur le papyrus, la maquilleuse sur la peau, ajouta Théo.

– C'est l'écrivain qui parle, apprécia Néfertary.

– Excusez-moi, mais si je me souviens bien de ce que nous a dit votre mari, il existe une déesse-scribe, Séchat, rappela Ératosthène.

– Séchat est une déesse, moi une simple femme.

– Buvons à l'œuvre de notre ami », proposa Rekhmirê. Le vin provenant de ses vignes plantées sur les bords du lac Maréotis était excellent.

« Connaissez-vous ces vers ? demanda Néfertary.

Un livre est meilleur qu'une maison bâtie,
Meilleur que des tombeaux dans l'Occident.
Il est plus beau qu'un château édifié,
Plus beau qu'une stèle dans un temple.

Belle ode aux livres. Et ceux-ci ?

Il a été construit pour eux des portes et des demeures,
Mais elles sont tombées en ruine.
Leurs pierres tombales sont couvertes de poussière
Et leurs tombes sont oubliées.
Mais leur nom est toujours prononcé
À cause des livres qu'ils ont écrits.
Sois un écrivain, place cela en ton cœur. »

Théo regarda Néfertary, elle ne récitait pas ces vers, elle les vivait. Le cœur battant, il répéta : « Sois un écrivain, place cela en ton cœur.

– Magnifique ode aux écrivains, n'est-ce pas, Théophraste Excelsior ? Ces poèmes sont extraits du *Livre de connaître le mode d'existence de Rê*. Vous connaissez ? »

Aucun des trois invités ne connaissait.

« Demandez-le à mon mari, le rouleau est dans sa bibliothèque. Il y a de très belles poésies égyptiennes, poursuivit-elle, et des romans, des romans d'amour. Les Grecs croient toujours que nous n'avons que des textes sacrés sur la mort. »

Le dîner fini, après un petit tour dans les jardins, Béton prit congé. Rekhmirê entraîna Ératosthène et Théo dans sa bibliothèque.

Bien à l'abri dans un coffre mural, les œuvres du grand homme de la famille, Manéthon. D'abord celle qui le rendit célèbre, ses *Ægyptiaca*.

« Mon grand-père et vous, chacun pour sa civilisation, avez accompli le même travail, remarqua Rekhmirê.

Dans votre *Chronographie*, Ératosthène, vous faites remonter le début des temps de l'Histoire grecque à la guerre de Troie, il y a 900 ans ; lui date le début de l'Histoire égyptienne au règne de Ménès, il y a 2 700 ans. Il eut à sa disposition les archives et les *Annales* des temples d'Égypte, vous le fonds de la Grande Bibliothèque. »

Dès son arrivée à la Grande Bibliothèque, Ératosthène avait lu avec grand intérêt les *Ægyptiaca*. Il n'est pas impossible que cette lecture lui ait donné l'idée de bâtir une *Chronologie* de l'Histoire de la Grèce.

Il reste que ces deux œuvres, ancrant l'Histoire dans le temps des hommes, avaient libéré – en partie – cette dernière du temps mythique où l'antériorité ne faisait pas sens.

Rekhmirê leur proposa des jus de fruits. Ils s'assirent. Théo et Ératosthène étaient prêts à passer la nuit là.

Rekhmirê sortit un autre ouvrage : « Voici une œuvre sacrilège. Songez que, dans ces rouleaux, Manéthon s'est permis de rectifier les erreurs qu'Hérodote a commises dans son *Enquête*. Uniquement celles concernant l'Égypte, je vous rassure.

– Il y en a beaucoup ? demanda Théo.

– Finalement, pas tant que cela. Ne serait-il pas bon cependant qu'elles soient corrigées dans une version nouvelle que vous pourriez éditer à la Grande Bibliothèque ?

– Vous me donnez une idée, reconnut Ératosthène.

– Il semble moins dangereux de corriger Hérodote qu'Homère, lâcha Théo.

– Pourquoi dites-vous cela ? demanda Rekhmirê.

– Je pense à un dénommé Zoïle qui affirmait avoir pointé les “absurdités et les contradictions” – ce sont ses propres termes – des poèmes d'Homère. Et qui a eu la bêtise d'offrir ses corrections à Philadelphe. Savez-vous ce qu'il lui est arrivé ? Il a été condamné à mort pour parricide.

– Pour parricide ?

– Homère n'est-il pas notre Père à tous ?

– Ce n'est pas comparable, s'emporta Érathostène. On ne corrige pas un poète, alors qu'on se doit de corriger un historien ou un géographe. »

Les livres de Manéthon avaient été écrits directement en grec. Rekhmirê ouvrit les coffres d'une autre bibliothèque dont les ouvrages étaient en hiératique ou en démotique. Des dizaines de rouleaux.

« Nous savons bien qu'un ouvrage ne se résume pas, mais, si vous le désirez, je vous en dirai quelques mots. » Ils acceptèrent avec joie. Il retira un rouleau.

« Le *Livre d'abattre Apophis*, annonça Rekhmirê. Il raconte comment le Soleil, voguant sur sa barque à travers le ciel, se défend chaque nuit contre les attaques du serpent Apophis. »

Sortant un deuxième rouleau : « Voilà une autre histoire de serpent, le *Conte du naufragé*. Il relate les aventures d'un marin, unique rescapé d'un naufrage en mer Arabique. Une île se trouvait non loin. Parvenu au rivage, le marin se crut sauvé. Un gigantesque serpent surgit. À quoi bon avoir échappé au naufrage si l'on se fait ensuite dévorer par un serpent ? Il se trompait.

Lui adressant des paroles de réconfort, le serpent lui offrit les plus magnifiques cadeaux. Il était le roi de l'île. Un jour, un bateau aborda. Le serpent ne fit rien pour l'en éloigner. Le naufragé monta à bord chargé de tous ses cadeaux. Au moment où le bateau s'éloignait, l'île disparut dans les flots. Vous diriez que c'est une sorte d'*Odyssée* ? »

Rekhmirê sortit un autre rouleau avec un petit sourire. « Celui-ci, le *Conte de Neferkarê et du général Sisené*, est une enquête. Un policier, ayant quelques soupçons… sur le pharaon, décide de le suivre tandis qu'en pleine nuit il quitte son palais en cachette. Le pharaon se rendait chez le général en chef de ses armées. Une échelle fut descendue, le pharaon monta dans la chambre du général. Le policier poursuivit son guet. À l'aube, le pharaon quitta silencieusement la chambre du général et rentra au palais. Le pharaon traitait le général… comment dire ?… comme une femme !

– Ne prenez pas tant de précautions, Rekhmirê, ce sont des histoires qui, pour nous, Grecs, ne sont pas inhabituelles. Nous n'en ferions pas un livre.

– Nous, si ! Là, un ouvrage que vous classeriez dans l'art de l'argumentation : le *Conte du paysan*. Un paysan quitte son village pour aller vendre ses produits à la ville. En chemin, il est attaqué ; on lui prend tout, même son âne. » Rekhmirê sourit à Théo. « Arrivé à la ville, il porte plainte. Le scribe à qui il s'adresse prend un tel plaisir à son récit qu'il fait durer l'affaire dans le seul but de le pousser à forger de nouveaux arguments à l'appui de ses allégations. Chaque fois qu'il pense en avoir fini, le scribe le relance. Le paysan est épuisé. Mais il a convaincu le scribe qui fait tout pour que justice lui soit rendue. Les voleurs sont arrêtés. Le paysan retrouve ses biens et son âne.

– Et l'amour, vous n'avez rien sur l'amour ?

– Oh si, des ouvrages entiers. Je cite, de mémoire :

La bien-aimée est experte au lancer du lasso.
Sans se rendre au recensement des troupeaux,
Elle lance contre moi son lasso avec sa chevelure,
Elle m'enchaîne avec ses yeux,
Elle me dompte avec sa parure,
Elle me marque au fer rouge de son sceau.

Après l'amour, la Révolution.

Écoutez ce qu'a écrit le vieil Ipouer… pour s'en lamenter :

Voyez, la terre est pleine de bandits, l'homme laboure avec son bouclier, le pauvre est devenu riche, les nobles se lamentent ; les esclaves, leur cœur est joyeux, leurs femmes portent les bijoux de leurs maîtresses qui travaillent dans les champs ; la terre est pleine de saletés et on ne voit plus de vêtements blancs. Voyez, les pauvres se réjouissent... »

Théo pensa immédiatement envoyer une copie à Niccipos.

Les Entretiens philosophiques d'une chatte et d'un chacal, écrit directement en démotique, fut le dernier ouvrage que Rekhmirê leur montra.

En regagnant l'*Hapi*, Ératosthène se demanda comment il avait pu passer à côté de tous ces ouvrages. À sa connaissance, il n'y en avait aucun à la Grande Bibliothèque. Il brûlait de le vérifier.

L'*Hapi* passa à la hauteur du cortège. Debout sur la rive, Rekhmirê les attendait. Leur faisant signe de s'arrêter, il désigna une ligne invisible : « Là passe la frontière entre les deux terres, *To-mehou*, le pays immergé, *To-chemâ*, le pays du Sud. Il y a plus de vingt-cinq siècles, Ménès, le premier pharaon, en unifiant les deux terres, a donné naissance à l'Égypte, et, afin de maintenir la balance égale entre la Basse et la Haute-Égypte, il a fait bâtir la nouvelle capitale sur la frontière qui les avait si longtemps séparées. »

Lorsque Béton enjamba *Mekhat-taoui*, « la Balance des deux terres », l'expédition pénétra en Haute-Égypte.

PÉRIPLE DE THÉOPHRASTE EXCELSIOR,
LE LONG DU NIL

« Sokar, dieu des morts, aurait donné son nom à la plus grande nécropole du monde : Saqqara. Je dois avouer que, même avec l'aide de Rekhmirê, je m'y perds. Partout il y a des pyramides. Nous passons devant celle que Rekhmirê a nommée la première “pyramide parfaite”. Sa couleur rouge la distingue des autres, surtout à l’aube, quand, au Soleil levant, je l’ai découverte. Et puis celle que j’attendais, la pyramide tronquée à double pente. Elle est vraiment étrange.

En l’observant, je me suis dit que cela aurait été encore mieux si elle avait été prévue dès le départ avec ses deux inclinaisons ! Un choix esthétique et non une nécessité !

Béton marche, indifférent à ce qui l’entoure. Je devrais faire preuve du même détachement si je ne veux pas me tromper dans le décompte des pas. C’est tout de même une torture, ce qu’Ératosthène me fait vivre ! Longer constamment des merveilles et m’interdire de les admirer ! Cela s’appellera “le supplice de Théo” ? Les voix magiques des pyramides me hèlent, telles les Sirènes d’Ulysse, et, pour résister à leur appel, je n’ai que la panse de Cronos à quoi me raccrocher.

Les rives étant très basses, Béton marche à fleur d’eau. Une pyramide nous poursuit ; la fameuse “fausse véritable pyramide”. Depuis des stades, je ne vois qu’elle dès que je quitte des yeux les jambes de mon bématiste préféré. »

Deux rangées de sphinx, de part et d’autre de l’allée centrale du Sérapéion de Memphis. Théo résista à l’envie de les compter. Il n’était pas en service. L’allée déboucha sur un hémicycle au fond duquel s’élevaient des statues disposées en demi-cercle. Onze. D’un seul coup d’œil, il les avait comptées.

Au milieu, Homère, bien sûr. À sa droite, Thalès, Protagoras, Platon… À sa gauche, Hésiode, Pindare… impossible d’identifier les autres.

Lui, qui aurait-il choisi ? Pas Homère, en tout cas ! Une colère subite l’envahit : Homère, Homère, toujours

Homère ! Il n'y en avait que pour lui. Bien sûr il appréciait ce qu'il avait écrit, bien sûr sa jeunesse avait été bercée par ses ouvrages, mais cette obsession d'Homère était exaspérante. Même Philopator, à ce que lui avait confié Ératosthène, voulait élever un temple à la gloire d'Homère !

Chapitre 17

« CELA me fait toujours le même effet, confia Rekhmirê à Ératosthène en voyant disparaître la dernière pyramide. Et pourtant je suis né à Héliopolis, j'y ai passé ma jeunesse et j'ai une villa à Memphis. Mais la plus belle chose que j'ai vue ne se trouve pas ici. Êtes-vous déjà allé à Ibsamboul, bien au-delà de la première cataracte ?

– Jamais. Je ne suis même pas allé jusqu'à Syène.

– Vous devriez, vous devriez. Je ne crois pas, de ma vie, avoir vu plus beau. Nous étions arrivés à la tombée de la nuit. J'ai dormi sur la rive comme on sait le faire quand on a vingt ans. Je crois que, pendant la traversée, j'avais un peu bu.

Le jour commençait à poindre, on m'avait averti pourtant. Une vision que je n'oublierai jamais. Quatre statues de Ramsès II assis sur son trône, les mains posées sur les cuisses, m'accueillirent. J'entendais, quatre fois répété : "Ah, te voilà, Rekhmirê, voici mille ans que je t'attends !" Je somnolais sans doute un peu. Pourtant, en les observant plus attentivement, je découvris qu'elles n'étaient pas adossées à la façade, comme dans tous les autres temples que j'avais visités. Elles étaient directement sculptées dans la montagne ! Le temple entier était une grotte creusée dans la roche. Aucune ouverture, hormis la minuscule porte centrale ; si je dis "minuscule", c'est en comparaison avec la taille des statues. Au-dessus de l'entrée, dans une niche, Rê-Horakhty, coiffé du disque solaire, regardait la foule de haut.

Malgré l'heure matinale – le Soleil n'était pas encore levé –, une foule importante s'était rassemblée. Les yeux fixés sur la façade de grès rose qui s'élevait face au levant, je savais, comme tous ceux qui m'entouraient, ce que j'étais venu voir. Comme eux, j'attendais.

Tout en haut du pylône, gravés en frise dans la pierre, des babouins, immobiles jusque-là, se lancèrent dans une danse folle. Ils adressaient leur hymne au Soleil dont ils furent les premiers à percevoir les rayons surgissant de derrière l'horizon. Avant qu'ils n'embrasent la façade.

Atteignant la porte, les rayons pénétrèrent à l'intérieur du temple. Illuminant les salles l'une après l'autre, ils révélèrent, tout au fond, le sanctuaire traditionnellement voué à l'obscurité. Au cœur du sanctuaire, baignées de lumière, apparurent la statue d'Amon-Rê, d'un bleu resplendissant, puis celle de Ramsès, d'un rouge éclatant, et celle de Rê-Horakhty. J'attendais à tout instant qu'apparaisse une quatrième statue. Elle ne vint pas. L'illumination dura… oh ! je ne sais plus… ce fut trop bref en tout cas.

Puis je suis entré dans le temple, allant droit au sanctuaire. Assises sur une banquette de pierre, il y avait quatre statues. Pas trois ! Mon intuition ne m'avait pas trompé. La quatrième se tenait avec majesté à l'extrémité gauche de la banquette. Ptah enveloppé de bandelettes. Dieu du monde souterrain, Ptah devait rester dans l'obscurité. Comment les architectes avaient-ils pu orienter le temple avec une telle précision ? Comment s'y étaient-ils pris pour que les rayons du Soleil levant n'illuminent que trois statues, tout en laissant la quatrième dans l'ombre éternelle qu'elle ne devait quitter ? »

Jamais Rekhmirê n'avait parlé avec une telle passion. « Ce à quoi je venais d'assister n'était pas une coïncidence, le phénomène se reproduisait une autre fois dans l'année. La première date était le jour anniversaire de la naissance de Ramsès, la seconde celui de son couronnement. »

Ératosthène était sous le charme. Ce qu'il avait dû en coûter d'observations aux astronomes et aux architectes de talent pour accomplir ce prodige ! Jamais peuple n'avait su jouer du Soleil avec tant de génie. Pour les Égyptiens, tout autant que lumière et chaleur, le Soleil était une matière capable de façonner les choses, pour peu qu'on en ait étudié le cours.

Rekhmirê lui avait donné envie d'aller à Ibsamboul.

Visage fermé, Théo à califourchon ; devant lui, l'infatigable Béton. L'*Hapi* passa à leur hauteur. Théo crut apercevoir, allongé sur le pont, Ératosthène rêvant. « 707 et lui il rêve, 708 et moi je ne dois penser à rien, 709... 710... 711... surtout à rien, 712... » Rattrapant précipitamment son retard : « 714, 715, 716... idiot, 717... je suis en train de devenir complètement idiot... 719... »

Voulant se donner toutes les chances de terminer avant la crue, Ératosthène proposa d'allonger les étapes. Béton donna son accord. Cronos et Théo, n'ayant pas été consultés, gardèrent pour eux leur avis.

Abattant son content de pas, Béton marchait chaque jour plus longtemps ; sa résistance était étonnante. Jamais le moindre signe d'impatience ou d'irritation, il était... semblable à sa marche, décidé, régulier, infatigable. Péripatéticien singulier, habité par une véritable philosophie de la marche affranchie d'infinitude. À l'opposé de Sisyphe, il savait que, s'ajoutant à celui des jours précédents, le trajet mesuré chaque jour le rapprochait du terme du parcours. De son pas stable, il prenait la mesure des choses.

PÉRIPLE DE THÉOPHRASTE EXCELSIOR,
LE LONG DU NIL

« Posséder les testicules d'Osiris, voilà d'où le nome XIX, “Le Sceptre d'Oubaou”, tient sa célébrité.

De Memphis à Aphroditopolis, le cours du Nil reste sensiblement rectiligne, orienté nord-sud. À Aphroditopolis, il commence à légèrement s'incurver vers l'ouest. La ville est dévolue à la déesse Hathor, divinité féminine à double visage, lionne et vache. Mentep m'affirme qu'il y a près d'ici une nécropole dans laquelle il a vu des centaines de momies de vaches. Des momies de vaches ! Et au moins autant de momies de chats ! Depuis quelque temps, je me pose des questions que jamais je n'aurais imaginé avoir à me poser : les cornes des momies de vaches sont-elles emmaillotées dans les bandelettes ou bien dépassent-elles du tissu ?

Passant à la hauteur de la cité d'Héracléopolis, située assez loin à l'ouest du fleuve, et apprenant que la relique du nome était “la jambe droite d'Osiris”, Béton repensa au nome Andjty, dont la relique était identique, et l'interdit : “Défense d'endommager la jambe de toute créature vivante”. »

PÉRIPLE DE THÉOPHRASTE EXCELSIOR,
LE LONG DU NIL

« Voilà ce que j'ai retenu de la façon dont Ératosthène compte déduire la distance entre Alexandrie et Thèbes du nombre de pas effectués par Béton.

Lorsque le fleuve est rectiligne et orienté nord-sud, c'est-à-dire lorsqu'il suit le trajet du méridien, le nombre de pas de Béton constitue la véritable mesure.

Si, tout en restant rectiligne, il s'oriente dans une autre direction, Ératosthène détermine l'angle de cette dernière avec le nord. Ce qui lui permet, grâce à l'application d'un coefficient réducteur, de calculer de combien la longueur issue de la marche de Béton dépasse la distance recherchée. Ératosthène dispose d'une table donnant l'équivalent du *seked* égyptien, dont Rekhmirê avait parlé à propos de l'inclinaison des pyramides.

Jusqu'alors nous nous sommes trouvés dans l'une ou l'autre de ces deux situations. Les calculs se compliqueront sérieusement lorsque apparaîtront les premiers méandres. La correction dépendant de la forme particulière de chaque méandre – "Il n'y a qu'une façon d'être droit et une multitude d'être courbe !" aimait-il à répéter –, il faudrait pour chacun d'eux en déterminer la "corde", c'est-à-dire calculer la distance entre les extrémités, calcul qui, sur le terrain, s'avérera ardu. »

Sans cesse des canaux coupaient la rive ; sans leur présence, l'expédition en aurait été facilitée.

Ératosthène admit que dans ses prévisions il n'en avait pas tenu compte, ou plutôt il n'avait pas imaginé qu'il pût y en avoir autant. Ces interruptions, deux à trois fois par jour, « coûtaient », comme disait Ératosthène, un temps considérable. Le cortège devait s'arrêter, attendre le bac, qui était toujours plein, et enfin attendre que tous les passagers soient descendus… Et les passeurs indolents, jamais pressés !

Pendant ce temps, Ératosthène, s'aidant du cadastre, vérifiait la largeur du canal, qu'il ajoutait à sa comptabilité.

Le messager exprès apporta une liasse de courrier pour Ératosthène. Il ouvrit en premier la lettre que lui adressait Arsinoé. Elle lui apprenait qu'elle avait un nouveau compagnon, le nain Obole. Sachant qu'Ératosthène ne l'aimait guère, elle tenait à lui dire que, lorsqu'il se trouvait seul avec elle, il était totalement différent.

D'un calme et d'une tranquillité qui t'étonneraient, comme s'il était libéré de l'obligation d'être cynique. Heureusement que je l'ai en ce moment, la vie ici pour moi est triste. On parle beaucoup, il sait énormément de choses. Et, ce qui te fera plaisir, il n'aime pas du tout Agathocléia.

Depuis quelque temps, Magas me rend de fréquentes visites, ce n'est pas dans ses habitudes. J'en ai vite compris la raison. L'une de mes servantes est très mignonne. Hier, il m'a confié qu'il voulait se marier avec elle. Je me suis mise à rire, il est devenu tout rouge.

« Mais Magas, un prince royal ne peut se marier avec une servante !

– Eh bien, je préfère ne plus être royal », m'a-t-il répondu.

Pas de chance avec mes frères. L'un veut m'épouser, l'autre épouser ma servante. Comment Magas peut-il être aussi vaillant et sauvage au combat, et en même temps si enfantin ?

Et ta mesure ? Sais-tu que tous les pensionnaires du Mouséion ne parlent que d'elle ? Ils en sont terriblement jaloux. Et Béton ? Je suis sûre qu'il est magnifique. Ma mère m'a confié combien il lui manquait, mais elle m'a fait promettre de ne pas te le dire et qu'il fallait surtout qu'il termine la mesure avec toi.

Les autres lettres provenaient de ses collaborateurs. Jamais il ne s'était absenté si longtemps de la Bibliothèque. Son absence posait des problèmes. Rien de grave cependant. Il décida de ne pas y penser.

Le groupe fonctionnait harmonieusement, Ératosthène se montrait bien plus sociable que Théo ne s'y était attendu. Rekhmirê et Patréas ne semblaient pas beaucoup s'apprécier, mais à aucun moment la vie collective n'eut à en pâtir.

Seul Toussi, renfermé et secret, ne s'était pas intégré ; il assurait la protection de façon plus pointilleuse encore depuis le départ de l'escorte. Personne n'appréciant les espions, moins encore ceux de Sosibios, on ne lui parlait guère ; il semblait ne s'en soucier que peu.

Une question d'intendance, par contre, avait provoqué un véritable schisme dans le groupe : le pain. D'un côté les Grecs, qui avaient le pain complet en horreur : goût trop prononcé, consistance trop dense, couleur trop sombre ; Patréas affirmant de surcroît qu'il bloquait l'intestin. De l'autre les Égyptiens : pour eux, c'était simple, le pain blanc n'était pas du pain ! Pas de consistance, pas de tenue en bouche, une bouillie mièvre incapable de caler l'estomac. Il reste que chaque matin tout le monde était satisfait ; l'expédition étant approvisionnée en pain complet et en pain blanc, cuits dans les fours du village le plus proche.

En cette saison de grande sécheresse, les fruits et les légumes étaient rares et de qualité médiocre. Mais le Nil fournissait son lot de poisson. La veille, Tati avait fait mijoter une soupe de poissons, dont la plupart avaient été pêchés par Mentep. Une harmonie dans les mélanges d'épices avait rendu la soupe succulente.

Tati ne se séparait jamais d'une petite mallette : son « trésor ». Des dizaines de petites boîtes rangées avec minutie, d'où s'échappaient des effluves à faire tourner les têtes. Véritable artiste des épices, il avait ses commerçants attitrés à Alexandrie et s'approvisionnait dans de nombreuses villes en bordure du Nil.

Les petits pains de viande étaient l'une de ses spécialités, surtout à la viande de pigeon, mais il n'était jamais satisfait de ceux que les paysans lui apportaient ; il les jaugeait avec une moue et se lamentait : « Impossible de trouver de bons pigeons de nos jours ! »

PÉRIPLE DE THÉOPHRASTE EXCELSIOR, LE LONG DU NIL

« Nous passons le long d'un promontoire impressionnant, on aperçoit les ruines d'une ancienne cité pharaonique, *Déhénet* "le Front", sur laquelle a été construite la petite ville d'Akoris. Le Nil s'incurve très légèrement vers l'est. La vallée s'élargit considérablement; jamais, depuis le delta, elle n'a été aussi étendue. Et nous sommes en période de basses eaux. Qu'est-ce que cela sera au plus fort de l'inondation !

Le soir, sur le pont de l'*Hapi*, bercés par les remous du fleuve, on pouvait voir parfois, devisant à voix basse, Ératosthène et Rekhmirê. Personne n'aurait osé les déranger. C'était une rencontre… au sommet. Entre les deux hommes qui, sans doute, symbolisaient le mieux ces deux civilisations cohabitant aujourd'hui sur la même terre.

Ces dialogues, cela aurait été une faveur que de pouvoir en être l'auditeur.

Chmounou, la "ville des huit", celle des quatre couples de dieux – Noun et Naunet, Heh et Hehet, Amon et Amaunet, Kek et Keket –, est en fait dévouée à Thot. S'il est un dieu égyptien auquel les membres de l'expédition devraient être attachés, c'est bien lui ! Inventeur de l'écriture, de la science, de l'astronomie et du calcul, garant du temps et maître du calendrier, il est tantôt babouin aux poils blancs, tantôt ibis au long bec. Évidemment, il y a un immense cimetière d'ibis ! »

Si Chmounou s'appelle « Hermopolis », c'est que les Grecs ont depuis longtemps identifié Thot à leur Hermès.

Ératosthène avait écrit un *Hermès*, sorte de poème géographique sans grand intérêt que Théo avait parcouru, ainsi que ses *Catastérismes*, une fade compilation de légendes sur l'origine des constellations. Il se souvenait que celle consacrée au Lion se terminait par deux phrases sibyllines : « On voit au-dessus du Lion sept étoiles sans éclat, formant un triangle du côté de la queue. On les appelle “la Chevelure de Bérénice bienfaitrice”. »

PÉRIPLE DE THÉOPHRASTE EXCELSIOR,
LE LONG DU NIL

« Rekhmirê m'apprend qu'il se rend souvent à Hermopolis, dont la bibliothèque possède un grand nombre de textes anciens inédits. Des bibliothèques, enfin ! Je brûle de pouvoir les visiter. Ératosthène n'ayant pas prévu de pause avant plusieurs étapes, je ne pourrai y aller. Au retour, peut-être. Je note les lieux que j'aimerais visiter. »

En écrivant cela, Théo se surprit en flagrant délit d'infidélité. Et la Grande Bibliothèque ? Oubliée ? Quand la mesure sera terminée, où iras-tu en premier, à la Grande Bibliothèque ou à *L'Amphore fêlée* ?

De retour d'un long voyage qui, de Cyrène, l'avait mené à Syracuse, le capitaine Coutousis repassa par Alexandrie. Suivant son habitude, il se rendit à *L'Amphore fêlée*. Demandant des nouvelles de Théo à la patronne, il ne fut pas étonné d'apprendre qu'il avait été engagé à la Grande Bibliothèque.

« Je savais qu'il irait loin.

– Tu ne peux pas mieux dire, lança la patronne. Il est en train de mesurer la Terre. »

Quand elle lui eût expliqué, il hocha la tête : « Il perd son temps. Ce qu'il devrait faire, c'est écrire des livres où il rassemblerait toutes les histoires qu'il nous raconte.

– Non, non. Théo est un merveilleux conteur. Pas un écrivain. »

PÉRIPLE DE THÉOPHRASTE EXCELSIOR, LE LONG DU NIL

« Héliopolis et Hermopolis se partagent la gloire d'être à l'origine des deux grandes cosmogonies égyptiennes qui mettent en jeu, m'a fait remarquer Rekhmirê, les mêmes acteurs : l'Eau, la Terre, le Soleil. À Héliopolis, l'Eau asséchée par la chaleur du Soleil donne naissance à la Terre. À Hermopolis, c'est tout le contraire, la chaleur du Soleil attire toute la "sueur" de la Terre vers la surface ; c'est la montée de la crue, la naissance de l'Eau.

Ce n'est donc pas par hasard que les deux plus grandes bibliothèques égyptiennes se trouvent dans ces deux villes. Je n'ai pas eu le temps de visiter la première, j'espère que je pourrai visiter la seconde. Les vieux textes y sont restaurés, commentés, recopiés. Le *Livre des morts* aurait été reproduit à plusieurs millions d'exemplaires. J'adore le hiéroglyphe représentant un million : un homme assis les bras levés vers le ciel, comme pour dire "Beaucoup ! beaucoup !" »

Quand Théo apprit que les bibliothèques étaient intégrées à des lieux de recherche nommés « Maisons de vie » *(per-ankh)*, il ne put retenir son émotion.

L'expédition dépassa la ville d'Akhet-Aton. Théo ayant émis le souhait de s'y arrêter, la réponse d'Ératosthène fusa : « Je rappelle aux membres de l'expédition que nous ne participons pas à une visite du Nil, mais à une opération géodésique. »

Reparlant d'Akhet-Aton, Rekhmirê resta un long moment silencieux. Puis un sourire éclaira son visage : « J'ai une légende pour toi, Théo.

Les richesses de Ramsès II étaient immenses. Convoquant son meilleur architecte, il lui ordonna de construire une salle impénétrable pour abriter ses trésors. Les années passèrent. Sentant sa mort prochaine, l'architecte appela ses deux fils à son chevet et leur révéla son secret : une pierre du mur extérieur du palais permettait de pénétrer dans la salle au trésor si l'on actionnait un mécanisme qu'il avait mis au point.

– Je la connais, s'exclama Théo. J'ai dû la lire dans Hérodote.

– Je m'arrête, alors.

– Non ! »

Rekhmirê se retourna. Mentep, gêné, baissa la tête. Chaque fois que Rekhmirê était lancé dans une longue discussion avec Théo, Mentep s'arrangeait pour écouter, faisant mine de s'affairer alentour.

« Tu veux que je continue ? » lui demanda Rekhmirê.

Mentep releva la tête. La réponse était évidente. Mêlant le grec et l'égyptien, Rekhmirê poursuivit l'histoire. Mentep l'écoutait comme un enfant.

« Dès que leur père fut enterré, les deux fils attendirent la nuit pour quitter leur demeure. Longeant les murs du palais, ils repérèrent l'endroit indiqué par leur père et actionnèrent le mécanisme. Ils se retrouvèrent à l'intérieur de la salle. Impossible d'imaginer qu'il pût exister autant de richesses ! Ils en emportèrent le plus possible, remirent la pierre en place et rentrèrent chez eux. Ils renouvelèrent cette petite expédition nocturne. Ce n'était pas tant le besoin d'argent qui les excitait, que le plaisir de voler le pharaon.

Un matin, le pharaon se réveilla avec l'envie d'aller visiter son trésor. Il se rendit dans la salle. Il lui sembla que son trésor avait diminué. Pourtant, tout paraissait en ordre, les sceaux appliqués à l'entrée étaient intacts. Il revint quelques jours plus tard. Cette fois, point de doute, des objets manquaient. Il fit poser de terribles pièges près de chaque vase, près de chaque coffre.

Les deux frères visitèrent à nouveau la salle au trésor.

L'un d'eux, s'approchant d'un vase empli d'or, fut immédiatement happé au cou par le piège. Malgré l'aide de son frère, il ne parvint pas à se libérer. Il demanda à son frère de lui couper la tête. Son frère lui coupa la tête. »

Mentep poussa un cri d'horreur.

« À l'aube, le pharaon trouva le corps décapité dans la salle du trésor. Au cours de l'enquête, personne ne réussit à comprendre comment le voleur était entré ni par où son complice s'était échappé en emportant la tête.

Le pharaon eut une idée qui le ravit. Il fit exposer ce qui restait du voleur dans un lieu public gardé par des sentinelles.

Quand la mère du voleur apprit la nouvelle, elle ne put accepter que son fils restât sans sépulture. Elle exigea de son second fils qu'il récupère par tous les moyens le corps de son frère. La tâche était impossible sans se faire prendre.

Un matin, exaspéré par l'obstination de sa mère, il quitta la maison en tirant deux ânes sur le dos desquels étaient chargées des outres de vin. Arrivé près du lieu où le cadavre était exhibé, il entrouvrit le col d'une outre. Du vin se répandit. Les sentinelles se précipitèrent pour en boire. Il les traita de voleurs. Les ânes s'étant enfuis après qu'il les eut sournoisement piqués d'un coup d'aiguillon, les sentinelles l'aidèrent à les rattraper, espérant ainsi se faire pardonner.

Calmé, il leur offrit deux outres en remerciement, s'éloigna et attendit. Bientôt, les sentinelles s'écroulèrent, fin saoules. »

Mentep se tapait sur les cuisses en riant.

« Il détacha le corps de son frère, le posa sur un âne et rentra chez lui. Sa mère l'accueillit avec des larmes de joie et des larmes de peine.

Le pharaon était furieux, il ne supportait pas d'avoir été volé puis ridiculisé. Il fit venir sa fille et lui confia une mission. Elle devait recevoir, dans un lieu de débauche, les hommes acceptant de lui décrire l'action la plus ingénieuse ainsi que l'acte le plus criminel qu'ils aient commis. Si un homme lui racontait l'histoire des deux voleurs, elle devait le retenir et l'empêcher de s'échapper.

Le voleur eut vent du piège que le pharaon lui avait tendu. Par chance, l'un de ses voisins venait de mourir. La nuit venue, il lui coupa le bras à la hauteur de l'épaule. »

Mentep regardait Rekhmirê avec des yeux affolés, Théo s'amusait beaucoup.

« Le voleur se présenta devant la princesse. La pièce était plongée dans l'obscurité. Aux questions de la princesse, il répondit : "L'acte le plus criminel que j'ai commis est d'avoir coupé la tête de mon pauvre frère alors qu'il était encore vivant. J'en pleure encore. L'acte le plus ingénieux que j'ai commis est d'avoir enivré les sentinelles qui devaient m'empêcher de reprendre le corps de mon frère. J'en ris encore." Il se leva, la princesse voulut le retenir par le bras. Il était déjà dehors lorsqu'elle s'aperçut qu'elle serrait de toutes ses forces le bras d'un mort. »

Mentep riait à gorge déployée, entraînant Théo. Rekhmirê, lui, gardait son sérieux : « Quand le pharaon apprit ses derniers déboires, la fureur l'envahit. Il avait tout essayé. Plutôt que de s'évertuer à faire supprimer un homme aussi habile, il serait plus profitable de se l'attacher. Il fit proclamer qu'il accordait au voleur une totale impunité s'il se présentait au palais. Le voleur se présenta. Et le pharaon…

– … lui donna sa fille en mariage, lança Mentep.

– Tu connaissais l'histoire ! s'exclama Rekhmirê, dépité.

– Oui. Je ne veux jamais manquer une occasion de l'écouter.

– Cette légende en dit long sur les nombreux pillages

qui ont vidé les temples et les tombeaux. Malgré l'ingéniosité des architectes, la plupart ont été profanés, violés, fouillés, vidés. Ce sont nos bibliothèques, nos archives qui ont ainsi disparu. On raconte que les premiers pillages ont été commis dans la nécropole thébaine par des ouvriers affamés.

– Peut-on faire garder un lieu pendant des millénaires ? demanda Théo. En désirant l'éternité, vous vous condamniez à maintenir en fonctions des gardiens éternels, et cela coûte follement cher !

– Les gardiens ne peuvent empêcher les vols et protéger durablement les édifices. Nous n'avons jamais disposé que de deux protections. D'abord la malédiction qui s'abattrait immanquablement sur les voleurs, car le peuple est croyant. "Quiconque endommagera une pierre ou une brique dans cette mienne tombe, je lui saisirai le cou comme un oiseau, et placerai en lui la terreur que j'inspire, si bien que tous les vivants sur terre et les esprits verront et seront effrayés..." avertissait l'occupant du tombeau.

La seconde protection contre les pillards était la difficulté à découvrir les entrées, les couloirs, les puits conduisant à la chambre funéraire qui abritait les objets précieux. Atteindre la chambre funéraire ! Tout était fait pour qu'on n'y parvienne pas, et si jamais on y parvenait, qu'on n'en ressorte pas vivant. Et pourtant, combien ont été pillées ! Et par des Égyptiens : une vraie blessure pour mon peuple.

– Ne crois-tu pas qu'elles sont tentantes, ces fabuleuses richesses enfouies pour l'éternité ? Si tu es pauvre (et même si tu ne l'es pas...), et que tu sais qu'il y a là de quoi te rendre immensément riche, où trouver la force de résister ? »

Marchant sur la rive avant d'aller se coucher, Rekhmirê réfléchit à ce qui venait de se passer. Il prit conscience que, pas une fois depuis leur départ, alors qu'il racontait l'histoire de l'Égypte à Théo et à Ératosthène, il ne s'était adressé à Mentep et à Rensi. C'était pourtant leur pays, c'était pourtant leur histoire.

Poste frontière de la Garde thébaïque, tous les bateaux devaient s'arrêter. Des douaniers tatillons, suivis de scribes pointilleux, montaient à bord, vérifiant que les taxes portant sur les marchandises venant de la Thébaïde avaient été acquittées. Le jour du passage de l'*Hapi*, les amendes furent plus nombreuses qu'à l'ordinaire, la présence de l'antigraphe du nome, responsable de la perception des taxes, avait stimulé le zèle des fonctionnaires.

Un flot de railleries accueillit le cortège lorsqu'il passa devant le poste de douane. L'un des douaniers eut la bonne idée de vouloir « fouiller » Cronos. Une ruade l'envoya directement dans le fleuve. Tandis que ses collègues le repêchaient, l'âne se mit à gambader, ayant enfin pu assouvir une envie qui lui trottait sans doute depuis longtemps dans la tête et dont Théo se demanda si, dans les rêves les plus fous du quadrupède, il n'en était pas le destinataire.

Immédiatement après la Garde thébaïque, tout changea. L'expédition aborda l'une des parties les plus délicates du trajet. Le premier véritable méandre. Il fut suivi d'un deuxième, puis d'un troisième. Ératosthène allait avoir du travail. Heureusement, dans ses sinuosités, le fleuve gardait la même direction sud-est.

Il y avait un quatrième méandre.

Chapitre 18

Ce qui n'était encore jamais arrivé, et qui ne pouvait pas ne pas arriver au moins une fois, arriva.

L'expédition abordait le quatrième méandre. Chaleur torride. Quelle idée de lancer l'opération en pleine saison sèche ! Théo connaissait les arguments : avant, sol pas assez sec ; après, inondation. Mais pourquoi n'ont-ils que trois saisons ? S'ils en avaient quatre comme… il faillit dire « comme tout le monde ». Stupide ! Il lui était difficile de ne pas trouver « naturel » d'avoir quatre saisons.

L'arrêt de l'après-midi était en vue. Et Béton marchait. Il ne semblait pas fatigué ! Cet homme n'est pas humain. De seulement le voir marcher, Théo était épuisé.

Béton atteignit le signal. Ératosthène, assis sur son tabouret pliant, cueillit les deux carrés de papyrus : « Béton, 10064. Théo, 9976. » Il relut, perplexe. Jamais il n'y avait eu une telle différence : 88 pas ! Il demanda à Théo et à Béton de confirmer leur nombre. Ils confirmèrent. Qu'est-ce qui avait pu se passer ?

L'importance de l'écart ôtait toute signification à la moyenne : 10020.

Il n'y avait d'autre solution que de recommencer la mesure du dernier tronçon. Ératosthène donna ordre de rebrousser chemin jusqu'au précédent signal. L'obligation de le maintenir en place et de le faire garder jusqu'à ce que le résultat soit avalisé prenait tout son sens.

Cronos, Théo et Béton grimpèrent sur la passerelle. Le capitaine affala la voile, l'*Hapi* fit demi-tour.

Le soldat responsable de la garde du signal ne cacha pas sa surprise quand il vit le bateau approcher de la rive. Sa surprise et sa fierté. Cette tâche, qui lui avait paru insensée – garder un piquet planté le long de la rive –, servait donc à quelque chose.

Bien que, naviguant cette fois dans le sens du courant, le bateau eût accompli le trajet rapidement, il était trop tard pour reprendre la mesure. Le soldat rentra chez lui, promettant de revenir à l'aube.

Le capitaine déplaça l'*Hapi* pour l'ancrer en un lieu plus propice. Tati s'activait ; ce soir, le repas se devait d'être excellent pour faire passer l'amertume de la demi-journée perdue.

Après avoir roulé la voile, Mentep avait lancé une ligne. Déjà deux belles prises. La séance de massage finie, Béton s'était retiré dans sa cabine. Patréas était plongé dans la lecture d'un ouvrage savant sur les artères. Un peu à l'écart sur la rive, Toussi semblait se reposer.

Assis au bord de l'eau, Théo, préoccupé, regardait Cronos paître paisiblement. Pour la première fois, le dispositif qui avait si bien fonctionné entre Béton et lui s'était rompu. Ils ne pouvaient pas s'être trompés tous les deux ! Le plus petit des deux nombres annoncés étant le sien, Théo était convaincu qu'il était l'auteur de l'erreur. Il est plus facile d'oublier de compter des pas que d'en ajouter. Il en avait sûrement omis quelques-uns. Pourtant, il avait l'impression de ne pas avoir été moins attentif qu'à l'ordinaire. La chaleur ? Sûrement. Elle avait été particulièrement intense cette après-midi.

Ératosthène vint s'asseoir. Toussi se rapprocha furtivement, sans doute pour écouter leur conversation.

« Je suis surpris que cela ne soit pas arrivé plus tôt, confia Ératosthène. Une après-midi de perdue, rien de plus. Je le sais bien, la tâche que je t'ai imposée est ingrate. Sa simplicité même la rend délicate. Il faut être capable de beaucoup de concentration, de persévérance et d'opiniâtreté. Tu m'as montré que tu possédais ces qualités. Cela aurait pu ne pas fonctionner avec Béton. Votre couple est parfait.

– Et lui ? » Théo désigna Cronos.

« Votre trio est parfait, voulais-je dire. »

Prenant un air mystérieux et comme s'il voulait que Toussi ne puisse saisir ses paroles, Théo se pencha vers Ératosthène : « Voulez-vous que je vous confie un secret ? Parfois, je l'entends compter. »

Des exclamations éclatèrent. Surgissant des fourrés, un groupe d'hommes se jeta sur Toussi. Avec une folle rapidité, celui-ci dégaina. Puis, brusquement, au lieu de reculer, Toussi attaqua, surprenant les attaquants qui marquèrent un temps d'arrêt. Cela suffit. Toussi fit un bond, se déplaçant de façon à les attirer loin d'Ératosthène et de Théo. Se rendant compte de la manœuvre, deux hommes foncèrent vers la berge.

« Regagnez le bateau ! hurla Théo.

– Je ne sais pas nager. Tu sais, alors vas-y !

– Je ne sais pas non plus. »

Théo regarda autour de lui, aperçut un piquet de rechange posé à côté du signal, le lança à Ératosthène, puis il arracha le signal et se mit en position de défense.

« Que veux-tu que je fasse avec ça ? demanda Ératosthène.

– Frappez !

– Mais je ne l'ai jamais fait.

– C'est le moment d'apprendre. D'abord, protégez-vous. Et dès que vous pouvez, tapez… sur le visage, le plus fort possible. Surtout, ne montrez pas que vous avez peur.

– Ce sera le plus difficile. »

Toussi se battait comme un lion. Tati, surgissant de sa cuisine une grosse jarre dans les bras, la posa et se mit à taper dessus comme un sourd. Brandissant sa ligne, Mentep hurla : « Les soldats ! Les soldats arrivent ! Tenez bon ! » Les assaillants regardèrent dans la direction indiquée par Mentep. Instant d'inattention dont Toussi profita pour frapper deux coups terribles. Un homme s'écroula à ses pieds.

Réveillé en sursaut, Béton bondit de sa cabine. En un coup d'œil, il vit que la situation était désespérée. Mentep lui tendit une hache, Tati lui lança un long couteau et un sac, dans lequel il fourra les armes. Avant de se jeter à l'eau, il demanda au capitaine d'approcher le plus près possible du bord.

Les deux assaillants avaient tout de suite compris qu'ils devaient d'abord s'occuper du rouquin, l'autre ne poserait pas de problème. Maniant le piquet avec une étonnante dextérité, Théo empêchait qu'on lui porte des coups sérieux. « Restez derrière moi », répétait-il à Ératosthène. Mais l'un des assaillants le frappa si violemment qu'il faillit lâcher le piquet, dont une partie fut tranchée net. Profitant de ce que Théo était déséquilibré, le second assaillant frappa à son tour. Théo ne réussit pas à esquiver complètement. Il ressentit une douleur au bras droit. Un filet de sang se mit à couler le long de son avant-bras. Soudain, l'idée de mourir sur ce rivage dont il ne connaissait même pas le nom lui fut insupportable. *Le Périple de Théophraste Excelsior, le long du Nil* s'arrêterait ici !

Il empoigna le morceau de bois de l'autre main et se déchaîna. Tout ce qu'il avait appris, les gestes, les réflexes des arts de combat, lui revint d'un coup. Les assaillants avancèrent avec plus de précautions. L'affaire se révélait moins facile que prévu. D'autant que Théo et Ératosthène avaient eu l'intelligence de ne pas prendre la fuite ; reculant pas à pas, ils restaient face à leurs adversaires. Mais ils avaient déjà les pieds dans l'eau ; deux ou trois pas de plus, et ce serait la noyade… Ils furent emportés par un ouragan. Béton, la hache dressée, les dépassa. Terrifiant ! Au plus fort de la bataille, Cronos se mit à braire affreusement. Les assaillants tentèrent de résister à la charge de Béton. L'un fut tué d'un coup de hache, l'autre, sérieusement atteint, se tordait sur le sol.

Débarrassé de ces deux-là, Béton courut à la rescousse de Toussi. Encerclé, il était tombé à genoux. Il tenta une dernière esquive. Touché à la tête, il s'effondra. Rekhmirê, revenant du village, tomba en plein combat. Il interpella les attaquants, s'adressant à eux en égyptien. Ceux-ci répliquèrent avec rage, se jetant sur lui. Béton lui lança l'arme de Toussi. Redoutable combattant, Rekhmirê tua un assaillant, tandis que Béton, en blessant un autre, laissa échapper un juron. Il était touché.

« Les voilà, les voilà ! » se remit à brailler Mentep. Les assaillants se regardèrent. Sur un signe de leur chef, ils se retirèrent. Rekhmirê ne fit rien pour s'emparer du blessé qui s'éloignait en boitant.

Béton se pencha avec difficulté vers Toussi, lui souleva la tête : « Merci, Toussi, tu nous as sauvés. Sans toi… » Toussi fit signe à Ératosthène d'approcher. Ératosthène s'agenouilla, Toussi murmura : « J'étais là pour vous protéger. Dites bien au roi que je n'ai pas failli. Il m'a ordonné de veiller sur vous. » Il ferma les yeux. « Tu es un magnifique combattant », lui dit tout bas Béton. Un sourire illumina son visage quand il expira.

Allongé sur une natte, le visage bleui par de nombreuses ecchymoses, Béton semblait sérieusement blessé. Palpant sa jambe, Patréas grimaça.

« Que t'arrive-t-il, mon ami ? demanda Rekhmirê.

– Ah, Rekhmirê ! Vous êtes arrivé à temps ! Quel était donc cet interdit du nome de Naucratis ? Je n'arrive pas à m'en souvenir.

– Le nome Andjty ? "Défense d'endommager la jambe de toute créature vivante."

– Comme vous le voyez, l'interdit n'a été qu'approximativement respecté.

– Et la relique, tu ne t'en souviens pas non plus ? C'était "la jambe droite d'Osiris". La tienne est indemne.

– En effet. La gauche a pris tous les coups.

– Vous ne pouvez pas vous arrêter de parler un moment, s'impatienta Patréas. Et reculez un peu, que je puisse faire mon travail ! »

Patréas saisit le poignet de Béton, lui prit longuement le pouls. Pour son maître Hérophile, cet examen constituait le préalable à tout diagnostic : amplitude, fréquence, rythme, intensité. Patréas était satisfait, le pouls de Béton n'était ni précipité « comme la marche d'une fourmi », ni « bondissant comme une chèvre » ! Rassemblés autour du blessé, ils suivaient avec anxiété l'auscultation. Si je n'étais pas si important pour l'expédition, seraient-ils aussi inquiets ? ne put s'empêcher de penser Béton.

Au bout d'un long moment, d'une voix froide, Patréas annonça : « Le fémur est déboîté. Quant au genou, je crois bien qu'il souffre d'une sérieuse luxation... Embêtant, très embêtant. »

Il semblait réellement préoccupé. Interdiction absolue de poser le pied durant trois semaines au moins. Sinon, Béton garderait des séquelles, avait averti Patréas. Ératosthène, se massant le crâne : « C'est fichu, fichu, fichu ! On n'échappera pas à la crue. Ah, ça allait trop bien ! » Et, pris de colère : « Mais qu'est-ce qu'il a eu à se blesser la jambe !

– C'est vrai, approuva Théo. S'il ne s'était pas battu, il n'aurait pas été blessé à la jambe, et votre cadavre aurait terminé la mesure... avant la crue. »

Ératosthène le fixa sans comprendre. Puis il baissa la tête : « Tu as raison. Sans Béton, et sans Toussi... Je suis ingrat, mais j'ai tellement envie qu'on arrive au bout. Pour nous tous.

– Pourquoi êtes-vous si pressé ? Depuis que la Terre

existe, personne ne l'a mesurée. Le Monde a attendu jusqu'à aujourd'hui, on peut bien patienter quelques semaines de plus.

– Aucun de mes travaux précédents n'a provoqué en moi une telle impatience. Depuis notre départ, je ne pense qu'à une chose. UN NOMBRE ! Combien de stades entre Alexandrie et Thèbes ? Dans le delta, il n'y avait pas que les moustiques pour m'empêcher de dormir ! Je fais souvent le même cauchemar. Je m'approche de la Terre, je l'entoure de mes bras, elle est vraiment grande, j'étire mes bras, je suis sur le point d'y arriver. De l'autre côté de la Terre, mes doigts se rapprochent, ils vont se toucher… À ce moment, une force terrible les repousse, la Terre enfle. Je résiste, je serre de toutes mes forces… je n'y peux rien, mes bras s'écartent. Elle grandit, grandit, mes doigts glissent, j'essaie de planter mes ongles dans la Terre. Je n'entoure plus que la moitié, que le tiers, que le… Je n'entoure plus rien du tout. »

Ils l'écoutaient dans un profond silence. Lui, connu pour sa réserve, se dévoilait…

Depuis un moment, Patréas semblait absent. Se décidant à parler : « Il existe une nouvelle machine pour réduire les luxations, elle donne d'excellents résultats. Elle me permettrait de soigner Béton de la meilleure façon et d'accélérer sa guérison. Surtout, elle limiterait les séquelles. À condition d'être mise en œuvre rapidement. » Ce que Patréas ne dit pas, c'est qu'il en était l'inventeur.

« Joindre Alexandrie pour qu'on nous en envoie une prendrait trop de temps. Où nous trouvons-nous exactement ?

– Nous avons dépassé Hermopolis, répondit Ératosthène.

– Quelle est la ville la plus proche ? Une ville importante. »

Ératosthène réfléchit : « Ptolémaïs, pas trop loin vers le sud.

– Ptolémaïs ! » Le visage de Patréas s'éclaira : « L'un de mes collègues professe là-bas. Je crois me souvenir qu'il en possède une. C'est notre seule chance. Il faudrait qu'un messager parte à l'aube. »

Il rédigea une lettre à l'intention de son collègue, Ératosthène y apposa son sceau.

« Montre-moi ton bras », lança-t-il à Théo.

Théo tendit son bras blessé. Patréas ôta le bandage qu'il avait hâtivement apposé. La blessure n'était pas profonde, mais la contusion importante.

« Ouille ! gémit Ératosthène, portant la main à son crâne.

– Qu'est-ce que vous avez là ? » demanda Patréas, écartant les cheveux d'Ératosthène. Une bosse énorme. « Elle doit vous faire souffrir.

– Euh oui, mais je me demande bien comment j'ai pu me faire cela. »

Accompagné d'un scribe et de plusieurs policiers, le comarque du village se confondit en jérémiades. Comment une chose pareille avait-elle pu arriver… sur son territoire ? L'affaire était grave. Heureusement, ni le directeur de la Grande Bibliothèque, ni le médecin personnel du roi n'avaient été blessés. Il était trop tard pour lancer les poursuites.

Il leur demanda la permission de les interroger. Les réponses scrupuleusement notées par le scribe devaient servir à la rédaction de son rapport.

Les travaux des champs terminés, les villageois arrivaient par petits groupes. Le chef des policiers les fit défiler devant les corps des assaillants traînés à l'écart. Personne ne les reconnut. Personne, en tout cas, ne déclara les connaître.

Une partie des policiers restant sur les lieux, le comarque quitta le bateau avec le courrier de Patréas, promettant qu'un messager partirait dès l'aube pour

Ptolémaïs. Il n'y a plus qu'à espérer qu'il soit de retour rapidement. Avec la machine !

Sans que personne le lui ait demandé, Mentep apporta des gobelets et deux cruches de bon vin. Ils l'acclamèrent : « Comment as-tu eu l'idée de crier ?

– Je ne sais pas, ça m'est venu tout seul. Que faire d'autre pour vous aider ?

– Je m'y suis laissé prendre, confia Ératosthène. » Imitant la voix de Mentep : « "Les soldats ! Les soldats arrivent ! Tenez bon !" Je crois bien qu'ils t'ont cru. »

Tati s'approcha, l'air contrit : « Ma plus belle jarre ! En miettes !

– On va t'en offrir une plus belle encore. Mais il n'est pas sûr qu'elle ait un aussi beau son. »

Rensi, semblant s'affairer, fit une apparition au bout du bateau.

« Et toi, qu'as-tu fait pendant tout ce temps ? lui demanda Théo.

– Je me suis caché dans la cale en me disant qu'il fallait au moins un survivant pour raconter aux policiers ce qui s'était passé. »

Ils riaient sans pouvoir s'arrêter.

« Oui mais, dans la cale, hoqueta Théo, tu ne pouvais rien voir, et tu n'aurais rien pu raconter.

– C'est mieux que de tout voir et de n'être plus là pour le raconter », ajouta Rensi.

Théo servit le vin.

« Ils nous ont bien arrangés ! remarqua Ératosthène. Béton la jambe, toi le bras, moi la tête !

– Eh bien voilà ! Béton ne marchera pas, vous, vous ne penserez plus et moi je n'écrirai plus que de la main gauche. Et la Terre, qui conservera, je l'espère, son tour de taille, continuera à être immobile au centre de l'Univers. »

Un nouvel éclat de rire déchaîna leurs douleurs respectives. Par solidarité, Cronos, depuis la berge, usant de sonorités plus enjouées que durant l'attaque, se mit à braire.

« Oui, oui », cria Théo. Puis, réfléchissant : « Il y a une autre solution. Je prends la place de Béton, je compte pour moi et Cronos me suit en comptant mes pas… silencieusement. »

Le regard d'Ératosthène fila vers la rive à l'endroit où Toussi était tombé. Son regard s'attrista. Son cadavre reposait à l'arrière du navire. Ainsi, il s'était trompé, Toussi n'était pas un espion de Sosibios, mais un homme de Philopator. Par-delà la distance, son élève veillait sur lui. Il avait fallu la mort de Toussi pour qu'il l'apprenne. Le silence s'installa. Tous regrettaient d'avoir été si injustes envers lui.

« Il s'est vraiment bien battu. Je m'en veux de ne pas être arrivé à temps pour l'aider, quelques instants auraient suffi, se désola Béton.

– Et maintenant, tu aurais les deux jambes fichues ! lui lança Ératosthène. Philopator nous avait avertis, nous avons commis une grave erreur en laissant partir l'escorte. »

Rekhmirê regagna sa cabine. Il ne pouvait révéler à personne combien ce combat l'avait marqué. Il s'était battu contre des hommes de son pays. Des rebelles, pas des bandits. Il en avait tué un, blessé un deuxième. Bien sûr, il ne pouvait laisser massacrer ses compagnons. Au moins n'avait-il rien fait pour retenir le blessé. Allait-il pouvoir échapper aux recherches ?

Toussi fut incinéré. Cela horrifia Mentep et Rensi, pour qui, en bons Égyptiens, on se devait de préserver l'intégrité du corps du défunt pour l'éternité et non le réduire en poussière. Les cendres, enfermées dans une urne scellée, furent envoyées à Alexandrie. Toussi n'avait pas de famille.

Malgré les recherches, aucun des assaillants n'avait

été retrouvé. Partis à cheval, ils avaient sans doute récupéré le blessé.

Le cheval s'arrêta au pied de la passerelle. Le messager exprès était de retour avec la machine !

Patréas la récupéra avec fierté, sa plus belle réussite ! S'assurant de son bon fonctionnement, il fit jouer les différentes pièces.

Allongé sur un véritable lit, Béton suivait avec attention les préparatifs. Patréas appliqua la machine sur la jambe accidentée. La réduction devait s'opérer graduellement par une suite de tractions de faible amplitude de façon à ne pas léser les tissus. La séance laissa Béton épuisé.

« Finalement, nous faisons le même travail, constata Ératosthène, toi avec le corps des hommes, moi avec leurs écrits. Tu viens bien de faire la réduction d'un membre fracturé, une *diorthose* ?

– Précisément, acquiesça Patréas.

– Sais-tu comment on appelle les grammairiens qui tentent de rétablir le texte original des poèmes homériques ? Les *diorthontes* : les redresseurs. »

Un messager remit à Ératosthène une lettre portant le sceau de Niccipos. Ératosthène la décacheta et commença à la lire. Son visage blêmit. Niccipos lui racontait par le menu les circonstances de la mort de Cléomène et de ses proches.

Devenu suspect aux yeux de Philopator et de son entourage, il avait été assigné à résidence avec ses compagnons. Persuadé que Philopator allait se débarrasser de lui, il décida de se battre. Profitant de l'absence du roi, parti à Canope, Cléomène tenta l'épreuve de force et s'élança en armes avec ses compagnons, parmi lesquels Hippitas, qui était boiteux.

Ne voulant pas faire échouer la tentative, Hippitas les adjura de le tuer. Un homme passait par là à cheval, ils installèrent Hippitas sur la monture et reprirent leur course, appelant la population à se révolter contre Philopator et son clan. Des soldats tentèrent de les arrêter. Ils les tuèrent. Puis ils se précipitèrent vers la citadelle dans l'intention de libérer les prisonniers. Les gardiens, avertis, se barricadèrent. Cléomène et ses compagnons refluèrent vers le centre de la ville. Les gens s'enfuyaient sur leur passage. Personne ne les rejoignit. Cléomène, comprenant que sa tentative avait échoué, s'écria qu'il n'était pas surprenant qu'un pays dont les habitants fuient la liberté soit gouverné par des femmes.

Il demanda ensuite à ses compagnons de mourir d'une manière digne de Sparte. Hippitas souhaita être frappé en premier. Puis, l'un après l'autre, ils se donnèrent la mort. À l'exception de Panthéus, le plus jeune et le plus courageux des compagnons. Cléomène lui ordonna de ne pas se tuer avant de l'avoir vu tomber. Cléomène se donna la mort. Quand tous furent à terre, Panthéus s'approcha des corps, les piqua du bout de son épée, aucun ne bougea. Sauf Cléomène, dont le visage se contracta. Panthéus l'embrassa et attendit, assis à ses côtés. Quand Cléomène expira, il se trancha la gorge.

Philopator, revenu en hâte, condamna à mort tous les proches de Cléomène et de ses compagnons, les parents, les femmes, les enfants. Pas un n'en réchappa.

Ératosthène commençait à comprendre pourquoi Cléomène n'avait pas été invité par Philopator au repas du Mouséion. Plus encore, il se souvint de ce que lui avait écrit Bérénice au sujet d'une rencontre entre Philopator et Cléomène où, d'après ses informations, ils avaient longuement parlé de Magas. Cléomène était un homme d'honneur, y aurait-il eu conflit entre eux deux au sujet de Magas ? Il chassa ces idées.

« Approche, Obole ! »

Bête immolée au savoir de son maître, dans la « salle de géographie » du palais royal Obole s'approcha :

« Vous avez encore reçu des nouvelles de l'expédition, Seigneur ?

– On ne peut rien te cacher. »

Sans un mot, il ôta ses vêtements, les posa délicatement sur un siège et offrit son dos au roi d'Égypte.

Stratège examinant un plan de bataille, Philopator inspecta minutieusement la colonne vertébrale du nain : « Donc, d'après les informations, l'attaque a eu lieu à peu près là. » Suivant son habitude, il enfonça profondément son index entre deux vertèbres.

De la boule que formait son dos arrondi pour faire saillir les vertèbres, et dans laquelle sa tête était enfouie, sortit une voix étouffée : « Plus bas, Seigneur, entre la septième et la huitième.

– Et Thèbes ?

– Plus bas encore, juste après la treizième. »

L'index de Philopator coula le long de la colonne vertébrale d'un bleu de lapis-lazuli. « Finalement, constata-t-il, ils ne se trouvent pas très loin de Thèbes. Six vertèbres, ce n'est rien ! »

Sosibios entra sans se faire annoncer.

« Ératosthène est sauf, l'apostropha Philopator. Heureusement… pour toi. » Il le regarda durement. « Je t'avais pourtant donné des instructions. Je me loue d'avoir placé Toussi pour le protéger. S'il n'avait pas été là… Occupe-toi moins des affaires de la cour et plus de la sécurité du pays. Béton est sérieusement blessé. Patréas me prévient qu'il faut envisager l'interruption de l'expédition. Cela reporterait d'une année la proclamation. Mon père aurait été furieux de ce report, je te rappelle qu'il tenait beaucoup à cette mesure.

– Seigneur, je pense qu'il serait hautement souhaitable qu'Ératosthène ne revienne pas en ce moment, conseilla Sosibios.

– Et pourquoi ? » demanda Philopator, étonné. Puis, semblant se souvenir, il hocha la tête d'un air entendu :

« Oui, oui, tu as raison. Je vais lui demander de rester sur place, d'autant que je connais Béton. D'ici peu, il trottera comme un lièvre.

– Vous voulez dire comme un… »

Sosibios se figea.

« Tu aurais une remarque à faire ? Et si j'ai envie, moi, que les lièvres trottent ! Va ! » Il lui indiqua la porte. Sosibios sortit, le visage assassin.

« Moi, en tout cas, je ne voudrais pas qu'un lièvre me trotte sur le dos, gémit Obole. Déjà que mes chutes du Nil ne sont pas au mieux. » Regard étonné de Philopator. « Avec ce que j'ai mangé hier soir, Seigneur, ce matin c'était la crue. Les digues ont lâché… Mais n'ayez crainte, tout est rentré dans l'ordre. »

« Une expédition personnellement commandée par le roi est attaquée. Non pas sur une piste perdue du désert ou dans un obscur marécage du delta, mais sur les rives mêmes du Nil. Et le diocète en charge de la sécurité du pays n'a rien fait pour s'y opposer. Comme s'il l'avait laissé faire… »

Sosibios bondit : « Que veux-tu dire ?

– Tu m'as bien comprise. Ou bien tu es complice et tu dois être condamné sur-le-champ, ou bien tu es incompétent et tu dois être limogé immédiatement. Lagos ne fait pas son travail de roi. »

Bérénice quitta la pièce, laissant Sosibios sidéré par la violence de la charge. Le visage contracté, il avait l'air mauvais. Deux affronts dans la même journée. Le temps pressait. Plus qu'il ne l'avait cru.

Chapitre 19

L'HEURE du choix était arrivée.

Ou bien l'expédition s'interrompait et l'on rentrait à Alexandrie, ou bien il faudrait attendre ici la guérison de Béton. L'attente ne pouvait être que de courte durée si l'on voulait arriver à Thèbes avant la crue. Ératosthène désira entendre l'avis de tous. Réunis sur le pont, ils s'exprimèrent gravement.

Estimant que Béton avait peu de chances d'être rétabli en temps voulu et qu'il serait mieux soigné à Alexandrie, Patréas penchait pour l'arrêt immédiat. Béton, lui, était de l'avis contraire et affirmait avec fougue qu'il pourrait reprendre la mesure et que c'était folie d'arrêter maintenant.

Théo dénoua la situation : « Si nous rentrons immédiatement, l'expédition sera interrompue pour une année. Si nous attendons ici, que peut-il arriver au pire ? Que Béton ne soit pas rétabli à temps. Alors... l'expédition sera interrompue pour une année ! » Et c'était Théo qui proposait de ne pas rentrer à Alexandrie ! Ératosthène n'en revint pas. Cette opération accomplissait des prodiges !

On attendrait donc la guérison de Béton et, puisqu'on allait devoir séjourner ici, autant s'installer le mieux possible.

Si l'opération était reportée d'une année, la crue noierait le terrain et ne manquerait pas d'arracher le signal.

Voulant s'assurer que la mesure reprendrait exactement où elle s'était arrêtée, Ératosthène ordonna la construction d'un petit obélisque ; les autorités du come étaient tenues pour responsables de sa préservation. Seconde précaution : un fonctionnaire du service du cadastre vint dresser la topographie du lieu, dont on fit faire deux copies.

L'*Hapi* avait été amarré à l'ombre d'un grand sycomore, un peu en aval du signal. Mentep et Rensi se baignaient, faisant gicler de grandes gerbes d'eau, criant comme des gamins. Ils se libéraient de la tension accumulée, l'attaque les avait ébranlés bien plus qu'ils ne voulaient le laisser paraître.

Patréas ne reviendrait pas avant la nuit, il venait d'être appelé au village pour un accident. Tati dormait quelque part sur la berge. Partis tôt le matin au service du cadastre, Rekhmirê et Ératosthène ne seraient pas de retour avant le soir. Béton, la jambe enserrée dans la machine de Patréas, regardait avec tristesse l'obélisque rutilant qui marquait l'endroit où sa marche avait été stoppée brutalement.

Théo était en train de mettre son ouvrage à jour. Béton l'interpella : « Dis, Théo, maintenant qu'on a un peu de temps, tu ne voudrais pas me dire pourquoi je marche ? Enfin, pourquoi j'ai marché jusqu'à présent ?

– Comment cela, pourquoi tu marches ?

– Oui, m'expliquer à quoi cela va servir… tous ces pas…

– À mesurer la Terre !

– Merci, je l'avais compris. Je te demande comment tous ces pas vont servir à mesurer la Terre. »

Théo grimaça : « Hum ! »

Une heure plus tard.

Des feuilles raturées éparpillées sur la table. Théo reposant son calame. Béton, les traits tirés, plissait les yeux : « Je ne sais pas ce que j'ai compris, mais je sais que je n'ai rien compris à ces deux angles. Un à Alexandrie, d'accord ? L'autre à Thèbes. Pourquoi à Thèbes ?

Théo se leva, excédé : « Tu ne comprends rien, rien ! Voilà pourquoi tu marches, parce que tu es incapable de comprendre ce genre de choses. »

Béton le regarda, peiné. Théo s'éloigna, bougonnant, puis revint au bout d'un moment : « Si je crie, c'est parce que moi-même je n'ai rien compris. Si j'avais compris, je serais capable de te l'expliquer. Et moi, je ne marche pas. »

Après le dîner, Théo proposa à Ératosthène de faire une petite promenade ; ils en avaient besoin. Marchant sans dire un mot, chacun perdu dans ses pensées, ils s'éloignèrent de l'*Hapi*. Apercevant des lumières, ils se dirigèrent vers une cahute. Visages faiblement éclairés par de petites torches, des villageois buvaient silencieusement. Des regards pleins de respect les accueillirent, on savait qui ils étaient et ce qui leur était arrivé. On leur apporta des sièges.

Là, vraiment, ils se trouvaient au cœur de l'Égypte, rien sans doute n'avait changé depuis les pharaons. On leur apporta deux grands gobelets de bière.

Théo se décida à parler : « Je vais vous raconter une histoire. Cela se passait sous le règne de Ptolémée IV. Le célèbre Ératosthène, directeur de la Grande Bibliothèque d'Alexandrie, mesura la Terre. » Ératosthène fixa Théo avec curiosité. « Il inventa une méthode magistrale. Ses mesures d'ombres, il les effectua… je ne me souviens plus du jour précis, mais cela n'a guère d'importance, car il aurait pu les faire n'importe quel autre jour. Quant à sa mesure de distance, il la commença à Alexandrie et la termina à… Thèbes, à moins que soit à Apollônospolis. Mais il aurait pu tout aussi bien la terminer n'importe où ailleurs, à Ptolémaïs par exemple. »

Se tournant vers Ératosthène : « Vous croyez que cela incite à s'y intéresser, à votre mesure ? "N'importe quand", "n'importe où"…

– Tu n'as rien compris, s'écria Ératosthène. C'est tout l'intérêt de ma méthode, elle est applicable en toutes situations. "N'importe quand", oui ! "N'importe où", oui ! Voilà précisément ce que les savants recherchent, des méthodes générales ! »

L'argument était fondé. Mais il ne satisfaisait pas Théo : « On en a longuement parlé avec Béton. Eh bien, il n'a rien compris. Et pourtant, il est impliqué, dans cette affaire, et je vous assure qu'il voulait vraiment comprendre. D'ailleurs, moi non plus.

– Toi non plus, quoi ?

– Je ne comprends pas. C'est trop compliqué.

– Qu'est-ce qui est trop compliqué ? s'emporta Ératosthène. Qu'est-ce que tu ne comprends pas ?

– Beaucoup trop de choses ! Les 180 degrés, les deux angles, les "alternes-internes", les… » Il bafouilla. Cherchant ce qu'il pourrait bien ne pas avoir compris, il explosa : « Vous voulez que je vous dise ? Vos deux angles, eh bien, il y en a un de trop !

– Un de trop, un de trop ! s'étouffa Ératosthène. C'est trop fort ! Il y a un angle de trop dans ma méthode ! » Il se leva, se mit à marcher en bougonnant : « L'un veut que je fasse plus court, l'autre que je jette l'un de mes angles aux ordures ! »

Les paysans se turent, choqués. Ces étrangers faisaient vraiment trop de bruit.

« Et d'ailleurs, je ne suis pas le seul, réattaqua Théo. Vous vous souvenez de la tête de vos collègues au repas du Mouséion quand vous leur avez expliqué votre méthode ?

– Tu voulais qu'ils sautent de joie comme des enfants ?

– Pourquoi pas ? Comme des enfants, exactement ! Il faudrait que cela nous enchante, que cela nous ravisse.

N'est-ce pas vous qui, au sujet de la boucle détachée du front de Bérénice, m'avez dit que Callimaque savait raconter des histoires parce qu'il avait l'habitude de s'adresser aux enfants de son école ? Eh bien, trouvez une méthode qui vous permette de raconter votre mesure aux enfants que nous sommes. Regardez... (montrant les gens autour de lui), regardez leur tête ! Croyez-vous que cela les intéresserait, votre mesure, telle que vous l'avez expliquée ?

– Elle n'a pas à les intéresser. L'important, c'est que la méthode soit correcte et le résultat conforme à la réalité.

– Ah, la mesure de la Terre n'a pas à les intéresser ? ! La Terre sur laquelle ils mangent, ils dorment, ils font l'amour, sur laquelle ils meurent, n'a pas à les intéresser ! Elle est trop compliquée, conclut-il.

– Elle est juste, c'est tout ce qui compte.

– Non, ce n'est pas tout ce qui compte. Si vous voulez qu'on s'en souvienne, elle doit frapper l'imagination. La première mesure de la Terre doit être simple !

– Pourquoi ?

– C'est comme ça ! » Il chercha une autre réponse et s'écria, rayonnant, ayant trouvé ce qu'il voulait précisément dire : « Finalement, votre mesure, telle qu'elle est, cela ne fait pas une belle histoire. »

Ératosthène allait s'éloigner quand Théo l'apostropha à nouveau :

« Regardez votre ami Archimède, il passe son temps à raconter des histoires. » Ératosthène lança à Théo le regard qu'on réserve aux insensés. « Oui, je maintiens ce que j'ai dit. Une fois, Archimède se met en tête de compter quoi ? Les grains de sable contenus dans l'univers entier ! Je peux vous dire que l'on s'en souvient, de ces grains. Une autre fois, il veut connaître le nombre de bœufs de telle ou telle couleur qui paissent en Sicile.

– Merci, merci, l'interrompit Ératosthène. Oublies-tu que c'est à moi qu'il s'est adressé ?

– Pas du tout. Je me souviens même que cela commençait par :

À Ératosthène

Mesure-moi, ami, si tu as la sagesse en partage, avec une application soutenue, le nombre de bœufs d'Hélios qui jadis paissaient dans les plaines de l'île Thrinacienne, la Sicile, répartis en quatre troupeaux de couleurs variées, l'un d'un blanc de lait, le deuxième d'un noir brillant, le troisième blond, et le quatrième bigarré… »

Cachant mal sa fierté, Ératosthène s'éloigna. La voix de Théo se perdit dans la nuit.

Théo termina sa bière. Cette opération était devenue son affaire.

Regagnant le bateau, il aperçut Ératosthène assis près de la rive. Sur le pont, Mentep chantait un air nostalgique. Les lumières de l'*Hapi* se reflétaient dans l'eau. Théo vint s'asseoir à côté d'Ératosthène. Ils restèrent un long moment silencieux.

« Écoute, Théo, je ne suis pas Conon, moi, à faire de l'astronomie en trouvant des cheveux un peu partout dans le ciel !

– C'est tout de même une belle histoire et Bérénice a de si beaux cheveux !

– Oh oui, ils sont beaux. Je crois même qu'ils sont devenus plus beaux quand ils ont repoussé. Mais la question n'est pas là ; les cheveux de Bérénice sont sur la tête de Bérénice et les constellations sont dans le ciel, là où elles doivent être et… » Il s'arrêta, trop ému pour continuer.

« C'était une nuit comme celle-ci, se souvint Théo. J'étais sur le pont de l'*Argo* qui me conduisait à Alexandrie. Je me souviens du capitaine Coutousis. Si vous aviez vu son visage pendant que je lui racontais l'histoire de la Chevelure de Bérénice. » Théo revécut la scène avec une telle intensité qu'Ératosthène en fut touché. « Je voulais vous dire… reprit Théo, j'ai tellement envie que votre mesure soit… comment dire ? Dans l'esprit des hommes, ce qui reste, ce n'est pas ce qui a été, mais ce qu'on raconte de ce qui a été. Je ne suis pas un savant, comme vous, mais les livres, je les connais et je sais ce que les hommes retiennent : les belles histoires.

– Il ne s'agit pas d'histoires, Théo, mais de science.

– Qu'est-ce que ça change ?

– Tu veux quoi ? Que j'invente des méthodes fausses, mais pleines de charme, pour que Mentep, là-bas, sur le pont, puisse les chanter… que j'échafaude des mesures élégantes mais inexactes pour que de belles Alexandrines les racontent allongées voluptueusement sur des lits de banquet ? »

Théo sourit : « Non. À la vérité de votre science, ajoutez la dimension mythique du poète, et votre mesure deviendra une histoire si belle qu'on aura envie de se la raconter pendant des siècles. La vérité seule ne suffit pas. Et c'est mieux ainsi. »

Ératosthène changea brusquement de sujet : « Où as-tu appris à si bien te battre ? Tu manies le bâton comme un glaive, ce n'est guère habituel dans notre milieu. Je crois bien que, si tu ne m'avais pas protégé, on serait en train de choisir un nouveau directeur pour la Bibliothèque.

– Oh… à Athènes. À une certaine époque, je fréquentais plus souvent le gymnase et les salles d'armes que les bibliothèques. J'ai eu une vie agitée durant quelques années ; des situations où il fallait savoir se défendre… et aussi attaquer. »

Non sans réticence, Ératosthène dut admettre que les arguments de Théo concernant sa méthode étaient de bon sens, de ce bon sens désarçonnant mêlé d'une pointe de folie. Cette discussion l'avait marqué. Mais... Que signifie vraiment « une belle histoire » ? Comment sait-on par avance que c'en sera une ? Et puis, cet « angle de trop » ! La remarque avait sonné comme un blâme. Fallait-il qu'il reconsidère sa méthode ? Non, pas la méthode elle-même, mais peut-être devait-il se pencher sur les modalités de sa mise en œuvre. Pas pour en faire une belle histoire, mais pour la simplifier, la rendre plus judicieuse...

La Grande Bibliothèque lui manquait. Cet espace calme dont la quiétude tenait le monde à distance. Entouré de manuscrits, il n'y avait pas place pour le Soleil et le vent, ils faisaient rempart à la crue, rempart aux attaques ! Dans ce lieu où il « habitait » depuis deux dizaines d'années, il avait écrit ses principaux ouvrages, fait ses plus importantes découvertes, inventé le mésolabe, mis au point le « crible » qui portait son nom...

Vivre constamment en plein air, sur le bateau, sur la rive, ne pouvoir à aucun moment se réfugier dans un lieu clos, à l'abri des éléments, était une épreuve inédite, grisante et épuisante.

L'expédition ne pourrait pas reprendre avant trois ou quatre semaines au mieux. Un énorme travail l'attendait à la Bibliothèque.

Le lendemain, surprenant tout le monde, Ératosthène annonça son départ pour Alexandrie, assurant qu'il se tiendrait prêt à revenir dès que l'opération serait en mesure de reprendre. Dans le cas contraire, il resterait dans la capitale, où l'*Hapi* le rejoindrait. Emportant une copie des résultats et des comptes rendus de l'expédition, ainsi que les carrés de papyrus, il remit l'autre jeu à Théo. Après lui avoir confié la direction de l'expédition, il embarqua sur le bateau rapide.

Pour Béton, marcher était aussi vital que respirer. C'était la première fois qu'il était immobilisé. Étendu sur un lit ! Une abomination. Il était révolté. Comment sa jambe avait-elle pu le lâcher ? Il vivait cette faiblesse comme une trahison.

Théo avait multiplié les tentatives, il ne savait pas comment lui parler… Béton l'impressionnait. Puis il s'était décidé : « Je ne te demande pas ce qui ne va pas. Ta jambe, je sais, mais depuis quelques jours, il y a autre chose. »

Béton resta silencieux, renfermé. Théo pressentait qu'il ne lui dirait rien. Ne voulant pas insister, il allait se lever lorsque Béton se décida : « J'ai peur, Théo. J'ai peur de ne pas pouvoir reprendre la mesure. Tu te souviens, il n'y a pas longtemps tu m'as dit : c'est pour cela que tu marches. Si, en plus, je ne marche pas ! Mon aïeul, celui qui a accompagné Alexandre…

– Ah, ça suffit, les grands ancêtres ! Ils gâchent la vie de leurs descendants qui crèvent de vouloir les égaler et qui se disent : "Je n'arriverai jamais à… leurs chevilles" », poursuivit-il dans un sourire.

Perdu dans ses pensées, Béton le regarda, étonné. Puis il comprit : arriver à la cheville d'un bématiste ! Théo posa sa main sur l'épaule de Béton : « Tu es le meilleur bématiste que je connaisse.

– Mais tu n'en connais pas d'autre.

– Donc, ce que je dis est vrai ! Si je te dis que tu es l'une des personnes les plus aimables que je connaisse, c'est aussi une vérité, et si je te dis que tu vas bientôt reprendre la marche, c'en est encore une. »

En fait, Béton voulait comprendre.

Il avait voulu comprendre pourquoi il avait marché, il n'avait pas compris. À présent, il voulait comprendre comment il parviendrait à remarcher le plus vite possible. Il comprit.

Réduction de la fêlure par une extension vers le haut, voilà la fonction de la machine de Patréas. Interrogé, celui-ci répondit avec gentillesse. Énumérant les diverses pièces de l'instrument, coudes, ailes, talons, tortue, il les fit jouer les unes par rapport aux autres, précisant leur rôle dans le mouvement d'extension. Le principe était simple : la partie supérieure, la tortue, poussée mécaniquement vers le haut, étirait le membre du patient qui devait rester debout durant la séance. Position plus fatigante mais bien plus efficace que les positions assise ou couchée.

Comprenant désormais comment la machine agissait sur sa propre jambe, Béton était prêt à coopérer avec elle. Il savait que ses progrès seraient plus rapides à présent.

La mécanique avait toujours passionné Béton. Ses héros : Archimède de Syracuse, qu'il n'avait hélas jamais rencontré, et Ctésibios, le maître mécanicien d'Alexandrie. Sur la demande d'Ératosthène, Ctésibios avait accepté que Béton visite son atelier. Ayant apprécié sa curiosité subtile, il lui avait permis de revenir. Depuis, Béton s'y rendait régulièrement. Il avait ainsi eu la chance d'assister aux premiers essais de la fameuse horloge hydraulique, suivant étape par étape sa mise au point, l'idée, le croquis, les premiers essais, la réalisation, les modifications, l'épanouissement.

Il se souvint de son étonnement quand, après avoir assemblé les engrenages d'une clepsydre, Ctésibios avait décidé de lui adjoindre des oiseaux. Des oiseaux chanteurs ! Enchantement, il avait vu, et entendu, la machine égrener en musique les heures les unes après les autres.

« Par l'art nous sommes gagnants là où par nature nous sommes perdants », répétait Ctésibios, reprenant les paroles du vieil Antiphon.

Ctésibios lui ayant permis d'utiliser son atelier, Béton s'y était mis à son tour. Tentant de mettre en pratique la technique de la pneumatique, il avait assemblé un petit automate, actionné par la seule poussée de l'air. Cela n'avait pas marché. Il n'en avait parlé à personne, pas même à Ctésibios. Depuis son départ, quelques petites idées lui étaient venues. Il les testerait dès son retour.

Puis Patréas avait parlé avec passion de son métier et des progrès rapides de la médecine à Alexandrie.

« Nous, les Grecs, avons bien plus appris sur le corps humain en un siècle que les Égyptiens en vingt. Ils ne savent que choyer les morts, nous, nous tentons de guérir les vivants.

Jamais un peuple n'a eu à sa disposition autant de cadavres, et ils ne connaissent presque rien de l'anatomie. Les paraschistes qui incisent les corps pour en extraire les viscères, qu'en savent-ils ? Et les taricheutes qui s'acharnent à retirer le cerveau par les narines, que savent-ils de lui ? Tant d'occasions manquées !

Nous, nous savons par exemple que le quatrième ventricule du cerveau a la forme d'un calame et l'apophyse styloïde celle d'un phare, nous faisons la différence entre les nerfs qui acheminent les sensations et ceux qui déclenchent le mouvement.

Les viscères, par exemple, ils ne les mettent pas tous ensemble ! Chacun a son vase canope. L'un pour le foie, l'autre pour les poumons, le troisième pour l'estomac. Le quatrième pour les intestins, et ils ne savent pas combien mesure le *dôdekadaktulon* !

– Parce qu'ils ne l'ont pas cherché.

– C'est ce que je dis, ils ne l'ont pas cherché.

– Ils cherchaient autre chose, conserver le corps des morts. Les Grecs, eux, n'y sont jamais parvenus.

– Parce qu'ils ne l'ont pas cherché. » Patréas voulut se reprendre, mais Béton ne lui en laissa pas le temps :

« Et pourtant, nous restons bien plus longtemps morts que vivants. »

Un matin, Béton décida de poser son pied par terre. Patréas le lui interdit, Théo passa outre. « Au moins, au début, fais porter tout ton poids sur l'autre jambe. » Béton se leva, pesa de tout son poids sur la jambe droite, dégagea la gauche qui lui parut tellement lourde, la posa sur le sol. Se retrouver debout sur ses deux jambes sans machine !... Patréas modéra son enthousiasme.

Un cheval racé, quelle différence avec le pauvre Cronos ! Élégance et rapidité, Théo se sentait d'une indicible légèreté. Rekhmirê chevauchait sagement à ses côtés. Sitôt quitté l'*Hapi*, ils croisèrent un groupe de pèlerins transportant de grosses jarres qu'ils allaient déposer, en l'honneur de Thot, dans une immense nécropole agencée avec une régularité géométrique.

La fougueuse monture de Théo bouscula un pèlerin qui laissa échapper sa jarre dans un juron. Elle se fracassa, libérant son contenu. Comment se douter qu'elle abritait une momie de babouin ? Si Rekhmirê n'avait pas été là, Théo aurait eu de sérieux ennuis. Les discussions furent interminables. Ils quittèrent soulagés la nécropole, ayant perdu une bonne partie de la matinée.

Après plusieurs stades effectués au trot, Rekhmirê fit signe de s'arrêter.

Dans un enclos marchaient dignement des dizaines d'ibis sacrés. Plumage entièrement blanc hormis la tête et la queue qu'ils avaient d'un noir de bitume, ils promenaient sur leurs fines pattes d'échassiers leur long bec arqué. On les aurait dits en pleine discussion, que l'approche des deux visiteurs, malgré leur discrétion, menaça d'interrompre. Ils s'éloignèrent sans bruit. Babouins morts, ibis rayonnants de vitalité : dans ce nome, Thot, vraiment, était à l'honneur dans sa double incarnation.

Placée bien en évidence, une grande stèle taillée dans la roche représentait le pharaon et la reine Néfertiti – dont Théo apprit au passage que le nom signifiait « la Belle est venue » – vénérant le disque solaire, avec à leurs côtés trois de leurs filles. Rekhmirê informa Théo qu'ils pénétraient dans le domaine de la ville d'Akhet-Aton, dont la stèle-frontière délimitait le territoire. Il y en avait quatorze de part et d'autre du fleuve.

Une impression de désolation planait sur le vaste cirque désertique où, il y a plus d'un millénaire, s'élevait Akhet-Aton, « Horizon d'Aton », la capitale d'Akhenaton dont le pharaon avait fait le serment qu'il n'en modifierait jamais les limites et qu'il ne la quitterait pas de son vivant.

Théo en avait-il entendu parler, de ce pharaon qui avait troqué son nom d'origine, Aménophis IV, pour se nommer lui-même Akhenaton ! Rejetant le dieu Amon, mais surtout ses prêtres omnipotents, il avait expulsé toutes les divinités au profit du seul Aton, qui devenait le dieu unique, comme le Yahvé des Juifs. Le clergé avait été supprimé, le roi, seul, étant l'intercesseur entre le défunt et le dieu, représenté par le disque solaire dont les rayons étaient pourvus de mains à leur extrémité. Des millions de mains tenant l'*Ankh*, la clef de vie. Délaissant Thèbes, il avait en quelques années accompli une révolution, changeant de nom, de dieu, de capitale.

Choisissant ce nouveau site d'Akhet-Aton parce que, vierge de dieux, jamais aucun temple n'en avait souillé le sol, Akhenaton avait placé là sa capitale pour l'isoler du reste du monde ; cernée de falaises, il ne lui avait laissé d'ouverture que par le fleuve.

À l'opposé d'Amon et de son clergé vorace, lié à la mort et à la résurrection, Aton était un dieu de vie.

Autant, face aux pyramides, le sentiment d'éternité s'imposait, autant, au milieu de ces ruines, Théo sentait que le temps n'avait pas eu sa place. Tout semblait avoir été effectué dans l'urgence et la brièveté. Construite d'une seule traite, et détruite pareillement, la ville n'avait vécu que douze années ! Capitale ô combien éphémère, « Horizon d'Aton » avait été effacée ; il ne restait d'elle que les stèles-frontières qui en délimitaient l'emplacement et en soulignaient aujourd'hui le vide pour l'édification des passants qui seraient portés à imiter son hérésie. Parenthèse vite refermée dans la longue vie de l'Égypte. Mais qui avait porté un rude coup au clergé d'Amon. Il ne s'en releva pas. Osiris remplaça Amon dans le cœur des Égyptiens.

Mais comment avaient-ils transporté des colosses lourds de milliers de tonnes depuis les carrières, d'où ils sortaient entièrement finis, jusqu'à leur lieu d'érection distant de centaines de stades ? Incontournable question des visiteurs de la vallée du Nil.

Sur la paroi de la tombe de Djehouty Hotep, gouverneur du nome sous le règne de Sésostris III, Théo eut la réponse. Peint avec une extrême précision, un colosse allongé était solidement attaché à un énorme traîneau tiré par une centaine d'hommes. « Cent vingt », précisa Rekhmirê, atteint lui aussi par la manie des nombres planant sur l'expédition. Avançant devant le traîneau, un homme, minuscule en regard de la masse qu'il précédait, arrosait le sol à grande eau. « Parfois, ajouta Rekhmirê, on enduisait le trajet de limon frais afin de le rendre plus glissant encore jusqu'au fleuve en contrebas. »

Sur le chemin du retour, Rekhmirê tint à passer devant la tombe de Pétosiris auquel son grand-père portait une grande admiration. Contemporain d'Alexandre, ce grand prêtre de Thot avait été pour Manéthon un modèle, œuvrant pour la rencontre des deux civilisations – son tombeau où les arts funéraires égyptiens et grecs étaient intimement mêlés en portait témoignage.

Après une journée si pleine d'émotions, rentrant à petit trot, Théo remarqua l'étonnant agencement des deux cités qui se faisaient face de part et d'autre du fleuve, Hermopolis et Akhet-Aton.

Dans l'une, les Maisons de vie, où les prêtres savants conservaient la mémoire de la connaissance et des textes sacrés. Dans l'autre, l'oubli.

Cela faisait plusieurs jours que le comarque n'était venu leur rendre visite. Il débarqua, joyeux, leur annonçant que le fugitif blessé, recueilli par une famille d'un village assez éloigné, avait été retrouvé. Il avait succombé à ses blessures. Rekhmirê devint blême.

Patréas garda pour lui ses pensées : si Rekhmirê ne l'avait pas laissé échapper, j'aurais pu le soigner immédiatement et, qui sait ? il serait peut-être en vie.

Au début du repas, Rekhmirê, le visage grave, leur dit combien il avait été ébranlé par ce qui était arrivé, combien il déplorait la mort de Toussi et les blessures de Béton. Mais aussi combien il déplorait la mort de plusieurs des assaillants. Patréas leva les yeux au ciel.

« Les hommes qui ont lancé l'attaque ne sont pas des pillards, mais d'anciens soldats des armées des Ptolémées ayant participé à de nombreux combats. La guerre finie, beaucoup désiraient rester dans l'armée, comme les Gaulois, les Thraces.

Le pouvoir royal les a renvoyés chez eux, alors qu'ils s'étaient battus loyalement et aussi valeureusement que les mercenaires beaucoup mieux payés. De retour dans leur village, ils se sont retrouvés plus pauvres qu'avant leur départ. Utilisant ce qu'ils avaient appris durant la guerre, ils se sont révoltés.

Comme vous, je viens d'apprendre que l'homme que j'ai blessé au cours du combat a succombé. Si je ne l'avais pas mis hors de combat, Béton serait mort à présent. Terrible choix ! Dans cet engagement, j'aurai donc tué deux hommes de mon pays, je suis bouleversé. J'ai décidé de rentrer chez moi et de ne pas vous accompagner jusqu'à Thèbes.

Et ce qui me désole encore plus, c'est que cette attaque n'était probablement pas prévue. Personne ne pouvait savoir que nous reviendrions sur nos pas... (il se reprit, esquissant un triste sourire) sur les pas de Béton. Nous n'étions sans doute pas visés directement, leur but était plutôt d'attaquer le poste de douane de la Garde thébaïque. Notre présence les a surpris. »

Rekhmirê n'était pas homme à changer facilement d'avis, personne ne tenta de le convaincre de rester.

« Ankh, Oudja, Seneb », leur souhaita-t-il en quittant l'*Hapi* : « Vie, Force, Santé ».

Retenant ses larmes, Mentep transporta ses bagages sur le bateau assurant le service régulier Thèbes-Memphis.

Très vite, du pont du bateau, l'*Hapi* ne fut plus visible... preuve qu'il était ancré dans un méandre, ne put s'empêcher de penser Rekhmirê. Au milieu d'une foule bruyante de voyageurs, il regardait, songeur, la rive défiler.

Descendant d'une longue lignée de prêtres qui, durant des siècles, avaient été les garants des croyances et du mode de vie de la population, il se sentait des obligations envers son peuple. Et voilà que, participant à une opération officielle, commandée par le pouvoir royal, il s'était battu contre les siens. Quelle preuve accablante de l'ambiguïté de son statut ! Il était entre deux civilisations. Et s'il avait choisi le métier de traducteur, n'était-ce pas pour faire le lien, par la langue ?

Par cette tâche, il collaborait indiscutablement avec le pouvoir. Ses traductions permettaient à – ne serait-il pas plus juste de dire « contraignaient » ? – la population égyptienne à se tenir informée du contenu des lois décidées par les autorités grecques. Par contre, combien peu de demandes dans l'autre sens ! Qui lui demandait de traduire des textes égyptiens en grec ? Combien, parmi les fonctionnaires, parlaient le démotique ? Combien de Grecs, après plus de cent années de présence… d'occupation, étaient aptes à communiquer dans la langue du pays ?

Certes, quand Alexandre était entré en Égypte, il avait été accueilli comme un sauveur par les Égyptiens. Certes, à Memphis, après lui avoir remis la double couronne de Haute et Basse-Égypte, le clergé l'avait couronné pharaon. Certes, il avait offert un sacrifice au taureau Apis et lâché quatre oiseaux aux quatre points cardinaux pour annoncer au monde qu'un nouveau pharaon régnait sur l'Égypte. Certes, dans l'oasis de Siwah, le prophète du dieu Amon l'avait proclamé « fils d'Amon ».

Tous ces mercenaires des armées ptolémaïques, quelle que soit leur origine, Perses, Juifs, jouissaient d'un statut préférable à celui des indigènes. Les postes de pouvoir étaient occupés par des Grecs. On ne trouvait d'Égyptiens que dans le service des eaux, parce que, comme disaient les paysans, avant que les Grecs apprennent à « se servir » du Nil, les crues se compteront par dizaines. Nous sommes devenus des étrangers dans notre pays.

Il savait cette révolte sans espoir, et sans danger pour le pouvoir des Ptolémées. Il savait aussi, au plus profond de lui, que l'Égypte ne retrouverait jamais sa souveraineté. Sa grandeur d'antan était révolue.

Certains pensaient que la domination lagide sur l'Égypte était ce qu'il y avait de moins funeste pour son peuple. Mais, descendant des pharaons, comment se satisfaire de cette dépendance ?

Quoi faire d'autre que de tenter de sauvegarder sa culture ? Voilà pourquoi il cherchait à retrouver le plus possible de textes anciens. Les conserver, les faire connaître. Il faisait seul, avec les textes de son pays, ce que, à Alexandrie, dans la Grande Bibliothèque, ils étaient des dizaines à faire avec les textes grecs.

Cette lente remontée du fleuve l'avait troublé. Il avait été ému par la beauté insolente de ces monuments qu'il connaissait pourtant si bien. D'avoir à les parcourir avec Théo, d'avoir à lui expliquer les principes régissant ces croyances, d'avoir à lui traduire ces textes gravés sur les pierres, lui avait fait considérer autrement ces œuvres du passé. Avec plus... d'ouverture et d'innocence.

Ce voyage le long du Nil lui avait permis de redécouvrir son pays.

Mentep et Théo furent les plus touchés par le départ de Rekhmirê. Le premier parce que son affection lui manquait, le second parce que ses récits lui manquaient. Sa façon de parler des monuments et des lieux, d'en dire l'âme...

Autant l'obligation d'avancer chaque jour lui avait été pénible – il aurait tant aimé s'arrêter plus souvent –, autant le fait d'être cloué au même endroit durant plusieurs semaines lui était difficile à supporter. L'ennui était en passe de le terrasser.

Cela lui trottait dans la tête. Calame, encre, papyrus. Il se mit à écrire.

Encre rouge :

Isis et Osiris. Fragments d'une histoire égyptienne, recueillis par Théophraste Excelsior, principalement auprès de Rekhmirê de Memphis, traducteur officiel, au cours d'un périple le long du Nil.

Encre noire :

« Rekhmirê nous a raconté plusieurs épisodes du mythe d'Isis et d'Osiris. Il l'a fait sans égard pour l'ordre chronologique et la continuité. M'aidant de mes notes, j'ai décidé de tenter de reconstituer "morceau par morceau" cette histoire. Une histoire dans laquelle, soit dit en passant, les roux, à cause de Seth, n'ont pas le beau rôle. Seth, toujours représenté avec le museau effilé d'un lévrier, les oreilles pointues et les yeux bridés.

J'ai écrit plus haut dans quelles circonstances étaient nés les cinq enfants du Ciel et de la Terre. L'aîné, Osiris, l'époux d'Isis, régnait sagement sur l'Égypte que ses parents lui avaient confiée. Jaloux, Seth invita son frère à un grand banquet, auquel participaient soixante-douze de ses compagnons. Pourquoi soixante-douze ? Au milieu du repas, Seth fit apporter un coffre de bois, un véritable joyau qui souleva des cris d'admiration. "À celui d'entre vous qui, en s'y couchant, l'emplira complètement, j'offrirai le coffre."

Chacun s'y essaya. Pour celui-ci, le coffre était trop long, pour celui-là, trop court. À son tour, Osiris tenta sa chance, il se glissa, s'allongea. Il emplit complètement le coffre ! À peine constaté, Seth et ses complices refermèrent le couvercle sur lui, serrèrent le tout de cordages et le jetèrent dans le Nil. Le coffre devint son cercueil. Le premier sarcophage, sans doute…

Le cadavre d'Osiris descendit le Nil, parvint à la mer et, poussé par les courants marins, s'échoua sur la côte à Byblos, en pays phénicien.

Parti à la recherche du corps, Isis finit par arriver à Byblos où on lui parla d'un arbre magnifique qui avait poussé sur un coffre venu de la mer. Elle sut qu'elle l'avait retrouvé.

Touché par sa douleur, le roi de Phénicie lui rendit le coffre, qu'elle rapporta en Égypte. Elle n'eut pas le temps de le cacher que Seth réussit à s'en emparer. Et cette fois, afin que son frère ne puisse jouir d'une sépulture, il le dépeça. Quatorze morceaux qu'il dissémina à travers le pays. Pourquoi quatorze ?

Infatigable, Isis reprit sa quête. Ce n'était plus un Osiris qu'elle devait retrouver, mais ses quatorze morceaux.

Elle en récupéra treize. Le quatorzième – le pénis – restait introuvable, avalé par un poisson, l'*oxyrynchos*, qui a donné son nom à une ville où nous sommes passés il n'y a pas longtemps. Sans l'aide d'Anubis, le dieu chacal, Isis ne serait jamais parvenue à reconstituer le corps d'Osiris.

Réunissant les treize morceaux, Anubis les enserra dans des bandelettes. Sans doute la première momie…

Réunifié, Osiris reprit vie, il fut le "premier des Occidentaux". Prenant l'apparence d'une oiselle, Isis s'unit à lui. Horus, dieu faucon au regard perçant, naquit de cette union improbable.

Osiris regagna le royaume des morts, sur lequel il règne désormais. Somptueux message d'espoir. Semblables à Osiris, les morts – uniquement les pharaons – pouvaient donc ressusciter !

L'éternité leur était désormais offerte. Cette croyance a produit des merveilles, les pyramides et les chapelles funéraires, les cénotaphes et les immenses nécropoles. Et l'on me dit que je n'ai pas encore tout vu. Que n'ai-je entendu parler de la Vallée des Rois, du côté de Thèbes !

Je me demande, plus encore à présent, ce que les hommes auraient construit s'ils n'avaient pas eu de dieux à abriter.

Voilà pour l'œuvre d'Osiris en direction des morts. En direction des vivants, on lui reconnaît d'avoir dicté le cycle de la nature. Sa vie, sa mort, sa résurrection composent le cercle des saisons. (Voilà pourquoi il n'y en a que trois !) À l'enfouissement des morceaux de son corps correspond l'ensemencement, le temps des semailles. À la résurrection, la sortie des plantes de terre, le temps de la germination. À sa mort, le temps des moissons, où, coupant les épis, s'accomplit une nouvelle mise à mort d'Osiris.

Revenons à Horus. Caché dans les marais, à l'abri des recherches de Seth, il grandit, protégé par Isis et par sept adorables scorpions qui ne le quittaient pas. Quand il eut l'âge de combattre, il partit venger son père. Au cours du combat, Seth arracha un œil à Horus, et Horus, les testicules de Seth.

Émasculé, Seth devint le dieu stérile, le dieu du désert rouge. En visant l'œil d'Horus, il s'attaquait à la lumière et au ciel. Les éclipses ne sont rien d'autre que Seth arrachant l'œil d'Horus, le droit pour une éclipse de Soleil, le gauche pour une éclipse de Lune.

Mais, sans le meurtre commis par Seth, pas de résurrection d'Osiris, pas de recommencement. Par cet acte, l'éternité immobile, rendue à jamais impossible, laissa la place à un temps bercé par le cycle toujours recommencé des saisons. C'est Thot, le dieu du temps, qui séparera Horus et Seth, rendant à l'un son œil, à l'autre ses testicules. Ouf !

Finalement, les rouquins...

Suivant sa fâcheuse habitude, Seth avait découpé l'œil en plusieurs morceaux – six – qu'il jeta dans le Nil. Lançant un filet dans le fleuve, Thot n'en avait remonté que cinq. Le sixième restait introuvable. Au corps incomplet d'Osiris faisait écho l'œil incomplet d'Horus.

Voilà, telle que Rekhmirê me l'a racontée, l'histoire numérique de l'œil d'Horus. C'est les Pythagoriciens qui seraient contents !

Chacun des cinq morceaux étant une partie de l'œil entier, une arithmétique magique leur attribua une fraction plus petite que l'unité : tel valait 1/2, tel autre 1/4, tel autre 1/8, tel autre 1/16, tel autre 1/32, tel autre 1/64.

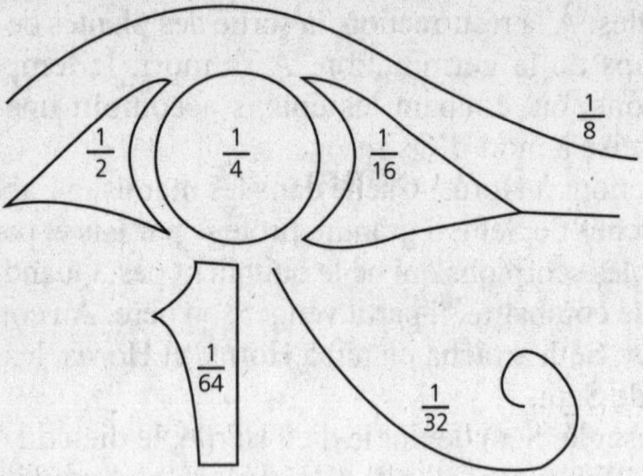

J'ai fait la somme : 63/64. Ce 1/64, est-ce la valeur du pénis d'Osiris ? Thot, ne voulant pas que l'œil fût incomplet, ajouta cette fraction : l'énergie de vie qui, à l'œil d'Horus, donnerait son acuité. À tous les scribes calculateurs, désormais, Thot fournira ce 1/64 qui leur permettra d'atteindre la complétude.

Je suis heureux d'être parvenu à reconstituer cette histoire, qui vaut les plus beaux mythes grecs. Un jour viendra où un grand auteur fera de ce mythe une histoire inoubliable, et pas seulement pour les lecteurs égyptiens. »

Chapitre 20

CONFORTABLEMENT assis sous une tonnelle dans le jardin royal, un petit groupe de courtisans, l'air pénétré, écoutaient avec une attention soutenue Philopator déclamer son *Adonis*.

Il portait un habit taillé dans l'évidente intention de laisser découverte une bande de chair allant du bas des côtes au haut du bas-ventre. Autour du centre de la bande pâle, aspirant les regards, le tatouage dont il était si fier.

Chacun de ses gestes faisait tinter une série de bracelets glissant le long de ses avant-bras. Le cliquetis métallique offrait à la déclamation une note musicale, accompagnant les vers prononcés avec componction qui s'échappaient de la bouche royale comme un long filet de miel. Les courtisans semblaient n'avoir jamais rien entendu d'aussi adorable.

Au premier rang, Agathoclès récitait tout bas le texte en même temps que le roi.

Sosibios, se glissant entre les auditeurs, se pencha à l'oreille de Philopator, lui murmurant des mots que tous entendirent néanmoins : « Excuse-moi d'interrompre ta lecture, mais un grand malheur vient d'arriver. » Le visage de Philopator se figea, un vers subtil resta suspendu dans l'air tiède, le cliquetis cessa : « Magas ! Qui a pu commettre cette infamie ? »

Sosibios, haussant le ton de façon que tous puissent

l'entendre : « C'est un accident, Seigneur, un affreux accident. Tu sais combien ton frère aimait à voguer sur le Nil. Son bateau s'est retourné, il s'est débattu et sa tête a été prise dans un cordage. Les secours ont été rapides, mais il fut impossible de le sauver. »

À la tombée de la nuit, le corps de Magas fut transporté dans sa chambre, les cheveux encore humides. Revêtu d'un chiton, les épaules recouvertes de la chlamyde, il avait l'air si jeune, avec ses longues boucles brunes et son visage imberbe. Son bouclier reposait sur son torse, son glaive et son poignard posés le long de son corps.

Bérénice, le visage ravagé, s'approcha du corps inerte et se plaça près de la tête de son fils.

Dans le couloir, la jeune servante pleurait.

L'eau s'écoulait dans la clepsydre. Elle baissa de plusieurs graduations. Plongée dans une immobilité de pierre, Bérénice semblait insensible à ce qui l'entourait. Personne n'osait intervenir pour faire revenir la reine à elle. Où son esprit s'était-il enfui ?

Enfin, elle remua la tête lentement pour chasser les affres dans lesquelles elle était plongée. Elle se redressa. Qu'elle avait vieilli !

Lentement, méthodiquement, elle fit le tour de la pièce, considérant un à un les objets de son fils : son arc, son glaive, sa sarisse, son casque, son bouclier, son appuie-tête, un coffret à bijoux, un damier, une tunique posée sur un fauteuil, des sandales d'or, la statue d'un couple de lutteurs nus en plein effort ; une autre statue – un professeur avec une énorme tête d'âne – ne lui arracha aucune réaction. Son regard vacilla, elle se reprit, ferma les yeux, les rouvrit. Ils brillaient d'une terrible lueur. Elle se précipita vers la porte, l'ouvrit : « Reine, Reine, où allez-vous ? » lui demanda Esthie qui la suivit.

Dans sa course, elle bouscula le lamptêrophoros qui faisait sa tournée de contrôle du niveau d'huile des lampes. Son vase se renversa, l'huile se répandit sur le sol.

Le vieux cocher sommeillait sur le siège du char royal stationné au bas de l'escalier. Quand Bérénice apparut, il ne marqua aucune surprise, il savait le malheur survenu dans l'après-midi. Esthie, désemparé, regarda la reine descendre les escaliers. « J'interdis que l'on nous suive », ordonna-t-elle, en s'engouffrant dans le char. Comme Évergète ! remarqua le cocher, repensant à cette nuit dont le souvenir restait gravé dans sa mémoire. Cette nuit de complicité où il avait conduit le roi à travers sa ville.

Il ressentait la terrible tension de Bérénice. Il la connaissait depuis si longtemps ; il l'avait vue jeune reine, jeune épouse, splendide, arrivant à Alexandrie. Étrange couple que celui d'Évergète et de Bérénice ; ils semblaient si bien ensemble. Une exception parmi les souverains.

Le char atteignit la citadelle, passa la porte d'enceinte.

« Où allons-nous, Reine ?

– Vers le port. »

Le char traversa la ville à toute allure, les roues résonnaient sur les pavés ; le cocher n'aimait pas cela. Longeant le Grand Port, le char s'approcha de l'Heptastade. C'est alors qu'il comprit. Le Phare !

Il avait beau avoir l'habitude, cette vision l'émerveillait. Tous ceux qui s'étaient aventurés en pleine nuit sur l'Heptastade pourraient en témoigner. Il fallait un long moment pour que, bravant la fascination, on décelât, à regret, une longue colonne sombre reliant les flammes au sol. Là, vraiment, l'évidence éclatait : la tour ne servait qu'à hisser le foyer le plus haut possible. Il flottait dans les airs.

Le cocher retint les chevaux. Le char pénétra lentement dans la cour. Des soldats se placèrent devant la porte du Phare. Le cocher aida Bérénice à descendre. « C'est folie, Reine, tu n'y résisteras pas. » Elle n'entendit rien. L'officier lança un ordre, les soldats présentèrent les armes. Une pulsion impérieuse la poussait. Se hisser vers le ciel, pour ne pas s'abîmer sous terre.

En vingt années de règne, elle n'avait jamais pénétré dans le Phare, elle n'en avait même jamais eu l'idée. Pour elle, il était une évidence, une montagne dans la ville.

D'un pas décidé, elle aborda la rampe déserte. La minuit était passée. Hormis, en bas, les soldats de la garde et, tout en haut, les servants du foyer, les occupants dormaient.

L'ascension commença.

Un officier l'accompagna, ne sachant s'il devait la suivre ou la précéder. Placées à intervalles réguliers, des lampes à huile combattaient l'obscurité. L'officier se plaça derrière la reine, assez près pour avoir la possibilité de la retenir si elle glissait. Il était sûr que bientôt elle s'arrêterait, convaincu que les souverains n'étaient armés ni pour l'endurance ni pour l'effort physique.

La reine ferma les yeux, reprit son souffle et repartit. Après chaque arrêt, qu'il pensait être le dernier, il la voyait repartir. Fasciné par son étonnante résistance, l'officier comprit qu'il ne servait à rien de tenter de la dissuader de poursuivre l'ascension.

Avertis on ne sait comment, les hommes étaient sortis de leur chambre. Baissant la tête comme s'ils savaient qu'ils ne devaient pas voir ce qu'ils voyaient, ils lui firent une haie d'honneur, silencieuse, complice, digne. Bérénice sentait leur présence. Dans son sillage, elle entendait comme un souffle : Bérénice, ice, ice…

Plusieurs fois, le cœur lui manqua, elle vacilla, des hommes se précipitèrent. Elle les repoussa, s'appuyant sur le mur. Elle croisa le regard d'un homme qui, d'un imperceptible mouvement de la tête, l'encouragea. Elle ne pouvait abandonner.

Bérénice atteignit le premier palier. L'officier espéra qu'elle n'irait pas plus loin. La chaussée s'interrompait, remplacée par des escaliers. Elle posa les mains sur la rampe, relâcha la tête et ses cheveux se défirent. L'officier vit son dos agité par les vagues pressantes de sa respiration.

Elle repartit. Il sut alors qu'elle irait jusqu'au bout. Un soldat lui tendit une coupe, elle but avec avidité. Le récipient lui échappa des mains, rebondissant de marche en marche. Le bruit resta incrusté dans le silence. Bérénice reprit son ascension, des pas courts, sans trêve. Une éternité.

L'officier – il avait du mal à la suivre – comptait les marches.

Dehors, la nuit enveloppait le Phare.

Bérénice atteignit le deuxième palier. Ses jambes lui faisaient mal. L'escalier se resserra.

Ultime palier. L'officier en faction, la reconnaissant, resta interdit. Il ouvrit la porte, le vent s'engouffra ; d'une voix mal assurée, il annonça : « La Reine ! » Bérénice fut happée par une chaleur de fournaise.

Les servants effarés la virent avancer vers le foyer. De leur visage tanné, noirci de fumée, on ne distinguait que les yeux ; leur tête était enserrée dans un casque de cuir et leur corps recouvert d'un tablier semblable à celui des forgerons. Mortels luttant contre la nuit, ils entretenaient le foyer à des hauteurs inouïes.

Bien que l'on fût en plein air, au cœur de la nuit, on cuisait. Feux d'Héphaïstos ou de Pluton, comment ces hommes pouvaient-ils résister ? Sans le conduit de la cheminée placée au-dessus du foyer, aspirant une grande partie des fumées, le travail serait impossible. Revenus de leur surprise, ils s'inclinèrent, oubliant leur tâche.

« Le feu baisse ! » tonna le chef des servants. Depuis plus de cinquante années, il ne s'était jamais éteint. La journée, il couvait sous ses cendres.

Empoignant des fagots entassés à l'abri derrière un mur de pierre, deux servants les posèrent habilement au milieu du foyer. Le feu rugit, les flammes s'élevèrent vers le ciel, des milliers d'étincelles voltigèrent dans la nuit. Bérénice recula, de minuscules brandons tombèrent au milieu de ses cheveux. Ils l'avaient prévu, ils le redoutaient. Un servant se précipita, empoigna la chevelure, éteignit les flammèches, ôta son casque de cuir, le posa sur la tête de Bérénice, y enfourna ses cheveux. Et, doucement, serra la jugulaire. Le visage n'avait pas été atteint. Posant la main sur son bras, Bérénice le remercia.

Les deux hommes qui venaient d'alimenter le feu s'aspergeaient, puisant l'eau dans une citerne. L'un d'eux tendit un seau à Bérénice. Elle y plongea les bras, se rinça le visage.

S'approchant de la balustrade, elle leva la tête, fouillant farouchement le ciel. « Touchant aux feux de la Vierge et du Lion féroce, voisine de Callisto, la fille de Lycaon, j'incline vers le couchant, guidant le Bouvier paresseux, qui plonge lentement dans les profondeurs de l'Océan », récita-t-elle, d'une voix rauque cassée par les pleurs. « Me voilà, Isis. Tu t'es vengée ! J'ai rompu le serment que naguère je t'avais fait. Lagos règne pour notre malheur. Ah ! Évergète, Évergète, pourquoi ne m'as-tu pas écoutée ? Ton fils serait vivant. » Elle quitta des yeux sa constellation et, penchant la tête, elle regarda longuement la ville sur laquelle elle avait régné vingt années. À ses pieds brillaient des centaines de lumières qui s'éteindraient bien avant les étoiles de la Chevelure de Bérénice.

Le chef des servants s'approcha : « Reine, tu dois redescendre à présent. » Prenant son bras, il la reconduisit jusqu'à la porte. Elle s'arrêta, se tourna vers les servants. Ils la regardèrent pleins d'admiration. L'officier ouvrit la porte. Bérénice avança. Devant elle s'ouvrait un puits d'obscurité, son pied effleura la première marche. Ce fut le noir complet.

L'aube pointait. Le cocher, fou d'inquiétude, vit la porte du Phare s'ouvrir. Dans le char qui la ramenait au palais, la reine était évanouie.

Débarquant dans le port du lac, Ératosthène reçut la nouvelle avec stupeur. On ne lui donna aucun détail. Que s'était-il passé ? Un combat ? Magas aurait été blessé au cours de l'un de ces combats où il adorait se mesurer avec les meilleurs guerriers.

Immédiatement averti par ses espions surveillant le port, le retour inopiné d'Ératosthène inquiéta Sosibios. Pourquoi était-il revenu et, surtout, pourquoi n'avait-il averti personne ?

Lorsque Ératosthène se présenta au palais, Philopator l'attendait, le visage défait. Apprenant les circonstances de la mort de Magas, Ératosthène marqua sa stupeur. « Moi non plus je ne comprends pas comment cela a pu arriver, lui confia Philopator. Magas était un excellent marin et bon nageur. Pourtant, tout confirme ce que je viens de te dire. Va voir ma mère, elle doit être abattue. Il était son préféré, tu le sais. Elle a beaucoup de malheurs ces derniers temps. Croirais-tu ce que l'on vient de m'apprendre ? Elle a passé la nuit entière en haut du Phare ! Et on dit que c'est moi qui suis "dérangé" ! »

Ératosthène se précipita dans les appartements de Bérénice. Un médecin, venu la visiter, avait rassuré son entourage. Elle dormait à présent.

Et Arsinoé ? Comment avait-elle réagi ? Il alla dans ses appartements. Elle n'y était pas. Personne ne put lui dire où elle se trouvait. Il s'apprêtait à quitter le palais, quand Esthie vint le prévenir, la reine demandait à le voir.

« Tu crois ce qu'il te dit ? Tu crois que Magas s'est noyé tout seul ? Qui l'a aidé ? » demandait Bérénice, véhémente. Ératosthène restait silencieux. Où la reine trouvait-elle encore la force de crier ? Les traces de fumée nettoyées à la hâte se voyaient encore. Dans sa chevelure posée sur l'appuie-tête, Ératosthène put apercevoir des mèches roussies. Et sur ses bras, des brûlures. Il remarqua avec étonnement un casque de cuir posé sur son meuble de chevet. « On m'a rapporté que des pêcheurs ont vu un bateau éperonner l'embarcation de Magas et s'enfuir. Je te dis que ce n'est pas un accident.

– Mais alors...

– Un assassinat !

– Qui peut vouloir tuer Magas, Reine ? C'est encore un enfant.

– C'était, Ératosthène, c'était ! » Elle se mit enfin à pleurer.

« Reine... » Il avança la main et la posa sur la sienne.

« Mon ami, mon ami, murmura-t-elle, adoucie. Il n'y a rien de pire qu'un palais où l'on sait qu'on veut vous supprimer, vous et les êtres qui vous sont chers. Une fosse aux serpents à murs lisses... Rien ne peut empêcher la piqûre mortelle. »

Ératosthène s'inquiéta, la reine délirait.

Esthie entra précipitamment :

« Reine, la princesse Arsinoé...

– Quoi ? Parle, parle !

– On l'a cherchée partout. »

Bérénice pâlit.

« Reine, Reine, écoute-moi, la supplia Ératosthène. Je suis sûr qu'il ne lui est rien arrivé. Je vais la retrouver.

– Alors, où est-elle ? C'est lui, lui ! Comme pour Magas. Ce monstre !

– De qui parles-tu ?

– Lagos, ton élève ! Et les brigands qui l'entourent. Tu es vraiment aveugle, mon pauvre Ératosthène, tu n'as jamais rien vu, jamais rien compris. Il a fait assassiner Magas parce qu'il avait peur qu'il lui ravisse le trône. »

Ébranlé, Ératosthène refusa d'entendre. Comment une mère pouvait-elle penser une chose aussi terrible de son fils ?

« Non, non, c'est impossible ! Je le connais, il a des faiblesses, mais pas cela… »

En quelques heures, sa joie de retrouver Alexandrie, puis la nouvelle de la mort de Magas, sa rencontre avec Philopator, Bérénice une nuit entière au sommet du Phare, son évanouissement, la disparition d'Arsinoé… Ératosthène avait le sentiment que quelque chose s'était détérioré depuis son départ.

Parer au plus pressé ! Il était certain qu'Arsinoé n'était pas en danger. Elle n'avait pas eu d'accident, elle n'avait pas été enlevée. Elle se cachait sûrement, c'était sa façon à elle de se protéger quand elle avait de la peine. Soudain, il sut où elle se trouvait. Il sauta dans un char.

Blottie dans les bras d'Ératosthène, Arsinoé pleurait. Il ne disait rien, laissant se déverser son chagrin. Au bout d'un moment, elle le regarda comme si elle venait de le découvrir : « Mais tu étais à l'autre bout du pays, comment as-tu fait pour revenir si vite ? Tu savais déjà pour Magas ?

– Non, non, c'est pure coïncidence. »

Ils étaient assis au fond du puits, au bord de l'eau, comme la première fois, sur la route de Canope.

« Toi seul pouvais savoir que j'étais ici. Je voulais me cacher, rester seule dans le noir. J'ai beaucoup de peine pour Magas. Si on veut faire la nuit en plein jour, on descend au fond d'un puits. C'est pour cela que je suis revenue.

– Regarde-moi. Dis, tu voulais mourir ?

– Je ne sais pas ce que ça veut dire pour moi. Pour les autres, pour ceux que j'aime, pour père, pour Magas, je sais. Cela veut dire que je ne les reverrai plus jamais. Mais pour moi, je ne comprends pas ce que ça veut dire que je ne me reverrai plus jamais. Oh, c'est trop compliqué. Je voulais faire la nuit et que plus jamais le jour ne revienne. Tu m'avais dit que le Soleil ne pénètre jamais au fond d'un puits.

– Ah non, je n'ai pas dit ça.

– Si ! Tu l'as dit.

– Je n'ai pas pu te le dire, c'est faux ! Il existe des endroits où les rayons du Soleil atteignent le fond des puits.

– Et ils éclairent l'eau ? Je ne te crois pas.

– Regarde, supposons que le Soleil se trouve juste au-dessus de nous (il pointa le doigt vers l'ouverture), ses rayons nous tomberaient sur la tête comme une pierre. » Mettant les mains sur la tête, il exagéra ses gestes pour décrisper Arsinoé.

Arsinoé ne se dérida pas et, provocatrice : « Alors j'attends ici pour le voir.

– Ta mère est folle d'inquiétude. On rentre. »

Arsinoé, têtue : « Je te dis que je reste ici pour le voir. »

Ératosthène perdait patience : « Tu peux rester toute l'année, tu ne verras rien.

– J'ai donc raison. Tu m'as menti.

– Non, non et non. Je dis que ICI tu ne verras rien. Pour le voir, il faut aller loin vers le sud, après le Tropique.

– Je veux le voir ici.

– Tu peux bien le vouloir. En astronomie, il vaut mieux vouloir ce qui existe. Ce qui n'existe pas, quoi que tu fasses, tu ne le feras pas arriver. » Ératosthène s'arrêta brusquement : « Tu sais que tu me donnes une idée ? Une excellente idée, même ! » Il était tellement excité qu'il faillit tomber à l'eau.

Soudain pressé, il empoigna l'échelle, commençant à gravir les barreaux. « Tu m'emmèneras ? implora-t-elle.
– Viens ! » Il poursuivit sa montée. Elle cria : « Ératosthène ! » Jamais elle ne l'avait appelé ainsi. Il se retourna, elle leva les yeux vers lui : « Je ne veux plus rester au palais. »

Sur le chemin du retour, dans le char où Arsinoé s'était endormie, il tentait d'évaluer les conséquences de l'idée qui venait de germer.

Après avoir déposé Arsinoé, il s'échappa pour ne pas assister aux retrouvailles entre la mère et la fille. Ah, les Lagides, les Lagides !

Mais Philopator avait envoyé un de ses serviteurs le chercher.

« Te souviens-tu des jeux en l'honneur des Muses ? lui demanda le roi. Je t'en ai parlé dans l'une de mes lettres. Il faut que tu m'aides, je n'ai pu trouver que six juges. Trouve-moi le septième. »

Voilà à quoi il pense alors que son frère vient de se noyer ! se dit Ératosthène. Un septième juge !

Enfin se retrouver dans sa Bibliothèque ! Tout le monde l'attendait. Il fut content de constater qu'au-delà des attitudes et des formules conventionnelles, ils semblaient sincèrement heureux de le revoir. C'était son autre famille. Même Sélénios était là ! « Je me disais bien que j'avais entendu votre voix », lâcha le vieux sourd.

Tout le monde étant retourné à son poste, il put enfin

se lancer dans les recherches concernant sa nouvelle idée sur la mesure.

Se dirigeant vers l'étagère où il savait trouver l'ouvrage qu'il désirait consulter, il aperçut, le nez plongé dans un rouleau, le lecteur sans doute le plus assidu de la Bibliothèque – il y passait ses journées –, Aristophane de Byzance. Le septième juge !

Patréas prescrivit à Béton des bains quotidiens dans le Nil. Il devait faire de petits mouvements pour assouplir les muscles de sa jambe et aussi pour que l'articulation de son genou retrouve sa mobilité.

Théo le rejoignit durant l'une de ces séances : « Tu ne voudrais pas m'apprendre à nager maintenant que j'ai retrouvé mes deux bras ?

– Tu ne sais pas nager ?

– Pas parfaitement.

– Demande à Mentep ou à Rensi.

– Non ! Eux, ils barbotent. »

Théo suivait les progrès de Béton comme une mère les premiers pas de son enfant.

Bérénice exigea que Magas repose aux côtés de ses ancêtres, dans le Sôma où, outre Alexandre, se trouvaient déjà Philadelphe et Évergète. Philopator accéda au désir de sa mère. Elle n'avait jamais été aussi majestueuse, toisant les dignitaires qui baissaient les yeux lorsqu'elle les regardait. Arsinoé se tenait à ses côtés, digne et belle. Cette épreuve lui avait fait franchir le cap de l'adolescence. En les voyant toutes les deux, Ératosthène pensa : Étrange famille ! La mère s'expose au sommet du Phare, tandis que la fille va se cacher au fond d'un puits.

Depuis un instant, Bérénice ne suivait plus la cérémonie ; une question s'était emparée d'elle : si Magas était monté sur le trône, sous quel nom aurait-il régné ? Elle s'entendit murmurer : Ptolémée Magas Philométor, « Celui qui aime sa mère ».

Apaisée, elle se dit qu'il lui fallait réagir. Empêcher Philopator d'épouser Arsinoé. Le seul moyen était qu'au plus vite Arsinoé se marie avec un prince d'une famille régnante. Philopator ne pourrait s'opposer à un tel mariage tant qu'elle était vivante. S'il s'obstinait, ce serait le conflit.

Comme il se l'était promis, Ératosthène rechercha dans les rayons de la Grande Bibliothèque les ouvrages égyptiens que Rekhmirê conservait chez lui. Il n'en trouva aucun. Il s'en doutait.

Hormis les œuvres de Manéthon, il n'y avait qu'une poignée de rouleaux provenant de l'extérieur du monde grec. Une traduction de l'ouvrage du prêtre babylonien Bel Marduk, deux ouvrages indiens non traduits apportés par une ambassade du roi Asoka et, bien sûr, la traduction de la Bible des Juifs, la Bible des Septante.

Rassembler les peuples, rassembler les œuvres de tous les peuples, Ératosthène dut l'admettre, l'ambition d'universalité de Démétrios de Phalère avait été oubliée. On s'était focalisé sur les œuvres grecques, négligeant le reste du monde.

Alexandre avait pourtant cherché à convaincre ses contemporains que le monde ne pouvait plus se réduire au petit univers grec !

Ératosthène reçut la lettre de Théo lui annonçant que Béton était prêt à reprendre la mesure. Il fut d'autant plus surpris qu'il n'avait jamais vraiment cru que l'opération pourrait se poursuivre cette année.

Ou la machine de Patréas était un prodige, ou Béton était d'une constitution exceptionnelle. Ou bien les deux. Il regarda la date, fit une fois encore le calcul. S'il n'y avait plus d'autre incident, l'opération pourrait être terminée dans les temps !

Par retour du courrier, il envoya deux lettres, l'une

pour l'*Hapi*, informant de son retour immédiat, l'autre pour Rekhmirê. Il désirait lui dire combien il regrettait son départ, le remerciant de lui avoir fait découvrir tant d'aspects de l'Égypte. Il lui dit avoir cherché dans la Grande Bibliothèque et n'avoir trouvé que bien peu de textes traduits de l'égyptien. Il l'assurait que, une fois rentré, il comblerait cette absence, sollicitant dès à présent son aide pour cette tâche qu'il ne pouvait accomplir seul.

Lui annonçant la reprise de l'expédition, il terminait par un souhait : « Cela me ferait extrêmement plaisir que vous reveniez parmi nous. Votre cabine sur l'*Hapi* vous attend. Vous serez surpris, et ravi, quand vous prendrez connaissance des modifications que j'ai apportées à ma méthode de mesure. »

Chapitre 21

Ce fut la journée des deux surprises. Une galère rapide à douze rameurs et une luxueuse embarcation en bois de cèdre débarquèrent, à quelques heures d'intervalle, des passagers pour l'*Hapi*.

De la première, bâtiment officiel mis à sa disposition, Ératosthène ne descendit pas seul. Arsinoé l'accompagnait. La stupéfaction fut totale. L'équipage n'en revenait pas : une princesse à bord !

Bérénice avait prié Ératosthène de la prendre avec lui, elle se sentirait soulagée de la savoir loin d'Alexandrie. Choquée par la mort de son frère, Arsinoé ne voulait pas rester au palais. L'atmosphère lui était devenue insupportable. Sans cesse elle croisait les regards haineux d'Agathocléia, et ceux, libidineux, d'Agathoclès. Et puis elle voulait vérifier ce qu'avait dit Ératosthène au sujet du puits.

De la seconde, débarqua Rekhmirê. Personne ne s'attendait à son retour, y compris Ératosthène qui n'osait espérer que sa lettre ait un effet si rapide. Mentep était aux anges.

Arsinoé et Béton s'éloignèrent pour parler un peu. Béton avait appris la mort de Magas avec tristesse et indignation. Le capitaine, ayant pu apprécier les capacités du prince quand celui-ci les avait suivis le jour du départ, n'avait pu cacher son trouble. Nul n'exprima publiquement ses doutes, Patréas était le médecin personnel de Philopator, personne ne l'oubliait.

Rekhmirê annonça à Ératosthène qu'il allait bientôt avoir beaucoup de travail de traduction. « Je dois reconnaître que Philopator fait des efforts louables en direction de la population égyptienne. Est-ce votre enseignement qui lui a ouvert l'esprit ? Je vous en félicite. Il vient d'introduire le protocole égyptien dans les rédactions des textes adressés aux habitants grecs. Cette mesure va contribuer au rapprochement des deux populations, je m'en félicite. »

Ératosthène ne cacha pas son contentement. Enfin quelqu'un qui ne disait pas de mal de son élève.

L'arrivée d'une jeune femme dans un groupe d'hommes qui avait pris ses habitudes changea radicalement l'ambiance. Chacun fit des efforts pour dire le moins possible de grossièretés. Et surtout, plus question d'aller pisser le soir du haut du pont, à l'arrière de l'*Hapi*, le nez dans les étoiles !

Il fut décidé de maintenir la plus grande discrétion sur la présence de la princesse. Comme il n'y a pas encore de pièce de monnaie à son effigie, il y a peu de chance qu'elle soit reconnue, remarqua Théo malicieusement.

On aménagea l'arrière de l'*Hapi* de façon qu'Arsinoé puisse se livrer à sa toilette en toute tranquillité.

Le moment du départ était arrivé.

La population les avait adoptés. Elle était venue massivement assister au départ. Les gamins couraient de tous côtés. Est-ce parce qu'il pressentait la reprise imminente ou à cause des gamins tournoyant autour de lui que Cronos était énervé ?

Le toparque vint leur faire ses adieux, il dit tout l'honneur qu'il avait eu à les accueillir sur le territoire dont il avait la charge. Il regrettait cette attaque que rien ne laissait présager, tint-il à rappeler une fois encore.

Le gardien du signal était à son poste, à côté de l'obélisque. Théo lui promit que, cette fois, ils ne reviendraient pas.

Ni Béton ni Théo n'avaient oublié pourquoi ils avaient dû revenir à ce signal. Au moment de reprendre la mesure, la question revint, brûlante. Lequel avait failli dans le décompte des pas ?

« Tout le monde est là ? » D'un regard satisfait, Ératosthène passa en revue l'équipe assemblée autour de l'obélisque : Béton, Théo, Patréas, Rekhmirê, le capitaine, Tati, Mentep, Rensi, et le chef du détachement militaire qui avait l'ordre de ne plus les quitter jusqu'à l'arrivée. Par précaution, Arsinoé assistait au départ depuis l'*Hapi*.

Ératosthène cligna des yeux d'un air malicieux :

« Tout est prêt ? En route pour Syène ! »

Une exclamation unanime accueillit ces mots : « Pour Syène ! ? »

Mystérieux, Ératosthène jouissait de son effet :

« Oui, pour Syène !

– On ne s'arrête plus à Thèbes ? demanda Béton, ahuri.

– Eh non, mon pauvre Béton ! Tu vas devoir marcher plus longtemps.

– Ah non, non et non ! explosa Théo. Vous m'aviez annoncé "jusqu'à Thèbes". En décidant d'aller au-delà, vous commettez un véritable acte de… d'autorité. Nous avions une sorte de contrat. »

La foule, curieuse, s'était rapprochée. Les enfants avaient cessé de courir. Le comarque écoutait avec indiscrétion.

Ératosthène fit signe à Théo de se calmer : « Je ne peux te dire que ceci : tu es bien le dernier à avoir le droit de protester. Tu comprendras tout à l'heure pourquoi. Nous n'avons pas le temps à présent. Ce soir, à la fin de l'étape, je vous expliquerai. »

Théo voulut répliquer. Il se retint, se disant que, s'il ne chassait pas tout de suite cette idée, il risquait à nouveau de commettre une erreur dans le décompte des pas.

Béton se mit en place, talon à l'obélisque. De lui-même, Cronos vint se placer derrière Béton. Théo l'enfourcha : « Alors, mon vieux complice, on repart pour de nouvelles aventures », lui glissa-t-il en lui lissant le col. Les grandes oreilles dressées oscillèrent.

Le trio était reparti. Le gardien salua Béton lorsqu'il le vit accomplir son premier pas. Cronos se mit en marche. Avec un étrange plaisir, Théo retrouva le ballottement devenu si familier. Les paysans agitèrent la main.

Béton s'étonna de reconnaître le moindre détail du trajet, la berge se déroulait devant lui comme dans un songe d'une précision saisissante. Il avançait le long du « méandre de l'erreur ». Derrière lui, Théo, le visage fermé, luttait contre la colère, fixant son regard sur les jambes de Béton. Comptant, comptant.

La voile mauve de l'*Hapi* passa à leur hauteur. Que voulait-il dire quand il a déclaré que j'étais le dernier à avoir le droit de protester ? Qu'ai-je à voir avec sa décision de rallonger la mesure ? Qu'ai-je à voir avec Syène ? Et finalement avec cette expédition ?

Béton aperçut le signal. Durant tout le temps de l'interruption, il était resté sous la surveillance de deux soldats.

Ératosthène cueillit les deux carrés de papyrus. Dans le silence, il annonça : « Béton, 10017. Théo, 10025. » À l'écoute des résultats, Théo et Béton échangèrent un regard complice. Ils pensaient exactement la même chose : ils s'étaient trompés tous les deux, Théo en comptant moins de pas qu'il ne fallait, Béton en en comptant plus. C'était tellement mieux ainsi ; portant ensemble la responsabilité de l'erreur, ils étaient libérés. Leur association n'était pas entamée.

« Moyenne : 10021, annonça Ératosthène. Ce nombre est retenu pour la mesure du tronçon. »

Un pas de plus que la moyenne rejetée ! Ératosthène ne put s'empêcher de penser que, s'il avait été moins sourcilleux, ces catastrophes ne se seraient pas produites. Mais il refusa d'incriminer sa volonté de précision dans le déroulement des événements qui avaient suivi. Le rejet de la mesure était mathématiquement justifié, il avait eu raison de décider de la recommencer. Le reste concernait le destin.

Après une courte pause, ils se lancèrent dans le deuxième tronçon. Maintenant commençait vraiment une étape nouvelle. Béton s'était à peine éloigné que les deux soldats laissèrent éclater leur soulagement. « Ce signal, je commençais à ne plus le supporter », déclara le premier. Regardant bien en face son « camarade » : « Et moi, je commençais à ne plus pouvoir TE supporter », laissa éclater le second. Ils se lancèrent un regard de haine, partant chacun de son côté.

À présent qu'il était rassuré, Théo attendait avec impatience qu'Ératosthène s'explique sur les raisons de l'allongement du trajet qui allait le retenir plus longtemps encore loin de la Grande Bibliothèque… et de *L'Amphore fêlée*. Il n'eut pas à le faire. Dès le début du dîner, Ératosthène prit la parole : « Nous voilà à nouveau réunis. Vous dire combien j'ai espéré ce moment ! Cette interruption m'a permis de me rendre compte à quel point je tenais à cette opération, et à votre présence. Je voudrais que nous ayons une pensée pour Toussi sans lequel, sans doute, nous ne serions pas là. Et je voudrais remercier en votre nom la princesse Arsinoé pour l'honneur qu'elle nous fait de rejoindre l'expédition. » Ératosthène sortit une feuille de papyrus.

PÉRIPLE DE THÉOPHRASTE EXCELSIOR, LE LONG DU NIL

« Jour de la reprise de l'opération, Ératosthène nous a lu le petit texte que voici : "Dans la ville de Syène, juste au-dessous de la grande cataracte, se trouve un puits où, une fois dans l'année, à midi précis, le Soleil, comme un glaive de feu, pénètre jusqu'au fond du trou, qu'il éclaire comme à la fête, réchauffant pour un instant, de ses rayons brûlants, l'eau fraîche des profondeurs."

Nous avons écouté avec une religieuse attention. C'était beau comme un poème, mais qu'est-ce que cela avait à voir avec notre opération ? Ératosthène adressa à Rekhmirê un regard entendu, dont je ne compris pas le sens. Rekhmirê paraissait aux anges.

Le capitaine, qui était allé si souvent à Syène, ne connaissait pas l'existence du puits. Arsinoé écoutait avec un petit sourire, elle seule ne semblait pas surprise. Patréas demanda si ce puits existait vraiment. Ératosthène répondit qu'on avait retrouvé sa trace mais qu'il avait été comblé par le sable, ajoutant qu'ordre avait été donné de le remettre en état. Les ouvriers étaient sans doute déjà à l'œuvre.

"Ce que m'a raconté Rekhmirê concernant le temple d'Ibsamboul m'a beaucoup impressionné, déclara Ératosthène. À Ibsamboul, il s'agissait des rayons du Soleil levant ; à Syène, il s'agira de ceux du Soleil au zénith. Rekhmirê a admiré les rayons horizontaux du Soleil éclairant à l'aube les statues du sanctuaire. Nous verrons, nous, les rayons verticaux du Soleil illuminer l'eau du puits à midi."

Ératosthène sortit sa mallette d'écriture et commença à dessiner. Le dessin était différent de celui que je connaissais si bien, et qui ne nous avait pas permis, ni à Béton ni à moi-même, de comprendre la méthode. Ératosthène traça le cercle de la Terre, puis celui du Soleil. Sur la circonférence représentant en coupe la surface de la Terre, il situa Alexandrie, où il figura le gnomon par un trait épais. Puis il situa Syène, sous le Tropique d'été, où il représenta le fameux puits par un cylindre étroit et ombré à l'intérieur de la circonférence. Son dessin fini, il se mit à parler :

"Le jour dont parle le texte est le jour du solstice d'été, le jour le plus long de l'année. Si le Soleil parvient à éclairer l'eau au fond du puits à midi, cela signifie que ses rayons sont verticaux. S'ils sont verticaux,

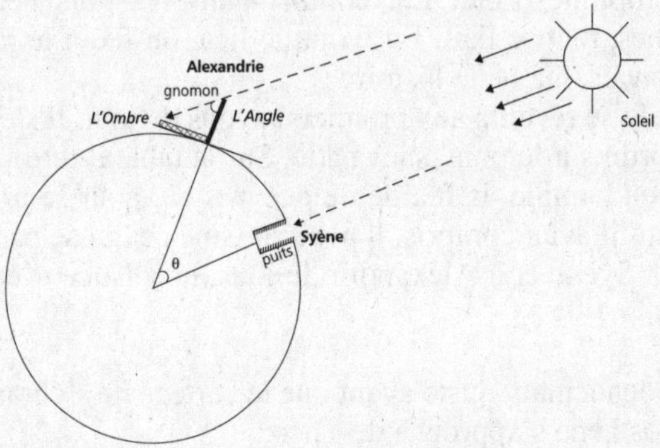

le Soleil ne fait pas d'ombre. Et s'il n'y a pas d'ombre, nous n'aurons pas besoin de la mesurer. Donc UNE SEULE MESURE suffira ! Celle que fait le Soleil à midi, à Alexandrie, le jour du solstice d'été."

Il ajouta (je vois encore le regard de triomphe qu'il m'adressa) : "Théo voulait un seul angle, il l'a !" »

Théo, le visage lumineux, quitta la table, s'approcha du bastingage et s'apprêta à pisser. Se rhabillant brusquement en s'assurant qu'on ne l'avait pas vu, il descendit en courant la passerelle, s'éloigna et urina enfin. Revenant vers l'*Hapi*, il s'allongea sur le sol tiède et se laissa aller, se souvenant mot pour mot du discours d'Ératosthène.

C'était en train de devenir une belle histoire. En prenant Syène comme extrémité de l'arc de méridien, la méthode devenait d'une merveilleuse simplicité et l'opération brillait d'une élégance inégalée. Ératosthène plaçait à la base de sa méthode une double rencontre qui faisait rêver : la rencontre d'un lieu et d'un moment exceptionnels. Enfin, ce n'était plus « n'importe quand » ni « n'importe où » ! C'était le jour du solstice d'été à midi, et c'était dans un puits situé sous le Tropique d'été. Là, comme dans les plus beaux mythes, tout se liait. En fixant le lieu, on fixait le jour. Je l'avais, ma belle histoire !

Théo se réveilla aux premiers rayons du jour. Il s'était endormi sur le pont, sans natte. Sur la table il retrouva, un peu humide, la feuille de papyrus où, pour se prouver qu'il avait compris, il avait dessiné ce qui se passerait à Syène et à Alexandrie le jour du solstice d'été à midi.

Le lendemain, juste avant que le cortège ne s'ébranle, Ératosthène s'approcha de Théo :

« J'ai oublié de te dire : avant mon départ pour Alexandrie, tu m'avais parlé de cette auberge sur le port. Je ne sais pourquoi, un soir j'y suis allé. J'avais envie de me changer les idées, l'atmosphère était lourde à Alexandrie après la mort de Magas. Je me suis installé, j'ai demandé à manger. Une belle femme est venue vers moi : "Vous êtes Ératosthène, le directeur de la Grande Bibliothèque." J'étais suffoqué, je ne l'avais jamais vue. "Que faites-vous ici ?" Je lui répondis, un peu irrité par cet accueil : "Pourquoi ? Je n'ai pas le droit ? C'est un lieu privé ?" Elle a éclaté de rire : "Non, je ne vous demande pas ce que vous faites ici dans mon auberge, mais ce que vous faites ici à Alexandrie. Vous ne devriez pas être sur le Nil ? En train de…" Je lui ai raconté l'attaque, la blessure de Béton, l'interruption de l'opération. Quand je lui ai appris que tu avais été blessé, elle est devenue blême. Pourquoi ne l'as-tu pas avertie ? À propos, comment va ton bras ?

– Très bien, très bien.

– Je lui ai parlé de ta conduite… héroïque. Dis, ce n'est pas un domaine que je connais bien, mais j'ai quand même beaucoup lu. Il me semble que cette dame est amoureuse de toi.

– Vous devriez changer de lectures, Ératosthène », dit-il en s'éloignant.

Ératosthène le rappela : « Alors, cette nouvelle méthode ? J'ai beaucoup pensé à notre discussion.

– Nous n'allons pas commencer notre deuxième journée avec du retard », s'impatienta Béton, de la rive.

Lancés dans leur première lessive depuis la reprise de l'expédition, Mentep et Rensi eurent un choc : au milieu des vêtements d'hommes, les fins habits d'Arsinoé.

La campagne n'avait jamais été si peuplée, les grains et les foins devaient être engrangés impérativement avant la montée des eaux. Sous un Soleil terrible, moissonneurs, vanneurs et batteurs s'escrimaient en chantant au rythme des tambourins et des claquoirs d'un musicien. Sur l'aire de battage, des bœufs piétinaient un épais matelas de paille, soulevant des nuages de brindilles et de fétus. Pris d'une quinte de toux, Théo dut s'arrêter. Impossible de continuer dans cette poussière. Ordre fut donné aux paysans de cesser leur travail. Ravis de cette pause imprévue, ils regardèrent, intrigués, passer le cortège.

En Égypte, dès que des gens sont réunis pour travailler, il y a toujours un scribe à proximité, confortablement installé, notant quelque chose sur son rouleau. Là, campé sur un amas de ballots, un jeune scribe, « le compteur de grains », enregistrait le nombre de boisseaux récoltés. Il comptait, lui aussi ! Il était accompagné d'un homme à l'allure sévère, un fonctionnaire du fisc qui déterminait, déjà, l'impôt que les paysans devaient payer à l'État.

Une longue file d'ânes passa, transportant les boisseaux dans le silo local. Cronos se mit à braire avec une conviction inédite. Théo eut du mal à le retenir. Une ânesse trottinant à leurs côtés avait déclenché une vigoureuse réaction. Cronos eut une érection. Phénoménale ! Mentep et Rensi riaient bêtement. Arsinoé, impressionnée, regarda librement le prodige s'accomplir. Passe encore que cet âne se laisse aller à déféquer pendant que je le monte, mais voilà qu'il fait le beau ! Décidément, ce voyage ne m'épargnera rien, maugréa Théo, toussotant.

Obole paressait sur sa couche. Un serviteur entra et lui tendit une lettre. Obole, furieux, le renvoya : « Laisse-moi dormir. Tu te trompes, va réveiller quelqu'un d'autre.

– Le service de l'épistolographe m'a pourtant dit que c'était pour toi. »

Obole se redressa, se saisit de la lettre avec circonspection : « Obole, Brouchéion, Palais royal, Alexandrie. » Ses yeux s'ouvrirent démesurément. « Obole, c'est moi ! » La première lettre de sa vie ! Jamais personne ne lui avait écrit. Il la retourna avec mille précautions. Le sceau d'Arsinoé ! Il brisa le sceau.

Arsinoé lui racontait ses premiers jours sur l'*Hapi*. Il rêva qu'il se trouvait sur le bateau avec eux, sans obligation de faire ses numéros. Les aidant, comptant – pourquoi pas ? il savait compter – les pas de Béton. Et sur Cronos, il pèserait moins que Théo…

Arsinoé lui disait qu'elle avait parlé de lui à Rekhmirê, un érudit égyptien voyageant avec eux. Quelques jours après, il lui avait apporté la lettre d'un tout jeune pharaon, Pépi II, âgé de huit ans. La lettre était une réponse à celle d'un conducteur de caravanes rentrant de voyage, annonçant au pharaon qu'il ramenait du Grand Sud « un nain qui danse ». Arsinoé l'avait recopiée.

« Dirige-toi immédiatement vers le nord pour te rendre à la cour. Tu amèneras ce nain avec toi, vivant, prospère et en bonne santé, depuis le Pays des Ombres pour les danses du dieu, pour réjouir et animer le cœur du roi de Haute et Basse-Égypte. Quand il montera à bord avec toi, désigne d'excellentes gens qui seront à ses côtés de part et d'autre du navire. Veille à ce qu'il ne tombe pas à l'eau. La nuit, quand il dormira, désigne d'excellentes gens qui dormiront à ses côtés dans la tente. Fais dix inspections par nuit. Si tu arrives à la cour avec le nain vivant, prospère et en bonne santé, Sa Majesté, etc. »

Je t'embrasse.

Arsinoé, princesse lagide

Obole se lança dans une rafale de pirouettes hallucinantes sous les yeux ébahis du serviteur. « Vivant, prospère et en bonne santé. En bonne santé, santé, santé… » chantait-il à tue-tête, ponctuant son hymne à lui-même de battements effrénés sur son ventre gonflé à éclater, transformé en tambourin. Après une ultime pirouette, il retomba à plat sur son lit, immobile comme un mort : « Santé, té, té. » Et se mit à rêver. La main refermée sur la lettre de la princesse, il rêva, les yeux grands ouverts. Et Philopator qui croyait qu'il ne savait pas lire !

Chapitre 22

UNE FOIS encore, le choix de la rive occidentale se révélait judicieux. En face, la montagne tombait à pic. Au milieu de la matinée, un rocher s'était détaché de la falaise pour s'écraser dans le fleuve. Un bateau venait juste de passer. Le courant étant très puissant, l'*Hapi* peinait malgré la voile largement déployée. Le savoir du capitaine et la maniabilité du bateau permirent de sortir du passage difficile sans avoir recours au halage.

Les habitudes se réinstallèrent vite. Quatre fois par jour, le rituel. Le départ, l'approche du signal, l'arrivée, les petits carrés de papyrus, la lecture à haute voix des deux nombres, l'annonce de leur moyenne. Enfin, l'acceptation ou le rejet du tronçon mesuré.

L'étape terminée, la chaleur faiblissant, le Soleil s'apaisant, le meilleur moment de la journée commençait. Théo sautait presque directement de l'âne dans le Nil, il commençait vraiment à apprécier les bains de fleuve. Sa séance de massage finie, Béton, redevenu aussi souple, agile et puissant qu'avant sa blessure, le rejoignait, poursuivant les leçons de natation qu'il avait entrepris de lui donner.

Plongeant depuis le pont du bateau, Arsinoé disparaissait durant un temps si long qu'il faisait naître l'inquiétude et l'admiration de Rensi, pourtant excellent nageur.

Décidée à oublier le palais, Magas, Bérénice, Lagos

et tout le reste, elle vivait l'un des meilleurs moments de sa vie.

Depuis qu'elle était à bord, Tati ne cessait de faire des efforts d'imagination, déployant un talent qu'il avait jusqu'alors dissimulé. Les repas étaient devenus… royaux et un peu moins épicés. Ces modifications culinaires lui attirèrent d'aigres remontrances : « Donc, avant, tu nous négligeais », « Nous n'étions pas assez bien pour toi », auxquelles il rétorquait dignement : « Le meilleur attend toujours son heure ».

Sa cuisine rangée, fier des mets mijotés, il s'asseyait sur le pont, regardant longuement les étoiles : Tati, cuisinier de la princesse Arsinoé.

Le lendemain, dès l'aube, même activité, mais dans un décor sans cesse changeant.

PÉRIPLE DE THÉOPHRASTE EXCELSIOR,
LE LONG DU NIL

« Passé Akhet-Aton, le Nil, obliquant vers le sud-est, a brutalement changé de direction. Depuis Memphis, il avait globalement suivi la direction du sud. Nous voilà confrontés à la première modification majeure d'orientation.

Sur la rive occidentale du quatrième méandre, dans le nome XII, “Le Mont-Vipère”, se trouve la ville de Lycopolis, “la Cité des loups”. D'après les calculs de latitude d'Ératosthène, elle est située au milieu de la Haute-Égypte. Depuis le départ d'Alexandrie, nous avons donc mesuré la totalité de la Basse-Égypte et la moitié de la Haute. Il n'a pas fallu plus d'une journée à Béton pour traverser le nome du “Lévrier”, le plus étroit de toute l'Égypte. »

Ne voulant susciter ni espoir ni déception, Ératosthène se refusait à dévoiler la date probable de l'arrivée à Syène. Cependant, ajustant ses prévisions en fonction des étapes, il était de plus en plus confiant.

La suite du voyage devait répondre à une double contrainte. Le jour du solstice, Béton devait être arrivé à Syène, et Ératosthène redescendu à Alexandrie. La situation la plus favorable étant que ce dernier parvienne à Syène suffisamment tôt pour être en mesure de regagner Alexandrie dans les temps. En cas d'impossibilité, il repartirait seul, tandis que l'*Hapi* continuerait jusqu'à Syène.

Comment compter les pas de quelqu'un marchant devant vous sans regarder ses jambes, ses mollets, le creux de ses genoux, l'arrière de ses cuisses ? Théo passait le plus clair de ses journées dans cette contemplation… comptable. Il avait vite remarqué les infimes modifications causées par l'accident.

Par moments, la dimension absurde de sa situation le frappait. Il avait la chance de traverser l'un des plus beaux endroits du monde et passait ses journées les yeux rivés sur une paire de jambes ! Ç'aurait été UNE bématiste, passe encore ! De belles jambes que celles de Béton, soit ! Mais il n'avait pas le goût qu'avait le pharaon Neferkarê pour son général Sisené.

Le Nil se resserra en traversant le nome X, « Le Cobra », dont l'interdit était « défense de tuer l'hippopotame ». Se souvenant de la masse dégoûtante vue au jardin zoologique, Théo décida de respecter l'interdit. Le cri du supplicié résonna dans sa tête. Il ne l'oublierait jamais.

Aucun capitaine ne pouvait prétendre connaître le Nil ; la seule façon d'y naviguer était de rester conscient qu'il pouvait vous surprendre à tout moment. Un fleuve vivant, au cours sans cesse remodelé par l'inondation et les vents d'alluvions.

Pour l'heure, ce n'était pas l'inondation qui posait problème, mais la baisse du niveau du fleuve. « Quand l'eau baisse… les hauts-fonds montent ! » À mesure qu'avançait la saison sèche, la navigation devenait plus dangereuse. Dans les endroits connus pour être délicats, le capitaine réduisait l'allure, tandis que Mentep et Rensi, une perche à la main, postés l'un à l'avant, l'autre à bâbord, sondaient le fond.

PÉRIPLE DE THÉOPHRASTE EXCELSIOR,
LE LONG DU NIL

« Les Grecs la nommaient Antéopolis, la cité d'Antée, les Égyptiens, "les Deux Sandales" et "Montagne Haute". Pour la première fois, Rekhmirê a été pris en défaut de connaissance. Lui ayant demandé quel lien il y avait entre le nom de la ville et la légende de la maîtresse de Mykérinos, il n'a pu répondre. Sur le visage de Mentep, toujours intéressé par nos conversations, j'ai vu se peindre une déception immense. Rekhmirê ne savait pas tout ! »

La double boucle de Panopolis était redoutable, jusqu'au dernier moment le capitaine avait espéré la passer sans encombres. La présence de montagnes sur la rive est comme la très grande incurvation du fleuve rendaient la voile inopérante.

Cette fois, l'*Hapi* ne put échapper au halage. Une demi-journée de perdue.

Des dizaines de bœufs parqués dans un enclos attendaient d'être attelés. Les couples depuis longtemps formés étaient attachés à un solide timon et placés le long du chemin de halage, tandis que des cordes reliaient le timon aux divers points d'attache de l'embarcation.

Deux bateaux précédaient l'*Hapi*. Ératosthène aurait pu user du caractère officiel de sa mission pour passer en priorité. Les deux bateaux étaient déjà dans leurs marques, il aurait fallu les déplacer. Cela aurait pris davantage de temps. Ératosthène, rongé d'impatience, ne pouvait rien. Tout était entre les pattes des bœufs ! Théo avait failli lui dire ce qu'il avait dit naguère à Coutousis sur l'*Argo* : « Pas plus vite que le vent te pousse, Ératosthène ! », et comme le vent ne poussait pas du tout...

L'*Hapi* attendit son tour. Les bêtes s'ébranlèrent, le bateau, voile affalée, se mit doucement en mouvement. Les pelages luisaient de sueur.

Mieux vaut être un taureau sacré dans un sêkos de Memphis qu'un bœuf de halage sur un chemin de Haute-Égypte, pensa Théo, toujours prêt à faire feu d'une évidence.

Tandis que les bœufs peinaient à tirer l'*Hapi* à contre-courant, d'aucuns se prélassaient : Béton, Théo et Cronos. Les étapes de halage étant mesurées avec précision depuis des temps immémoriaux – la corde servant à tirer les embarcations avait d'ailleurs donné son nom à une unité de mesure : le *schoene* –, point n'était besoin de les mesurer à nouveau.

PÉRIPLE DE THÉOPHRASTE EXCELSIOR,
LE LONG DU NIL

« Tirés par trois paires de bœufs, nous pénétrons lentement dans la région la plus grecque de l'Égypte, après Alexandrie : "la Petite Grèce", avec ses deux cités, Panopolis et Ptolémaïs. »

Le collègue de Patréas habitait le centre de Ptolémaïs.

« Non, non, laissez-moi vous reconnaître », lança-t-il en les accueillant. Pointant son doigt : « Vous, vous êtes Ératosthène, le plus vieux, cela se voit. » Puis, désignant Béton : « Vous, avec votre tête carrée d'athlète, vous êtes le marcheur, et vous, l'homme sur l'âne. Est-ce que je me trompe ? » Tous trois hochèrent négativement la tête.

« Ah, dit-il, ravi. Alors, Patréas ? » Il l'étudia. « Tu as changé, tu étais si beau garçon. On me dit que tu es le médecin personnel de notre souverain. C'est un poste magnifique. Et il t'a laissé partir pour plusieurs mois ? Hum, attention que ce ne soit pas une manigance pour te remplacer. Tu sais, les hommes s'attachent aux rois, pas les rois à leurs sujets. Oui, j'ai préféré quitter Alexandrie, trop de compétition, trop de bruit, trop de gens et… pas assez de malades. Ici, je ne sais plus quoi en faire. Si, un jour, le roi te lâchait, tu peux venir me seconder, il y a du travail pour deux. Et, comme tu vois, cela ne m'empêche pas d'être informé des dernières nouveautés de la profession, lança-t-il en désignant, trônant sur un meuble, la machine. Quelle merveille que ta machine, Patréas ! N'est-ce pas, l'athlète ? Quel est votre nom ? »

Béton regardait l'instrument, fasciné.

« Votre nom ?

– Euh, Béton.

– Béton ? répéta le médecin avec une légère interrogation. J'en ai réduit, des fractures, grâce à elle ! As-tu une nouvelle machine en construction ? »

Béton s'attendait à ce que Patréas lui parle des modifications qu'il envisageait. Patréas lui adressa un signe de la tête et resta silencieux.

Hurlant presque, une vieille dame toute cassée annonça que le repas était prêt. Ils s'installèrent. Elle les servit avec une agilité déconcertante. C'était excellent mais succinct.

« Alors, c'est vous le directeur de la Grande Bibliothèque ? J'y suis allé souvent. Qu'est-ce que cela fait de pouvoir disposer de centaines de milliers d'ouvrages ? Moi, j'aurais une indigestion. Le soir, manger léger ! C'est le secret de la longévité. À ceux qui ont souffert des mêmes lésions que vous, dit-il en s'adressant à Béton, nous recommandons de faire de l'exercice, de la marche, c'est ce qu'il y a de plus sain. Je crois que, dans votre cas, une telle recommandation est superflue. Tous les matins, je fais mes quinze stades. Dites, vous aimez marcher ? Qu'est-ce que cela vous procure ?

– Un très grand plaisir. De la joie parfois », répondit Béton.

Puis le médecin interpella Théo : « Ah, jeune homme, si vous avez une fiancée qui vous attend quelque part, je vous conseille de faire quelques achats ici, nous avons les meilleurs tisserands du pays. Et ce ne sont pas les prix d'Alexandrie ! Vous partez demain à l'aube ? À cette heure-ci, seules les échoppes de la rue d'Hélios sont ouvertes, et c'est tout près. »

En sortant, ils se regardèrent, abasourdis.

« Mais, dites-moi, Patréas, il est bête comme un pied votre collègue ! explosa Ératosthène.

– Ah non, pas comme un pied ! protesta Béton.

– Oh vous, l'homme à la tête carrée ! l'apostropha Théo.

– Vous comprenez maintenant pourquoi il vit seul avec sa vieille gouvernante, personne d'autre n'a réussi à le supporter, leur confia Patréas.

– Parce qu'elle est sourde », lâcha Béton.

Théo remarqua que Béton prenait de plus en plus d'assurance, comme si sa blessure l'avait libéré.

Tandis qu'ils s'éloignaient, ils entendirent des pas précipités. Le médecin les rejoignit, haletant : « Dites, l'athlète, vous n'auriez pas un homonyme qui a accompagné Alexandre dans ses conquêtes ? Il me semble avoir lu un ouvrage écrit par un certain Béton. Une coïncidence, sans doute. »

Béton le regarda, stupéfait. Et fier. Un habitant de Ptolémaïs avait lu l'ouvrage de son grand-père ! Ce médecin n'était finalement pas si bête.

Dans la rue d'Hélios, Théo acheta deux superbes étoles à un prix très avantageux.

Non seulement Philopator ne s'était pas opposé au départ d'Arsinoé, mais il l'avait encouragé. Il ne supportait plus ses regards méprisants et sa désapprobation muette après chacune de ses orgies. Dans les yeux de sa sœur, il lisait les reproches de son père. D'elle, il n'attendait qu'une chose. Le moment venu, elle lui donnerait le fils dont il avait besoin pour assurer la lignée lagide.

Les rapports entre Bérénice et Philopator étaient devenus exécrables. Convaincue que Magas avait été assassiné sur son ordre, elle refusait de le rencontrer. Et comme lui n'y tenait guère, ils ne se virent plus.

Magas mort, Bérénice isolée, Arsinoé éloignée, la voie était grande ouverte aux manœuvres de l'entourage du roi.

Parfois, pourtant, Philopator se souvenait qu'il était roi aussi pour gouverner. Ainsi que l'avait rapporté Rekhmirê dès son retour sur l'*Hapi*, le roi venait d'opérer un changement radical en décidant d'associer davantage la population égyptienne à la vie politique. Il avait pris plusieurs dispositions facilitant son intégration.

Il redoubla d'égards pour les temples égyptiens. D'abord parce qu'il les trouvait beaux, ensuite parce qu'il avait besoin des prêtres, qui, de leur côté, n'avaient jamais ménagé leur soutien aux souverains lagides. Un large programme de réparation et d'entretien avait été établi – Philopator n'aimait pas les ruines, il les trouvait trop tristes. Dans le fameux « village des ouvriers », près de la Vallée des Rois, aux environs de Thèbes, il avait décidé de faire construire un sanctuaire.

Quartier des palais, au milieu d'un jardin, se cachait un coquet pavillon.

Dans une pièce aux couleurs vives, meublée d'objets insolites, Œnanthe, en déshabillé négligé, marchait de long en large. Assise en tailleur sur un coussin d'Arabie, Agathocléia la suivait des yeux. Œnanthe s'approcha, lui attrapa le menton : « Que veux-tu ? Être reine ? Peux-tu me dire ce que tu lui apporterais de plus s'il t'épousait. Il t'a déjà tout entière.

– Je pourrais me refuser à lui.

– Surtout pas ! Ne crée jamais de situations que tu ne maîtrises pas. Philopator ne t'épousera jamais. »

Agathocléia baissa la tête. Œnanthe insistait : « Il te l'a dit, n'est-ce pas ? »

Silence.

« Il te l'a dit ?

– Oui.

– Ne fais pas cette tête. Il faudra bien qu'il prenne une femme. Les rois célibataires ne restent pas longtemps sur leur trône. S'il épouse une princesse syrienne ou macédonienne, c'en est fait de toi, de ton frère et de moi. Son épouse s'appuiera sur sa famille pour nous évincer et leur enfant sera le prétendant à la succession. Tu ne pourras rien y faire, ni moi non plus. Par contre, s'il épouse Arsinoé, nous avons tout en main.

– Mais maman…

– Toi, idiote, je suppose que tu fais tout pour l'en empêcher. C'est pourtant ta seule chance ! Tu ne comprends donc rien. Sur qui pourra-t-elle compter, cette petite Arsinoé ? Elle n'a plus de père, de frère, d'oncle, et Bérénice n'en a sans doute plus pour longtemps. Elle n'est pas immortelle. Arsinoé donnera un enfant à son frère, et cet enfant sera entre nos mains. Après la mort de Philopator, nous gouvernerons entièrement à travers lui.

– La mort de Philopator ?

– Il mourra bien, non ?

– Et Arsinoé ?

– Elle aussi. Ne pense donc pas qu'avec tes cuisses, ma belle !

– Je ne supporterai pas de la voir sur le trône.

– Tu supporteras ce que je te demanderai de supporter. »

PÉRIPLE DE THÉOPHRASTE EXCELSIOR,
LE LONG DU NIL

« Osiris serait enterré à Abydos, c'est dire l'importance sacrée de la ville. Il existe un monument souterrain, l'Osiréion, que je n'ai eu ni le temps ni l'envie de visiter. Rekhmirê me l'a décrit avec maints détails. Une galerie aux parois recouvertes de textes funéraires, suivie d'un interminable couloir au bout duquel serait conservée la tête d'Osiris.

Je m'étais toujours insurgé contre l'immortalité réservée aux seuls pharaons, je trouvais inadmissible que le commun des mortels ne soit pas lui aussi immortel. Concernant une question aussi capitale, il me semblait que tous les hommes devaient être égaux, non pas face à la vie ni même à la mort, mais face à l'après-mort.

Rekhmirê vient de me faire une révélation qui bouleverse une bonne part de mes préventions contre la "religion" – je ne crois pas que ce soit le mot juste – des Égyptiens. Il m'a raconté comment, à la fin de l'Ancien Empire, le privilège royal de l'immortalité s'est étendu à l'ensemble du peuple. Chacun devint un Osiris ! Une révolution démocratique qui vaut bien celle qui a établi, à jamais, la gloire d'Athènes. Tous les Égyptiens devenaient citoyens de l'éternité !

Depuis lors, chaque mortel se doit d'accomplir une fois dans sa vie le voyage d'Abydos. C'est le prix à payer. S'il ne le peut, il fait déposer une stèle au pied de l'escalier d'Osiris.

On rencontre ici non seulement les bien-portants qui

se préoccupent de leur futur, mais aussi les malades qui se soucient de leur présent. Autant dire que l'on croise nombre de gens ayant mauvaise mine. J'ai hâte de quitter cet endroit. »

Heureusement, pour faire pendant à cette ambiance morbide, Abydos accueille un dieu plein de vie, Bès, que certains nomment « Bisou ». Bouffon des dieux, nain lubrique, joyeux, affreux, il passe ses nuits, le couteau à la main, à veiller sur les chambres à coucher des jeunes femmes en écartant les mauvais esprits. Arsinoé se précipita pour aller visiter son oracle. Et Obole reçut la deuxième lettre de sa vie.

Nome V, « Les Deux Faucons », le plus proche de la mer Arabique. Ses choses interdites : la tête et le pis. Après Tentyris, le Nil, amorçant une large boucle incurvée vers l'est, conduisit l'expédition à Coptos.

Pour Ératosthène, cette ville restait liée à Évergète. Lorsque Philadelphe s'était amouraché de sa vieille sœur, elle s'était empressée de lui annoncer qu'elle venait de découvrir un complot dirigé par sa première épouse, la mère d'Évergète. Pour preuve, deux complices, chargés d'assassiner le roi, furent immédiatement exécutés. La mère d'Évergète fut envoyée en exil à Coptos. Philadelphe n'ayant jamais accepté de la libérer, elle y resta jusqu'à sa mort. Évergète ne le lui avait jamais pardonné.

Arsinoé n'avait pas plus connu l'exilée de Coptos que son autre grand-mère, Apamée, la reine de Cyrène. Chaque fois qu'elle avait demandé à sa mère de lui parler d'Apamée, elle avait éludé les questions. Bérénice, qui évoquait si souvent son père, ne parlait jamais de sa mère. Quant à Évergète, il ne lui avait dit qu'une chose : « Apamée a tout fait pour empêcher notre mariage. » Arsinoé avait été heureuse d'apprendre que ses parents s'étaient mariés par amour ; sans doute est-ce pour cela qu'ils étaient restés si longtemps unis.

Fille du roi Antiochos de Syrie, Apamée avait décidé de marier Bérénice à un prince syrien pour rapprocher la Cyrénaïque de la Syrie. Arsinoé avait fait son enquête. De ce qu'elle avait appris, elle était sortie bouleversée. Apamée avait fiancé Bérénice à un bellâtre nommé Démétrios le Beau. Un jour, entrant dans la chambre d'Apamée, Bérénice la trouva en pleins ébats avec lui. Elle ordonna qu'on le tue sur-le-champ, dans le lit de sa mère.

Poursuivant ses recherches, Arsinoé était remontée une génération plus haut. Jusqu'à Stratonice.

Stratonice était d'une beauté éblouissante. Le roi Séleucos en tomba éperdument amoureux et l'épousa. D'un premier mariage, il avait un fils qu'il aimait tendrement et qui devait lui succéder.

Bientôt, le jeune prince tomba gravement malade. Les médecins appelés à son chevet furent impuissants à le guérir. Il n'y avait aucun espoir. Sur le point de rendre l'âme, il reçut la visite d'Érasistrate. Après l'avoir longuement ausculté et minutieusement interrogé, le médecin formula son diagnostic. Jamais il n'avait été confronté à un tel dilemme, mais sa fonction lui imposait de ne rien cacher au roi. Avec précautions, il lui révéla la cause de la maladie. Son fils était amoureux de Stratonice. Amoureux à en mourir. La médecine ne pouvait rien pour lui. Le roi le remercia pour sa franchise et son courage.

À l'aube, sa décision était prise. Séleucos fit venir Stratonice, il lui apprit la passion que son fils avait pour elle, une passion mortelle. Pas plus elle que quiconque ne s'en était aperçue. Elle resta interdite. Tristement, Séleucos lui dit qu'il fallait qu'ils se séparent. Le prince revint à la vie. Avec le consentement de son père, il épousa Stratonice. Ils eurent une fille, Apamée.

Arsinoé s'était demandé si Apamée était vraiment en mesure de ressentir ce qu'il y avait d'inadmissible à coucher avec le fiancé de sa fille, alors que sa propre mère avait épousé son beau-fils avec le consentement de son mari.

Arsinoé s'était posé une autre question. Avait-on demandé à Stratonice qui elle préférait ? Le père ou le fils ?

Le troisième nilomètre en importance était celui de Coptos. Bien sûr, ils allèrent le visiter et purent constater que le Nil était à son plus bas niveau. Curieux de connaître la marque qu'il atteindrait le jour du solstice, ils interrogèrent l'horologue : « Il est trop tôt pour le prévoir. Mais, avait-il ajouté, je pense que ce ne sera pas une belle crue. »

Théo avertit qu'il ne mangerait pas à bord. Les tavernes lui manquaient. Il se changea, fit une petite promenade à travers les rues commerçantes. Quelle différence ! À Abydos, des souffreteux, à Coptos, des gaillards solides au visage cuivré. Ici, une atmosphère vivifiante, là-bas, des effluves débilitants.

S'arrêtant dans plusieurs ateliers d'orfèvres, il finit par trouver ce qu'il cherchait, un fin anneau de cheville. Une petite chaleur lui monta au visage. Et une question : la patronne de *L'Amphore fêlée* ôtait-elle son anneau quand elle enfilait ses bottines ? De ne pas l'avoir remarqué le faisait enrager. Refusant de lui poser la question par écrit, il se promit de le vérifier dès son arrivée.

Les Deux Pistes. La taverne avait l'allure chaude des lieux travaillés par le temps. Il y entra. L'enseigne faisait référence aux pistes partant vers les ports de Myos-Hormos et de Bérénice sur la côte de la mer Arabique. Tout de suite Théo se sentit bien. Il ferma les yeux, se laissa bercer par les sons si familiers. Quel changement avec le silence paisible et parfois ennuyeux des soirées de l'*Hapi*. Ses compagnons de voyage étaient gentils, intéressants, tout ce qu'on voulait, mais ils manquaient de folie. Théo venait de subir une belle cure de sérénité, soit, mais il avait besoin d'excès, de soûlerie, de soirées mouvementées. Il ne supporterait pas que le voyage dure encore longtemps.

Dans les regards, il vit luire les rêves, encens, ébène, ivoire, peaux de léopard, et l'or, les émeraudes. Aux dires d'un chasseur assis à sa table, la demande d'éléphants s'était faite plus pressante ces derniers temps, avec les rumeurs de guerre contre la Syrie.

Pour ces caravaniers, ces chasseurs d'éléphants, ces pêcheurs de perles de retour de longs voyages, pour ces mineurs et ces carriers venus passer quelques jours de repos avant de retourner dans leur enfer minéral, se trouver là, assis, à boire une bière, signifiait qu'ils en étaient sortis saufs. Ayant abandonné leur rudesse sur les pistes, ils jouissaient du moment, parlant peu, leurs pensées encore prisonnières des lieux qui les hantaient.

Les conversations s'interrompirent. Des hommes armés s'avançaient entre les tables, les redoutables *nouous*, la police du désert. Sillonnant les pistes, ils pourchassaient les pilleurs. Avec toutes ces richesses transportées sur les pistes, les attaques étaient fréquentes. Les pilleurs étaient féroces, les policiers plus encore. Ceux-ci aimaient à dire que la ville de Coptos, l'égyptienne Gebtiou, tirait son nom de *gebt*, le sac qu'ils portaient en bandoulière dans le désert. Sac identique à celui des chercheurs d'or qu'ils protégeaient ou prenaient en chasse suivant les circonstances.

Théo rentra tard. Il entendit du bruit dans la cuisine. Taṭi était en train de ranger dans sa mallette les boîtes d'épices qu'il avait achetées à un caravanier en provenance de la côte des Aromates.

Chapitre 23

QUE *je te raconte comment se sont déroulés les jeux en l'honneur des Muses,* écrivait Philopator à Ératosthène. *Un grand renfort de peuple est venu assister à la joute. Le concours a débuté par les poètes. Chacun a récité son texte.*

L'assistance a réagi comme tu peux l'imaginer, louanges, invectives. Quand tous eurent dit leur poème, le peuple donna sa préférence à celui qui était passé en second. Puis ce fut au tour des juges. Le premier se décida en faveur du concurrent qui avait remporté les suffrages populaires, le deuxième également, ainsi fit le troisième, le quatrième fut du même avis, le cinquième suivit le choix des quatre premiers et le sixième ne dérogea pas à ce qui était en train de devenir l'avis unanime. Vint le tour du septième, cet Aristophane que tu m'as proposé. Il porta son choix sur le concurrent ayant reçu le moins de suffrages. Il fut hué. Moi-même, j'étais en désaccord avec son choix. J'imposai le silence et lui demandai de se justifier. Il déclara que, de tous les concurrents, un seul était poète ; les autres n'étaient que des falsificateurs. Il fut hué de plus belle. Ton Aristophane voulut qu'on lui apporte de la Bibliothèque six ouvrages dont il établit la liste. On attendit. Les ouvrages arrivèrent. De chacun des rouleaux, il extirpa l'un des poèmes déclamés par les concur-

rents. Le peuple était furieux, les six juges furent conspués. Moi, heureusement, j'avais gardé mon avis pour moi.

Les concurrents malhonnêtes ont été condamnés comme voleurs. La place d'intendant de la Grande Bibliothèque étant vacante, comme tu le sais, je viens d'y nommer Aristophane, il sera l'un de tes plus proches collaborateurs. On me dit qu'il a, lui aussi, été élève de Callimaque.

Comme tu le vois, il se passe toujours quelque chose d'important à Alexandrie.

Et de ton côté ? Si je ne disposais que de tes lettres, je ne saurais même pas si tu te trouves encore en Égypte. Heureusement, dès que Béton pose un pied dans leur territoire, les comarques me le font savoir. Depuis l'attaque qui a failli vous anéantir, je te suis à la trace.

Les vertèbres d'Obole m'indiquent que tu ne vas pas tarder à arriver à Apollônospolis. Il me faut être sûr que les travaux du temple d'Horus avancent convenablement. Je veux connaître ton avis. Cette visite ne te prendra pas plus de deux jours. Tu n'as pas oublié à quel point mon père y tenait ! Combien de fois m'a-t-il affirmé qu'il voulait en faire le plus beau temple construit depuis des centaines d'années. Le temple des pharaons grecs !

Ératosthène grimaça. Deux jours, pas plus ! Pourquoi ne vient-il pas lui-même faire cette inspection ? Cela lui permettrait de quitter Alexandrie, de prendre un peu l'air, de voir son pays et surtout de rencontrer d'autres gens que ses courtisans.

Comme Théo regagnait le pont après sa leçon de natation, Ératosthène l'interpella : « As-tu déjà aperçu ce lecteur qui passe ses journées à la Bibliothèque ? Eh bien, c'est le nouvel intendant. » Et il lui rapporta le concours de poésie. Théo jubilait ; ce qu'il aurait aimé voir la tête des six juges ! « Voilà une fonction de la Bibliothèque à laquelle je n'avais pas pensé : démasquer les faussaires, confondre les plagiaires, débusquer les pillards », s'esclaffa-t-il. De son côté, Ératosthène ne put s'empêcher de se demander s'il aurait reconnu les six poèmes.

PÉRIPLE DE THÉOPHRASTE EXCELSIOR,
LE LONG DU NIL

« Dans le nome IV, "Le Sceptre", une fois encore l'interdit est la pédérastie. Poursuivant l'immense courbe ayant débuté à Diospolis, en passant par Tentyris et Coptos, nous sommes parvenus à Thèbes.

Des neuf obélisques ; des sept temples, ceux de Montou, Amon, Ramsès, Ptah, Chousou, Opet et Mout ; des deux interminables allées de sphinx ; de la toute nouvelle porte monumentale érigée sur ordre d'Évergète ; de la place de la Perfection, *Set Neferou*, et de celle de la Vérité, *Set Maat* ; des deux colosses d'Aménophis III ; de la Vallée des Rois et de celle des Reines ; du fameux "village des artisans" où devait s'élever le sanctuaire commandé par Philopator ; du sanctuaire des Barques sacrées bâties par le frère d'Alexandre le Grand, je n'ai rien vu !

Comme pour bien marquer que Thèbes n'était plus notre objectif, Ératosthène a décidé que nous nous y arrêterions le moins de temps possible.

Je ne peux m'en prendre qu'à moi-même. Qui, en le poussant à modifier sa méthode, lui a fait délaisser Thèbes au profit de Syène ?

Pour assouvir ma passion des nombres, j'aurais aimé décrypter les deux obélisques de granit de cent vingt coudées de haut, sur lesquelles Sésostris a fait inscrire les effectifs de son armée, l'importance de ses revenus et le nombre de peuples qu'il a défaits. Car, à présent, je sais reconnaître les hiéroglyphes représentant les nombres : la dizaine, une anse de panier ; la centaine, une corde enroulée en spirale ; le millier, une fleur de lotus éclose sur sa tige ; la dizaine de mille, un doigt dressé dont la dernière phalange est courbée ; la centaine de mille, un têtard. Et le million, mon premier hiéroglyphe. Et j'aurais tout de même aimé vérifier combien la fameuse Thèbes "aux cent portes" d'Homère en avait perdu.

Tellement de bateaux de visiteurs qu'il ne restait pas une place. Nous avons dû nous amarrer loin en amont.

Juste après la frontière du nome III, se dressent les deux grands rochers de Gebelein, frontière naturelle de la région de Thèbes. Aux pieds du rocher se trouvant sur la rive orientale, la petite ville de Crocodilopolis où se termine la très longue boucle commencée à Tentyris. Là, le Nil s'incline légèrement vers l'est, devenant enfin rectiligne.

Voilà une terre qui enrichit les Lagides !

Une vallée s'éloigne vers l'est, la vallée du natron. Sans natron, pas de momie. Sans momie, pas d'immortalité. Essentiel à la vie, le sel l'est tout autant à la mort. Le corps du défunt, plongé dans un bain de natron saturé de sel, y séjourne au moins deux mois.

Tous les peuples savent que, pour conserver la viande, il faut la faire sécher dans un lit de sel. Finalement, ce que les Égyptiens ont inventé, c'est que la recette vaut pour la viande humaine. En y ajoutant quelques aromates ! Je peux témoigner d'une chose, cela marche aussi pour les chats, les ibis, les babouins, les taureaux, les crocodiles… »

Comme à son habitude, Arsinoé plongea depuis le pont de l'*Hapi*. Rensi, toujours aussi admiratif, scrutait l'eau, espérant qu'il serait cette fois capable de prévoir à quel endroit elle réapparaîtrait.

Sur la rive opposée, un imperceptible mouvement ; un crocodile glissait silencieusement dans le fleuve. Rensi l'aperçut. Criant pour avertir le reste de l'équipe, il se jeta à l'eau. Nageant du plus vite qu'il pouvait, il fonça vers le saurien, frappant l'eau à grands coups pour attirer son attention.

Mentep hurlait pour effrayer la bête. Béton se précipita, il allait plonger. « Cette fois, je te l'interdis, hurla Ératosthène. Regarde ! »

Bandant leurs arcs, les soldats de l'escorte décochèrent une pluie de flèches qui s'abattit entre Rensi et le crocodile. Rensi cessa de nager. Arsinoé jaillit de l'eau loin du saurien. Rensi ne s'en était pas aperçu. Mentep lui cria de revenir. Les soldats continuaient à lancer leurs flèches. Le crocodile s'éloigna dignement.

« Tu n'as pas eu peur ?

– Dans l'eau, jamais, répondit Rensi à Rekhmirê. À terre, je ne dis pas. Et puis, tu le sais bien, si j'étais mort dans le Nil, mon cadavre serait sacré.

– Tu le regrettes ? demanda Théo. Il est encore temps. »

Sur la rive, en face de l'*Hapi*, le crocodile paressait au Soleil.

« Tu peux me dire pourquoi tu ne me réponds pas quand je t'appelle ? demanda rageusement Théo à Béton.

– Quand je marche, je n'entends rien.

– Tu n'entends pas ? Connais-tu Denys le tyran de Syracuse ?

– Tu m'excuseras, mais les tyrans ne font pas partie de mes fréquentations.

– Aristippe, un philosophe, lui avait demandé une faveur pour l'un de ses amis. Denys ne voulait rien entendre. Aristippe s'était jeté à ses pieds. On se moqua de lui. Sais-tu ce qu'il a répondu ? “Ce n'est pas ma faute, mais celle de Denys, qui a les oreilles dans les pieds.” »

Cronos se mit à braire. Il riait. Béton se boucha les pieds.

La mesure avançait. Les pas s'ajoutaient aux pas, les carrés de papyrus aux carrés de papyrus. Théo en conservait une énorme liasse dans sa cabine. Ils serviront de preuve le jour où quelqu'un souhaitera vérifier les calculs d'Ératosthène, pensa-t-il, en ajoutant les huit carrés de la journée.

PÉRIPLE DE THÉOPHRASTE EXCELSIOR, LE LONG DU NIL

« Nous sommes arrivés à Latopolis, capitale du nome III, "Le Rural". La ville est très active. La divinité locale est le dieu-bélier Khnoum. Après que la Terre, le Ciel et l'Air eurent été conçus, Khnoum a été chargé de fabriquer les hommes. Il a prélevé une poignée de limon du Nil, l'a pétrie et, sur son tour de potier, il a modelé le premier homme. Rekhmirê, dont je me suis souvenu qu'il avait chez lui une superbe statuette de Khnoum, ne s'est pas privé de me communiquer "le mode de fabrication" qui m'a fait ce que je suis :

Khnoum fit pousser la chevelure,
Il modela la peau sur les membres ;
Il construisit le crâne,
Il modela le visage,
Afin de donner un aspect
Caractéristique à la figure ;
Il fit s'ouvrir les yeux,
Il dégagea l'accès des oreilles ;
Il mit le corps en contact intime avec l'atmosphère ;
Il fit la bouche pour manger,
Il la constitua pour mastiquer,
Il détacha également la langue pour qu'elle s'exprime.

Étonnant de débuter la fabrication du premier humain par les cheveux ! N'est-ce pas, Bérénice ? Question : Et les chauves ? Donc, dans l'ordre, les cheveux, les membres, les yeux, les oreilles, la bouche. Le toucher, la vue, l'ouïe, le goût. Apparemment pas l'odorat.

"Il existe une belle légende grecque qui dit l'importance du limon pour les Égyptiens. Veux-tu que je te la rapporte ?" proposa Rekhmirê.

Avec le temps, mon plaisir à écouter les légendes de Rekhmirê n'a pas faibli.

"Dans les temps anciens, les Égyptiens s'entre-tuaient pour s'approprier les terres recouvertes de limon. Afin de mettre un terme à ces tueries, une unité de mesure a été créée pour permettre à chacun de s'assurer de l'étendue de sa parcelle. On l'a nommée, prétendent les Grecs, *akaina*, parce qu'elle empêchait les gens de s'entretuer. C'est beau, une unité de mesure dont le nom est construit à partir du verbe 'tuer', *kainô* !" »

Chapitre 24

ÉPROUVANT ! Depuis qu'ils avaient quitté Tentyris, ce n'étaient que méandres. Ératosthène passait ses journées à déterminer l'ampleur des courbures, appliquant les coefficients de réduction toujours aussi complexes à calculer avec précision. En pénétrant dans une plaine assez large, le fleuve avait repris un cours plus tranquille.

Comme à son habitude, Ératosthène avait fixé le terme de l'étape un peu avant l'entrée de la ville. Le capitaine eut du mal à trouver un emplacement pour amarrer l'*Hapi*. Ici, les bateaux à quai n'étaient pas ceux des visiteurs, mais des embarcations destinées au transport des matériaux de construction. D'énormes chalands vides étaient amarrés le long des rives.

PÉRIPLE DE THÉOPHRASTE EXCELSIOR,
LE LONG DU NIL

« Nous sommes arrivés à Apollônospolis. Le grand temple dédié à Horus, commandé par Évergète, est en pleine construction. Chance inespérée, je vais pouvoir assister aux différentes étapes de l'édification et de l'aménagement d'un temple égyptien. »

Autant les grands bâtiments d'Alexandrie, le Phare, le Sérapéion, le Sôma, avaient été construits par des architectes grecs selon leurs propres techniques, autant les temples que les Ptolémées avaient fait élever dans le reste du pays ne pouvaient qu'être l'œuvre d'architectes égyptiens. Lorsque Évergète avait pris sa décision de « remplacer » le vieux temple en ruines datant d'un bon millier d'années, il était conscient que, pour mener à bien son projet, il devait recourir à une armée d'artisans possédant le savoir-faire antique – carriers, sculpteurs, graveurs, dessinateurs, peintres, charpentiers.

De génération en génération, puisant les techniques dans les textes conservés dans les « Maisons de vie », visitant sans cesse les temples des pharaons, étudiant sur place, ces hommes avaient préservé le savoir ancestral. Les prêtres omniprésents – il s'agissait de lieux sacrés – accompagnaient chacune des étapes de la construction, consacrant les emplacements, arrêtant les textes à sculpter, graver ou peindre sur telle colonne, telle paroi, tel plafond.

En voyant ces centaines d'hommes s'activer, Théo imagina ce qu'avaient dû être les immenses chantiers de Thèbes. Il se retrouvait un millénaire plus tôt, au temps des pharaons, témoin privilégié des temps passés.

Revenir ici après tant d'années !

« J'étais présent quand Évergète a lancé la construction du temple, leur confia Ératosthène. Arrivé d'Athènes depuis peu, je venais de prendre la direction de la Grande Bibliothèque et j'étais devenu pensionnaire du Mouséion. C'était mon premier voyage en Haute-Égypte. Un voyage rapide, je n'avais rien vu. Cette fois, j'ai eu le temps.

“Nous sommes les nouveaux pharaons, m'avait confié Évergète, avec fierté et humilité. Comme eux, nous devons construire des temples qui défieront le temps. Je veux que nous bâtissions dans la continuation de leur art.” Je me souviens d'une remarque de sa part ;

plus qu'une remarque, il s'agissait d'un ordre : “Mais, surtout, pas de tombeaux démesurés !”

Sachant qu'il faudrait des dizaines d'années pour le terminer, il était soucieux que ses successeurs poursuivent son œuvre et ne laissent pas le temple inachevé. »

Disant cela, Ératosthène repensa à la lettre de Philopator et à son intérêt soutenu pour les constructions que son père avait initiées. Il était en mission.

Le pylône barrait l'horizon, presque aussi gigantesque que celui de Thèbes. Il était d'une grande élégance. Quatre gigantesques oriflammes égayaient l'entrée, aucune ornementation n'avait encore été effectuée. Une muraille colossale toute nue ! En fait, il y avait une scène, au-dessus de la porte. Horus était représenté sous la forme d'un disque solaire soulevé par deux ailes géantes déployées, apparaissant à l'aube entre deux montagnes.

La porte était bien plus large qu'elle ne leur était apparue, ouvrant sur une cour immense ceinturée de colonnes, la cour solaire. Mais ce que Théo vit en premier, ce fut, à l'autre bout de la cour, un faucon majestueux, Horus. La statue, d'un noir étincelant, fixait de son regard inflexible ceux qui, traversant la cour solaire, avançaient dans sa direction.

Debout à côté de la statue, le grand prêtre, officiellement averti de leur arrivée, les attendait. Il avait déjà rencontré Ératosthène, une seule fois, au synode qui devait procéder au changement de calendrier.

Après quelques mots d'accueil, il les invita à le suivre dans le pronaos. Si ce n'était la nature de leur visite, il ne leur aurait pas permis d'y pénétrer, la salle n'étant accessible qu'à l'occasion des fêtes.

Il se dirigea vers la droite, s'arrêtant entre la deuxième et la troisième colonne. Le regard d'Ératosthène fut immédiatement attiré par les niches creusées dans la pierre.

« Notre bibliothèque ! annonça fièrement le grand prêtre. Ici, il n'y a pas cinq cent mille rouleaux, mais nous avons *tout* ce qu'il nous faut (il insista sur "tout"). *Le Livre des connaissances du retour périodique des deux astres, la Lune et le Soleil*, *Le Livre de connaître tous les secrets du laboratoire*, *Le Livre de chasser le lion, de repousser les crocodiles*, *Le Livre des instructions pour la décoration d'une paroi*, pointant, à mesure qu'il les citait, les titres des ouvrages inscrits dans de longues colonnes gravées sur la paroi latérale.

– Alors, chaque fois qu'un nouvel ouvrage est intégré à la bibliothèque, vous gravez son nom au bas de la liste ! remarqua Théo, dubitatif. Les *Tables* de Callimaque sont tout de même plus maniables.

– Je vous ai dit que sont rassemblés ici tous les ouvrages dont nous avons besoin. »

La salle suivante était la salle d'« Apparition ». Il y avait, gravées sur des colonnes, ce que le grand prêtre leur dit être les formules des onguents et des parfums dont on oignait chaque jour la statue d'Horus. Tous ces éléments étaient confectionnés dans cette salle. Un véritable laboratoire !

Alors qu'Ératosthène, répondant aux demandes de Philopator, poursuivait ce qu'il fallait bien appeler une inspection, Théo, négligeant les salles achevées, se dirigea vers celles en pleins travaux.

Un maçon finissait de préparer les murs. Les trous ayant été rebouchés, il ponçait jusqu'à obtenir une surface parfaitement lisse. Le nuage de poussière fit fuir Théo, qui s'éloigna en éternuant. « Dehors la paille, dedans le plâtre », maugréa-t-il en se mouchant.

Un peu plus loin, dans une salle soigneusement fermée pour que la poussière n'y pénètre pas, un homme trempait un cordeau dans un récipient plein d'une teinture rouge. Après l'avoir égoutté, il l'appliqua d'un geste précis sur le mur lisse. Quand il le retira, une ligne rouge parfaitement droite, d'une grande netteté, traversait le mur. Il en traça plusieurs autres parallèles à celle-ci. Puis des lignes verticales. Bientôt, le mur entier fut quadrillé. Le canevas était en place, prêt à accueillir le bas-relief.

Devant un mur déjà quadrillé, Théo observait un homme penché sur un dessin également quadrillé. Le dessinateur commença à reporter sur le mur, trait pour trait, le contour du dessin. « Quand j'aurai fini, les sculpteurs découperont la pierre suivant les contours de mon dessin, ils lui donneront son relief. Ensuite, ce sera au tour des peintres. Je crois que Hemsoub et son aide se trouvent dans la salle de "l'Élévation". Ils y étaient hier, ils n'ont peut-être pas fini. » Théo s'y précipita.

Posés sur un établi, des pots de blanc de chaux, de noir, d'ocre rouge et d'ocre jaune, de bleu de lazurite, de vert de malachite. Un aide nettoyait un récipient où un mélange de noir et d'ocre jaune avait été composé. Les pinceaux, aux fibres fines et souples, avaient un bout écrasé permettant de pratiquer un lissage d'une parfaite fluidité. Apportant la dernière touche, Hemsoub compara avec minutie le bas-relief et le dessin sur papyrus qui ne l'avait pas quitté. Théo regretta de ne pas être venu plus tôt.

Pour les hiéroglyphes, regardés comme des dessins, les artisans procéderaient de la même façon. Le texte serait dessiné, sculpté et peint. Mais le travail se déroulerait sous le regard vigilant d'un scribe vérifiant à tout moment la conformité du texte avec les écritures sacrées.

Tandis que Bérénice se trouvait seule en ses appartements, abandonnée de tous, le doigt de Philopator s'enfonçait dans le dos d'Obole entre deux vertèbres, toujours plus bas.

Théo rejoignit Ératosthène. Entouré de chefs de corps de métiers, il exigeait des précisions supplémentaires. Ses questions étaient précises, les réponses devaient l'être. Il était autoritaire. Un scribe notait tout. Théo découvrit une face encore cachée d'Ératosthène, le fonctionnaire de la haute administration centrale. L'inspection se terminait.

Ils pénétrèrent dans deux pièces jumelles, l'une destinée aux offrandes sèches, l'autre aux offrandes liquides. Empruntant un escalier, ils se retrouvèrent dans un souterrain, marchant en silence derrière le grand prêtre. Celui-ci s'arrêta, désignant le plafond : « Nous sortons du temple, nous sommes sous le mur d'enceinte. » Le souterrain donnait sur une pièce, un puits s'ouvrait au centre, un escalier descendait à l'intérieur. « Quelle que soit la période de l'année, on y trouve de l'eau », ajouta le grand prêtre. Les yeux de Théo et d'Ératosthène brillèrent. « Il a été foré jusqu'à une profondeur inférieure à l'étiage, ajouta-t-il. Le dieu ne doit jamais manquer d'eau pure. »

Des gargouilles aux formes monstrueuses évacuaient les miasmes risquant de souiller la pureté du saint des saints.

Ils remontèrent. La salle du « Nouvel An ». Le grand prêtre expliqua, peint au plafond, le voyage, invisible aux humains, de la barque solaire au cours des douze heures de la journée.

Un déambulatoire ceinturait le sanctuaire.

« Vous qui êtes… comment dites-vous ? *geo… geographikos*, c'est cela ? Entrons dans cette pièce. »

De part et d'autre de la porte, deux scènes presque identiques représentaient le roi à la tête d'une procession. Il portait, à gauche, la couronne rouge de Basse-Égypte, à droite, la couronne blanche de Haute-Égypte. Là il conduisait les vingt nomes du Sud, ici les vingt-deux du Nord. Chaque nome était représenté par quatre personnages. Désignant les triples colonnes recouvertes de hiéroglyphes : « Tous les attributs du nome. Ses dieux et ses déesses, ses prêtres et ses prêtresses, ses arbres sacrés, ses choses interdites, ses génies protecteurs, le nom des vergers sacrés, les villes qu'il contient, leurs reliques, le lieu où la barque sacrée a son port d'attache, l'étendue de leur territoire cultivable. Ici, nous nous trouvons dans le nome II, "Le Siège d'Horus". Sa relique : le poumon d'Osiris, accompagnée de la devise : "Celui qui soulève le poumon, c'est le vengeur du défaillant." »

Béton réagit immédiatement, il lui fallait non seulement des jambes alertes, mais des poumons puissants. Avoir du souffle. Oh, qu'il soit prêt à intervenir, le vengeur du défaillant ! espéra-t-il. Il n'écouta pas la suite.

Avant de partir, ils repassèrent par la cour solaire. Les côtés étaient orientés vers les quatre points cardinaux. Ah, le nom du temple ! « L'Exact en coudées. » Une aubaine pour Ératosthène. Quatre-vingt-dix coudées de long, du sud au nord, quatre-vingts de large. Béton n'y coupa pas. Il dut procéder à la même vérification que le long de la pyramide de Chéops. Il s'y prêta, cette fois, avec plus d'appréhension. Théo suivait des yeux Béton, comptant mentalement, tremblant qu'il n'ait « perdu » son pas. Béton ne l'avait pas perdu, Théo se précipita pour l'étreindre.

On pouvait repartir rassuré. Théo ne savait pas pourquoi, mais il pensait que jamais Béton ne faillirait. Peu à peu, s'était installée en lui une confiance totale dans son bématiste.

Après Thèbes, plein sud ! Ératosthène, libéré des méandres, rédigea son rapport d'inspection. Extrêmement favorable. Ce temple, affirmait-il, sera l'un des plus magnifiques jamais construits sur les bords du Nil. Il avait réveillé les souvenirs d'Ératosthène. Le temps, eh oui !

Cela se passait une année avant la pose de la première pierre du temple.

Le magnifique calendrier que les Égyptiens avaient inventé et que les Grecs s'étaient empressés d'importer – douze mois de 30 jours auxquels on ajoute 5 jours supplémentaires – souffrait d'une grave faiblesse. Les cycles du Soleil étant de 365 jours un quart, le début de l'année prenait un jour de retard tous les quatre ans. Ce décalage finissait par porter l'été au milieu de l'hiver et faire advenir la crue en pleine saison de germination. Les choses revenant à leur place après... 1 461 ans. Il fallait impérativement mettre le calendrier en accord avec le cycle du Soleil. Ératosthène leur raconta comment il s'était démené, avec les autres astronomes du Mouséion, pour amener Évergète à convoquer un synode, et il leur récita le texte du décret, qu'il connaissait par cœur :

Afin que les saisons accomplissent à jamais ce qui se trouve fixé conformément à l'ordre du monde existant aujourd'hui, et qu'il n'arrive pas que certaines des fêtes célébrées aux frais de l'État l'hiver aient jamais lieu l'été, l'astre avançant d'un jour tous les quatre ans, et que d'autres fêtes, parmi celles qui aujourd'hui ont lieu l'été, aient lieu l'hiver dans les temps qui suivront, comme il est arrivé que cela se produise, et comme cela se produirait maintenant si la composition de l'année restait de 360 jours et des 5 jours institués ensuite pour les compléter, qu'à partir de maintenant un jour de fête en l'honneur des dieux bienfaiteurs vienne en complément tous les quatre ans et s'ajoute aux 5 jours complémentaires avant le Nouvel An, afin que tout le monde sache que ce qui manquait auparavant dans l'organisation des saisons et de l'année et dans les dispositions concernant l'agencement général de la révolution des astres, se trouve rectifié et complété grâce aux dieux bienfaiteurs.

« Un bien beau texte ! remarqua Théo.

– Qui n'a servi à rien, sinon... à prendre date pour la postérité. Il n'a jamais été appliqué, je me demande encore pourquoi.

– On ne modifie pas le calendrier par un simple décret, l'apostropha Rekhmirê. Il faut bien plus.

– Quoi donc ?

– Un mythe. Regardez comment nous avons requis les dieux pour ajouter les jours épagomènes. Vous vous souvenez de Nout, la déesse du ciel vouée à la stérilité par son père, et comment Thot, en jouant aux dés contre lui, avait gagné ces cinq journées. »

En se couchant, Ératosthène ne put s'ôter de la tête qu'il avait une revanche à prendre. Il avait perdu sur le temps, il gagnerait sur l'espace. Sa mesure de la Terre transformerait le rapport des hommes au monde. Il s'endormit sur une phrase qui le fit sourire : il faut du temps pour changer le temps.

PÉRIPLE DE THÉOPHRASTE EXCELSIOR,
LE LONG DU NIL

« Au seul endroit où le Nil dessine un coude, s'élève un tertre tombant à pic. Au sommet, les restes d'un temple. C'est vraiment superbe !

La cité d'Ombos. On y vénère Seth. Enfin ! Je commence à me prendre d'affection pour lui, et pas seulement en raison de la couleur commune de nos poils.

Le *Périple* ne sera pas un gros rouleau. Je me souviens trop bien de ce qu'a dit Callimaque : “Un gros ouvrage est une grosse calamité.” »

À plusieurs reprises, Théo remarqua que Béton peinait, sans toutefois que la régularité de la marche soit altérée. Interrogé, Béton répondit, irrité : « Ératosthène ne t'a pas placé derrière moi pour m'espionner, mais pour compter mes pas. » Puis, se calmant : « Ne penses-tu pas que l'expédition a déjà eu assez de problèmes ? De toutes façons, nous sommes presque arrivés. » Théo remarqua que Béton ne lui avait pas répondu sur l'état de ses jambes.

PÉRIPLE DE THÉOPHRASTE EXCELSIOR,
LE LONG DU NIL

« Le dernier nome du voyage, To-Séti, “La Nubie” – en fait, le premier de la numérotation égyptienne –, est le plus long de Haute-Égypte. Lorsque Rekhmirê annonça les interdits du nome : “la tête coupée” et l'onanisme, Arsinoé ne rougit pas ; Mentep et Rensi, eux, ne savaient plus où se mettre.

Sur l'autre rive, un grand Sphinx inachevé semble nous regarder passer et nous souhaiter bonne chance.

Sur le flanc des falaises qui enserrent le fleuve, des inscriptions chantent la gloire du Nil. Il est vrai que, depuis notre départ, je ne l'ai jamais vu si énergique ; sa vigueur tranche avec la torpeur que je lui ai parfois connue.

Fin de parcours. Depuis Ombos, le Nil suit une parfaite ligne droite orientée plein sud ! Un véritable méridien ! Beau cadeau pour nous tous. »

Syène !

Béton effleura le signal. Il serait plus juste de dire qu'il le caressa. Son visage resplendissait. Théo sauta à terre. Ils se serrèrent la main. Chacun tendit son carré de papyrus à Ératosthène, qui cette fois n'était pas assis sur son tabouret pliant. « Béton 8 775, Théo 8 789. »

Béton, Théo, Rekhmirê, Patréas, Tati, le capitaine, Mentep et Rensi, et Cronos, tous là, comme au départ sur le débarcadère du lac Maréotis ! Hormis le pauvre Toussi. D'une voix solennelle, Ératosthène annonça : « Le comptage du dernier tronçon : 8 782 pas. La mesure du méridien entre Alexandrie et Syène est terminée ! » Cris de joie. « Merci, mes amis, nous avons réussi ! » Il s'avança vers Béton et, le prenant dans ses bras, lui donna l'accolade. « Longue vie à Béton, le premier mesureur de la Terre ! » Au milieu des voix viriles, on entendait la voix frêle d'Arsinoé. La princesse se mit à embrasser tout le monde. Le pauvre Mentep faillit succomber.

Béton, gêné, se dandinait d'une jambe sur l'autre : « Euh… je suis content d'avoir bien marché. Sans Théo et Cronos qui ne m'ont pas lâché… d'un pas, je ne crois pas que je serais arrivé jusqu'au bout. Vive… – ses yeux pétillèrent – vive ThéoCronos ! »

Dans la ville de Syène, sur la rive occidentale du Nil, réparant une injustice criante, un nouveau dieu était né, le dieu-mesureur ThéoCronos, qui, à l'inverse de ses homologues égyptiens, portait une tête humaine sur un corps animal. Une tête rousse et barbue sur un corps brun poilu. Ératosthène demanda le silence : « Je vous annonce qu'aux côtés du schoene égyptien et du stade grec existe à présent une nouvelle unité de mesure itinéraire : "le pas de Béton". »

Respectant les ordres d'Ératosthène, le chef puisatier avait fait placer le signal au niveau du puits.

Rien ne le distinguait des autres puits… sauf son emplacement. « C'est pour toi que nous avons allongé l'opération de plusieurs centaines de stades. Il ne faudra pas nous décevoir ! » se dirent, chacun pour soi, Théo et Ératosthène.

« Nous n'avons eu aucun mal à le retrouver, assura le maître puisatier. Exactement à l'endroit que vous aviez indiqué. Il était entièrement comblé depuis des années.

– Avez-vous interrogé les habitants, les vieux surtout, pour savoir s'ils se souvenaient de son existence ? demanda Rekhmirê.

– Pas la peine ! Les renseignements du directeur de la Grande Bibliothèque étaient suffisants. »

Rekhmirê hocha la tête.

« Nous l'avons creusé suivant vos directives, le moins large et le plus profond possible. Il n'y aura de la place que pour deux personnes en bas. Le sol est si sec en cette période ! Dès que l'eau monte dans le Nil, le niveau du puits grimpe. Si je faisais poser maintenant la passerelle, elle serait vite recouverte. Elle sera placée la veille de vos mesures. »

Le capitaine avait trouvé un ancrage un peu à l'écart du centre de la ville. L'eau était belle, le spectacle magnifique. Théo savait nager et Ératosthène pataugeait avec une certaine élégance, se dit Béton, étudiant ses amis dans leurs ébats aquatiques.

Ératosthène avait juste le temps de regagner Alexandrie pour les mesures d'ombre. Patréas et Béton s'embarquèrent avec lui. Rekhmirê décida de rester, voulant profiter de son passage pour effectuer certaines recherches.

Ératosthène rangea les carrés de papyrus et toutes les autres informations concernant l'expédition dans un sac solide à l'épreuve de l'eau. Théo en garda un double.

Tati avait préparé un festin. Ils passèrent leur dernière soirée tous ensemble.

Le bateau partait tôt.

Arsinoé embrassa Ératosthène et lui glissa à l'oreille : « J'aurais tant aimé que tu sois là, avec moi, dans le puits. Je vérifierai pour les rayons, compte sur moi. Si tu m'as menti… Dis à ma mère… dis-lui que tout va bien. » Béton prit Théo à part : « J'ai vu que tu savais bien te battre. Ce sera à toi de la protéger à présent. » Théo n'était pas peu fier de la confiance que lui accordait Béton. Je me demande comment ils auraient fait si je n'avais pas accepté de venir ! se dit-il.

L'équipe se séparait, il le fallait bien.

En voyant s'éloigner Syène, Béton éprouva un sentiment de fierté. Il ne s'était jamais senti aussi bien. À présent, il y a vraiment deux bématistes dans la famille. Mesurer la Terre vaut bien évaluer les étapes des voyages d'Alexandre.

Devant rester plusieurs jours à Syène, ils emménagèrent dans une belle maison donnant sur le fleuve, juste en face de l'île Éléphantine. La vue était magnifique, les couchers de Soleil sublimes.

Arsinoé retrouva ses habitudes de princesse. En premier lieu, elle apprécia la possibilité de faire sa toilette sans craindre d'être surprise.

Énorme bloc de granit au milieu du fleuve, l'île Éléphantine ne ressemblait pas à un dos d'éléphant comme on l'affirmait pour expliquer son nom ! Ce sera mon troisième nilomètre, se dit Théo debout dans le petit bateau qui le menait sur l'île, tout en admirant la grâce du jeune homme qui dirigeait l'embarcation avec habileté. C'était un Nubien. Comme une grande partie de la population, il était grand, mince, et avait des traits fins.

En cette période de l'année, le nilomètre était au centre de toutes les attentions. Prévenu de son arrivée, l'horologue l'accueillit. Le nilomètre était exactement comme on le lui avait décrit, un escalier recouvert descendant jusqu'au lit du fleuve. Il avait plus d'allure que celui de Coptos.

L'eau avait gravi les premières marches, le Nil n'était plus à l'étiage. Gravées dans la paroi, les graduations, d'une extrême précision, s'affichaient en coudées, paumes et doigts.

L'horologue se glissa dans l'eau, lisant avec attention le niveau atteint par le fleuve : « On ne peut encore rien affirmer avec certitude, mais la crue sera moins bonne que celle de l'an dernier. » Même prévision que celle de l'horologue de Coptos.

Mentep, qui, avec Rensi, le capitaine et Tati, avait préféré rester sur l'*Hapi*, vint chercher Arsinoé et Théo. Rekhmirê étant très occupé par ses travaux, il s'était plusieurs fois proposé de le remplacer.

Quittant la berge, ils empruntèrent une allée légèrement inclinée et très glissante. C'est le long de ces dalles lisses que les colosses et les obélisques taillés dans les carrières situées plus haut étaient halés jusqu'au fleuve et embarqués durant la crue pour Thèbes, Apollônospolis ou Memphis.

Un obélisque n'avait pas fait ce voyage. Tenant encore par la base à la paroi, il était couché dans une niche, de toute évidence abandonné au cours de son extraction.

« Si on l'avait dressé, il aurait été plus haut que tous les autres, déclara Mentep. Tu imagines, Théo, deux fois plus haut que celui de Thèbes. Ah oui, mais on ne s'est pas arrêtés à Thèbes.

– Qu'a-t-il bien pu arriver pour qu'on l'abandonne comme ça, alors qu'il était presque terminé ? » demanda Arsinoé.

Sans répondre, Mentep courut le long du fût et s'immobilisa, posant ostensiblement le pied sur la pierre. Quand ils l'eurent rejoint, il souleva son pied, découvrant une fissure.

« On l'a abandonné à cause de cette minuscule… » Arsinoé suffoquait d'indignation. « Oui, princesse, on ne peut rien contre une fissure. Rien ne peut l'arrêter. Au bout d'un, deux ou je ne sais pas combien de siècles, l'obélisque se serait effondré. »

Théo pensa, bien sûr, au tendon d'Achille. Au tendon de Béton…

En rentrant, Mentep leur confia : « Mon vrai nom est Montouhotep. Cela veut dire “Montou est satisfait”, mais on m’appelle Mentep. Et vous, savez-vous comment on vous appelle ?

– Nous ? Nous qui ? demanda Théo.

– Vous, les Grecs. Vous êtes les Haou-Nebout : “Ceux qui sont autour du roi”.

– C’est vrai pour la princesse Arsinoé, pas pour moi.

– C’est vrai pour tous les Grecs. »

Une nuit, regagnant leur luxueuse demeure, Théo aperçut en contrebas, presque au niveau de l’eau, des chandelles plantées dans le sol. Quelque pratique religieuse, pensa-t-il. En tout cas, c’est follement beau. La lueur des flammes scintillant dans le fleuve emportée par de douces vaguelettes.

Il se trompait. Les chandelles étaient placées au ras de l’eau afin de suivre l’avancée de la crue. Si la flamme s’éteignait, c’est que l’eau avait atteint la mèche. En quelque sorte, un nilomètre lumineux.

Ils décidèrent de dormir à la belle étoile. Tati avait préparé un repas froid. Mentep avait acheté des chandelles qu’Arsinoé et Rensi placèrent le long de la berge. À la tombée de la nuit, ils les allumèrent.

Le repas était délicieux. Le capitaine leur parla de son oasis. Les chandelles brûlaient. Rensi et Mentep se mirent à chanter. Arsinoé n’avait jamais vécu pareille soirée.

Ce qu’il pouvait faire bon ! Le bruit du fleuve les berçait. De temps à autre, l’un d’eux lançait un regard en direction des chandelles. Elles brillaient. Arsinoé s’assoupit. Peu à peu, les autres la suivirent. Seul le capitaine veillait. « Regardez ! » Ils ouvrirent les yeux, ne sachant plus où ils se trouvaient. « Les chandelles ! » Ils se redressèrent. Les flammes vacillaient. Ils retinrent leur souffle. L’une après l’autre, elles s’éteignirent. Le Nil avait monté.

L'eau du Nil devenait verte.

Les gens venaient de partout, de Rome, de Syracuse, de Babylone ; des Macédoniens de Pella, des Syriens d'Antioche… Assister à l'arrivée de la crue à Syène était un spectacle inoubliable. Dans un bruit fracassant, l'eau lâchée par la grande cataracte s'engouffrait entre les barrières de granit enserrant le fleuve à l'entrée de la ville.

Le grand jour était arrivé.

Il vaudrait mieux dire le « long » jour.

Ou plutôt, le plus long jour.

Non seulement la nuit fut courte – la plus courte de l'année –, mais personne ne ferma l'œil. Bien avant l'aube, tout le monde était debout, sur le pont de l'*Hapi*, regard rivé vers l'est. Des lueurs rougeâtres apparurent en arrière-fond des carrières.

La veille, le maître puisatier avait installé la passerelle, jeté deux échelles de corde dont il avait vérifié la solidité, testé la résistance des points d'accroche sur la margelle. Le matin, il avait fait descendre de la boisson, un peu de nourriture et quelques fruits, pas plus. Il avait compris qu'après midi tout serait fini.

Les rayons du Soleil franchirent la cime des carrières.

Le commandant de la garnison avait fait dégager les alentours du puits. Se souvenant de la phrase qu'il avait prononcée au cours de cette grande discussion avec Ératosthène : « La mesure de la Terre, ça doit les intéresser », Théo demanda que la foule puisse se rapprocher. Les soldats – et, parmi eux, ceux qui les avaient accompagnés et protégés – se déployèrent en cercle autour du puits. La foule avança jusqu'à les toucher.

Les recommandations étaient précises : en cas de danger, Théo et Arsinoé devaient s'attacher à leur échelle grâce à une corde munie de crochets, et se laisser faire, en évitant de bouger pour ne pas heurter les parois. Ils avaient répété la manœuvre à plusieurs reprises. Près de l'entrée du puits, un groupe d'hommes se tenaient prêts à les hisser.

Théo se décida, il fit un signe à Arsinoé. Au moment d'emprunter l'échelle, il pensa à Ératosthène.

Ératosthène, lui non plus, n'avait pas dormi. Il avait guetté le lever du Soleil, vu l'ombre immense du Phare se déployer sur la mer en direction de Cyrène. L'aube sur Alexandrie. Ce jour était son jour, celui qui mettait un terme à l'opération. Dans quelques heures, quand, après avoir parcouru la moitié du ciel, le Soleil serait à son zénith, il aurait pris la mesure du Monde.

Arsinoé répondit au signe de Théo. Elle ramassa une pierre, la jeta dans le puits. Le silence se fit. Chacun pour soi compta le temps qu'elle mit à atteindre le fond. Le bruit de l'eau éclaboussant les parois les délivra. Le puits était vraiment profond.

Théo se demanda – c'était bien le moment ! – s'il supporterait de se retrouver coincé tout en bas, s'il ne serait pas pris d'angoisse. En habituée des puits, Arsinoé n'avait, elle, aucune appréhension. Il la vit décidée. Il se décida. Quand la pierre est jetée… Posant le pied sur le premier barreau, il disparut.

Tout de suite, l'obscurité. Il s'enfonçait, tenant fermement les montants de l'échelle, posant ses pieds sans précipitation. Marcher le long de l'eau durant des milliers de stades, descendre jusqu'à l'eau durant… sa tête métrologique comptait les marches.

Plus il descendait, plus l'obscurité était grande, mais plus il s'habituait à elle. Quoi qu'il en soit, c'était très sombre.

Et puis, il y eut le dernier barreau. Il posa le pied sur la passerelle, elle était solidement fixée. La descente avait été longue. Pour la première fois, il leva la tête.

Tout en haut, un trou, brillant comme un diamant au bout d'un tube.

Il cria pour avertir de son arrivée, déclenchant un fracas épouvantable. Loin dans le ciel, il aperçut Arsinoé dans l'ouverture du puits. Situation inverse de leur première rencontre : « Regarde, Ératosthène ! Une étoile rousse ! »

Tout s'assombrit, l'échelle se mit à vibrer.

Tandis qu'Arsinoé descendait le long d'une échelle de corde à Syène, Ératosthène montait un escalier de pierre à Alexandrie. Ayant rejoint la terrasse du Mouséion, il se dirigea, abrité sous un large chapeau, vers la dalle de granit au centre de laquelle avait été érigé le gnomon. La dernière fois, Évergète, Bérénice, Magas, Lagos, Arsinoé étaient là. Magas était arrivé en retard, il naviguait sur le lac Maréotis, ah cette passion pour la voile… Lagos n'avait pas cessé de taquiner Arsinoé à propos de leur mariage. Une autre époque ! Arsinoé. Il lui devait d'avoir découvert sa méthode. Se trouvait-elle en ce moment à l'intérieur du puits ? En avait-elle déjà atteint le fond ? Il l'imagina, assise sur la passerelle, souhaitant… que le Soleil n'atteigne pas le fond, pour le faire mentir ! Ou bien qu'il l'atteigne, parce que c'était tellement plus beau ainsi.

Agile, Arsinoé rejoignit Théo et s'installa à ses côtés. Il n'y avait pas beaucoup de place. Le bruit de la foule s'était éteint. Il faisait frais. Un grand calme s'était installé. Attendre. Il commençait à faire frais, trop frais. Théo, anxieux, n'arrivait pas à se détendre. Pourvu qu'Ératosthène ne se soit pas trompé !

Ils étaient peu nombreux sur la terrasse du Mouséion, Ératosthène l'avait voulu ainsi. Quelques collègues, et Béton, bien sûr, qui avait monté les escaliers avec difficulté.

Sur la feuille de papyrus, Ératosthène avait tracé un trait dans la direction du nord. Ce trait avait la longueur exacte du gnomon. L'ombre du Soleil, plus longue que ce premier trait, s'étendait à sa gauche, vers l'ouest.

Ératosthène ne cessait de s'éponger. Une goutte de sueur tomba sur la feuille, il s'empressa de l'essuyer. Jamais la montée du Soleil ne lui avait paru si lente.

« Oh, regarde ! » Arsinoé désigna la face intérieure de la margelle qui commençait à être éclairée.

Sur la terrasse du Mouséion, conscient de la gravité du moment, personne ne disait mot. Ératosthène suivait le raccourcissement de l'ombre du gnomon. Elle se rapprochait du trait orienté au nord.

Le Soleil avait pénétré à l'intérieur du puits, Théo et Arsinoé suivaient sa lente descente le long de la paroi et l'éclaircissement progressif qui s'ensuivait. Théo sentit qu'il… Le bruit de l'éternuement, amplifié par le conduit, se répercuta au-dehors. La foule recula, apeurée. Rekhmirê se précipita vers l'ouverture : « Tout va bien ? » Rassuré, il fit un signe en direction de la foule.

Dedans, il faisait frais ; dehors, la chaleur était terrible. Une femme s'évanouit. Les soldats ayant relâché leur attention, la foule s'était rapprochée. Rekhmirê entendit des bribes de conversation :

« En plein midi ! Et en cette saison ! Ils auraient pu faire ça à un autre moment !

– C'est pour mesurer la Terre, paraît-il.

– Mais pourquoi ils descendent ?

– Parce que la Terre est ronde.

– Quoi, ils vont la traverser ?

– Je ne suis jamais allé plus loin que la grande cataracte, mais ça m'intéresse.

– Moi, je resterais toute la nuit s'il le faut.

– Je voudrais quand même savoir pourquoi c'est ici qu'ils font leur… Ils n'auraient pas pu le faire ailleurs ?
– Reculez, reculez ! » ordonna le commandant.

Entièrement absorbé, Ératosthène ne vit pas Esthie s'approcher de Béton et lui glisser quelques mots à l'oreille. Il ne vit pas non plus Béton quitter la terrasse avec Esthie.

Les rayons du Soleil grignotaient la paroi, descendant de plus en plus vite. Le regard de Théo et d'Arsinoé, abandonnant la paroi, se posa à la surface de l'eau.

Sur la feuille de papyrus, l'ombre du gnomon, devenue très petite, frôlait le trait.

Au fond du puits à Syène, les rayons du Soleil atteignirent l'eau, qui s'illumina. Au même instant à Alexandrie, sur la terrasse du Mouséion, l'ombre du gnomon rejoignit le trait. Le Soleil était à son zénith !

« Il avait raison, il avait raison ! cria Arsinoé, folle de joie. Regarde comme l'eau est claire ! Nous sommes exactement sous le Tropique ! Le Soleil est juste sur notre tête ! » Elle leva la tête. Théo se jeta sur elle, plaquant sa main contre ses yeux : « Ne regarde jamais le Soleil en face quand il est à son zénith. Jamais ! Tu deviendrais aveugle. »

Les yeux clos, Arsinoé cria : « Il EST midi, il EST midi ! »

Rekhmirê était un homme gâté. Après avoir vu les rayons du Soleil éclairer à l'aube les dieux au fond d'un sanctuaire à Ibsamboul, il venait de les voir illuminer en plein midi le fond d'un puits à Syène.

Posément, de son calame, Ératosthène marqua le bout de l'ombre du gnomon. C'était fini. Il ne lui restait plus qu'à diviser la longueur de l'ombre par celle du gnomon et il en déduirait l'angle !

Arsinoé éclata de rire. À cinq mille stades de là, Ératosthène crut entendre le rire d'Arsinoé. Il sut alors que sa méthode était bonne.

Toute la soirée et toute la nuit, la fête battit son plein. Le jour du solstice d'été, à Syène, c'était la « Fête de la crue ».

À la tombée de la nuit, un prêtre se dressa sur la rive, un rouleau de papyrus à la main. Après avoir récité une prière dans laquelle il invitait le fleuve à grossir, il jeta le papyrus à l'eau : « Jeter le livre à Haï. » Emporté par le courant, le rouleau s'éloigna vers le nord. Théo le suivit des yeux, hochant la tête. Jeter des écrits à l'eau ! Difficile à accepter pour un aide-bibliothécaire.

Chapitre 25

À LA FIN DE LA SOIRÉE, Arsinoé demanda que l'on rentre dès le lendemain. Elle paraissait inquiète et ne parvenait pas à le cacher. Tous auraient aimé rester un peu plus pour assister à la poursuite de la fête. Même Théo, qui depuis quelque temps semblait avoir modéré son empressement à rejoindre la Grande Bibliothèque. Princesse royale, les souhaits d'Arsinoé étaient des ordres.

La fête battit son plein toute la nuit.

Aux premières heures de la matinée, l'*Hapi* était prêt à se lancer dans la descente du Nil pour regagner Alexandrie. Le chef puisatier, venu leur faire ses adieux, offrit d'acheter Cronos. Une exclamation outrée accueillit sa proposition. « J'en donne un bon prix, s'empressa-t-il d'ajouter. Il est venu depuis Alexandrie jusqu'ici. C'est sûrement un très bon âne. »

À petits pas, Cronos gravit la passerelle. Théo le surprit à plusieurs reprises en train de contempler le paysage d'un air satisfait, ses oreilles oscillant de contentement. Théo était persuadé qu'il se disait : Là, là et là, j'ai trotté avec ce rouquin sur mon dos.

PÉRIPLE DE THÉOPHRASTE EXCELSIOR,
LE LONG DU NIL

« Nous voguons sur un autre Nil. Je ne reconnais plus rien. En quelques jours, tout a changé. À l'endroit où se dressaient les falaises portant les inscriptions en l'honneur du Nil, les rives ont totalement disparu. Béton ne pourrait plus y poser le pied.

Le capitaine décida de voyager de nuit ; cette navigation nocturne n'était possible qu'en période de crue : "Quand l'eau monte... les hauts-fonds baissent !" L'état d'inquiétude d'Arsinoé ne s'apaisait pas. »

« Savoir poser ses fesses sur un trône et, dès qu'on les a posées, savoir y rester coûte que coûte ! déclama Philopator. Voilà en quoi consiste le véritable art de gouverner, et non en ces prétendues qualités dont Ératosthène me rassasiait les oreilles : *megalopsuchia*.

– La magnanimité, répéta Obole.

– *Andreia*.

– Le courage.

– *Dikaiosunê*.

– La justice.

– Et, et...

– Tu ne t'en souviens plus ? s'enquit innocemment Obole.

– Si, si, je m'en souviens, je m'en souviens. » Il semblait effrayé. Puis, soulagé : « *Philotimia*.

– Oui ! l'ambition, l'encouragea Obole.

– Et *praotês* !

– Oui ! la douceur.

– Et *areskeia* !

– Oui, l'affabilité.

– Mais tu les connais toutes ?

– N'oublie pas que, comme toi, je suis roi. Le roi des nains. Alors, la suivante ?

– Il y en a trop, c'est normal qu'on ne puisse pas toutes les posséder, ce n'est pas humain.

– La suivante ? *Diagôguê*, le bon goût, Philopator. La suivante ? *Sôphrosunê*, la modération. Et la dernière...

– Non ! je vais la dire : *enkrateia*.

– Oui ! Elle a été forgée pour toi précisément : la force de s'opposer à l'intempérance. »

Épuisé par l'effort, Philopator s'affala sur les luxueuses nattes de la salle du trône, au milieu d'un champ d'amphores vides. Obole, digne, était assis sur un tabouret.

« Dis, qu'attendait-il de moi, Évergète, lorsqu'il m'a désigné ? Croyait-il que je ferais un bon roi ? Sûrement pas ! Alors pourquoi ? Pourquoi ? Peux-tu me le dire, Obole ? »

Obole étudiait le roi sans aucune bienveillance, mais sans hostilité non plus.

« Obole, je te vois me voir, l'avertit Philopator.

– Si tu vois si bien, vois-tu ce qui se passe autour de toi ?

– Autour de moi, je vois un affreux nain qui me demande si je vois ce qui se passe autour de moi. »

Changeant subitement de ton, Philopator dit gaiement :

« À présent que l'opération d'Ératosthène est finie, que vais-je faire de ton dos ?

– Vous avez disposé du verso, utilisez le recto. Je vous rappelle que je n'ai toujours rien sur le ventre. Vous pourriez me tatouer… la Chevelure de Bérénice.

– Va-t'en ! Va-t'en ! Je vais te tuer », hurla Philopator, fou de rage. Saisissant une petite amphore, il la lança malhabilement en direction d'Obole, qui fit un bond magistral pour se placer sur sa trajectoire. Elle l'atteignit au milieu du torse. Il se mit à saigner.

« Merci, Seigneur, vous visez de mieux en mieux. La prochaine fois, ce sera la tête. Je vous y aiderai. Quand la flèche ne va pas à la cible, la cible doit aller à la flèche. »

Philopator voulut dire quelque chose. L'instant d'après, il ronflait comme un bienheureux. Obole quitta la pièce. Comme par hasard, il rencontra Agathocléia qui rôdait.

« Tu tombes bien !

– Je ne tombe jamais, je m'affaisse.
– Je voulais te demander : Comment trouves-tu cette Arsinoé ?
– Dis-moi comment tu veux que je la trouve.
– Crois-tu qu'elle est vierge ?
– Oh, tu sais, moi, le sexe... »

Brusquement elle saisit sa main, la posa sur ses fesses – il sifflota – et la fit se mouvoir lentement : « Mes fesses, elles te plaisent, mes fesses ?
– Bof... soupira-t-il, forçant son visage à exprimer un ennui mortel.
– Tiens, je n'ai encore jamais couché avec un nain.
– Moi non plus, pleurnicha-t-il, en s'enfuyant.
– N'oublie jamais que tu me dois de t'avoir sorti de ta sordide taverne, lui lança-t-elle, menaçante.
– N'aie crainte, je n'oublie jamais. »

Quelques instants plus tard, Obole revint en courant dans la chambre de Philopator et le secoua : « Réveille-toi ! » Le roi se tourna de l'autre côté. « Réveille-toi, te dis-je. » Philopator ouvrit les yeux avec peine : « On ne peut pas être tranquille un moment.
– Il faut que tu ailles tout de suite voir Bérénice.
– C'est elle qui le demande ?
– Non. Mais il faut que tu y ailles. »

Paressant sur le pont de l'*Hapi*, Théo regardait défiler devant lui une autre Égypte, encore plus belle. Par endroits, le Nil était tellement large qu'il ressemblait à un lac. Les villages, isolés à présent, étaient devenus de petites îles perdues au milieu des eaux. Étrange pays où il ne pleut jamais en hiver et où la terre est recouverte d'eau en été.

Dormir à nouveau sur l'*Hapi* leur fit redécouvrir le ciel. La première nuit, ils virent Sirius apparaître dans la constellation du Chien. Impossible de ne pas la voir, elle était la reine du ciel, indiscutablement l'étoile la plus brillante du firmament. Depuis les premiers temps, les Égyptiens avaient remarqué que sa réapparition après plusieurs mois d'absence déclenchait la crue. Les astronomes grecs déclaraient, eux – ce qui revenait au même –, que la crue débutait lorsque le Soleil, venant de la constellation des Gémeaux, entrait dans le tropique du Cancer.

Une crue en plein été ! À présent qu'il la voyait gonfler un peu plus chaque jour, Théo ne pouvait cacher et sa fascination et sa stupéfaction.

L'Euphrate, le Tigre, le Tibre, l'Indus, le Méandre, le Céphise en Phocide et l'Achéloos en Étolie font leur crue en hiver, pourquoi le Nil fait-il la sienne en plein été, au moment où tous les autres fleuves s'assèchent ? Théo n'était pas le premier à se poser la question. Depuis des siècles, la plupart des sages grecs s'étaient interrogés sur les causes de cet étrange phénomène. Chacun y était allé de sa réponse.

Pour les uns, les pluies incessantes qui tombaient durant l'été sur l'Éthiopie en étaient la cause. Pour d'autres, la responsabilité incombait aux vents saisonniers qui soufflaient du Nord en faisant refluer l'eau, provoquant ainsi l'inondation. Pour d'autres encore, comme Anaxagore, c'était la fonte des neiges, dans les pays du Sud où naissait le fleuve, qui la provoquait. Heurtant la raison, cette thèse était violemment rejetée : comment pouvait-il y avoir de la neige dans des contrées situées bien plus au sud que Syène ? De la pluie, oui ; de la neige, non !

C'est pourtant ce que prétendait également Euripide : « Quittant la terre en laissant la très belle eau du Nil qui relie son cours à la terre éthiopienne aux Noirs mortels, lorsque la neige fond. » Oui, mais c'était un poète. Alors qu'il s'agissait là de physique.

Théo ne savait pour quelle thèse opter. Il y avait gros à parier qu'un jour, un intrépide remontant le cours du Nil jusqu'à sa source dévoilerait dans son *Périple le long du Nil, à la recherche des sources du fleuve*, la véritable cause.

Il restait que la nature dans ce pays se comportait de façon radicalement différente du reste du monde. Et c'est cela qui faisait sa richesse ! Aucune pluie ne valait la crue du Nil.

Un matin, Rensi confia à Arsinoé que l'on approchait de la période de l'année où les crocodiles faisaient une trêve avec les hommes. Ils n'attaquaient plus les nageurs et partout on pouvait se baigner sans danger. En retour, on arrêtait de les chasser. Depuis son aventure, Arsinoé n'osait plus plonger ; et si elle continuait à se baigner, c'était toujours avec un peu d'inquiétude. La nouvelle de la trêve ne la tranquillisa pas, d'autant qu'elle avait aperçu des sauriens sur la rive lointaine. Ou cru les apercevoir.

« Il est très utile d'observer les crocodiles, ajouta Rensi. Ils déposent toujours leurs œufs dans un endroit que l'eau de la crue n'atteindra pas. »

Le vert était en train de laisser la place à une teinte rougeâtre qui assombrissait le fleuve. Le limon remplaçait les algues ; la terre, la végétation. Rensi affirmait, sans trop y croire, que c'était le sang d'Osiris qui coulait dans le fleuve, ensemençant la terre d'Égypte pour la prochaine récolte.

Cette teinte était aussi celle de la bière que Tati remonta de la cale en quantité. « Un excellent cru », affirma-t-il. Ils ne purent résister à l'envie de s'enivrer. Ils fêtaient la réussite de la Mesure, commençant tout juste à réaliser. Ils savaient qu'ils venaient de contribuer, chacun, à une bien belle entreprise.

Tati, dont tous croyaient qu'il se désintéressait de ce qui se passait sur la rive, leur raconta de petits incidents qu'ils n'avaient pas remarqués. Arsinoé, éméchée, riait à tout bout de champ. Son inquiétude l'avait abandonnée, elle était gaie, insouciante comme une simple jeune fille de son âge. Mentep la mangeait des yeux. Toute sa vie, il se souviendrait d'avoir passé des journées entières avec la plus belle des princesses royales. Il n'attendit pas la fin de la soirée pour s'enfoncer dans un profond sommeil où il rêvait ce qu'il était en train de vivre.

Le lendemain, la tête lourde, Théo regardait vaguement, y prêtant à peine attention, des touffes d'herbes dérivant sur le fleuve rougeâtre.

Percevant sa curiosité, Mentep s'était approché : « Des touffes de papyrus. La cruc les arrache à la rive ; elles s'en vont jusqu'à la mer. Tu sais comment on les appelle ? “Les cheveux d'Isis”. »

Théo regarda Mentep avec une telle surprise que celui-ci prit peur : « Je t'assure, Théo, c'est vrai. »

FRAGMENTS D'UNE HISTOIRE ÉGYPTIENNE

« Je pensais en avoir terminé avec l'histoire d'Isis et d'Osiris. Je reprends donc le calame. Mentep a été intarissable. Plus le voyage avance, plus il ose prendre la parole. Voilà ce que m'a rapporté ce “second Rekhmirê”.

Lorsque Isis a appris la mort d'Osiris, elle se trouvait à Coptos. En signe de deuil, elle coupa une boucle de ses cheveux et la lança dans le Nil. La boucle s'est immédiatement transformée en une touffe de papyrus, et le deuil d'Isis s'est changé en espoir. Portée par la montée des eaux, la chevelure d'Isis annonce l'inondation qui est source de vie. »

Sur l'*Argo*, voilà un peu plus d'un an, il racontait à Coutousis comment Bérénice s'était coupé les cheveux pour empêcher la mort de son époux ; aujourd'hui, sur l'*Hapi*, c'était Mentep qui lui racontait comment Isis avait coupé l'une de ses boucles pour faire renaître le sien.

Étrange lien entre ces deux histoires qui honoraient, l'une une reine grecque, l'autre une déesse égyptienne.

Un lit étroit avait remplacé le grand lit. La statue d'Évergète était toujours en évidence dans un coin de la chambre royale.

Bérénice était en nage. Ses cheveux mouillés collés à son crâne. Béton se tenait à son chevet.

« Tu es arrivé à temps, j'avais si peur.

– Je suis là, à vos côtés, depuis plusieurs jours, Reine. Je n'aurais jamais dû vous quitter, je le savais, mais c'est vous qui avez insisté. J'aurais empêché qu'il vous arrive du mal. »

Bérénice mit la main à sa gorge : « Ça me brûle. » Elle se redressa, agrippa la main de Béton : « J'ai été empoisonnée. Où étais-tu ? Ah oui, la mesure d'Ératosthène. Il l'a finie ? On ne termine jamais rien… et la Terre est si grande ! »

La porte s'ouvrit. Philopator entra.

Elle ne le reconnut pas tout de suite. « Toi ? » Elle le regarda comme on contemple une vision.

Béton lui lança un regard plein de haine, se plaçant devant la reine.

« Laisse-nous, Béton. Il risque de te le faire payer, après. Un mort de plus ou de moins… »

Béton hésita.

« Va ! Il ne peut plus rien m'arriver. »

Béton quitta la pièce, Bérénice tourna la tête pour ne pas voir Philopator.

« Écoute-moi, je sais ce que tu penses ; mais je dois te dire quelque chose.

– Le poison fait son effet, tu dois être satisfait ?

– Mère ! Tu ne peux pas croire cela ! » Elle ferma les

yeux. « Il faut que je te parle, tu dois m'entendre. Tu te souviens, c'était ici même, quand tu as rasé tes cheveux, j'étais là au fond de la pièce, Ératosthène me retenait pour que je ne me précipite pas vers toi.

– Ne me parle pas de ça, je te l'interdis !

– Je voyais ton visage dans le miroir, je voyais tomber tes cheveux. »

Toujours en lui tournant la tête, elle commença à l'écouter.

Parlant d'un ton saccadé, lui d'ordinaire si volubile, chaque mot lui coûtait : « Dans la nuit, tu es allée les déposer sur l'autel du temple d'Isis. J'étais là. »

Bérénice se retournant brusquement : « Tu étais là ?

– Oui, je t'ai suivie, j'ai tout vu.

– Mais tu étais si petit !

– J'étais là. »

Au rythme de sa respiration, elle sut qu'il allait prononcer des mots ineffaçables.

« Tes cheveux, mère, c'est moi qui les ai pris. »

Elle laissa échapper une plainte : « Toi, Lagos ? » Son étonnement était immense. Elle le dévisagea. Dans un réflexe d'enfant, il cacha ses tatouages. Elle trouva la force de se redresser : « Mais pourquoi as-tu fait cela ?

– Parce que ces boucles où je m'enfouissais quand j'avais de la peine, ces boucles que j'avais tant caressées, je les ai vues tomber. D'un seul coup tu me les volais. Alors, je les ai gardées pour moi, pour moi seul.

– Mais pourquoi ? »

Philopator, suffoqué par la question : « Mais... parce que je t'aimais !

– C'était toi, alors ? » Levant les yeux vers le ciel : « Isis ! Tu n'y étais donc pour rien ! » Elle se tourna vers Philopator : « Oh... si tu savais ce que tu as fait là, mon fils ! »

Ératosthène pénétra dans la salle du trône. Perdu dans ses pensées, Philopator leva la tête : « Je t'attendais. » Ératosthène ne put se retenir plus longtemps : « Des accidents ? Personne n'y croit plus. On te soupçonne d'avoir fait assassiner ton frère et d'avoir fait empoisonner ta mère. Qu'on puisse seulement te suspecter, qu'on puisse affirmer que tu es le complice de ces actes immondes…

– Que veux-tu que je fasse ? Que j'aille les prendre un par un et leur dire : "Ce n'est pas moi qui ai tué ma mère ! Pas moi qui ai tué mon frère !"

– On parle des Ptolémées comme des nouveaux Atrides !

– Les Atrides ! On en a fait des livres magnifiques avec leurs histoires ! Ah, vous êtes superbes, tous, dans vos bibliothèques ! La Tragédie, vous adorez ça. Avec les jeux d'Olympie, c'est devenu une spécialité grecque. Qu'elle se trouve dans Eschyle ou dans Euripide, vous en redemandez ! Les dieux ont bon dos, ils nous poussent, c'est le Destin, on ne peut rien faire contre eux. Mais qu'elle vienne à vous frôler, vous ou ceux qui vous sont chers, vous fuyez en poussant des cris de vierge effrayée : "C'est terrible ! Pas ça ! Pas ça !" Mais la Tragédie, excepté pour ceux qui n'ont rien vécu, ce n'est pas des mots inscrits sur des feuilles de papyrus, c'est la douleur, la mort, l'inéluctable, l'impossibilité de revenir en arrière, d'effacer ce qui a eu lieu, c'est payer les conséquences jusqu'à l'ultime. C'est la peine intarissable. »

Il se mit à courir en dessinant de petits cercles, comme Obole, mais sans son agilité, de façon grotesque, en poussant des cris.

« Je me suis tu jusqu'à présent, mais là… tu n'as pas le droit ! éclata Ératosthène.

– J'ai tous les droits, je suis le roi-dieu d'Égypte, le quatrième Ptolémée.

– Tes excès te perdront.
– Je croyais que c'était déjà fait. »

Illuminé, il était au paroxysme de l'excitation, mais aussi tout près de s'effondrer. Il ouvrit la bouche :

Je suis comme le Nil au joli cours.
De ses débordements il fertilise les labours,
Des miens j'immortalise mes amours.
Et après, comme lui,
Je regagne mon lit !

Il regarda Ératosthène, hésita : « Et toi, toi, mon Maître, tu descends dans ton quoi ? ton nid ? ton puits ? »

Ératosthène le regardait, accablé. « Ne vois-tu pas que tu es de plus en plus seul ? Évergète est mort, Magas est mort, Bérénice est morte.

– Mais je t'ai, mon Maître ! Ne suis-je pas, en partie seulement, ce que tu m'as fait ? »

Ératosthène ressentit la souffrance de Philopator : « Le plaisir, la jouissance ne sont rien, tu le sais, tu le vis. Ils ne te délivreront pas de l'anxiété et de la crainte qui t'étouffent !

– Délivré de l'anxiété ? En effet, rien ne remplace la tendresse. Ma mère m'a-t-elle jamais aimé ? Libéré de l'anxiété ? L'es-tu, toi ? Et cette paix, l'as-tu atteinte avec ton savoir ? Qu'a fait l'homme le plus savant d'Égypte ? Il a passé sa vie à mettre de l'ordre, à faire du rangement. Qu'as-tu fait avec ta Chronologie ? Tu as rangé le passé, tu l'as daté et puis tu l'as mis bien en ordre. Et avec ta Géographie ? Les villes, les pays, les mers, les rivières, tu les as rangés sur ta carte. Et dans ta Bibliothèque, durant trente ans ? La même chose ! Les œuvres du monde entier, tu les as rangées dans tes rayonnages. Tu m'as appris à penser ? Tu vois, je pense ! J'analyse, je rapproche les faits ! Le temps, l'espace, la connaissance, tu les as rangés, rangés, rangés ! Tu es… tu es… » Ses yeux s'éclairèrent, il avait trouvé ce qu'il voulait dire : « Tu es la ménagère du Monde ! »

Ératosthène se retourna et s'éloigna comme un somnambule.

« Arrête-toi ! cria Philopator. J'ai deux choses encore à te dire. Une interrogation et un aveu. Pourquoi as-tu si peur du désordre ? Que crains-tu donc ? Sais-tu ce à quoi tu es parvenu ? À me donner l'envie du désordre, tu m'as fait désirer l'excès, tous les excès ! Mais je sais que tu es la seule personne qui m'ait jamais aimé… à ta manière. »

Elle était là sur l'embarcadère. Si elle n'aimait pas les départs… qui faisaient pleurer, la patronne de *L'Amphore fêlée* aimait les arrivées qui la mettaient en joie. Elle portait ce même chapeau aux larges bords, pensant sans doute que, depuis le temps qu'il était parti, il ne pourrait la reconnaître. Le Retour d'Ulysse. Qu'avait-elle tissé durant tout ce temps ? Des fils d'amour ?

Quand il la vit, il murmura : Néfertiti, la Belle est venue ! Et à haute voix : « Je dois tout de suite t'avertir, je ne suis pas seul. »

Le Phare se serait écroulé, le choc n'en aurait pas été plus grand. Elle se maîtrisa, tenta de ne rien laisser paraître.

« J'ai connu quelqu'un durant le voyage. » Elle le toisa, fière. « Oui, dit-il d'un ton dégagé, je ne veux pas me séparer de Cronos. »

Elle rugit, fonça, lui martela le torse, enragée. Il se souvint des traitements qu'elle faisait subir à ses clients récalcitrants. Il la laissait faire. Puis il bloqua ses poignets et l'attira. Elle ne résista pas.

« On a toujours besoin d'un âne dans une auberge, murmura la patronne de *L'Amphore fêlée*. Avec Cerbère, ils feront la paire. J'ai une idée : pour remplacer Obole, on lancera une attraction totalement inédite : "Ce soir, à *L'Amphore fêlée*, le célèbre Théophraste

Excelsior et le non moins célèbre Cronos mesureront la Terre !" »

« 3, 4, 5... » À l'aide d'un compas, Ératosthène reportait la longueur de l'ombre sur celle du gnomon : « 8 : c'est un beau chiffre, un chiffre bien rond. »

Les lignes qu'Ératosthène s'apprêtait à rédiger étaient les plus importantes qu'il ait jamais écrites. Un sentiment de fierté, d'apaisement et de joie accompagna la rédaction, qu'il voulait la plus simple possible. Comme sa méthode.

À Alexandrie, le rapport de l'ombre au gnomon est 1 /8. Grâce à l'utilisation du puits de Syène, cette unique mesure permet de calculer l'angle au centre entre Alexandrie et Syène : 1 /50 du tour de la Terre.

D'après la mesure effectuée par Béton le long du Nil et les rectifications que j'y ai apportées, la distance entre ces deux villes situées sur le même méridien est de 5 000 stades. Ainsi, la cinquantième partie du tour de la Terre mesure 5 000 stades.

Le tour de la Terre est donc de 250 000 stades.

Ératosthène de Cyrène, directeur de la Grande Bibliothèque d'Alexandrie

Ce nombre, songea Ératosthène, je te l'offre, Évergète, toi qui n'as pas vécu assez longtemps pour l'entendre prononcer par ma voix. Tu me demandais naguère : L'œkoumène, est-ce petit, est-ce grand en regard de la Terre ? Voilà, Seigneur, ma réponse.

Tu dirais : Encore des mathématiques ! Parfois, on ne peut s'en passer, Seigneur. D'après les magnifiques résultats d'Archimède sur la sphère, la surface de la Terre est approximativement égale à 20 milliards de stades carrés. Quant à l'œkoumène, étant long de 76 000 stades et large de 38 000, sa surface est 2 888 millions de stades carrés.

Le monde habité n'occupe qu'un septième de la surface de la Terre, voilà ce que tu souhaitais tant savoir. Et le reste, le reste ? L'Océan. À moins, que… comment savoir ?

Chapitre 26

NOUS *utiliserons ici la datation la plus communément utilisée de nos jours sur la Terre.*

Après la mesure de la Terre, celle-ci continuant à tourner :

Esthie s'enfuit juste après la mort de la reine, regagnant sa Nubie natale. Pour avoir été celui qui avait coupé les cheveux de Bérénice, il savait qu'il ne pourrait échapper à la haine de Philopator.

Ératosthène reprit son travail à la Grande Bibliothèque, Théo devint son plus proche collaborateur.

Béton fut amputé de la jambe gauche. Il sera le premier unijambiste à avoir mesuré la Terre. Puis il retourna à Cyrène, où il se maria.

« La première mesure de la Terre a été établie en déterminant la distance séparant un phare d'un puits. Le Phare d'Alexandrie, le puits de Syène. Comment ne pas remarquer, écrivit Théo dans *Le Périple de Théophraste Excelsior, le long du Nil*, que l'un est l'exact opposé de l'autre ? Le Phare s'élève au-dessus du sol, le puits s'y enfonce. Les murs du premier sont entourés de l'eau qui le cerne, ceux du second entourent l'eau qu'il retient. Et, tandis que chaque nuit le feu du foyer flamboie au sommet du Phare d'Alexandrie, à Syène, à midi le jour du solstice, les rayons du soleil embrasent le fond du puits. »

Le Périple de Théophraste Excelsior, le long du Nil, ne prit jamais place dans les rayons de la Grande Bibliothèque. L'ayant relu, Théo admit qu'il ne serait jamais un homme de lettres.

La patronne de *L'Amphore fêlée* refusa de se marier avec Théo. Ils décidèrent de n'avoir pas d'enfants, mais choisirent de vivre ensemble.

1er septembre (–218) : Une éclipse voila le ciel d'Alexandrie.

22 juin (–217) : À Raphia, près de Gaza en Palestine, les troupes égyptiennes furent opposées à celles d'Antiochos III, roi des Séleucides. Les éléphants indiens de ce dernier semèrent la panique dans les rangs des éléphants africains de Philopator, entraînant le reflux de l'armée égyptienne. À plusieurs reprises, Arsinoé, présente à côté de son frère, exhorta les troupes à reprendre le combat ; donnant l'exemple, elle avançait au milieu des soldats. Agathoclès, qui dirigeait une partie des troupes, se battit courageusement. La victoire égyptienne fut totale.

Durant la nuit, un traître pénétra dans la tente de Philopator pour l'assassiner. Patréas, qui se trouvait dans la tente de son maître, fut tué.

Sur le chemin du retour, Philopator décida de passer par Jérusalem. Il voulut voir l'Arche d'Alliance et les Tables de la Loi. Le Grand Prêtre lui répondit que nul autre que lui n'avait le droit de les voir ou de les toucher. Furieux, Philopator déchira le voile recouvrant les rouleaux sacrés devant la foule des fidèles horrifiés. Il fut hué.

Rentrant à Alexandrie, Philopator décida de se venger. Traînés dans le stade, une grande partie des Juifs de la ville furent livrés aux éléphants, ceux-là mêmes qui s'étaient enfuis à Raphia. La plupart des Juifs furent piétinés.

Mariage de Philopator et d'Arsinoé, qui régneront sous le nom de *Theoi philopatores*, « les dieux qui aiment leur père ».

Philopator fit construire un temple en l'honneur de sa mère et créa un culte à Bérénice.

Tati fut engagé comme cuisinier au palais.

Rekhmirê se retira dans sa maison de Memphis. Sa bibliothèque devint la plus riche bibliothèque d'œuvres égyptiennes.

Un soir, Théo s'aperçut qu'il n'avait jamais demandé à Rekhmirê ce que contenaient *Les Entretiens philosophiques d'une chatte et d'un chacal*.

Coutousis repassa une dernière fois à Alexandrie. Puis, plus personne n'eut de ses nouvelles.

L'*Hapi* sombra après une collision avec un chaland. Mentep et le capitaine se noyèrent. Seul Rensi en réchappa.

Niccipos quitta la Grande Bibliothèque. Malgré sa complicité avec Théo, il commençait à s'y ennuyer. Il partit pour le désert à la recherche d'améthystes qui, disait-il, « dureront plus longtemps qu'aucun de nos ouvrages ».

9 octobre (30 *Mésoré*) (– 209) : Arsinoé donna naissance à un enfant de sexe masculin.

(– 207) : Insurrection de la population égyptienne dans le delta et en Haute-Égypte. La construction du temple d'Horus à Apollônospolis fut interrompue.

28 novembre (– 205) : Agathoclès et Sosibios annoncèrent à la population d'Alexandrie la mort des « dieux qui aiment leur père, Ptolémée Philopator et Arsinoé ». Ayant été tenue secrète durant plusieurs jours, personne ne sut à quelle date et dans quelles circonstances la mort des époux royaux était intervenue. Le fils de Philopator et d'Arsinoé fut couronné à Mem-

phis sous le nom de Ptolémée Épiphane « le Visible ». Il régna sur l'Égypte sous le nom égyptien de *Iouaennetcherouy-merouyitou Sétepptah Ouserkarê Sekhemankhimen*, « L'héritier des dieux aimant leur père. L'élu de Ptah. Puissant est le *Ka* de Rê. La vie d'Amon est le pouvoir ». Lisant un faux testament de Philopator les nommant tuteurs du roi enfant, ils s'emparèrent officiellement du pouvoir.

Les corps de Philopator et d'Arsinoé ne furent pas déposés dans le Sôma. Leurs cendres furent recueillies dans un vase d'argent.

Fou de douleur à l'annonce de la mort d'Arsinoé, Obole poussa la population à se révolter. Agathoclès, Agathocléia et Œnanthe se réfugièrent dans le palais. La foule, emmenée par Obole, envahit celui-ci. Mais les trois n'étaient plus là : accompagnés de gardes, ils s'étaient échappés par un passage secret, le *syrinx*, menant directement au Théâtre. Obole, qui connaissait son existence, les poursuivit. Rejoints, les fugitifs furent massacrés. Obole mourut dans le combat. Lorsqu'ils le découvrirent face contre terre, ses compagnons aperçurent à travers ses habits déchirés un étrange tatouage.

Ératosthène écrivit un ouvrage intitulé *Sur le chagrin*.

Aristophane de Byzance succéda à Ératosthène à la tête de la Grande Bibliothèque d'Alexandrie.

Reprenant *Le Périple de Théophraste Excelsior, le long du Nil*, Théo y introduisit les nouveaux signes de ponctuation créés par Aristophane de Byzance. Le point parfait, placé à l'extrémité supérieure de la dernière lettre d'un mot, indiquait que le sens de la phrase était complet. Le sous-point, placé à l'extrémité inférieure, signalait une suspension de sens. Le point moyen, placé à mi-hauteur, notait une séparation des propositions de même nature.

(– 196) : Neuvième année du règne d'Épiphane. Un décret rendu par les prêtres égyptiens en l'honneur de Ptolémée V fut gravé sur un bloc de basalte en deux langues – l'égyptien et le grec – et en trois écritures : hiéroglyphes, démotique et alphabet grec.

Assis face à un rayonnage, Ératosthène, immobile, était absorbé dans ses pensées. Devant lui aucune table, dans ses mains aucun rouleau.

« Durant quarante années, ma tâche de bibliothécaire a été de décider parmi tous ces manuscrits ceux que j'allais conserver et ceux que j'allais rejeter. Ce travail de la mémoire et de l'oubli, je dois le faire à présent avec ma propre vie. Au soir de mon existence, moi le vieux serviteur, je reste seul. Évergète, Bérénice, Magas, Lagos et ma petite Arsinoé sont partis. De cette famille des Lagides qui fut la mienne – je n'en ai pas eu d'autre –, il ne me reste que des souvenirs. Qu'ai-je tenté de créer avec ma science ? Opposer l'ordre du Monde au désordre des hommes. Je n'y suis pas parvenu. Moi qui le premier ai mesuré la Terre, j'ai été incapable de prendre la mesure du seul enfant que j'avais la charge d'éduquer. J'ai échoué. Des crimes que Philopator a commandés lui-même ou de ceux qu'il a autorisés, je porte ma part de responsabilité. Philopator, mon élève, "Celui qui aime son père", "Celui qui tue sa mère". » Sortant de ses pensées, il se redressa. « Qu'avons-nous reçu aujourd'hui ? »

Un jeune scribe ressemblant à s'y méprendre à Niccipos lui tendit un rouleau : « *De la sensation*. D'un dénommé Esthimos, du Pont-Euxin. »

Bien que ne dirigeant plus la Bibliothèque depuis plusieurs années, Ératosthène s'y rendait chaque jour.

Saisissant maladroitement le rouleau, il défit la ficelle, le déroula. Passant la main sur les feuilles : « Comment savoir s'il est vierge ou noirci de mille mots ? S'il est bourré des pires stupidités ou traversé des fulgurances de la plus belle pensée ? Comme Obole, heureusement, j'ai bonne mémoire. »

Ératosthène leva les yeux. Il était aveugle.

« De l'Aristote chétif et ennuyeux, déclara le scribe en refermant le rouleau avec dédain, avant d'adresser un signe au cocher qui attendait depuis un moment à l'entrée de la pièce.

– Nous y allons, Maître ? »

Le cocher aida le scribe à guider Ératosthène vers un char stationné à l'entrée.

Les artisans s'activaient autour d'une épaisse pierre noire solidement appuyée sur un plan incliné. Elle était au centre d'un chantier ouvert en pleine campagne.

À l'aide d'une balayette, les graveurs époussetaient soigneusement la face travaillée de la stèle, examinant avec fierté leur œuvre.

Le char s'arrêta à l'entrée du chantier. Un homme se détacha du groupe. Bandeau noué autour du front, sandales aux lanières longues, corps noirci par le Soleil, barbe de plusieurs jours et toujours pourvu de son ample chevelure rousse, Théo se précipita vers Ératosthène. Les deux hommes tombèrent dans les bras l'un de l'autre.

Son fauteuil immédiatement transporté devant le bloc, Ératosthène s'installa, un peu perdu. Il n'avait plus l'habitude de se retrouver en pleine nature. Théo lui prit la main, la posa sur la pierre. Du bout des doigts, Ératosthène partit à la découverte du texte gravé. « Des hiéroglyphes ! Du démotique ! Du grec ! » Puis, tâtant la pierre, qui était encore chaude : « Ne serait-elle pas noire ?

– Oui, admit Théo, admiratif. Du basalte !

– Le noir conserve la chaleur ! » Plaçant sa main sur la partie la plus basse de la stèle, Ératosthène se concentra.

Son visage s'éclairait à mesure que ses doigts agiles décryptaient le texte gravé dans la pierre. D'abord hésitante, sa voix s'éclaircit et le débit se fit plus régulier. Ératosthène lut à haute voix. Les hommes arrêtèrent leur travail, se rapprochant timidement. « … Tandis qu'à Alexandrie Ératosthène mesurait l'ombre du Soleil, au même instant, à midi même, le jour du solstice d'été, dans la ville de Syène, ses collaborateurs constataient que les rayons du Soleil illuminaient l'eau au fond du puits, dans lequel ils étaient descendus… »

Carriers, graveurs, dessinateurs, sculpteurs, hommes de labeur écoutaient avec une concentration extrême. Attentifs comme des enfants, leur visage se détendait à mesure qu'Ératosthène racontait.

« Si vous les voyiez !… glissa Théo à l'oreille d'Ératosthène.

– Je les entends voir.

– Je vous l'avais dit, ça fait vraiment une belle histoire. »

La « lecture » l'avait fatigué, Ératosthène s'appuya sur le dossier. Au bout d'un instant, il se redressa : « Continuons. » Théo lui prit à nouveau la main, la posa sur… un nombre, celui qui durant tant d'années avait obsédé Ératosthène !

« Philopator voulait un chiffre rond, on ne pouvait trouver chiffre plus rond que celui-ci. Le tour de la Terre est de 250 000 stades, annonça Ératosthène.

– 250 000 ! » Se donnant de grandes tapes dans le dos, les ouvriers reprirent : « 250 000 stades ! 250 000 stades ! »

Interrompant ses exclamations, l'un d'eux glissa à son voisin : « C'est vraiment beaucoup. » L'autre, haussant les épaules : « Peut-être bien. »

Un dessinateur se mit à mimer de ses deux bras ouverts une immense boule. Si Ératosthène avait pu l'apercevoir, il se serait souvenu de son horrible cauchemar. Qui s'était transformé en un rêve bien réel.

« Et ce chiffre rond est, divine surprise ! ajouta Théo, un carré parfait, le carré de 500 !

– Tu l'as gravé sur la pierre ? demanda Ératosthène, stupéfait.

– Oh non. Je le dis seulement pour les mathématiciens. »

Ératosthène passa affectueusement sa main sur le visage de Théo et, fronçant les sourcils : « Tu te laisses pousser la barbe à nouveau ? Je trouve cela négligé, dit-il d'un ton sévère.

– Sans doute. Mais je ne la raserai tout de même pas. »

Ils prirent leur repas ensemble. Un repas de banquet, Théo avait bien fait les choses. La bière était excellente, de la meilleure brasserie d'Alexandrie. On les questionna et ils répondirent, puis, sans qu'on le leur demande, ils racontèrent mille anecdotes. Ératosthène dit comment ils s'étaient aperçus qu'ils ne savaient pas nager ; comment Cronos, d'une ruade, avait envoyé le douanier dans le Nil ; comment Rensi s'était caché dans la cale afin de raconter la mort de ses compagnons aux policiers ; ils racontèrent les méandres, ils racontèrent Béton, Béton, Béton. Se tournant soudain l'un vers l'autre, ils surent qu'ils avaient une folle envie de raconter « la Chevelure de Bérénice ».

Ils racontèrent « la Chevelure de Bérénice », dont les étoiles – Ératosthène le confirma à Théo – étaient des « étoiles éternelles ».

Il était tard. La plupart des ouvriers s'étaient endormis, un sourire sur les lèvres, bercés. Ils n'avaient pas l'habitude de veiller si tard. Théo et Ératosthène restèrent seuls.

« Il y a une question que je ne t'ai jamais posée. Il est

temps, je crois. D'où t'est venue cette passion des livres ? J'en ai rarement rencontré de semblable durant ma carrière. »

Théo lui était reconnaissant de poser la question. Lui n'aurait jamais pu en parler le premier :

« Nous habitions, mon père, ma mère et moi, dans une maison non loin d'Athènes.

– Mais tu n'es pas de Samos ?

– Non.

– Tu m'as menti ?

– Oui. Donc nous habitions non loin d'Athènes. Mon père était un érudit. Son plus beau trésor était sa bibliothèque, elle occupait une pièce dans la grange, au fond du jardin. Oh, je ne pourrais dire ce qu'elle contenait, quelles sortes d'ouvrages, s'ils étaient rares ou communs…

Un jour, le feu se déclara. Mon père se précipita. Sans un mot, il se jeta dans les flammes pour tenter de sauver le plus de rouleaux possible. J'ai voulu le suivre, je voulais l'aider. Ma mère me retint contre elle. Elle lui criait de revenir, elle lui assurait qu'il retrouverait de nouveaux manuscrits, plus beaux encore. Chaque fois qu'une étagère s'écroulait, les flammes repartaient de plus belle. Sans cesse les rouleaux nourrissaient le feu. Quand enfin nous avons pu nous approcher, nous avons aperçu le cadavre de mon père, tenant contre lui les restes calcinés d'un rouleau.

Peu après, nous avons quitté la maison. J'y repensais sans cesse. Je voyais les rouleaux s'embraser, je les voyais alimenter l'incendie, j'ai eu la haine des livres. Ma mère, s'apercevant que cette haine m'empoisonnait chaque jour un peu plus, décida de me parler de mon père. Elle me raconta comment il avait accumulé ces rouleaux, quelle passion avait été la sienne, et que, sans sa bibliothèque, il n'aurait pas survécu. “Ne hais pas ce qu'il a adoré !”

Je suis revenu à notre ancienne maison, il ne restait

plus rien de la grange, l'herbe avait poussé. Je me suis assis dans le jardin et ne sais pas combien de temps je suis resté là. En rentrant chez nous, j'avais choisi. Je me suis promis que ces rouleaux, qui avaient apporté la mort, un jour apporteraient la vie. Ma mère s'est jetée dans mes bras… » Théo, ému, se tut.

En révélant cela à Ératosthène, Théo savait qu'il lui disait en même temps ce qu'avait été pour lui ce père perdu si jeune. Le Père aux Livres. Et Ératosthène osa s'avouer que Théophraste Excelsior était ce fils qu'il n'avait pas eu. Pas un fils de roi. Un fils.

« Je veux vous remercier : grâce à vous, la Grande Bibliothèque a vraiment été pour moi une “Maison de vie”. Ce manuscrit qui nous a fait nous rencontrer, je cherchais depuis toujours pourquoi lui et pas un autre, pourquoi Philolaos et pas un autre. Hier, hier seulement, sans doute parce qu'il devenait urgent que je vous le dise, j'ai trouvé la réponse. Philolaos a été le seul disciple à réchapper de l'incendie où les Pythagoriciens ont péri. Et puis ceci, à quoi je n'avais pas pensé auparavant : dans sa cosmogonie, qui a révolté tant de gens, il a placé au centre de l'Univers… un feu. Un feu central ! »

Ils savaient tous les deux que le hasard n'existait pas.

Ératosthène demanda à Théo de l'aider à se lever. Ils marchèrent à petits pas vers le bloc de basalte. À nouveau, Ératosthène caressa la pierre : « Moi qui ai passé ma vie au milieu des rouleaux de papyrus, je rêve aujourd'hui d'une bibliothèque de pierre que je pourrais lire tout mon saoul. » Théo ajouta pour lui-même, les larmes aux yeux : « Et qui ne brûlerait jamais. »

Cette mesure effectuée plus de deux siècles avant notre ère attribue à la Terre une circonférence de 39 600 kilomètres.

Aujourd'hui, les méthodes les plus précises donnent 40 000,07 kilomètres.

ANNEXES

DES LIEUX ET DES NOMS

Au temps d'Ératosthène	**Aujourd'hui**
Akhet-Aton	*Tell El-Amarna*
Aphroditopolis	*Atfih*
Appolônospolis	*Edfou*
Arabique (mer)	*mer Rouge*
Canope	*Aboukir*
Crocodilopolis	*Médinet El-Fayoum*
Héraclès (Colonnes d')	*Gibraltar*
Hermopolis	*Chmounou*
Ibsamboul	*Abou Simbel*
Lycopolis	*Assiout*
Myos-Hormos	*Qoseir*
Panopolis	*Akhmim*
Pont-Euxin	*mer Noire*
Ptolémaïs	*El-Minsah*
Syène	*Assouan*
Taurus (monts)	*Himalaya*
Tentyris	*Dendara*
Thèbes	*Karnak* et *Louksor*

UNITÉS... DE MESURE

Coudée	*52,36 cm*
Stade	*300 coudées = 157,50 m*
Schoene	*40 stades = 6,3 km*
Pas de Béton	*0,65 m*

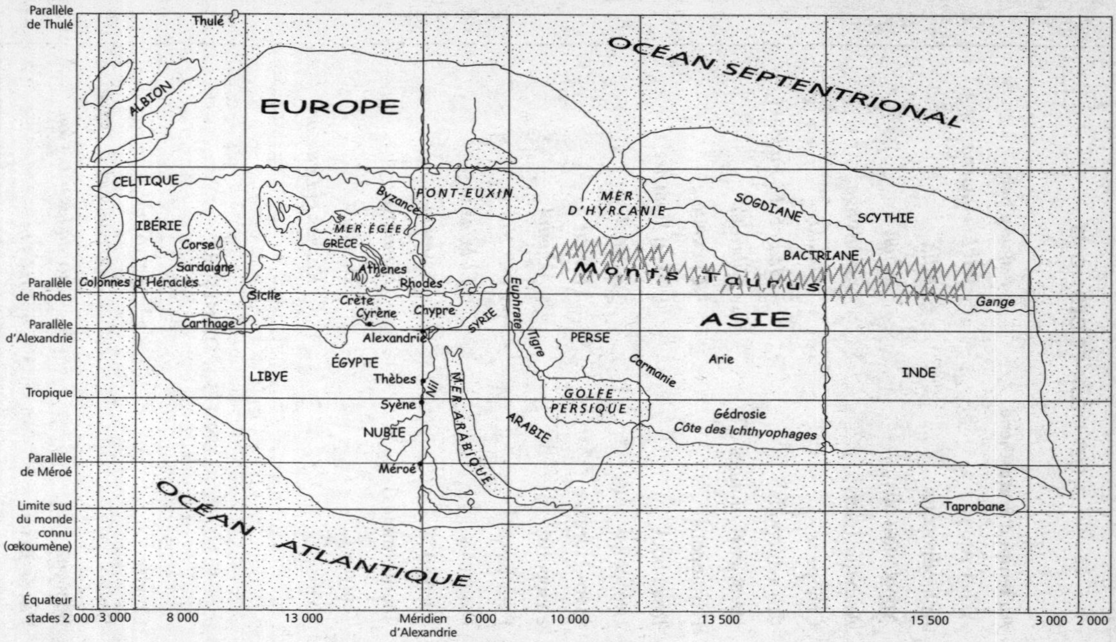

CARTE D'ÉRATOSTHÈNE (IIIe siècle avant notre ère)

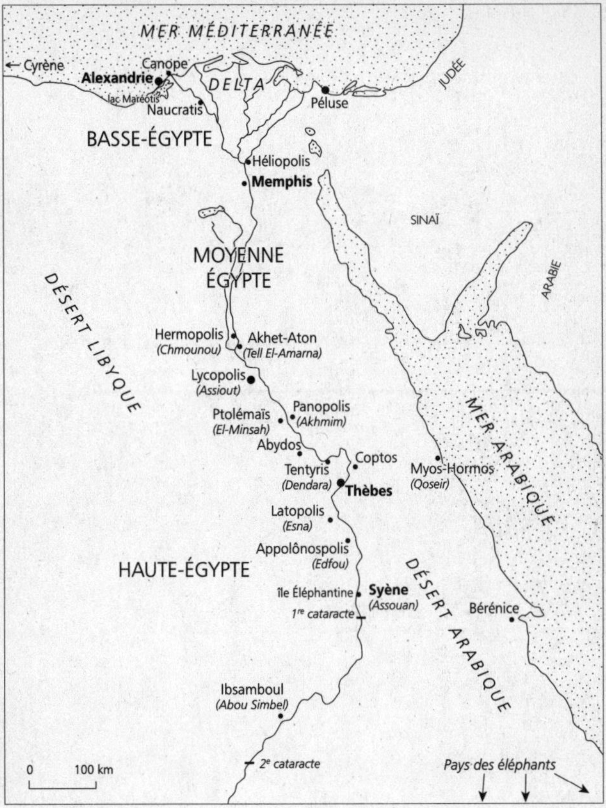

L'ÉGYPTE DES PTOLÉMÉES

RÉALISATION : PAO ÉDITIONS DU SEUIL
IMPRESSION : NOVOPRINT
DÉPÔT LÉGAL : MAI 2004. N° 66392
IMPRIMÉ EN ESPAGNE

Collection Points

DERNIERS TITRES PARUS

P1000. Le Monde de Sophie, *par Jostein Gaarder*
P1001. Suave comme l'éternité, *par George P. Pelecanos*
P1002. Cinq Mouches bleues, *par Carmen Posadas*
P1003. Le Monstre, *par Jonathan Kellerman*
P1004. À la trappe !, *par Andrew Klavan*
P1005. Urgence, *par Sarah Paretsky*
P1006. Galindez, *par Manuel Vázquez Montalbán*
P1007. Le Sanglot de l'homme blanc, *par Pascal Bruckner*
P1008. La Vie sexuelle de Catherine M., *par Catherine Millet*
P1009. La Fête des Anciens, *par Pierre Mertens*
P1010. Une odeur de mantèque, *par Mohammed Khaïr-Eddine*
P1011. N'oublie pas mes petits souliers, *par Joseph Connolly*
P1012. Les Bonbons chinois, *par Mian Mian*
P1013. Boulevard du Guinardo, *par Juan Marsé*
P1014. Des Lézards dans le ravin, *par Juan Marsé*
P1015. Besoin de vélo, *par Paul Fournel*
P1016. La Liste noire, *par Alexandra Marinina*
P1017. La Longue Nuit du sans-sommeil, *par Lawrence Block*
P1018. Perdre, *par Pierre Mertens*
P1019. Les Exclus, *par Elfriede Jelinek*
P1020. Putain, *par Nelly Arcan*
P1021. La Route de Midland, *par Arnaud Cathrine*
P1022. Le Fil de soie, *par Michèle Gazier*
P1023. Paysages originels, *par Olivier Rolin*
P1024. La Constance du jardinier, *par John Le Carré*
P1025. Ainsi vivent les morts, *par Will Self*
P1026. Doux Carnage, *par Toby Litt*
P1027. Le Principe d'humanité, *par Jean-Claude Guillebaud*
P1028. Bleu, histoire d'une couleur, *par Michel Pastoureau*
P1029. Speedway, *par Philippe Thirault*
P1030. Les Os de Jupiter, *par Faye Kellerman*
P1031. La Course au mouton sauvage, *par Haruki Murakami*
P1032. Les Sept Plumes de l'aigle, *par Henri Gougaud*
P1033. Arthur, *par Michel Rio*
P1034. Hémisphère nord, *par Patrick Roegiers*
P1035. Disgrâce, *par J. M. Coetzee*
P1036. L'Âge de fer, *par J. M. Coetzee*
P1037. Les Sombres feux du passé, *par Chang Rae Lee*
P1038. Les Voix de la liberté, *par Michel Winock*
P1039. Nucléaire Chaos (inédit), *par Stéphanie Benson*
P1040. Bienheureux ceux qui ont soif..., *par Anne Holt*
P1041. Le Marin à l'ancre, *par Bernard Giraudeau*

P1042. L'Oiseau des ténèbres, *par Michael Connelly*
P1043. Les Enfants des rues étroites, *par Abdelhak Sehrane*
P1044. L'Ile et Une nuit, *par Daniel Maximin*
P1045. Bouquiner, *par Annie François*
P1046. Nat Tate, *par William Boyd*
P1047. Le Grand Roman indien, *par Shashi Tharoor*
P1048. Les Lettres mauves, *par Lawrence Block*
P1049. L'Imprécateur, *par René-Victor Pilhes*
P1050. Le Stade de Wimbledon, *par Daniele Del Giudice*
P1051. La Deuxième Gauche, *par Hervé Hamon et Patrick Rotman*
P1052. La Tête en bas, *par Noëlle Châtelet*
P1053. Le Jour de la cavalerie, *par Hubert Mingarelli*
P1054. Le Violon noir, *par Maxence Fermine*
P1055. Vita Brévis, *par Jostein Gaarder*
P1056. Le Retour des caravelles, *par António Lobo Antunes*
P1057. L'Enquête, *par Juan José Saer*
P1058. Pierre Mendès France, *par Jean Lacouture*
P1059. Le Mètre du monde, *par Denis Guedj*
P1060. Mort d'une héroïne rouge, *par Qiu Xiaolong*
P1061. Angle mort, *par Sara Paretsky*
P1062. La Chambre d'écho, *par Régine Detambel*
P1063. Madame Seyerling, *par Didier Decoin*
P1064. L'Atlantique et les Amants, *par Patrick Grainville*
P1065. Le Voyageur, *par Alain Robbe-Grillet*
P1066. Le Chagrin des Belges, *par Hugo Claus*
P1067. La Ballade de l'impossible, *par Haruki Murakami*
P1068. Minoritaires, *par Gérard Miller*
P1069. La Reine scélérate, *par Chantal Thomas*
P1070. Trompe la mort, *par Lawrence Block*
P1071. V'là aut' chose, *par Nancy Star*
P1072. Jusqu'au dernier, *par Deon Meyer*
P1073. Le Rire de l'ange, *par Henri Gougaud*
P1074. L'Homme sans fusil, *par Ysabelle Lacamp*
P1075. Le Théoriste, *par Yves Pagès*
P1076. L'Artiste des dames, *par Eduardo Mendoza*
P1077. Les Turbans de Venise, *par Nedim Gürsel*
P1078. Zayni Barakat, *par Ghamal Ghitany*
P1079. Éloge de l'amitié, ombre de la trahison
par Tahar Ben Jelloun
P1080. La Nostalgie du possible. Sur Pessoa
par Antonio Tabucchi
P1081. La Muraille invisible, *par Henning Mankell*
P1082. Ad vitam aeternam, *par Thierry Jonquet*
P1083. Six Mois au fond d'un bureau, *par Laurent Laurent*
P1084. L'Ami du défunt, *par Andreï Kourkov*
P1085. Aventures dans la France gourmande, *par Peter Mayle*
P1086. Les Profanateurs, *par Michael Collins*
P1087. L'Homme de ma vie, *par Manuel Vázquez Montalbán*

P1088. Wonderland Avenue, *par Michael Connelly*
P1089. L'Affaire Paola, *par Donna Leon*
P1090. Nous n'irons plus au bal, *par Michelle Spring*
P1091. Les Comptoirs du Sud, *par Philippe Doumenc*
P1092. Foraine, *par Paul Fournel*
P1093. Mère agitée, *par Nathalie Azoulay*
P1094. Amanscale, *par Marilyne Desbiolles*
P1095. La Quatrième Main, *par John Irving*
P1096. La Vie devant ses yeux, *par Laura Kashischke*
P1097. Foe, *par J. M. Coetzee*
P1098. Les Dix Commandements, *par Marc-Alain Ouaknin*
P1099. Errance, *par Raymond Depardon*
P1100. Dr la Mort, *par Jonathan Kellerman*
P1101. Tatouage à la fraise, *par Lauren Henderson*
P1102. La Frontière, *par Patrick Bard*
P1103. La Naissance d'une famille, *par T. Berry Brazelton*
P1104. Une mort secrète, *par Richard Ford*
P1105. Blanc comme neige, *par George P. Pelecanos*
P1106. Jours tranquilles à Belleville, *par Thierry Jonquet*
P1107. Amants, *par Catherine Guillebaud*
P1108. L'Or du roi, *par Arturo Perez-Reverte*
P1109. La Peau d'un lion, *par Michael Ondaatje*
P1110. Funérarium, *par Brigitte Aubert*
P1111. Requiem pour une ombre, *par Andrew Klavan*
P1113. Tigre en papier, *par Olivier Rolin*
P1114. Le Café Zimmermann, *par Catherine Lépront*
P1115. Le Soir du chien, *par Marie-Hélène Lafon*
P1116. Hamlet, pan, pan, pan, *par Christophe Nicolas*
P1117. La Caverne, *par José Saramago*
P1118. Un ami parfait, *par Martin Suter*
P1119. Chang et Eng le double-garçon, *par Darin Strauss*
P1120. Les Amantes, *par Elfriede Jelinek*
P1121. L'Étoffe du diable, *par Michel Pastoureau*
P1122. Meurtriers sans visage, *par Henning Mankell*
P1123. Taxis noir, *par John McLaren*
P1124. La Revanche de Dieu, *par Gilles Kepel*
P1125. À ton image, *par Louise L. Lambrichs*
P1126. Les Corrections, *par Jonathan Franzen*
P1127. Les Abeilles et la Guêpe, *par François Maspero*
P1128. Les Adieux à la Reine, *par Chantal Thomas*
P1129. Dondog, *par Antoine Volodine*
P1130. La Maison Russie, *par John le Carré*
P1131. Livre de chroniques, *par António Lobo Antunes*
P1132. L'Europe en première ligne, *par Pascal Lamy*
P1133. Les Nouveaux Maîtres du monde, *par Jean Ziegler*
P1134. Tous des rats, *par Barbara Seranella*
P1135. Des morts à la criée, *par Ed Dee*
P1136. Allons voir plus loin, veux-tu ?, *par Annie Duperey*

P1137. Les Papas et les Mamans, *par Diastème*
P1138. Phantasia, *par Abdelwahab Meddeb*
P1139. Métaphysique du chien, *par Philippe Ségur*
P1140. Mosaïque, *par Claude Delarue*
P1141. Dormir accompagné, *par António Lobo Antunes*
P1142. Un monde ailleurs, *par Stewart O'Nan*
P1143. Rocks Springs, *par Richard Ford*
P1144. L'Ami de Vincent, *par Jean-Marc Roberts*
P1145. La Fascination de l'étang, *par Virginia Woolf*
P1146. Ne te retourne pas, *par Karin Fossum*
P1147. Dragons, *par Marie Desplechin*
P1148. La Médaille, *par Lydie Salvayre*
P1149. Les Beaux Bruns, *par Patrick Gourvennec*
P1150. Poids léger, *par Olivier Adam*
P1151. Les Trapézistes et le Rat, *par Alain Fleischer*
P1152. À Livre ouvert, *par William Boyd*
P1153. Péchés innombrables, *par Richard Ford*
P1154. Une situation difficile, *par Richard Ford*
P1155. L'éléphant s'évapore, *par Haruki Murakami*
P1156. Un amour dangereux, *par Ben Okri*
P1157. Le Siècle des communismes, *ouvrage collectif*
P1158. Funky Guns, *par George P. Pelecanos*
P1159. Les Soldats de l'aube, *par Deon Meyer*
P1160. Le Figuier, *par François Maspero*
P1161. Les Passagers du Roissy-Express, *par François Maspero*
P1125. À ton image, *par Louise L. Lambrichs*
P1162. Visa pour Shangai, *par Qiu Xiaolong*
P1163. Des dalhias rouge et mauve, *par Frédéric Vitoux*
P1164. Il était une fois un vieux couple heureux
par Mohammed Khaïr Eddine
P1165. Toilette de chat, *par Jean-Marc Roberts*
P1166. Catalina, *par Florence Delay*
P1167. Nid d'hommes, *par Lu Wenfu*
P1168. La Longue Attente, *par Ha Jin*
P1169. Pour l'amour de Judith, *par Meir Shalev*
P1170. L'Appel du couchant, *par Ghamal Ghitany*
P1171. Lettres de Drancy
P1172. Quand les parents se séparent, *par Françoise Dolto*
P1173. Amours sorcières, *par Tahar Ben Jelloun*
P1174. Sale Temps, *par Sara Paretsky*
P1175. L'Ange du Bronx, *par Ed Dee*
P1176. La Maison du désir, *par France Huser*
P1177. Cytomégalovirus, *par Hervé Guibert*
P1178. Les Treize Pas, *par Mo Yan*
P1179. Le Pays de l'alcool, *par Mo Yan*
P1180. Le Principe de Frédelle, *par Agnès Desarthe*
P1181. Les Gauchers, *par Yves Pagès*
P1182. Rimbaud en Abyssinie, *par Alain Borer*

P1183. Tout est illuminé, *par Jonathan Safran Foer*
P1184. L'Enfant zigzag, *par David Grossman*
P1185. La Pierre de Rosette, *par Robert Solé / Dominique Valbelle*
P1186. Le Maître de Petersbourg, *par J. M. Coetzee*
P1187. Les Chiens de Riga, *par Henning Mankell*
P1188. Le Tueur, *par Eraldo Baldini*
P1189. Un silence de fer, *par Marcelos Fois*
P1190. La Filière du jasmin, *par Denise Hamilton*
P1191. Déportée en Sibérie, *par Margarete Buber-Neumann*
P1192. Les Mystères de Buenos Aires, *par Manuel Puig*
P1193. La Mort de la phalène, *par Virginia Woolf*
P1194. Sionoco, *par Leon de Winter*
P1195. Poèmes et Chansons, *par Brassens*
P1196. Innocente, *par Dominique Souton*
P1197. Destins volés, *par Michael Pye*
P1198. Gang, *par Toby Litt*
P1199. Elle est partie, *par Catherine Guillebaud*
P1200. Le Luthier de Crémone, *par Herbert Le Porrier*
P1201. Le Temps des déracinés, *par Elie Wiesel*
P1202. Les Portes du sang, *par Michel del Castillo*
P1203. Featherstone, *par Kirsty Gunn*
P1204. Un vrai crime pour livres d'enfants, *par Chloe Hooper*
P1205. Les Vagabonds de la faim, *par Tom Kromer*
P1206. Mr Candid, *par Jules Hardy*
P1207. Déchaînée, *par Lauren Henderson*
P1208. Hypnose mode d'emploi, *par Gérard Miller*
P1209. Corse, *par Jean-Noël Pancrazi et Raymond Depardon*
P1210. Le Dernier Viking, *par Patrick Grainville*
P1211. Charles et Camille, *par Frédéric Vitoux*
P1212. Siloé, *par Paul Gadenne*
P1213. Bob Marley, *par Stephen Davies*
P1214. Ça ne peut plus durer, *par Joseph Connolly*
P1215. Tombe la pluie, *par Andrew Klavan*
P1216. Quatre Soldats, *par Hubert Mingarelli*
P1217. Les Cheveux de Bérénice, *par Denis Guedj*
P1218. Les Garçons d'en face, *par Michèle Gazier*
P1219. Talion, *par Christian de Montebella,*
Jacques Fansten, Louis Gardel
P1220. Les Images, *par Alain Rémond*
P1221. La Reine du sud, *par Arturo Perez-Reverte*
P1222. Vieille Menteuse, *par Anne Fine*
P1223. Danse, danse, danse, *par Haruki Murakami*
P1224. Le Vagabond de Holmby Park, *par Herbert Lieberman*
P1225. Des amis haut placés, *par Donna Leon*
P1226. Tableaux d'une ex., *par Jean-Luc Bénoziglio*
P1227. La Compagnie, le grand roman de la CIA
par Robert Little
P1228. Chair et Sang, *par Jonathan Kellerman*